오! 나의 늦은 30대 고백

철인작가
강진영 지음

하움출판사

문제가 발생했을 때

과연 개인의 문제로 볼 것인가?

조직의 문제로 볼 것인가?

조직을 움직이는 사람은 해당 조직이 지금 무슨 병에 걸려 있는지,

진짜 조직을 아프게 하는 근본적인 원인이 무엇인지 찾아내는 것을

그 무엇보다 우선적으로 해야 한다.

그리고 그걸 찾기 위한 가장 우선적인 과제는

'있는 그대로 관찰하기'이다.

첫째,

내가 하는 일에 있어서 절대 남 눈치 보지 말 것!

남들이 어떻게 보든, 어떻게 생각하든 신경 쓰지 말 것!

그게 부모가 됐든, 상급자나 동료가 됐든.

둘째,

내가 뭘 하든 모든 일은 나 자신을 위한 것이다.

그 누구를 위한 것이 아니라는 것을 항상 인지할 것!

셋째,

내가 해야 할 일이 있고 남이 해야 할 일이 있다.

이를 꼭 구분해야 된다.

나의 마나(에너지) 자원은 무한이 아니기 때문이다.

제18회 청남대울트라마라톤대회
2022년 04월 09일 16:00 ~ 10일 08:00
청남대울트라
청남대울트라
8023
13:10:01

목차

머리말

사람은 누구나 무언가를 인정받고 싶은 욕구가 강력하다. 만약, 누구에게도 인정을 받지 못한다면 무언가 하기에는 '하늘에 별 따기'일 것이다. 사랑하는 이를 목숨과 바꿔서라도 살려 내더라도 그가 아무런 기억도 못하고, 그 아무도 그의 행동을 기억해 주거나 인정해 주지 않는다면 그저 아무 의미 없는 헛짓거리에 불과하게 된다.

이와 같이 모든 행동은 반드시 누군가에게 기억에 남아야 하고 반드시 누군가에게 인정을 받아야 한다. 꼭 그래야만 한다. 그래야 살아갈 수 있다.

모든 사람은 누구나 인정이란 강력한 욕구를 가지고 있다. 심지어 죽어서까지도 인정을 원한다. 호랑이 역시 죽어서까지 자신의 가죽을 남김으로 인정을 구하는 것처럼 말이다.

나 역시 이 세상에 태어난 이상 나라는 사람이 어떤 사람인지 그리고 내가 어떤 일들을 해 왔는지 누군가에게 인정받고 싶은 욕망이 있다. 내가 잘난 것만 인정받는 것뿐 아니라 못난 것까지도 말이다. 이 욕망은 내가 어릴 적부터 충족하고 싶어 했고, 알게 모르게 여러 가지 노력들을 해 왔다. 어릴 땐 부모님에게 인정받고 싶어 어리광을 부리며 나의 모습들을 알아 달라며 울기도 하고, 학교 선생님이나 친구들에게도 별난 내 성향을 자랑하기도 했다. 생도 때는 수양록을 쓰면서 '언젠가 누군가 내 글을 읽으며 나라는 존재를 인정해 주겠지' 하며 기대를 했었고, 장교로 임관하고 나서는 노트에다가 틈틈이 내 생각들을 기록해 왔다.

아마 내 모습을 기억해 주는 사람이 없다면 결국 나는 인생을 살지 않은 것이나 다를 바 없는 것이며, 다른 사람들에게서 내 기억들이 사라진다면 결국 나라는 사람도 점점 사라져 갈 것이다. 그래서 이 책을 쓰게 된 것일지도 모른다. 나라는 존재가 생존하기 위해서.

앞으로 펼쳐질 이야기는 나라는 사람이 30년 넘게 겪었던 소중한 경험들을 하나하나 담은 기록들이다. 내 인생 전부를 담지 못했지만, 지금 '나'라는 사람을 만들어 놓았던 내 어릴 적 시절부터 지금까지의 30년 인생을 모두 담았다.

책 내용 속에는 행복한 기억들도 있지만, 대부분 힘들고 아픈 기억들이다. 대부분의 사람은 본인이 잘난 것만 알리고, 좋았던 경험들만 기억하고 기록하려고 하지만 나는 나의 부족한 점, 그리고 좋지 않은 기억들 역시 내 인생의 대부분을 차지할 만큼 너무도 가치 있고 소중한 것이라 믿어 왔으며, 이를 그대로 받아들이고 존중했기 때문에 그런 부분들 역시 모두 포함되어 있다.

책을 쓰면서 솔직히 힘들고 두려웠다. 내 마음 깊은 곳에 자리 잡고 있었던, 차마 말하기도 부끄러운 기억을 다시 머릿속에서 끄집어내는 것 그 자체가 충분히 고통스러웠으며, 내 부끄러운 기억들을 사람들이 읽고는 비웃지 않을까, 그리고 내 자식이 나중에 커서 내 책을 읽는다면 나를 부끄럽게 여기지는 않을까 우려가 되었다. 그럴 때마다 내용을 뺐다가 다시 넣기를 반복하기도 했다. 하지만 '나는 바로 이런 사람이다'라며 자신 있게 내 모습을 세상 밖으로 표출함으로써 '나'라는 존재가 많은 사람들로부터 인정받기를 기대하였고, 이 글을 읽고 있는 자신의 존재에 솔직하지 못한 많은 사람들에게 용기를 북돋아 줄 생각에 큰 동기를 얻어 이 책을 완성시킨 것 같다.

이 책의 구성은 내가 2022년 6월 춘천에 있는 부대로 전입 와서 중대장으로 취임한 지 2주 만에 번아웃이 찾아와 고통스러운 나날들을 보낸 기억들이다. 번아웃의 원인을 분석하고자 부단히 노력했던 1부와 다시 자신감을 찾기 위해 내가 가장 행복했던 순간들을 떠올려 가며 삶의 의미를 찾고자 했던 2부로 나뉜다.

1부에서는 대부분 고통스럽고 부끄러운 내용들뿐이다. 어릴 적 아빠와의 갈등에서 시작해 자퇴하고 싶었던 생도 시절, 죽을 둥 말 둥 일을 하던 참모 시절과 목숨을 끊으려고 했던 번아웃 시기까지, 내가 태어나서부터 30대까지의 모든 아픈 경험들과 그 경험들 속에서 우러나온 솔직한 고백을 담은 내용이다. 그렇다 보니 다소 철학적인 내용이 섞여 있지만, 내가 철학자도 아니고 심도 있게 파고들어 연구를 한 것도 아니라 그냥 가볍게 읽어줬으면 한다.

2부에서는 오로지 내 자랑일 수 있지만, 내가 여태껏 살면서 진정 행복했던 순간들, 성공했던 순간들에 대한 내용이다. 지금 내가 책을 쓸 수 있을 만큼의 큰 자신감을 얻은 경험들과 2차 중대장 때와는 달리, 세계적인 CEO(최고경영자)처럼 훌륭하게 조직을 관리했던 1차 중대장 시절, 그리고 '울트라 철인'이 되기까지의 피나는 과정들을 담고 있다.

많은 사람이 이런 내 소중한 경험들을 읽으며 나와 같이 번아웃이 찾아오더라도 나보다 더 지혜롭게 극복해 냈으면 한다. 그리고 장교를 꿈꾸거나 아니면 전국 각지에서 힘들게 임무 수행을 하고 있는 장병분들은 내가 군생활에 회의감이 들었던 부분들을 잘 읽고 지혜롭게 발전시켜 주었으면 한다. 또한 울트라마라톤이나 철인 3종 경기를 막연하게 생각하시는 분들이라면 내 경험이 조금이라도 도움이 되었으면 한다.

끝으로 내가 번아웃 때 항상 숙소에서 들었던 노래를 소개한다. 「위대한 쇼맨」 OST인 「THIS IS ME」라는 곡이다. 이 노래 영상을 보고 있으면 나도 모르게 감정이 복받친다. 아무리 세상 모든 사람들에게 짐승 취급당하고, 그토록 신뢰했던 사랑하는 이에게 버림을 받았더라도 용기 있게 수많은 사람들이 다 보는 무대 위에 서서 있는 힘껏 '이게 바로 나야! THIS IS ME!'라고 외치며 노래를 하던 그녀의 간절한 목소리.

나도 수많은 사람들이 바라보는 세상이라는 화려한 무대 위에 서서, 있는 힘껏 외치고 싶다.

THIS IS ME!
이게 바로 나의 모습이야!

제1부. 번아웃(Burn out)

'번아웃'. 영어로 'Burn out'으로, 불타 없어졌다는 뜻이다. 일어설 힘조차 없을 정도로 에너지가 불타 없어진 것이다. 여러분은 살면서 번아웃의 경험이 있는가? 아마 나보다 더 심한 번아웃을 경험한 사람도 있을 것이고, 아직 경험해 보지 못한 사람이 있을 것이다. 이 책을 쓰게 된 계기는 내가 번아웃으로 인해 죽고 싶을 정도로 괴로운 시간들과 생각하기 싫을 정도로 부끄러운 기억들을 들춰 내, 진짜 나의 모습을 깨닫고 내 인생을 바꿀 귀하고 소중한 경험을 했다는 것을 여러분에게 보여 주기 위함이다.

아마 나에게 이런 뼈아픈 번아웃의 시간이 없었더라면 이 책도 만들어지지 않았을 것이다.

1장. 번아웃의 시작

1. 2차 중대장의 2주

한강에서 올라오는 기다란 북한강. 그리고 그 사이에 드름산과 삼악산, 아기자기한 섬들이 하나둘씩 떠 있고, 소양교 밑에 수호신처럼 우뚝 솟아 있는 소양강 처녀상. 보기만 해도 힐링이 되는 곳. 낭만 도시 춘천이다.

춘천은 내가 생각했던 것보다 굉장히 아름다운 곳이었다. 그보다 내 관심을 끄는 것은 서울에서 춘천을 잇는 북한강 자전거도로가 춘천을 둘러싸고 있다는 점이었다. 바로 눈앞에 시원하게 뚫린 북한강을 따라 달릴 수 있다는 것만으로도 심장이 뛰었다. 항상 포천과 가평에서 냄새나는 시골길을 달려왔던 것과 비교도 안 될 즐거운 삶을 살 것 같아 벌써 설렜다. 게다가 수영장도 곳곳에 있어서 내가 좋아하는 철인 3종을 연습하기에 이만한 곳이 없었다.

이런 곳에서 군생활을 하게 되다니, 서울에서 근무하는 동기들이 하나도 부럽지 않았다. 아무리 내가 연이어 바로 2차 중대장을 하게 되었지만 이런 곳에서는 중대장을 한 번 더 하든, 그보다 더 어려운 직책을 하든, 뭐든 자신 있게 할 수 있을 것 같았다.

연이어 중대장을 한다는 내 소식을 전해 들은 아빠는 조금 걱정을 하긴 했지만, 난 성공적으로 1차 중대장을 마쳤기에 2차 중대장 역시 훌륭하게 수행할 자신이 있었다. 몸소 배우고 느꼈던 1차 중대장에서의 값진 경험들 바탕으로 내 모든 역량을 발휘하여 2차 중대장을 하리라 마음먹었던 것이다.

그렇지만 1차 중대장을 마친 지 며칠 안 되었다 보니 아직까지도 내 친자식 같은 수십 명의 간부들과 병사들이 하나하나 내 머릿속에 맴돌았다. 아직까지 이전 부대의 삶이 정리가 안 된 것이다. 빨리 비워 내야 할 텐데…. 이 상태에서 새로운 중대원들을 맞이할 수 있을까 조금은 걱정되었다.

새로운 마음가짐으로 시작한다는 의미에서 나는 부대 전입 전까지 매일 근처 산들을 오르고 자전거도로를 뛰어다니면서 머릿속을 비워 내려고 시도해 보았다. 그리고 그 위에 다시 새롭게 그림을 그리기 시작했다. 1차 중대장 때 개선해야 할 점은 무엇이고, 다음 2차 중대장은 어떤 모습으로 해내야 할지.

내가 전입할 부대는 곧 몇 개월 뒤에 멀리 떨어진 곳으로 이전하게 계획되어 있었는데, 그래서 그전까지 당분간 병력들은 임시 병영 생활관 개념으로 컨테이너에서 생활하고 있었고, 기존 막사는 출입을 금하고 있었다. 모든 부대 사람이 부대 이전 준비로 어수선했지만 나름 컨테이너 내부는 깔끔했고 부대 사람들도 활기차 보였다. 나름 지낼 만한 곳이라 생각이 들었다.

나는 대충 전입 인사를 마치고, 중대로 올라가 게시판에 걸려 있는 부대 일정들을 훑어보았다. 정말 빽빽하니 숨 쉴 틈 없어 보였다. 바로 몇 주 뒤만 해도 장간조립교 구축 평가를 받고, 바로 이어서 전술 훈련들로 계획되어 있었다. 내 중대원들은 새로 중대장으로 취임할 나보다 오로지 부대 이

전과 몇 주 후에 있을 장간조립교 구축 평가에만 관심이 쏠려 있었다. 아무리 봐도 내가 적응할 여유는 상당히 부족해 보였지만, 부대의 중요한 일정들을 잘 소화하기 위해서 나 스스로 빨리 새로운 환경에 적응하고, 빨리 중대원들을 내 편으로 만들어야 했다. 아무리 힘들어도 1차 중대장 때 CEO(최고경영자)처럼 해냈던 값진 경험들 속에서 얻었던 '자신감' 하나만큼은 잃지 않기로 다짐했다.

곧 중대장 취임식을 마쳤다. 내 어깨에는 또다시 새롭게 녹색 견장이 생겼다. 2주 만에 뺐다 낀 것이다. 새로운 녹색 견장은 그다지 어색하지 않았다. 오히려 견장이 없는 내 모습이 더 어색해 보일 정도였다. 물론, 또다시 녹색 견장의 무거운 책임감을 안아야 한다는 부담감이 있었지만, '그래, 이까짓 녹색 견장의 무거움을 다시 한번 제대로 느껴 보자!' 하며 새롭게 다짐해 보았다.

중대장으로 취임한 지 일주일이 지났다. 일주일이란 시간 동안 부대에 적응하기 위해 스스로 부단히 노력하긴 했지만, 내 중대원들은 이미 전임 중대장에게 뼛속까지 길든 터라 내가 그들을 장악하기에는 빈틈이 없었고, 시간이 좀 더 필요해 보였다. 분명 아직 중대원들이 새로운 중대장인 나를 받아들일 준비가 안 된 것이다. 그래도 다행히 어제보다는 오늘 더 나아지고 있는 듯했고, 일주일 전보다는 지금 더 나아진 듯했다. 나는 힘을 냈다. 100℃의 물의 온도를 더 높이기 위해서는 한참을 변함없이 더 끓여야 하지 않는가. 분명 나아지고는 있는데, 단지 피드백이 보이지 않는 그 시기. 딱 지금이 그 어려운 시기이다. 그래도 2주 후에 있을 장간조립교 구축 평가만 끝나면 나도 어느 정도 내 역량을 펼칠 정도로 중대를 장악할 수 있을 것이다!

6월 21일 화요일

중대장으로 취임한 지 2주 차가 되는 날이다. 오늘도 평소와 같이 무더운 날이 이어졌다. 난 애초부터 2주 후에 있을 장간조립교 구축 평가에 신경을 곤두세우고 있었다. 장간조립교 훈련은 다른 훈련과 달리 조금만 주의를 못 해도 큰 사고로 이루어질 수 있기 때문이다. 게다가 장간조립교는 중대장인 나조차 소대장 시절에 아주 잠깐 해 본 게 전부라서 감각을 되찾아야 했고, 이곳 병력도 마찬가지로 한 번도 안 해 본 이들이 대부분이고 그나마 경험이 있는 병력은 다 전역을 한 상태였다. 결국 믿을 만한 사람은 고작 부사관 몇 명뿐이었는데, 아무리 유능한 부사관일지라도 대다수의 병력이 미숙하다면 사고 나기 십상이기 때문에 안전을 위해서라도 많은 훈련이 필요해 보였다(평가를 잘 받기 위함이 아니라 오로지 안전하게 끝내려는 목적이었다). 더군다나 우리가 구축해야 할 장간조립교는 2단이었기에 더욱이 신경을 써야 했고, 훈련을 위한 장비 협조 역시 쉽지 않아서 아무리 더위가 심하더라도 이론교육이 아닌, 주특기 식으로라도 훈련해야만 했다. 아무리 덥다고 해도 가만히 이론교육을 듣는 것은 명백한 시간 낭비이며, 대책 없고, 책임감 없는 행위에 불과했다. 병력이 숙달되지 못해 실전에서 병사 손가락이 날아간다면 중대장으로서 '죄송합니다. 날씨 때문에 어쩔 수 없이 훈련을 많이 못 해 봤습니다.'라고 할 수 없기 때문이다.

아침 회의 시간. 나는 오늘 부대 운영은 하루 종일 장간조립교 주특기 훈련에 매진하겠다는 보고를 하고선, 오후에는 폭염을 고려하여 15시부터 진행하겠다고 했다.

그리고 오전 훈련 시간. 나는 병력들이 훈련하는 모습들을 보고선 가히 실망을 금치 못했다. 그 누구도 훈련할 열정이 없고 의지가 없는 모습이었기 때문이다. 훈련장으로 이동하는 데만 한참이 걸리고(5분밖에 안 되는 가까운 훈련장이다), 또 도착하고는 너무 덥다며 한참 동안이나 쉬고, 담배 피운다고, 화장실 간다고, 또 조 편성한다고 모여 있다 보면 곧 점심시간이 되었다. 실제로 집중해서 훈련하는 시간이 거의 없었던 것이다. 이제 평가일은 얼마 남지 않았고 수준은 턱없이 부족한데, 이러다 평가 날에 정말 사고가 날 수 있겠다는 생각이 들었다.

일단, 아무리 마음에 안 들어도 갑자기 내 방식대로 확 바꿔 버린다면 전체적으로 큰 혼란이 있을 것 같아 일단은 참고, 이번 장간조립교 구축 평가 전까지만이라도 기존에 했던 방식대로 해 보기로 했다.

그리고 오후 시간. 비록 아침 회의 때 폭염을 고려하여 15시부터 훈련한다고 말은 했지만, 오전 훈련 모습에 크게 답답함을 느꼈던 나는 좀 더 빨리 시작해도 될 것 같아 30분 앞당겨 14:30부터 훈련을 전개하기로 했다. 고작 30분 먼저 시작해 봐야 기온도 크게 달라질 것도 없고, 또 평가 때는 더 덥고, 점심시간이고 뭐고 쭉 이어서 할 텐데 그런 환경에서 훈련하는 것 자체가 훈련이라고 생각했기 때문이다.

비록 주특기 훈련이지만 난 직접 훈련장에 가서 훈련하는 모습들을 면밀하게 관찰하였다(보통 주특기 훈련은 주로 부소대장이나 소대장 정도가 주관한다). 훈련하는 분위기와 훈련 수준, 훈련시키는 방법은 물론 병력들의 체력 수준까지 유심히 살펴보았다. 역시나 그리 만족스럽지는 않았지만 어떻게 하면 나의 지휘 스타일에 맞춰 훈련을 시킬지 조금 감이 잡힐 듯했다. 역시 현장을 직접 가 봐야 뭐라도 보인다.

곧 훈련이 끝나고 부대로 복귀하려던 참이었다. 그러던 그때 갑자기 훈련장 구석으로 간부들이 우르르 둘러싸고 있었다. 무슨 일인가 해서 가 보니 이게 웬걸, 어떤 한 병사가 쓰러져 있는 것이었다. 다행히 그 병사는 큰 문제가 없어 보였고 단순 호흡곤란 증상만 있어 보였다. 아마도 무더위 속에서 중부재들을 옮기다가 순간적으로 혈액순환이 안 된 것 같았다. 때마침 현장으로 달려온 군의관은 잠시 진단을 하더니 다행히 병원에 갈 정도는 아니고 조금 지나면 나아질 거라는 소견을 주었고, 나는 바로 정작과장님과 대대장님에게 전화를 걸었다. 차근차근 상황 설명을 하며, 상태가 심각하지 않다고 보고를 하니 그냥 대수롭지 않게 넘기시는 것 같았다.

그런데 그건 내 착각이었다. 부대로 돌아가자마자 정작과장님은 갑자기 나를 불러 세우더니 다짜고짜 질책을 하기 시작했다. 분명 오늘 아침에 오후 훈련은 15시에 시작한다고 보고했으면서 왜 네 멋대로 30분 일찍 시작했냐는 것이다. 나는 질책하는 정작과장님의 마음을 충분히 알고 있었다. 보고한 훈련 계획이 달라졌으면 다시 정정 보고를 했어야 하지 않았냐는 것이다. 그래도 나는 어이가 없었고, 전혀 납득이 되지 않았다. 무슨 내가 작전을 수행하는 것도 아니고, 차량을 끌고 영외로 나가는 훈련도 아니었다. 또한 표준 일과가 15시부터 시작하라는 규정이나 지침도 없었고, 대대에서 통합적으로 하는 훈련도 아니었으며, 30분 일찍 시작한다고 별다른 영향을 끼치는 요소 또한 없었었다. 그저 중대장 권한으로 중대 단독으로 영내에서 주특기 훈련을 시킨 것뿐인데, 보고와는 달리 30분 일찍 시작한 것이 뭐가 문제이고 뭐가 중요한지, 이게 이렇게 질책받을 정도로 잘못한 일인가 싶었다.

정말 힘들었다. 질책받는 것이 힘든 게 아니다. 나를 힘들게 하는 것은 주특기 훈련처럼 명확한 중대장 권한이 있는 훈련인데도 상급자가 일일이 간섭하고 뭐 하나 할 때마다 보고해야 한다는 체계가 당연하다고 여기는 '이망할 조직 분위기'였다. 마치 여기에서의 중대장은 권한은 하나도 없고 모든 것들에 대해서 해도 되겠냐고 허락만 구하는 허수아비 같았다.

만약 내가 아침에 15시가 아닌 14시 30분에 훈련을 시작한다고 보고를 하고 환자가 발생했다면, 과연 나에게 질책을 했을까? 그러고 발생한 환자에 대해서 본인이 책임을 졌을까? 그것도 아닐 것이다. 내가 14시 30분에 시작한다고 보고를 하든 안 하든 모든 책임이 있는 나에게 책임을 물었을 것이다. 아마도 정작과장님이 질책을 하는 이유는 내가 변경한 훈련 시간을 보고하지 않았다는 것이 아니라 왜 환자를 만들었냐는 것에 더 가까울 것이다. 분명 환자가 생기니까 누군가 책임을 물어야 하기 때문에 질책을 한 것이다.

'그냥 마음 편하게 뭘 그런 걸 피곤하게 따지냐, 이번 일은 보고 체계를 지키지 않은 내 잘못을 인정하고, 다음부터 일일이 보고하면 되지'라고 생각할 법도 했지만, 어느 정도 군생활에 회의감이 있었던 그때의 나로서는 도저히 쉽게 넘어가지 못했다. 아마도 1차 중대장 때 영향이 컸던 것 같다. 1차 중대장 때였다면 오늘 내가 했던 모습을 당연하다고 여겼을 것이다. 기상 여건과 훈련 목적을 고려하여 훈련 강도와 훈련 시간을 지휘관 재량에 맞게 조절하여 훈련을 통제하는 것. 그러다가 발생한 모든 상황에 대해서 직접 마땅히 책임을 지는 것. 이게 내가 배워 왔던 바람직한 중대장의 모습이며, 지금껏 해 왔던 1차 중대장 때의 모습이다.

지휘관이지만 자기 뜻대로 못 하고, 상급자가 주는 눈치만 하나하나 봐 가면서 행동하며, 책임은 책임대로 지는 조직문화. 원래 이런 문화는 예전부터 익히 알고는 있었지만, 여기 부대는 유난히 더 심한 것 같았다. 그렇게 '제한적'으로 지휘를 하게 만들고도 사고가 나면 질책을 쏟아내고 또 그 책임은 나 혼자 져야 하고…. 정말로 중대장으로서 뭘 해야 하는지도 모르겠고 숨이 턱 막힐 지경이었다. 이 사건이 내가 번아웃이 되는 중요한 첫 번째 사건이었다.

6월 22일 수요일

비록 어제 훈련하면서 과호흡 환자가 발생하고 아무리 정작과장님에게 질책을 받았더라도 내 훈련의 열정과 의지는 굽혀지지 않았다. 오히려 더 밀고 나가야 한다고 생각했다. 아무리 날씨가 덥더라도 주특기 훈련 때, 게다가 쉬엄쉬엄했는데도 불구하고 환자가 생겼다면, 실제 평가하는 날에는 더 더워질 것이고 실전이라고 잔뜩 긴장한 마음에 급하게 진행하기 때문에 더 많은 사고와 환자들이 발생할 것이 뻔했다. 따라서 실전과 최대한 비슷한 열악한 환경과 조건에서 많이 해 봐야 한다고 다짐했다.

하지만 그 다짐은 곧 다음과 같은 대대장님의 문자 한 통에 무너져 내렸다.

[오늘 훈련은 하지 마라.]

나는 힘이 빠졌다. 고작 어제 발생한 환자 한 명으로 신뢰를 안 해 주시는 것인가.

그리고 잠시 후 대대장님은 아침 9시까지 우리 중대 간부를 제외한 전 병력을 강당으로 집합시키라고 문자를 보내셨다. 아마 병사들만 따로 정신교육을 하시려는 것 같았지만, 도대체 무엇 때문에 교육을 하시는지, 그리고 왜 나를 포함한 중대 간부들을 빼놓고 병사들만 모이라는 것인지 설명해 주시지 않으셨다. 대체 무슨 일인가 싶었다. 어제 발생한 환자 때문일까. 아니면 새로 취임한 내가 마음에 안 들었던 병사들이 직접 대대장님에게 불만을 일으킨 것일까. 어째서 중대장인 나에게도 알려 주시지 않고 대대장이 내 병력만 모아서 직접 교육을 하신단 말일까. 상당히 머리가 복잡했지만 그저 차분히 기다리는 수밖에 없었다.

2시간쯤 지났을까, 갑자기 행정보급관이 중대장실에 들어오더니 '얘기는 좀 들었지만 힘내십시오.'라고 조심스럽게 말을 건넸다. 순간 온몸에 힘이 빠졌다. 행정보급관에게 무슨 얘기이길래 그러냐고 물어봤더니, 그저 나를 연민의 눈빛으로 바라보고는 말없이 나가버렸다. 정말 한숨만 나왔다. 마치 보란 듯이 대대장님이 나를 따돌리고 내 중대 간부들을 움직여 내 중대를 직접 지휘하는 것만 같았다. 정말 더 이상 중대장을 하고 싶지 않았다. 아니, 할 이유가 없었다. 이럴 거면 도대체 왜 나를 중대장 자리에 앉혀 놨는지 도저히 이해할 수 없었다. 점심도 먹지 못했다. 먹으면 곧장 토할 것만 같았다. 나는 확인하고 싶었다. 아니, 꼭 확인해야만 했다. 확인하지 않고서는 도저히 버티지 못할 것 같았다.

나는 오후 1시부터 중대원들에게 설문지를 나누어 주고는 중대장에게 하고 싶은 말을 몽땅 다 적으라고 지시했다. 이를 뒤늦게 안 대대장님은 왜 굳이 갑자기 설문을 하냐며 당황하셨는데, 마치 대대장님이 오늘 아침에 내 병사들만 데리고 정신교육을 했던 이유를 내가 알면 안 된다는 느낌을 받았다. 그러니 더 확인하고 싶었다.

잠시 후 설문지를 받은 나는 심호흡을 하며 하나씩 읽어 보았다. 역시나 예상대로였다. 전임 중대장을 비교하여 나에 대한 비난들이 쏟아져 나왔다. 요약하자면 이것이다.

'앞서 많은 훈련으로 지쳐 있는데 새로운 중대장은 그런 병사들의 마음을 이해하지 않고 그저 훈련만 강행한다.', '무더운 날씨 속에서 고생하며 훈련하는데도 중대장은 도와주거나 함께하지 않는다.', '전임 중대장은 장간조립교 훈련할 때 항상 장간 중앙에 서서 병사들과 한마음 한뜻으로 지

휘를 했는데, 지금 중대장은 그저 쳐다만 보고 있다.'

난 또 한 번의 충격을 받았다. 설문 내용들 때문이 아니었다. 이미 설문 내용은 예상했던 것이었고, 이 또한 이들의 지휘관이 되기 위해서 내가 어쩔 수 없이 거쳐야 할 과제들이었기 여겼기 때문에 그리 충격받을 정도는 아니었다. 내가 진짜 충격받은 이유는 정말로 이런 설문의 내용들 때문에 대대장님이 나에게 아무런 설명 없이 병사들만 따로 모아 정신교육을 했던 것이기 때문이다. 나는 너무 외로웠다. 아무도 신뢰해 주지 않는 고독한 현실 속에 갇혀 있는 내 모습이 너무 초라했다. 곧 눈물이 나올 것 같았다. 대대장님은 왜 내가 마땅히 해야 할 일들을 빼앗아 본인이 직접 하셨을까. 나에게 말이라도 해 주셔야 했던 것 아닌가. 그토록 내 부하들의 신뢰와 인정까지 뺏어 가시려는 것일까. 대체 대대장님에게 나는 무엇이고, 내 부하들에게 나는 무엇일까.

나는 이제 더 이상 대대장님의 부하가 아니었다. 그리고 중대 부하들의 지휘관도 아니었다. 생각도 짧은 그들에게 장교와 부사관의 역할과 권한의 구분과 전술 훈련과 주특기 훈련의 차이에 대해서 설명을 할 힘도 없었고 하기도 싫었다. 이런 그들에게서 나에 대한 이해와 인정을 구하는 것조차 싫었다. 더 이상 내가 그런 사람들 앞에 설 이유도 없고 그런 사람들에게 내 에너지를 쏟아야 할 가치도 없었다. 대대장님이 나를 신뢰하지 않고 부하들 역시 날 지휘관으로 신뢰를 하지 않으니, 더 이상 내가 여기에 존재할 이유는 없는 것이다.

아무리 다시 생각해 봐도 이건 아니었다. 나는 소대장 때부터 부하들과 지휘관에 대한 신뢰는 반드시 스스로 만들어 가야만 하는 필수적인 과제이며, 상급 지휘관의 신뢰 역시 스스로 만들어 가야 할 중요한 과제라고 생각해 왔었는데, 어떻게 대대장님은 보란 듯이 나에게 아무 말씀 없이 병력을 모아 놓으시고 나에 대한 중대원들의 불만들을 직접 소통하셨단 말인가. 이 사건이 내가 번아웃이 되는 중요한 두 번째 사건이었다.

그 상황에서도 정작과장님은 나를 불러 앉혀 놓고는 아무런 의미 없는 질책만 하셨다. 정말 내 자존감이 남아 있지 않았다. 일어설 힘조차 없어지는 것 같았다.

6월 23일 목요일

정말 신기하다. 그토록 아파하고 힘이 없었던 나였는데, 자고 일어났더니 기적같이 또다시 힘이 생겼다. 역시 수면이 약이긴 한가 보다. 이제 곧 주말이니까 조금 더 힘을 내 볼까 하는 마음으로 출근을 했다. 하지만 역시나 나를 시험이라도 하듯 부대에서는 여러 가지 사건들이 일어났다. 전역이 얼마 남지도 않은 말년 소대장은 자기 동기와 다투다가 동기의 몸을 밀쳤는데 기분이 상한 그 동기는 경찰에 신고하겠다고 하질 않나, 점심시간에 중대 간부들이 부대 식당에서 안 먹고 밖에서 먹고 들어왔는데 그걸 가지고 정작과장님은 왜 굳이 밖에서 먹냐며 질책을 하지 않나. 솔직히 별것도 아닌 사건들이지만 그걸 감당하기에 나는 이미 충분히 지쳐 있었고, 문제를 해결하기에 충분히 벅찬 상태였다.

6월 24일 금요일

오늘은 6월 25일 하루 전날인 금요일이다. 아침부터 6·25 결의대회 행사가 있어 정신이 없을 거라 예상은 됐지만, 그래도 오늘만 버티면 주말이었다. 오늘만 버티면 이틀 동안만큼이라도 어느 정도 숨을 돌릴 수 있었기에 힘을 내 보기로 했다.

6·25 결의대회는 매년 하는 행사로 한국전쟁에서 전사하신 분들의 숭고한 희생을 기리고 다시 적과 싸운다면 반드시 이기겠다고 다짐하는 행사이다. 내가 그 결의대회의 행사 지휘를 맡게 되었는데, 중위 때부터 인사과장이나 여단 인사장교, 그리고 1차 중대장 때마다 각종 행사의 사회자나 지휘자를 여러 번 했던 터라 크게 걱정은 되지 않았다. 그래도 이 부대 오고 나서 첫 행사이고 첫 지휘를 맡았던 터라 꽤 신경이 쓰였다.

행사는 어제 대대 결산 회의 시간에 정한 대로 부대 강당에서 8시 20분에 시작하게 되어 있었지만, 역시나 예상대로 8시가 넘어가는데도 강당에는 나 말고 아무도 보이지 않았다. 8시 10분이 다 되어서야 고작 한 개 중대가 서둘러 모이고 있었다. 전날 회의 때부터 행사 준비 시간이 촉박할 거라 예상은 했었지만, 회의에 참석한 사람들 중 단 한 사람도 다른 의견을 말하지 않았다. 좀 아니라고 생각이 들면 부담스러운 자리에서도 절대 참지 않고 소신 있게 의견을 제시했던 나였지만, 내 몸 하나 가누기 힘든 상태였기 때문에 입을 꾹 다물고 있었다. 분명 나뿐 아니라 거기 참석한 중대장들과 참모들 역시 마음속으로 무리라고 생각했을 것이다.

결국 일방적인 소통의 결과로 빚어진 무리한 행사 계획 때문에 행사 시작 10분 전에도 고작 한 개 중대만 모이는 사태가 발생한 것이다. 행사가 8시 20분부터 시작한다면 보통 8시에는 집합이 완료되어 예행연습을 하는 것이 일반적인데, 행사 시작 10분 전에도 단 한 개 중대만 모였다는 것은 정말 심각한 일이다. 내 중대원들 역시 모습을 보이지 않았다. 어제저녁 중대 결산 회의 때부터 오늘 이른 아침까지 중대 간부들에게 반드시 최소한 8시까지는 병력들을 강당에 모이도록 통제하라고 그토록 당부를 했었는데, 대부분 간부들은 자기가 직접 통제할 생각은 안 하고 그저 후임들이 알아서 하겠지, 그날 당직근무자가 알아서 통제하겠지 하고 있었던 것이다.

생각하면 할수록 한심하다. 이런 썩어빠진 간부들의 정신들을 뜯어고치려면 나의 희생이 어마어마하겠구나 하는 생각에 한숨이 절로 나왔다. 더 황당한 것은 행사를 계획한 실무자조차 행사 현장 모습에 관심이 없었고, 행사 사회를 진행해야 하는 인사과장이란 사람은 행사 시작하기 5분 전에서야 모습을 비췄다. 아무래도 이 부대는 기본 개념이 부족했거나, 행사에 큰 중점을 두지 않아 보였다.

통제 하나 안 되는 이 모습이 답답하게만 느껴졌는지 옆에 서 있던 정작과장님은 나에게 지금 시간이 몇 시인데 아직까지 행사 준비가 안 되어 있냐며 짜증을 내셨다.

그런데 듣고 보니 어이가 없었다. 왜 나한테 짜증 내시는 것일까. 내가 만만하신 것인가. 지금 이 행사의 전반적인 통제는 내가 아니라 참모 부서일 텐데, 더군다나 이 행사의 주무 부서는 정작과인데 자신의 부하인 작전교육장교에게 짜증을 내야 맞는 거 아닌가? 그리고 사전에 계획을 제대로 검토하지 않은 본인을 탓해야 하지 않나? 단순히 내가 행사 지휘자를 맡았다고 모든 책임을 내가 지라는 것인가? 설마 여기 부대에서는 이걸 당연하게 여기는 것일까? 후….

아무쪼록 행사는 잘(?) 마무리되었고, 아침 회의 시간이 되었다. 대대장님은 역시 예상대로 행사에 대해서 그리 신경을 쓰지 않으셨다. 내가 봤을 때 대대장은 본인이 주관하는 행사는 그리 포커스를 두지 않으셨고, 행사보다는 병력 관리나 작전, 훈련 쪽에 더 신경을 쓰시는 것 같다. 부대에는 신경 쓸 것이 수없이 많은데 고작 행사 같은 것에 힘 빼지 말라는 뜻 같았다.

반면에 정작과장님은 오늘 아침에 행사 준비 과정에서 기분이 잔뜩 상했는지 분노를 억누르고 있는 표정이었다. 아니나 다를까, 회의가 끝나고 대대장님이 밖으로 나가시자마자 기다렸다는 듯이 중대장들과 부서장들을 정작과장실로 불러 세워 놓고는 참아 왔던 분노를 표출하기 시작했다. 요약하자면 아무도 행사 신경을 안 쓰고, 행사 시작 시간이 몇 시인데 아무도 집합을 안 한다는 것이었다. 너무 답답했다.

'오히려 화를 내야 할 쪽은 우리인데.'

'오히려 행사의 주무부서가 사전에 역할을 정확히 분담하고 책임을 명확하게 주었다면 이런 일이 발생하지 않았을 텐데.'

그러고 보면 이런 아쉬움이 나만 있는 게 아니었을 것이다. 분명 옆에 듣고 있는 사람들도 나와 같이 답답했을 텐데, 그들은 그저 묵묵히 참으며 듣고 있었다. 하긴 그들도 분명 나중에 자기 밑에 힘없는 후임들을 따로 불러 분풀이할 게 뻔했다. 각 직책마다의 역할과 책임보다는 선·후배 관계 또는 계급으로 찍어 누르는 무식한 군 조직 체계를 볼 때면 정말로 지긋지긋하게 한심스러웠다. 이래서 오랫동안 군생활을 하다가 전역하는 간부들이 사회 적응을 못 하는 것일까. 참 답답하기만 하다. 그렇게 혼자 이런저런 생각을 하고 있었는데, 그 순간 정작과장님의 다음과 같은 한마디에 머리가 하얘졌다.

"제대로 못 할 것 같으면 군생활 그만둬야지."

어… 이 말은…. 딱 나를 두고 하는 말인 것 같았다. 더 이상 중대장으로 있을 가치가 없고, 더 이상 의욕이 없고, 더 이상 가치가 없고, 여기 좀만 더 있다가는 죽을 것 같았던 나를 구원해 주는 한마디였다. 속이 너무 시원했다.

'제대로 못 할 것 같으면 군생활 그만둬야지.'

내가 그토록 하고 싶었지만 차마 입 밖으로 꺼내지 못했던 말이었다. 그 말을 정작과장님이 나 대신 말해 준 것이다. 순간 정작과장님에게 너무 고마웠다. 그때 '제대로 못 할 것 같으면 군생활 그만둬야지'라고 안 해 주셨더라면 나는 아마 지금 이 세상에 존재하지 않을지도 모른다. 정작과장님은 내 생명의 은인인 셈이다.

2. 포기 선언

그 순간만큼은 너무도 통쾌했지만, 나는 곧 깊은 생각에 빠졌다.

'그렇다고 정말 그만둘 수 있을까. 겨우 중대장으로 취임한 지 2주밖에 안 된 시점인데?'

'그래도 내 삶에 아무런 가치도 못 느끼는 일들을 언제까지 참고 할 수는 없잖아!'

'그래도 그렇지, 나 하나 살려고 많은 부대 사람들에게 피해를 끼치는 건 좀 아니잖아!'

'도저히 계속할 자신이 없고 힘이 없는데 어떡해!'

내 마음속 이드[1]와 초자아[2]가 서로 싸우는 듯했다.

나는 조용히 부대 창고 뒷공간으로 천천히 걸어갔다. 온몸에 힘이 모두 빠진 상태였다. 나는 살며시 주머니 속 담배를 꺼내 들었다. 그리고 다시 깊은 생각에 잠겼다.

'제대로 못 할 것 같으면 군생활 그만둬야지.'

가만히 생각해 보면 정작과장님은 정말 옳은 말씀을 하신 거다. 못할 거

1) 이드(Id): 원초적이고 본능적인 욕구와 충동을 나타내는 정신구조.

2) 초자아(Superego): 도덕적 가치와 사회적 교범을 내면화한 정신구조.

같으면 그만두는 것. 이 얼마나 당연하고 옳은 말인가. 못할 거 같은데 괜히 억지 부리면서 조직에 피해 주지 말고, 제대로 할 수 있는 사람에게 자리를 양보하는 것. 누가 봐도 지극히 옳은 말이다. 오히려 끙끙 앓으면서 버티는 것이야말로 명백한 이기적인 모습이고, 참지 않고 과감하게 그만두는 것이야말로 지극히 배려 있고 용기 있는 모습이다. 나는 왜 여태껏 이렇게 간단하고 현명한 해결책을 떠올리지 못했을까.

내가 그만둬야 하는 이유. 그러니까 더 이상 군생활을 못 할 것 같은 이유는 아주 분명하다. 도저히 이런 조직 속에서는 그 어떠한 임무라도 수행할 자신이 없기 때문이다. 더 정확히 말하자면 이 더러운 조직문화 속에서 더 이상 살아남을 자신이 없는 것이다. 나에게 모든 권한을 빼앗고 그저 책임만 묻는 조직 체계. 한순간에 나를 힘없는 허수아비로 만들어 버리는 조직 체계. 계급과 서열 앞에서는 아무 말도 못 하는 비겁한 조직 체계. 이런 조직 안에서 내가 뭘, 그리고 앞으로 어떻게 해야 할지도 모르겠고 내 비전 역시 보이지 않았다. 이러한 조직 안에 있다가는 언젠가는 스스로 미치광이가 될 것만 같았다. 아니, 지금도 충분히 그런 상태이다. 아마 조금 더 있다가는 더 심하게 정신병이 도져 큰 사고를 낼지도 모른다. 아니면 극단적인 행동을 할지도….

담배 연기는 곧 죽고 싶은 내 심정을 표현하듯 짙은 회색빛 안개로 자욱해졌다. 그러고 보니 내가 중위 때도 이렇게 아무도 없는 외진 창고에 숨어서 쓸쓸하게 담배 연기를 뿜어낸 적이 있었는데, 그때가 생각난다. 그때도 계급으로만 밀어붙이는 부당한 군 조직 분위기 속에서 지쳐 쓰러져 죽으려고 했었는데.

그날 퇴근 이후 나는 방문을 굳게 닫고 바로 침대에 누웠다. 아무것도 하기 싫었다. 그 누구랑도 연락하기도 싫었고 그 누구도 만나기 싫었다. 밥도 먹기 싫었다. 그저 지금처럼 이 깜깜한 작은 방에 혼자 누워 있고 싶었다. 이대로 시간이 멈췄으면 했다. 이 시간 속에서 평생을 갇혀 있고 싶었다. 곧 다가올 월요일이 두려워졌다. 차라리 교통사고라도 내서 입원실에 혼자 누워 있고 싶었다. 그렇게 평생을 누워 있다가 죽더라도 상관없었다.

'정말 그래 볼까?' 하는 찰나에 저 멀리서 진동이 울렸다. 핸드폰 진동 소리였다. 그냥 무시하려고도 했지만, 계속 울려대는 진동 소리에 어쩔 수 없이 핸드폰을 집어 들었다. 도대체 누구길래 끈질기게 걸어 대는 걸까 하며 휴대폰을 들춰 보았더니, 아빠였다. 1년에 고작 서너 번 통화할까 말까 하는 아빠였는데 이런 중요한 순간에 전화를 걸다니, 혹시 내 상황을 알고 있는 것일까. 받을까 말까. 한참을 고민하다가 겨우 받았다.

안부 전화였다. 그리 반가운 목소리도 아니었고 별 내용도 없었지만, 희한하게도 내 눈시울은 자꾸만 붉어져 갔다. 그리고 곧 하나둘씩 눈물들이 맺혀 앞을 가리기 시작했다. 좀만 더 있다가는 말을 잇지 못할 것 같아, 아빠에게 또 연락하겠다고 급히 끊고는 겨우 참아 왔던 울음을 터트리기 시작했다. 아빠의 목소리가 왜 내 눈물샘을 자극했는지 모르지만, 덕분에 오랜만에 눈물을 쏟으니 개운했다. 아빠에게 고마워해야 하는 것일까.

몇 분이 지나도 내 눈물은 멈추지 않았다. 정말 서글픈 울음이었다. 내 울음소리가 내 귓가에 들리면 괜히 더 서글퍼졌다. 얼마나 힘들었을까. 피멍투성이 된 내 영혼. 그 누구에게도 풀지 못해 혼자 끙끙대는 내 영혼. 그런 내 영혼이 혼자 이 좁은 방구석에서 우는 모습을 상상할 때면 더욱 눈물이 쏟아져 나왔다. 정말 죽을 것만 같았다. 후… 하나님… 제발 저 좀 살려주세요.

다음 날 아침, 정말 신기하게도 영원히 멈추지 않을 것 같았던 내 눈물들이 멈춰 있었다. 하지만 거울에 비치는 초라하고 불쌍한 내 모습을 볼 때면 또다시 눈물이 쏟아질 것만 같았다. 하지만 꾹 참았다. 더 이상 울기 싫었고, 더 이상 마음 아파하기 싫었기 때문이다.

잠시 후 냉장고에서 술 한 병을 꺼냈다. 술이라도 마셔야 조금이라도 아프지 않을 것 같았다.

'제대로 못 할 것 같으면 군생활 그만둬야지.'

어느새 또다시 어제 정작과장님 말이 나도 모르게 맴돌고 있었고, 내 마음속 '이드'는 계속해서 기승을 부리기 시작했다.

이렇게나 죽을 것 같이 힘든데, 참고 해야 하는 이유가 있을까? 처음부터 내가 좋아서 장교의 길을 선택한 것도 아니었고 이토록 군생활에서 가치를 못 느끼는데…. 만약 이렇게 참고 중대장을 마쳤다고 치자. 그러면 과연 달라지는 게 있을까? 다른 곳에서, 더 나은 직책을 맡게 된다면 정말 달라질 수 있을까? 만약 달라지지 않는다면 왜 그런 걸까? 내가 한참 해야 하는 나이라서? 대위는 한참 참아야 하는 계급이라서? 소령으로 진급하면 좀 달라질까? 중령이 되고 대령이 되면 과연 달라질 수 있을까? 그때의 내 모습은 과연 어떠한 모습일까? 행복한 모습일까? 정말 미소를 짓고 있을까? 그때도 마찬가지로 거울에 비치는 초라한 내 모습을 보며 서글프게 울고 있지는 않을까? 이리 치이고 저리 치여 상처투성이가 되어 죽어 가는 불쌍한 개새끼 같은 모습이지 않을까? 내 모습이 그려진다. 상상이 된다. 그것도 너무 선명하게.

나도 모르게 겨우 멈췄던 눈물들이 어느새 또다시 눈가를 타고 내려오기 시작했다.

어쩌다 이렇게 된 것일까. 아무리 힘들더라도 항상 감정을 추스르려고 노력했던 나인데, 항상 문제가 생겼을 때 이성적으로 원인을 분석하며 해결책을 찾고자 했던 나인데, 지금은 그럴 수 없었다. 그냥 가만히 누워서 온몸으로 슬픔과 좌절을 느끼는 것만이 유일한 해결책이었다.

다음 날 일요일. 충분한 수면이 약이었을까? 혈액 속 떠다니는 알코올이 약이었을까. 폭풍이 휩쓸고 간 듯 내 감정은 신기하게도 말끔해져 있었다.

이제는 조금 안정이 됐겠다 싶어 조금 이성적으로 전환해 보았다. 그렇다면 나는 이제 앞으로 어떻게 하면 좋을까. 도대체 어떤 방법이 나의 해결책이 될 수 있는 걸까. 어제 정작과장님이 말한 대로 더 이상 군생활을 제대로 못 할 것 같으니 그만두는 것이 유일한 해결책인 걸까. 세상을 바꾸려 들지 말고 나를 바꾸라는 말처럼, 이 불합리한 조직 속에 힘없이 수긍하고 또 그걸 당연하게 여기도록 스스로 세뇌시키는 방법이 해결책이 될 수 있는 걸까. 아니면 죽을 각오로 희생하면서까지 온 힘을 써 가며 앞장서서 군 조직 체계를 바꾸는 방법이 해결책이 될 수 있는 걸까. 아무리 생각해 봐도 지금 내 상태에서는 그 어떠한 선택지도 현실적인 해결책이 되지 못하는 것 같았다. 지금 당장 유일한 해결책은 지금 당장 전역을 하는 것이었다. 아니면 목숨을 끊거나.

6월 27일 월요일

화장실 거울 속에 비친 내 얼굴은 몰골이 아니었다. 얼굴은 탱탱 부었고, 표정은 돌처럼 딱딱하게 굳어 있었다. 웃음기란 전혀 찾아볼 수 없고 슬픔과 고독이 가득한 표정이었다.

출근하는 길은 10분도 채 걸리지 않는 거리였지만 정말 길게 느껴졌다. 저 건너편에서 달려오는 차에 확 박아 버릴까, 옆에 보이는 건물로 확 돌진

해 버릴까. 옆에 펼쳐진 북한강에 확 뛰어들어 볼까. 비록 10분이란 짧은 시간이지만 별의별 생각을 다 해 보았다.

그래도 무사히 부대에 도착한 나는 멍하니 앉아 주말 내내 결심했던 것들을 되뇌고 있었다. 아침 회의 시간에도 내 머릿속엔 오로지 '이 결심을 언제 어떻게 말할까'뿐이었다. 회의 때 누가 무슨 말을 하는지 아무것도 들리지도 보이지도 않았다. 그보다 대대장님이 무슨 말만 하면, 타이밍 맞춰 억지웃음을 지으며 'Only Yes'로만 답변을 하는 있는 사람들에게 저절로 눈이 갔다. 정말 귀여운 가식쟁이들이다.

곧 아침 회의가 끝나가는 분위기에 다다르자 내 손에는 땀이 나기 시작했고, 심장은 미친 듯이 뛰기 시작했다. 마치 인생을 뒤바꿀 듯한 대단한 결심을 곧 표출할 생각을 하니 분명 몸에서도 반응한 것이다. 회의가 끝나자마자 나는 대대장실 앞에서 한참을 서성이다가 다시 숨을 크게 내리쉬고는 조심스레 노크를 하였다. 갑자기 찾아온 나를 본 대대장님은 조금 당황한 기색이 있었지만, 곧 냉장고에서 음료수를 꺼내 주시면서 무슨 일로 찾아왔냐며 환하게 반겨 주었다. 그 순간 대대장님의 표정은 너무도 인자해 보였다. 금세 내 굳은 결심은 약해질 것만 같았다. 비록 나를 신뢰하지 못했고 나에게 이유 하나 설명하지 않은 채 내 병력들을 따로 모아 일방적으로 소통을 하여 큰 상처를 안겨 주신 분이었지만, 이와 별개로 대대장님의 얼굴 속에 숨겨져 있는 '고통의 주름'들과 억지로 미소를 지어도 꽤나 자연스러운 '인내의 미소' 앞에서는 내 모습은 한없이 작아져 보였고, 감히 내가 그런 얼굴에다가 이렇다 저렇다 평할 처지가 안 돼 보였다. 그의 얼굴은 혹독한 장교 생활을 나보다 두 배 넘게 했을 만큼 모든 아픔을 다 겪은 군의 대선배다운 얼굴이었고, 쓰디쓴 아픔을 먼저 경험한 인생의 대선배다운 얼굴이었기 때문이다. 나보다 힘들면 몇 배나 더 힘들었지, 덜하지는 않았을 것이다. 그토록 외롭고 고된 대대장이란 직책을 꿋꿋하게 참아 가는 그런 분에게 내가 다짐한 결심을 표출하기란 결코 쉬운 일이 아니었다.

하지만, 그래도…. 나는 결국 말해야만 했다. 내가 살기 위해서는. 후회하기 싫었다. 내가 만약 지금 이 결심을 꺼내지 않는다면, 영영 나에게는 더 이상 '나답게' 살아갈 기회는 존재하지 않을 것이다. 나는 주먹을 꽉 쥔 채 떨리는 목소리로 입을 열었다.

"죄송합니다. 더 이상 중대장을 못 할 것 같습니다."

내가 말하고도 '잘못 들었나' 할 정도로 잠시 동안 무거운 정적이 흘렀다. 대대장님의 얼굴은 몇 초간 당황하신 표정으로 멈춰 있었다.

잠시 후 대대장님은 떨리는 목소리로 나에게 왜 못 할 것 같은지, 그 이유에 대해서 물어보셨다. 하지만 나는 곧장 입을 열 수가 없었다. 그 이유는 바로 내 앞에 앉아 있는 대대장님이 원인이었기 때문이었다. 또한 대대장님 앞에서는 결코 내가 겪었던 부당한 부대 조직문화들과 정작과장 얘기는 도저히 꺼낼 수 없었다. 결국 나는 군생활이 죽을 만큼 힘들어서 못 하겠다고 얼버무렸다.

막상 말하고 나니 숨통이 트이는 듯 시원했다. 하지만 갑자기 이 전에는 느껴지지 않았던 미안한 감정들이 생겨나기 시작했다. 특히 대대장님에게 너무 죄송스러웠다. 나보다 몇 배나 큰 집단의 책임을 혼자 떠맡고 있는 대대장님도 이렇게 꿋꿋하게 인내하며 버티고 있는데, 고작 취임한 지 2주도 안 된 중대장이란 놈이 더 이상 못 하겠다고 하니, 대대장님 입장에서는 참 황당하기 짝이 없을 것이다. 대대장님뿐 아니라 중대 간부들에게도 미안했다. 특히 나를 대신해 곧 중대장 대리라는 무거운 책임을 떠맡을 선임소대장에게 너무 미안했다.

* * *

보통 사람이라면 지금까지 한 내 이야기가 이해되지 않을 것이다. 그 전부터 군생활이 그토록 고통스러웠고 뜻이 없고 회의감을 크게 느꼈다면, 도대체 장기 복무는 왜 지원을 한 것이고, 왜 여기까지 와서, 그것도 중대장에 취임한 지 2주 만에 대대장님 면전에다가 그만두겠다고 하는가.

진작에 전역을 선택했으면 되는 거 아니냐?

그리고 무슨 전역을 삶을 포기하는 것하고 비교를 하냐?

2장. 미성숙한 사람

1. 내가 전역을 못 한 이유

군생활에 전혀 뜻이 없었다면 애초에 안 하면 되었고, 이미 임관했다 하더라도 단기 복무만 하고 나오면 그만이었다. 그리고 장기 복무를 선택했다 하더라도 군생활을 포기하는 것을 자살과 비교하는 것은 너무 극단적인 오버액션이라 생각할 수 있다. 군생활이 내 인생의 전부가 아닌데도 말이다.

사실 전역. 나도 마음만 먹으면 금방이라도 전역을 할 수 있었다. 아무렴 몇몇 병사들도 현역 복무 부적합으로 전역하려고 애를 쓰는데 거기에 지휘관 확인서까지 써 주는 나야 못 할 것도 없었다. 비록 내 나이가 30대가 조금 넘었지만, 어떻게 생각해 보면 그렇게 늦은 나이도 아니었다. 그리고 내가 노가다를 뛰든 하찮은 아르바이트를 하든지 충분히 다시 일어설 자신이 있었다. 내가 소대장 시절에는 20명이 넘는 인원들을 리드했었고 1차 중대장 시절에는 100명 가까이 되는 인원들을 리드했었다. 또한 참모직일 때는 꽤나 일 잘한다고 많은 사람들로부터 나름대로 인정도 받았다. 아무렴 전역하고 어떤 직장을 가든 못할 것이 무엇이겠는가.

보다시피 나는 애초부터 군인과 거리가 먼 사람이다. 군인이 싫었다. 어릴 적부터 그렇게 여겨 왔다. 아마도 군인이었던 아빠의 영향이 컸던 것이다. 3사관학교도 아빠의 강압에 못 이겨 어쩔 수 없이 입교한 것이다.

나는 남들처럼 평범하게 병사로 입대 후 전역하여 내 전공이었던 컴퓨터 그래픽디자인 기술을 살려 취직할 생각이었다. 하지만 아빠는 생각이 달랐다. 아빠는 나에게 본인과 똑같은 장교의 길을 가기를 바랐다. 나에게 직접 말은 안 하셨지만 아마 내가 지방에 있는 2년제 전문대학에서 비전도 없어 보이는 멀티미디어콘텐츠과를 전공해 놓고 뭘 먹고 살겠다는 것인지, '굶어 죽기 딱 좋겠다', '자식이 그렇게 사는 꼴을 볼 수 없지'라고 생각했을 것이며, 3사관학교라도 들어가 직업군인으로 안정적으로 살기 바랐던 것이다. 엄마 역시 아빠와 동일했을 것이다. 그런 비전도 없는 대학 학과를 나와서 겨우겨우 돈에 허덕이면서 먹고살 내 모습이 안쓰럽고 못마땅했던 것이다.

* * *

내가 대학교 1학년 2학기에 들어갈 시점으로 기억한다. 아마 그때부터 아빠는 나에게 육군3사관학교에 대해서 슬그머니 이야기를 꺼내 왔고, 가면 갈수록 이야기의 강도는 세져 갔다. 하지만 그때의 나는 이미 학교에서 배우는 내 전공과목에 푹 빠진 상태였고, 내가 배우는 여러 가지 많은 과목들이 모두 내 적성에 충분히 맞았다고 생각했기에 오로지 나에게 직업군인의 길만이 살길이라고 설득하는 아빠가 너무 싫었다. 한번은 용기를 내어 이런 내 마음을 그대로 아빠에게 전달도 해 봤지만, 역시나 아빠는 내 말에

귀담아듣지 않았다. 너무 서운했다. 내가 어릴 적에는 결코 발견하지 못했던 나의 흥미와 적성들을 이제야 찾아냈으며, 난생처음으로 무언가에 열정을 가지고 '몰입'을 경험했었는데, 이런 나의 뜨거운 열정을 몰라 준 아빠가 너무 미웠다. 분명 어릴 때 아빠가 나에게 '해 보지도 않고 포기하는 것'이라고 했었는데, 반대로 내가 아빠에게 해 주고 싶은 말이었다. 내가 장교의 길을 걷지 않아도 될 만큼, 나에게도 잘 먹고 잘살 만한 뛰어난 재능이 있고 내 길에도 밝은 비전이 있다는 것을 꼭 증명해 보이고 싶었지만, 안타깝게도 나에게는 그걸 보여줄 만한 충분한 기회조차 주어지지 않았고, 자신감 역시 부족했다. 아빠 눈에는 그저 나의 전공과목들이 흥미로운 일회적인 취미로만 보인 것이고, 고작 그런 재주로 이 각박한 세상을 살아가겠다고 우기는 '철없는 어린 대학생'으로 보인 것이다.

결국 계속되는 아빠의 강압에 못 이겨 내 뜻을 저버리게 되었고, 어쩔 수 없이 아빠의 뜻을 따르기로 했다. 분통하지만 뭐 어쩌겠는가. 이후 이런 분통한 나의 마음을 조금이라도 삭이기 위해 점점 스스로 합리화하기 시작했다. 이왕 3사관학교에 가는 김에 훌륭한 리더십도 배우고 꾸준히 자기 계발을 하다가 딱 의무 복무만 채우고 사회로 나와서 내 전공을 살려야겠다고 마음먹은 것이다.

하지만 그렇더라도 마음 한편에는 답답함이 사라지지 않았다. 비록 지방에 있는 2년제 전문대학에서 내 전공이 돈 벌기도 힘들고 비전 없다고 느낄지는 몰라도 분명 나에게는 난생처음으로 몰입했던 중요한 순간들이었는데, 이 길로 나아가면 부유하게 살진 못하더라도 분명 행복할 거라고 확신했었는데, 나의 이 모든 것들을 포기하고 그토록 가기 싫었던 장교의 길을 선택할 정도로 나는 아빠의 뜻을 거스르기가 힘들었을까? 그렇게나 나의 인생에서 아빠의 영향력이 컸던 것일까?

얼마 후 나는 3사관학교를 들어가 기초 군사 훈련이란 것을 받았다. 정말 너무나도 힘든 시간이었다. 훈련도 훈련이지만 나를 힘들게 했던 건 끔찍하게 더러운 저차원적인 조직문화였다. 쏟아지는 각종 폭언과 인격모독, 훈육 목적이 아닌 단순히 자신의 힘을 과시하기 위한 무식하고 권위적인 행동들, 자신들의 감정만을 앞세워 하급자들을 괴롭히는 행동들. 이것들을 직접 내 눈으로 보고 직접 겪고 있으면 당장이라도 때려치우고 싶을 정도로 견디기 힘들었다.

결코 나만 그렇게 느낀 게 아니었다. 거기 있는 많은 동기들도 견디기 힘들었는지 훈련 첫날부터 몇몇 자퇴하는 이들이 생겨났고, 점점 갈수록 기하급수적으로 많아졌다. 고작 몇 주밖에 안 되는 이 짧은 기초 군사 훈련 기간에서 10% 이상의 인원이 자퇴할 정도이니, 이 끔찍함을 굳이 말로 설명할 필요가 없었다. 조금 좋게 말하면 정말 강한 의지력 없이는 버티기 힘든 환경이었다(아마 의지력이 없는 사람들을 걸러내기 위한 과정일지도 모른다). 나 역시 매일같이 포기하고 싶은 마음이 굴뚝같았지만 어떻게 버텨 냈을까. 어릴 적부터 군인의 딱딱한 표정과 말투, 군대의 각진 모습을 극도로 싫어하고, 저질 체력이라고 불렸던 내가 그 각박하고 삭막한 곳을 울면서까지 버텨 낸 동기는 무엇이었을까.

그건 바로 다름 아닌 아빠의 차가운 모습이었다.

이곳에서 내가 그냥 포기하고 돌아간다면 나를 한심하게 바라볼 아빠의 차가운 눈빛, 나를 향한 아빠의 딱딱하게 굳어 버린 표정과 내 마음을 찢어

버릴 듯한 아빠의 차갑고 날카로운 말에 곧 죽을 것 같이 힘들어하는 내 모습을 상상하기라도 하면, 어쩔 수 없이 이를 악물고 버티는 수밖에 없었다. 차라리 이 지옥 같은 곳에서 버티다가 죽는 편이 더 나았다.

그래도 이 기초 군사 훈련만 어떻게든 버티면 좀 나아지겠지 하며 희망을 가졌지만, 막상 들어온 생도생활 역시 결코 쉬운 게 아니었다(몇 주의 기초 군사 훈련 이후 2년 동안 생도생활을 해야 장교로 임관한다). 기초 군사 훈련 때와 별다를 게 없었다. 너무 힘들었다. 너무 힘들어서 남몰래 숨죽여 울기도 했다. 그만두고 싶은 마음이 정말 굴뚝같았다. 하지만 그렇게 힘들 때마다 항상 아빠의 차가운 모습을 생각하며 버텨 냈다.

그렇게 2년의 생도 시절이라는 긴 고난의 과정을 힘겹게 버틴 나는 드디어 장교로 임관하게 되었다. 하지만 더 크고 힘든 난관들이 나를 맞이하고 있었다. 마치 기초 군사 훈련 때 이것만 버티면 생도생활은 나아지겠지 하며 헛된 희망을 품은 것처럼, 소위 계급장을 달고 야전부대에 들어선 나는 곧 내가 품은 것은 희망이 아니라 허망이란 것을 깨닫게 되었다. 야전부대 역시 3사관학교만큼 저속한 폭언과 인격모독이 남발하는 곳이었다. 아니 그보다 더 심했다. 완전히 동물의 왕국과 다를 바 없었다. 여기선 정말 계급만 높으면 왕이었다. 아무리 옳은 말을 하더라도 계급이 낮으면 무시당하는 세상, 그리고 그걸 꾸역꾸역 받아들여야만 살아남을 수 있는 세상이었다.

야전부대는 이러한 계급사회의 힘을 세뇌라도 시키듯 나같이 임관한 지 얼마 안 된 사람을 '소위 나부랭이' 또는 '짬찌 나부랭이[3]'라고 불렀다. 간부들 사이에서도 이러니 병사들 사이에서는 말할 것도 없었다. 선임병은 무조건 옳았고 후임병은 선임병이 되기 전까지 자신의 의견이나 감정을 제대로

---

3) 짬찌는 '짬밥 찌끄레기'의 줄임말이다. 짬이란 군대에서 먹는 밥이다.
짬 찌끄레기란 말은 군대에서 먹는 밥이 찌꺼기만큼 적다는 의미로 군 경험이 적은 사람을 뜻한다.

표현하지 못했다. 더욱이 간부와 병사들 사이에서는 더 볼 것도 없었다.

이런 험난한 계급사회 속에서 막 전입 온 나는 그 분위기에 못 이겨 한없이 위축되어 갔다. 나와 5년밖에 차이 나지 않는 직속상관인 중대장조차 하늘처럼 느껴졌다. 왠지 모르게 나를 향한 중대장의 눈빛은 너무도 차갑게 느껴졌다. 중대장은 평소에도 나에게는 말조차 섞지 않았는데, 이조차 너무 무섭게 느껴졌다. 과연 내가 소위 나부랭이라 따뜻하게 대할 가치조차 없었던 것일까. 신임 소대장을 적응시키기 위한 방식인 것일까. 그런 분위기를 일부러 연출했을지 모르지만, 나는 계급사회라는 한계를 뛰어넘지 못하고 제대로 된 소통을 못 하도록 조성하는 분위기가 너무 무섭고 안타까웠다.

그래도 진급하면 조금 나아지려나 했더니 또 그렇지도 않았다. 내가 중위로 진급하여 인사과장이라는 참모 생활을 하게 되자 그 전과는 비교되지 않을 정도로 힘들어졌다. 산더미처럼 쌓인 업무량 역시 벅찼지만, 그보다 역시 계급으로 찍어 누르며 각자의 직위에 맞는 권한을 무시해 버리는 이 짐승 같은 조직 체계가 나를 가장 힘들고 지치게 만들었다. 밤낮, 주말 없이 책임감을 가지고 최선을 다하는데도 자신의 기분이 좋지 않다며 폭언과 인격모독을 일삼는 상급자들을 볼 때면 내 마음 깊숙한 곳에 커다란 회의감이 쌓여 갔고, 그럼에도 꾸역꾸역 참고 혼자 쓸쓸히 밤을 새워 일하고 있는 내 모습을 볼 때면 너무 서러워 눈물이 나오기도 했다.

내 부서 내에서도 힘들었다. 분명 자기 일인데도 자기 일이 아니라고 생각이 들면 바로 손을 떼 버리고, 일이 어렵거나 힘들다고 느껴지는 것들은 모조리 과장인 나보고 하라는 식으로 말하고는 집에서 애 봐야 한다며, 또는 중요한 약속이 있다며 무심코 퇴근해 버리는 무책임한 부서원들을 볼 때면 책상을 뒤엎어 버리고 싶었다. 내가 이렇게까지 참아야 하나. 그저 내가 부서장이니까, 장교니까 참아 내야 하는 것일까. 말만 부서장이고 장교이지 완전 힘없는 허수아비 같은 존재였다. 이럴 거면 왜 초급 장교를 부서장 편제에 넣어 놨는지 이해할 수가 없었다(보통 인사과장 직책은 이제 막 중위로 진급한 초급 장교들이 맡았다). 정말 내 몸이 산산조각 날 것 같았다. 항상 그래 왔듯이 너무 지치고 힘들어 눈물 날 때마다 아빠 생각을 했다. 아빠는 이렇게 내가 힘들어할 걸 알면서 장교의 길을 선택하게 만든 것일까. 정말 아빠가 원망스러웠다. 아빠는 이렇게 울고 있는 내 모습을 보면 어떤 생각을 할까. 이거 하나 못 버티는 한심한 자식이라고 생각할까.

어떤 날은 정말 심각할 정도로 죽으려고 마음먹었던 적이 있었다. 당직 근무로 꼬박 밤을 새우면서 그다음 날 오후까지도 퇴근하지 못하고 벌게진 눈으로 컴퓨터와 씨름하고 있었다. 그렇게 이리저리 치이며 산더미처럼 쌓인 업무에 시달리고 있었는데, 어떤 선임 중대장이 나에게 다가와서는 다짜고짜 내 면전에 대고 일을 고작 그딴 식으로 하냐며 욕을 퍼붓는 것이었다. 그것도 내 부서원들이 다 보는 앞에서. 그것도 내 평정권자인 대대장이나 정작과장도 아니고 서로 협조 관계인 중대장이…. 난 참 어이가 없고 너무 서러웠지만, 그는 나보다 한참 고참이었기 때문에 어쩔 도리가 없었다. 그저 나는 죄송하다며 고개를 푹 숙였다. 그런데도 그는 내가 썩 마음에 안 들었는지 계속 따라와서는 많은 병사들이 모여 있는 앞에서까지 나를 잔인하게 내리까고 무시를 해 댔다. 정말 너무 수치스러웠다. 곧 눈물이 나올 것만 같았다. 너무 서러웠다. 진짜 죽고 싶었다. 내가 죽어서라도 그 X 같은 선임 중대장 인생을 종치게 만들고 싶었고, 이 X 같은 조직 체계를 송두리째 엎어 버리고 싶었다.

격한 감정에 휩싸인 나는 곧장 고카페인 음료수를 박스째로 사서는 한

병씩 마시기 시작했다(아마 내 옆에 마약이 있었다면 바로 과다 투여했을 것이다). 전날 당직근무로 잠도 못 자고 스트레스로 피로가 더해진 상태라 진짜 죽을지도 모르겠다는 생각이 들었다.

하지만 내가 죽음이 두려웠을까 아니면 이대로 죽는 것이 억울했을까. 나는 죽기 전에 하나의 시도를 해 보고자 했다. 바로 아빠에게 위로를 구하는 것이었다. 즉, 아빠에게 위로를 받아 조금이라도 살아갈 힘을 얻고자 한 것이었다. 평소에 아빠에게 전화가 오기만 해도 잔뜩 긴장했었는데, 이렇게 극한의 상황에 놓이다 보니 아빠에게 전화를 거는 것도 그리 어렵지만은 않았다. 난 떨리는 손으로 전화를 걸었다. 곧 내 전화를 받은 아빠는 조금 놀란 기색이었다. 아마 평일에 그것도 내가 먼저 전화를 건 적은 처음이었을 것이다. 아빠는 조금 바빠 보였지만 충분히 나를 반겨 주며 다정하게 왜 전화했는지 물어보았다. 나는 조금 망설이다가 곧 울먹거리며 어렵게 말을 이어 나갔다.

“너무 힘들다. 너무 힘들어서 차라리 죽고 싶다. 그만두고 싶다.”

내가 아빠에게 진지하게 ‘죽고 싶다’, ‘힘들다’, ‘포기하고 싶다’는 말을 꺼낸 것은 군생활 이후 아마 이때가 처음이었을 것이다. 그동안 아빠의 차가운 반응이 그 무엇보다 두려웠기 때문이다. 그럼에도 나는 정말 죽을 작정으로 전화를 걸었기 때문에, 그리고 한 가닥이라도 작은 희망조차 절실하게 붙잡고자 했기 때문에 그렇게 말할 용기가 생겼던 것이다. 하지만 아빠의 답변은 역시나 너무도 차갑고 단호했다.

“지금 나한테 통보하냐?”

“…….”

아빠의 답변은 이게 전부였다. 난 더 이상 할 말이 없었다. 정말 가슴이 찢어질 듯 아팠다. 곧 억장이 무너져 내릴 것만 같았다. 내 자존감은 너무 밑바닥에 있어서 더 이상 내려갈 곳이 없었고, 나라는 존재가 너무 초라하고 작아져서 도저히 찾아볼 수가 없었다. 더 이상 내 마음을 이해해 주는 사람은 이 세상에 단 한 명도 존재하지 않았던 것이다.

지금까지 아빠에게 실망을 안기지 않으려고, 아빠에게 인정받고 싶어 버텨 왔는데 그리고 내가 바랬던 것은 단지 아빠의 따뜻한 위로의 한 마디 그뿐이었는데, 그게 죽음을 앞둔 내 삶의 작은 희망 한 가닥이었는데….

눈물이 솟구쳐 나왔다. 그리고 내 가슴 속에 알기 힘든 복잡한 감정들이 생겨났다. 극한의 상황에서도 나의 마음을 헤아려 주지 않았던 아빠에 대한 강한 증오심이 생겨났고, 아빠라는 사람에게 내 진실된 마음을 보여 줄 필요도 없고 그러려는 노력조차 할 가치가 없어졌다. 나를 향한 아빠의 모든 친절과 사랑한다는 말은 모두 허위이며 가식이었다.

정말 죽고 싶도록 아파왔지만 그래도 이대로 죽기에는 조금 억울했다. 나는 마음을 단단히 먹었다. 내가 여기서 죽는다면 내 마음을 차갑게 외면하는 아빠라는 사람에게 나의 무력감을 그대로 드러내게 되는 것이며, 이 X 같은 군대 안에서 활개 치는 X 같은 새끼들에게 굴복하는 것이다. 나는 이를 악물었다. 그리고 결심했다.

이제부터 절대로 아빠에게만큼은 군생활이 '힘들다'고, 군생활을 '포기하고 싶다'고 안 할 것이다. 내가 '죽는 한'이 있더라도 말이다.

* * *

이후 많은 시간이 흘러 겨우 안정을 되찾았지만, 이미 아빠에 대한 나의 감정의 골은 너무나도 깊게 패어 있어서 부자간의 관계는 쉽게 좁혀지지 않았다. 어쩌면 나 스스로 좁히기를 꺼렸다고 봐야 할 것이다. 괜히 다시 아빠에게 마음을 열다가는 더 상처가 커져 진짜 죽을지도 모르기 때문이다. 죽음 앞에서 생겨난 생존본능이랄까. 아빠를 대할 때면 아주 최소한의 형식만 갖추었고, 만약 아빠에게 전화가 오기라도 하면 이것저것 핑계로 안 받는 것이 내가 터득한 유일한 생존 방법이었다.

2. 내가 지금 할 수 있는 것

대대장님에게 포기 선언을 한 후로부터 나는 거의 부대에서 유령처럼 지냈다. 그리고 그동안 쓰지 못해 아껴 둔 휴가들을 연달아 써 가며 하루 종일 숙소에만 처박혀 있었다. 어디 놀러 가거나 특별한 약속이 있어서 쓴 휴가가 아니라 그저 출근할 용기가 없어서 쓴 휴가였다. 그 덕에 혼자 숙소에서 시간을 보내면서 여러 가지 많은 생각을 해 보았다. 아침부터 술에 취해 깊은 생각에 잠기기도 하고, 미친 듯이 담배를 피워 가며 생각에 잠기기도 했다. 그저 아무도 방해 없는 공간에서 오로지 나 혼자만의 시간을 보내고 싶었던 것이다.

그러다 문득 부대 사람들이 떠올랐다. 나 때문에 갑작스럽게 중대를 책임져야 할 자리에 공백이 생긴 걸 생각하면 대대장과 중대 간부들에게 너무 미안해졌다. 하지만 어쩔 수 없었다. 내 목숨을 부지하기 위해서는 그냥 잠자코 있어야 했다. 한편 부대에서는 다행히도 내가 회복되어서 다시 중대장을 이어 나가리라는 작은 희망마저 품지 않았던 것 같다. 그래도 대대장님은 가끔씩 나에게 안부를 물어보면서 조금의 희망을 품으시기도 해 보였지만 나는 결코 다시 중대장을 해 나갈 수 없었다. 그저 아무런 권한도 없이 모든 책임만 지는 허수아비 같은 내가 어찌 그 많은 사람들을 내 편으로 만들고 부대를 이끌어 갈 수 있겠는가. 특히나 지금 내 상태는 사람들을 마주할 자신조차 없는 심각한 상태이다. 분명 이전의 나였다면, 많은 사람들이 내가 다시 회복되기를 기대하고 있고 나로 인해 힘들어하는 수많은 사람을 생각해서라도, 또는 미안해서라도 다시 한번 진지하게 생각해 볼 것이다. 그러고는 한 번 넘어졌다고 낙담하는 것은 강한 정신력을 지닌 나로서 용납 못 할 행동이라며 다시 대대장님에게 찾아가 다시 한번 해 보겠다고 빌었을 것이다.

하지만 지금의 나는 그럴 힘이 없었다. 군생활뿐 아니라 기본적인 사회생활조차 할 힘이 없었다. 그 누구도 마주 볼 자신이 없었다. 아니, 도저히 마주할 수가 없었다. 그냥 아무도 닿지 않는 곳에서 나 홀로 있고 싶었다. 핸드폰은 쳐다보기도 싫었다. 걸려 오는 전화뿐 아니라 카카오톡, 문자 역시 마찬가지였다. 그 누구라도 연락이 올 때면 핸드폰을 변기통에 넣고 내려 버리고 싶었다.

얼마나 시간이 지났을까. 그렇게 계속 혼자 숙소에서 낮밤을 지새우다 보니, 문뜩 내가 인생을 낭비하고 있다는 생각이 들었다.

근데 지금 나는 과연 인생을 낭비하고 있는 것일까?

지금 나의 모습은 한심한 모습인가?

혼자 숙소에서 아무것도 안 하는 것이 인생을 낭비하는 일인가? 부대에 가서 미친 개새끼처럼 이리저리 일에 치이는 것은 인생을 낭비하지 않는 것일까? 내 개인의 삶은 안중도 없이, 주말, 휴일, 밤, 낮 가리지 않고 일해 온 것은 과연 시간을 헛되이 보내지 않고 인생을 가치 있게 살아가고 있다고 말할 수 있는가? 결국 그렇게 해서 내 인생에 남는 게 무엇인가? 고작 아무런 힘없이 누워만 있는 처절한 지금의 나의 모습인가? 인생을 낭비한다는 것은 가치 없게 시간과 힘을 쏟는다는 의미인데, 그럼 난 여태껏 가치 없는 일들을 해 온 것일까? 그렇다면 정말 가치 있는 일이란 대체 무엇인가?

지금 내가 할 수 있는 가치 있는 일이란 무엇이냔 말이다!

아무리 생각해 봐도 답을 찾을 수 없었다. 그저 지금처럼 침대에 누워서 나 자신을 그대로 내버려두는 것밖에 할 수 있는 게 없었다. 아마 그게 지금의 나에게 가장 가치 있는 일이지도, 지금 내가 할 수 있는 것 중에서 최고의 선택일지도 모를 일이다.

한참을 누워 있었다. 눈을 감아 보기도 하고 떠 보기도 했다. 숨을 깊게 들이마시고, 내쉬어 보기도 했다. 내가 대체 왜 이럴까. 힘도 없고, 누구를 대면하기도 무섭고, 모든 것들을 회피하고 싶은 마음. 그저 오로지 지금처럼 어두운 방에 문을 걸어 잠그고 나 혼자 있고 싶은 마음. 왜 나는 지금 이렇게 모든 것을 피하고 싶어 할까?

나는 조금씩 궁금해지기 시작했다. 내가 왜 이러는지 근본적인 원인을 찾고 싶었다. 나는 무심코 인터넷에다가 나의 증상들을 그대로 검색해 보았다. 별 기대는 하지 않았지만 이럴 수가. 정말로 내 증상과 정확히 일치한 내용들이 나왔다. 게다가 나 말고도 수없이 많은 사람이 나와 같은 증상을 앓고 있는 것이었다. 그 증상은 일명 '번아웃'이라고 불리었다. burn out, 말 그대로 에너지가 불타 없어져 소진되었다는 뜻이다. 그런데 생각해 볼수록 조금 이상했다. 나는 며칠 전까지만 해도 밥도 잘 먹고, 잠도 잘 자는 편이었다. 게다가 꾸준히 운동을 해 오면서 나름 체력 관리도 해 왔었다. 그런데도 에너지가 모두 소진되다니.

여기서 말하는 에너지란 무엇을 말하는 것일까. 밥을 먹어서 포도당들이 세포들에게 공급하는 에너지랑은 조금 다른 개념일까. 아니면 설마 진짜 게임 속 마법사가 마법을 쓸 때 사용하는 그 에너지를 말하는 것인가? 어릴 적 게임 속에서만 보이던 '마나(Mana)[4]'가 실제로 나에게도 존재하는 것인가? 분명 내 지금 상태는 생명을 유지하는 체력은 있지만 다시 일어설 힘이 없는 마나가 없는 것 같았다. 정말 그럴듯했다. 그리고 뭔가 알 것 같았다. 갑자기 뿌듯해졌다. 인류 역사상 마나의 개념을 처음 발견한 느낌이었다. 내가 마치 고대 철학자가 된 듯했다. 새로운 것을 깨달아 가는 고대 철학자들도 이런 느낌이었을까.

신이 난 나는 스스로 마나의 특성들을 하나씩 규정하기 시작했다. 게임 속 캐릭터는 조금이라도 체력이 남아 있으면 죽지 않지만, 마나가 바닥이 나면 화려한 고급 스킬뿐 아니라 아주 기본적인 스킬 역시 쓰기 힘들다. 정말 내 상황과 정확히 들어맞는다. 이렇게 숙소에 가만히 있는 나는 살아 숨 쉴 수 있게 심장을 뛰게 만드는 체력은 존재하지만, 마나가 없어 사람을 대면하거나 전화를 받는 스킬을 쓰지 못하는 것이었다.

---

4) 마나(Mana): 멜라네시아 일대의 원시종교에서 볼 수 있는 비인격적인 힘의 관념으로 인간의 힘을 초월하는 힘. 보통 게임 속에서 각종 마법이나 화려한 기술을 쓸 때 쓰인다.

게임 속 캐릭터는 마나를 소모하여 화려한 기술을 쓰고 있다.
하단 좌측 빨간색 구슬이 체력을 담은 통이고 우측 파란색 구슬이 마나를 담은 통이다.
* 출처 : 블리자드 디아블로II 온라인 게임

이러한 마나는 모든 일상생활에서 소비되어 간다. 컴퓨터를 보며 보고서를 작성하거나, 회의를 할 때나, 중대원들과 면담을 하거나 교육을 할 때도, 심지어 사람들과 같이 식사를 하거나 카페에서 잡담을 나눌 때도 조금씩 마나가 소비되어 간다.

또한 마나의 아주 중요한 특성은 똑같은 스킬을 쓰더라도 사람마다 마나 소비량이 조금씩 다르다는 것이다. 어떤 사람들은 통화를 하면 마나를 거의 소비하지 않거나 오히려 차오를 때도 있지만, 나 같은 경우에는 아무리 친한 친구일지라도 통화 버튼을 누르는 것만으로도 많은 마나가 소비된다. 즉, 마나는 자신의 기질과 성격에 따라 소모 방식이 다르고, 과거의 트라우마가 있을수록 많은 차이를 보인다는 것이다.

얼마 전 부대에서 일어난 일들을 살펴봐도 그렇다. 날 신뢰할 거라 생각했던 사람이 버젓이 나를 외면할 때, 그리고 내 부하들이 나를 신뢰하지 못한다고 느낄 때, 상급자에게 억울하게 혼나거나, 부당한 조직 속에 있다고 느낄 때, 내 마나는 엄청난 속도로 소진되어 갔다.

그런데 이렇게 바닥난 마나는 어떻게 채우는 것일까?

그 해결책은 의외로 간단하다. 마나를 소모시키는 기억을 버리면 된다.

사람들은 망각을 그저 좋지 않은 것이라 생각한다. 하지만, '기억이 신의 선물이라면 망각은 신의 축복이다'라는 말이 있듯이 망각이 꼭 나쁜 것만은 아니다. 기억이 우리의 삶의 의미들을 창조해 주는 기능이 있는 것만큼, 망각 또한 삶의 의미가 지속되도록 관리하는 중요한 기능을 한다. 살아가려면 새로운 기억들을 뇌에 집어넣어야 하는데 망각을 통해 비워 내지 못하면 하루도 못 가 뇌는 과부하가 걸려 결국 터지게 될 것이다. 그래서 우리의 뇌는 자연스럽게 시간이 지나면 저절로 기억들을 망각하도록 설계되어 있는 것이다.

따라서 마나를 회복하기 위해서는 우선 마나를 닳게 하는 안 좋은 기억들을 망각해 버려야 한다. 하지만 말이야 쉽지, 안 좋은 기억들을 능동적으로 망각하는 방법은 뇌를 수술하지 않는 이상 불가능할 것이다. 특히 마나 소모가 극심한 트라우마 같은 경우에는 인간이 본능적으로 생존하기 위해서 만들어진 것이기 때문에 뇌에서도 더욱이 망각하지 않으려 꽉 붙잡아 놓는다. 그렇다면 우리는 어쩔 수 없이 뇌에서 자연스럽게 망각할 수 있도록 매 순간 고통만 받으며 마나를 소진시킬 수밖에 없는 것일까(트라우마처럼 안 좋은 기억일수록 망각하는 데 오랜 시간이 걸릴 것이다)?

그러지 않기 위한 유일한 방법이 있다. 바로 마나를 채우는 행복한 감정

(기억)들을 상기시켜 자연스럽게 트라우마 같은 지독한 감정(기억)들을 밀쳐 내는 것이다.

여기서 행복감을 느끼는 것은 나라는 존재로 그대로 존중(인정)받을 때 비로소 느낄 수 있는데, 즉 나라는 사람으로 존중을 받는 것만으로도 상처받았던 기억(감정)들이 자리에서 밀려나고 행복한 감정들이 자리를 잡게 되면서 마나가 다시 채워진다는 뜻이다. 내가 밤새도록 일을 하여 피곤함에 절어 있을 때도 상급자가 나의 수고를 그대로 인정해 주고 존중해 준다면 소진되었던 마나는 곧 차오르게 된다. 흔히 아버지가 힘든 일터에서 자존감이 바닥난 상태로 돌아왔는데 집에 반겨 주는 아내와 웃으며 뛰어오는 자식들을 보면 힘이 난다는 것도 바로 이러한 원리 때문일 것이다. 아주 사소한 인정(존중)인데도 말이다.

그런데 이보다 더 확실하게 마나를 회복하는 방법이 따로 있다. 마나를 소모하게 만든 직접적인 원인이 되는 사람(것)으로부터 '직접', '진심'으로 '존중(인정)'받는 것이다. 만약 어떤 사람의 행동으로 인해 상처를 받아 마나가 소진되었는데, 나중에 그 사람의 행동이 오로지 날 위해 희생한 것이라고 알게 된다면 곧 마나는 금방 차오를 것이다. 또한 모임 자리에서 옆의 친구가 나에게 자존감을 낮추는 말을 해서 마나가 소진됐더라도, 나중에 그 친구가 온전히 날 위해 그런 말을 했기 때문에 내가 아주 곤란한 상황을 모면한 거라고 깨닫게 된다면, 그 순간 내 마나는 언제 그랬냐는 듯이 금방 다시 차오를 것이다.

그런데 그런 친구들의 따뜻한 마음이나 내 마음을 진정으로 존중해 주는 상급자가 없다면 어떻게 해야 할까? 그때도 마나를 채우는 방법이 있다. 조금 어렵겠지만 바로 나 자신이 나를 존중해 주면 된다. 말 그대로 나 자신이 스스로 나를 존중해 주면 되는 것이다.

솔직히 이 방법은 아주 어려운 수행 과정이다. 하지만 언제까지나 남들의 인정만 기대하기엔 이 세상에는 그런 사람들이 충분치 않다. 따라서 우리는 꾸준하게 마음 수련을 하고 매일 명상을 하며 나 자신을 존중해 주는 방법을 터득해야 한다.

아무튼 결론은 남들로부터 인정을 받아 행복감을 얻든, 원인이 되는 사람에게서 얻든, 나 스스로에게서 얻든 그런 행복감으로 나쁜 기억들을 밀쳐 내기만 하면 된다.

수면 또한 훌륭한 마나 보충 수단이다. 특히 수면은 알다시피 우리의 체력까지 회복하게 만든다. 수면을 통해 더 효율적으로 근육의 피로가 회복되고, 까진 피부와 멍이 복구되고 전날에 실컷 마셨던 술의 독성들이 분해된다. 마나 역시 효율적으로 회복되는데, 우리의 뇌는 수면을 통해서 그동안의 마나를 소모하게 만든 나쁜 기억을 정리하고 지워 주기 때문이다. 생존에 유리하게끔 기억을 청소해 주는 역할을 하는 것이다. 그래서 충분한 숙면을 취한 후 일어나면 그 전보다 훨씬 개운한 느낌을 받고, 만약 얕은 잠을 자거나 잠을 설친 상태로 일어났다면 머리가 지끈거리고 아플 것이다. 그러고 보면 나는 어릴 때부터 수면 패턴에 민감했다. 항상 일정한 시간에 자고 일어나야 개운한 아침을 맞이했고, 잠을 조금이라도 잘 못 자면 하루 종일 기운이 없었다. 특히 저녁에 활동하고 낮에 자는 날에는 더욱 그랬다.

사람마다 마나 소모 방식이 조금씩 다른 것처럼 마나를 채우는 특성 역시 조금씩 다르다. 나에게 마나를 채우는 휴식은 오로지 나 혼자 있으면 된다. 지금처럼 혼자 숙소에만 있어도 마나가 회복된다는 것이다. 하지만 모든 사람이 꼭 그렇지는 않다. 그래서 자신만의 마나 특성을 깨닫는 게 무엇보다 중요하며 가장 우선적으로 행해져야 한다. 그래야만 비로소 자신에게 알맞게 마나를 회복하는 법, 그리고 마나를 효율적으로 다루는 법을 터득할 수 있는 것이다.

난 언제부터인가 심리 검사에 관심을 가졌었는데, 그 이유는 나의 마나 특성을 더 정확하고 쉽게 알 수 있도록 도와줬기 때문이다. 뭐, 해 본 사람은 알겠지만, 난 MBTI[5] 심리 검사를 좋아한다. 특히 I와 E에 대한 분석은 상당히 흥미롭다. I는 내향형(Introversion)이고 E는 외향형(Extraversion)이라는 뜻인데, 사람들은 흔히 '내향형'이라 하면 단순히 소심하고 매사에 소극적인 모습을 보여 말이 없거나 주변 사람들과 어울리는 것을 회피하는 성향이라고 생각한다. 하지만, 나는 그건 좀 아니라고 본다. 외향형 역시 꼭 말이 많고 사회성이 풍부한 성향이 아니다. 단지 마나를 자신 안에서 채우는가,

---

5) MBTI(Myers-Briggs Type Indicator): 심리학자 칼 융의 성격 유형 이론을 바탕으로, 캐서린 쿡 브릭스와 그녀의 딸 이사벨 브릭스 마이어스가 개발한 성격 유형 검사.

아니면 사람들로부터 마나를 받아 채우는가의 차이일 뿐이다. 만약 나 같은 내향형인 사람에게 마나를 채워 준다고 북적이는 클럽에 데려가거나, 신나는 술자리 모임에 끌고 간다면 그 사람의 마나는 오히려 금방 바닥을 드러낼 것이다. 즉, 외향형인 사람들에게는 이러한 활동들이 오히려 에너지원이 되어 마나가 채워질지 몰라도 나 같은 사람들은 전혀 아니라는 것이다.

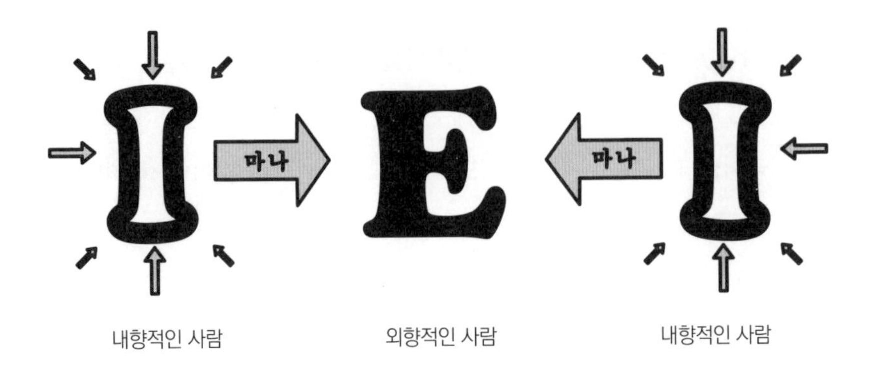

마치 I(내향적인 사람)와 E(외향적인 사람)가 대면하면 I는 E에게 자신의 마나를 빼앗기고, E는 그 마나를 받아 회복한다. 그리고 I는 또다시 혼자만의 시간을 보내며 마나를 채우게 된다. 적절한 비유인지 모르겠지만 E라는 육식동물이 풀(마나)을 먹고 있는 I라는 초식동물을 잡아먹으며 마나를 채우는 것과 같다.

하지만 MBTI라는 심리 검사가 충분히 나를 이해하는 데 많은 도움을 주었다 하더라도 너는 I, 너는 E라고 단정 짓는 것은 낙인을 찍는 행위일 뿐이다. 세상 사람의 셀 수 없는 유전 요소와 환경 변수를 단지 16가지로 구분하는 것은 무리가 있기 때문이다. 단지 참고용으로 바라봐야 한다.

아무튼 결론은 번아웃이 되어 버린 내가 지금 아무 데도 가기 싫고 지금처럼 혼자 방구석에 있고 싶어 하는 것도 바로 이러한 마나의 특성 때문이다. 누군가에게는 이러한 내 모습이 한심스럽고 초라해 보일 수도 있어도, 지금의 내가 마나를 채울 수 있는 최고의 방법이다.

지금까지 했던 마나 논리는 비록 잠깐 사이에 만들어 낸 것이지만, 정말 그럴듯했다. 아니 어쩌면 확실하다. 이 세상에는 분명 마나라는 에너지가 존재하며, 모든 사람은 각각의 특성에 맞는 마나를 가지고 있다.

3. 미성숙한 사람

한참 혼자 숙소에서 시간을 보내던 나에게도 유일하게 관심 가져 준 한 사람이 있었는데 바로 대대장님이었다. 내가 여태껏 보아 왔던 대대장님은 평소 진심으로 사람을 대하는 듯했고, 진심으로 자신의 부대원들이 행복하기를 바라는 것 같았다. 이런 대대장님의 모습이 일부러 조직원들을 자기 뜻대로 움직이기 위한 노련한 리더십일지 몰라도, 지금의 나로서는 그저 따뜻하고 부드럽게만 받아들여졌다.

생각해 보면 그때 나의 당황스러운 포기 선언에서도 대대장님의 얼굴에서는 나를 최대한 이해하려는 마음이 느껴졌고, 내가 자신 있게 표현할 수 있도록 귀를 활짝 열어 주셨고, 심지어 나의 미래까지도 걱정해 주시기까지 했다. 중대장을 포기한 내가 의기소침해져 다른 사람들의 따가운 시선으로부터 힘들어할까 봐 한참을 걱정해 주셨고, 내가 만약 현역 복무 부적합으로 전역을 한다면 나중에 원하는 곳에 취업이 잘 안되거나, 불명예스럽게 전역했다는 것이 내 인생의 큰 걸림돌이 될까 봐 걱정해 주신 것이다.

이런 대대장님을 보면 조금 의아해진다. 어떻게 이렇게 따뜻하고 넓은 마음을 가지신 분이 중대장인 나를 따돌리고 내 중대 병사들만 따로 모아 내 얘기들을 하고, 내 중대의 여러 가지 문제들을 나 몰래 중대 간부들과 따로 의논할 수 있었을까. 혹시 내가 오해한 것은 아닌가 싶었다.

내가 오해를 했든 안 했든 간에 상처투성이가 된 지금의 나를 따뜻하게 대해 주는 대대장님에게 너무 감사하고 또 나로 인해 골치 아픈 문제들이 생긴 것에 너무 죄송스러워졌다.

한편 나는 충분한 저축휴가(한 해마다 적정 휴가 일수를 안 쓰면 다음 해로 이월되어 저축되는 사용할 수 있는 휴가 제도)가 남아 있어 계속 휴가를 써 댔지만, 그래도 아직 정식으로 보직해임이 된 것이 아니었기에 중대장으로서 기본적인 업무들을 수행하기 위해 간간이 부대에 출근해야 했다. 출근하는 날이면 나는 부대 사람들을 피해 여기저기 숨어 다니기 바빴다. 병사들이 경례를 하고 간부들이 아는 척을 할 때면 최대한 형식만 갖추고는 얼른 자리를 피했다. 나에게 반갑게 인사하는 사람들을 마주할 때조차 피해 다녔다. 나를 반기는 그들을 보면 왠지 나를 불쌍히 여기고 하찮게 여기는 느낌을 받았기 때문이다.

가끔 대대장님은 내가 출근할 때마다 나에게 지금 기분은 어떤지, 상태는 괜찮은지, 그리고 어떻게 도와줬으면 좋겠는지 등등을 물어보셨지만, 나는 이런 질문들조차 오로지 상급 부대에 보고하기 위해 형식적으로 나에게 관심을 가져 주는 척해 보였다. 그래도 마음 따뜻한 대대장님이니까 그나마 신뢰를 했던 것 같다. 어떤 날에는 어떻게 하면 내가 우울증에서 빨리 벗어날 수 있을지 상담을 해 주시면서 정신병원에 가서 진료를 받아보는 게 어떻겠냐며 아주 조심스럽게 권유를 하셨다. 조심스럽게 이야기를 꺼내신 걸 보니 아마도 내가 '정신병원'이란 단어에 거부감을 느낄까 봐 배려해 주신 것 같다. 다행히도 내 상태는 그런 거부감을 느낄 처지가 아니었다. 정신병원에서 수술을 받든 입원을 하든 감금을 당하든 아무 상관 없었고, 부대 간부들이나 병사들이 나를 정신병원에 다니는 중대장이라고 여기며 거리낌을 느끼든, 날 웃음거리로 만들든 내 알 바도 아니었거니와, 내가 그런 남들 눈치를 볼 상황도 아니었다. 그래도 항상 병사들만 정신병원에 보냈던 내가 정신병원을 권유받다니 참 묘한 기분이 들었다.

며칠 뒤 나는 정신의학과 병원에 가 보게 되었다. 그런데 막상 병원 입구에 다다르니, 남들이 나를 볼까 봐 조금 부끄럽고, 두렵기까지 했다. 영화에서 보듯 미쳐 날뛰는 사람들만 있지 않을까 생각하니 더욱 들어가기 싫어졌다. 괜히 간다고 말했나 싶었다. 그냥 다시 돌아가서 도저히 못 가겠다고 말할까 망설여졌다. 그래도 그냥 어떻게든 되겠지 하며 무작정 가 보기로 했다.

막상 병원에 들어서니 다행히 그런 걱정들은 곧 사라졌다. 약을 타러 오는 사람들도, 진료받기 위해 기다리는 사람들도 모두 정상인처럼 보였다. 나는 접수처에 들어가 등록을 하고 의자에 앉았다. 기다리는 동안 아무 생각도 들지 않았다. 긴장도 되지 않았고 의사에게 무슨 말을 해야 할지도 생각나지 않았다. 그저 멍했다.

곧 접수처에서 내 이름이 불리었고 나는 일어나 노크를 하고 진료실에 들어갔다. 들어가자마자 내 눈에 띈 것은 흰 가운을 입고 곧은 자세로 앉아 있는 남자 상담사였다. 그의 얼굴은 평정심을 잃지 않을 것 같이 인자해 보였고, 말투 역시 차분했다.

내가 들어서자 그의 눈은 나를 이리저리 훑어보는 듯했고, 내가 말하는 내용은 물론 내 말의 속도나 억양, 내 눈의 초점이나 표정, 심지어 말하면서 무의식적으로 나오는 내 작은 손동작과 몸짓까지 섬세하게 관찰하는 듯했다.

상담사는 나에게 무슨 일로 왔는지 물어보았다. 도대체 어디서부터 어떻게 얘기할지 몰랐던 나는 몇 초 동안이나 머뭇거리다가 차분하게 입을 열기 시작했다. 내가 전입 와서 중대장에 취임하고 2주 동안에 있었던 모든 일을 줄줄이 이야기하였는데, 특히 훈련 시작 시간을 변경하고 이를 보고하지 않았다고 정작과장님에게 질책을 받았던 이야기와 대대장님이 나를 따돌리고 내 병사들만 모아 교육했던 이야기, 그리고 거기서 느꼈던 내 속마음들과 감정들은 최대한 자세하게 설명했다. 처음에는 차분한 어조로 시작하다가 나도 모르게 갈수록 매우 흥분된 어조로 바뀌었다. 그래도 내 머릿속에 쌓였던 모든 말들을 뱉고 나니 속이 너무 시원했다. 그러고 보니 내가 이제껏 살면서 이렇게 솔직하게 내 속마음과 감정들을 그 어느 누구에게도 표현하지 못했던 것 같다.

반면에 상담사는 상담이 끝날 때까지 변함없이 내 말을 있는 그대로 끝까지 경청해 주었다. 상담사가 먼저 입을 열 때는 거의 없었는데, 중간에 내가 말이 끊긴 것 같을 때면 그제야 눈치껏 새로운 화제로 말을 이어 나갔다. 그러다가 또다시 내가 말하기 시작하면 자신의 말을 멈추고 그저 들어주기만 했다. 비록 상담사란 직업이 돈을 받고 말을 들어주는 일이지만, 그 누구보다 배려심이 깊고 신뢰 가는 최고의 경청자의 모습이었다. 비록 그동안 나는 그 아무도 신뢰하지 못해 내 속마음만큼은 얘기하지 않았지만, 이런 상담사 앞에서는 아주 솔직하게 내 감정과 생각들을 그대로 표현하였다. 이런 상담사의 '상대의 닫힌 마음을 활짝 열게 하고, 열변하도록 이끄는 대화법'은 우리가 평생 배워야 훌륭한 경청의 자세인 듯했다.

상담이 끝날 때쯤 상담사는 고작 지금 이 한 번의 상담 가지고 내 상태를 분석하기 쉽지 않았던지 나에게 종합심리검사를 권유하였다. 나는 그게 무슨 검사인지도 몰랐지만 이미 나는 이 상담사에게 충분히 신뢰가 가 있었고 내 특성을 파악하는 데는 심리 검사만큼 좋은 방법이 없다고 여겼기 때문에 그저 무심코 받아보겠다고 했다. 특히나 이런 전문적인 병원에서 하는 심리 검사는 분명 크게 도움이 될 거라 믿었다.

그런데 생각보다 이 종합심리검사라는 것은 그리 단순한 검사가 아니었다. 사전에 며칠 전부터 예약을 해야 했고, 벌써 2주씩이나 예약으로 꽉 차 있었다. 게다가 비용도 상당하고, 검사는 반나절 내내 진행한다고 한다. 나는 도대체 어떤 검사길래 이토록 예약이 꽉 차 있고, 반나절씩이나 검사를 진행할까 더 궁금해졌고 기대가 되었다.

그리고 2주 후 나는 종합심리검사를 받으러 또다시 병원에 들렀다. 검사는 13시부터 시작되었고, 처음에 나와 마주했던 남자 상담사가 아닌 또다른 여자 상담사가 진행하였다. 이 상담사도 역시 이전 상담사와 못지않게 전문가의 포스가 느껴졌다.

잠시 간단하게 상담을 진행하고 본격적으로 검사가 시작되었다. 상담사는 아주 기초적인 산수 문제와 초등학교 수준의 단어들을 물어보고는 내가 답변할 때까지 걸리는 시간을 체크하였다. 또 잠깐 보여준 무늬에 대해서 갑자기 그려 보라고도 하고, 생뚱맞게 이상한 그림을 보여 주고는 바로 떠오르는 감정에 대해서 말해 보라고도 했다. 나는 이러한 이색적인 검사에 충분히 흥미로움을 느꼈지만, 검사 시간이 상당히 길고 집중력을 요구하는 문제들이라 그리 쉽지만은 않았다.

시계를 보니 벌써 15시가 훌쩍 넘어갔다. 나는 점점 지쳐만 갔다. 무려 2

시간이나 넘게 집중한 것이었다. 검사 막바지에는 너무 지쳐서 아주 간단한 질문에도 제대로 답변하지 못할 지경이었다.

검사는 결국 17시가 다 되어서야 끝이 났고 나는 말할 힘조차 없을 정도로 힘 빠진 상태가 되었다. 역시나 검사 가격이 비싼 이유가 있었고, 2주 동안이나 예약으로 꽉 차 있었던 이유가 있었던 것이다.

그보다 검사 결과가 궁금해서 물어봤더니 아쉽게도 결과는 바로 나오는 게 아니라 약 2주 정도 기다려야 나온다고 한다. 그래도 어찌됐든 결과는 뻔했다. '지치고 힘든 상태네, 자살할 가능성이 있네, 휴식이 필요한 상태네' 매번 군에서 하는 심리 검사와 별반 다를 게 없겠지 하며 크게 신경 쓰지 않았다.

곧 결과 발행 날이 되어 또다시 병원을 찾았다. 처음과는 달리 검사 결과가 무척 궁금해졌다. 검사받을 때 상담사의 질문에 그 누구보다 자신 있고 보다 독창적으로 답변했었는데, 과연 어떻게 나왔을까. 너무 기대되었다. 시험을 보고 2주 동안 기다리다가 성적표를 받으러 교무실로 찾아온 학생이 된 느낌이었다.

그리고 드디어 접수처에서 검사 결과를 받게 되었다. 아주 중요한 서류인 것처럼 두꺼운 갈색 서류봉투로 꼼꼼하게 밀봉되어 있었다. 나는 들뜬 마음으로 차로 가서 서류봉투를 뜯어 보았다.

그리고 엄청난 충격에 빠졌다.

> 정서적으로 직장 및 가정에서 권위상과 갈등을 경험하면서, 그들에 대한 불만 및 불평, 거부감, 반감, 억울함 등이 무척 많은 것 같음. 특히, 현재 삶에 대한 불만족감과 불행감의 원인을 父에게 돌리며 강한 분노와 원망감, 적대감 등을 가지는 것 같고, 이러한 생각들로 마음이 복잡하고, 안정감이

쉽게 깨지면서 일에 대한 권태감과 싫증이 많고, 의욕과 흥미도 더 들지 않고 있어 보임. 기본적으로 자기가치감이 매우 취약하고, **의존적이고, 미성숙한 사람**으로 엄격하고 통제적인 父로부터 벗어나고 싶은 마음이 많고... (이하 생략)

직장과 가정에서의 권위상 갈등과 그에 대한 불만과 불평, 거부감, 반감, 억울함 등은 그래도 내가 예상했던 결과이다. 일에 대한 권태감과 싫증도 많고 의욕과 흥미가 안 드는 것, 자기가치감이 무척이나 취약하다는 것 또한 충분히 인정한다.

그런데 따라오는 문구. '의존적이고, 미성숙한 사람'

내가 의존적이라니. 그리고 미성숙하다니…. 그리고 불만족감과 불행함의 원인을 아빠 탓으로 돌리다니…. 이게 무슨 말이지…. 내가 의존적이고 미성숙하다니. 게다가 모든 원인을 아빠 탓으로 돌리다니…. 나는 그저 몇 분 동안 멀뚱히 결과지만 뚫어지게 쳐다보았다. 도저히 납득이 안 되었다. 아니, 결코 납득할 수가 없었다. 당장이라도 상담사에게 찾아가 따지고 싶었다. 너무 억울했다. 나를 이렇게 만든 원인이 아빠가 아니면 누가 원인이 된단 말인가. 어릴 적부터 아빠로 인해 크고 작은 상처를 받아 내 성격이 만들어졌고 그 성격을 바탕으로 지금의 나라는 사람이 만들어진 게 아닌가. 그래서 여기까지 온 것이 아니었나. 아빠가 아니면 그 누가 날 여기까지 오게 만들었나. 모든 원인은 오로지 나 자신으로 비롯된 것이라고 합리화시키라는 것인가. 아무리 생각해도 어이가 없었다.

내가 의존적인 사람이라는 것은 더욱이 인정할 수 없었다. 나는 어릴 적부터 그 누구보다 남에게 간섭을 받거나 남을 간섭하는 행위를 싫어해 왔다고 당당하게 말할 수 있으며, 아무리 그 어떤 힘든 상황이 찾아와도 남 도움 없이 스스로 해결했다고 자부할 수도 있다. 차마 죽을 것 같은 순간이 찾아와도 혼자 썩히면 썩혔지, 누구에게 의존해서 이겨 냈다는 것은 나에 대한 모함일 뿐이다.

예전에 대학교 때 주변에서 힘들게 자취하거나 기숙사에서 생활하는 친구들을 늘 부러워했었는데, 아무리 좁고 불편한 한 칸짜리 방에서 옹기종기 모여 서로 다투며 힘겹게 살더라도 그들을 간섭하거나 통제할 사람이 없다는 이유 때문이었다. 내 생도 시절 역시 마찬가지다. 비록 숨 막히는 통제와 인간 취급 못 받는 사관학교 생활이 아무리 고되고 힘들었지만, 그나마 위안이 되었던 것은 아빠의 통제 속에서 조금은 벗어났다는 사실이었다. 또한 생도 시절 내가 쉽사리 자퇴를 못 했던 것과 중위 때 전역을 선택하지 못했던 이유는 아빠가 실망할까, 또는 나를 차갑게 대할까 하는 두려움도 충분히 있었지만, 또다시 집에 돌아와 아빠의 숨 막히는 통제 속에서 하나하나 눈치만 살피며 노예처럼 살아가야 한다는 두려움이 더 컸었다. 이렇게 독립적인 자유의 삶을 꿈꿔 왔던 내가 의존적이라니…. 도저히 납득할 수가 없었다. 그리고 이런 내가 '미성숙하다'는 것 또한 이해할 수 없었다. 도대체 나의 어떤 점을 보고 미성숙하다는 것인지.

시간이 지나도 여전히 내 머릿속에서 검사 결과가 잊히지 않았다. 내가 미성숙하다고? 의존적이라고? 아빠에게 모든 탓을 돌린다고? 정말 아무리 생각해도 납득이 되지 않았다. 왜 그런 결과가 나왔는지 알아내고 싶었다.

그러다 문뜩 그래도 일반 심리검사도 아닌 전문적인 상담사가 진행하고 반나절이나 쉬지 않고 했던 정밀한 심리 검사였는데, 혹시 내가 모르는 나의 또 다른 미성숙하고 의존적인 모습들이 있었던 것은 아닐까 하는 생각이 들었다.

난 다시 검사지를 뚜렷이 보았다.

그리고 이 충격적인 세 가지 문장에 대해서 곰곰이 생각해 보았다.

나는 의존적인 사람.

나는 미성숙한 사람.

나는 모든 책임을 아빠에게 돌리는 사람.

그리고 이 문장들을 아래와 같이 바꾸어 보았다.

모든 책임을 아빠한테 돌리는 것이 미성숙한 행위이고,

모든 책임을 아빠한테 돌리는 것이 의존적인 태도이다?

내가 모든 책임을 아빠에게 돌렸던 이유. 그 이유만 명확히 안다면 해답이 나올 수 있을 것 같았다.

모든 책임을 아빠에게 돌릴 수밖에 없었던 이유는 무엇일까?

그보다 나에게 아빠는 어떤 존재였을까?

3장. 그때의 기억

1. 나의 어릴 적

—

아빠는 3사관학교 출신 장교였다(지금은 전역한 지 꽤 되었지만). 내가 3사관학교 50기니까 아빠는 나보다 27년 전에 3사관학교에 입교한 대선배인 셈이다. 우리 가족은 군인 가족이라 거의 1~2년에 한 번씩은 꼭 이사를 다녔었다. 새로운 집, 새로운 학교, 새로운 풍경 등 매년 다양한 환경을 맛볼 수 있어 좋았지만, 그만큼 적응하기란 보통 일이 아니었다. 매번 새로운 학교 친구들을 사귀어야 하고 또 금방 이별하는 아픔을 겪어야 했으며, 지역마다 교과 진도들과 수업 방식이 조금씩 달랐기 때문에 매번 혼란스러운 시간을 보내야 했다. 또 조금 커서는 남들은 모두가 있을 법한 고향이 없다는 것도 아쉬웠다. 나는 아직까지 고향 향기, 고향 친구, 고향 장소가 없다. 친구들이 고향이 어디냐고 물어보면 나는 쉽게 입을 열지 못한다. 그래도 이런 환경 적응의 어려움은 내 또래 다른 군인 가족 자식들 역시 나와 똑같이 느꼈기에 조금은 위안이 되었다. 그보다 진정 불편했던 것은 따로 있었다.

바로 아빠와 같이 있는 시간이었다.

언제서부터일까. 언제부터 그런 불편함이 생겼을까.

우리 가족이 백의리에 살 때이다. 아마 내가 4살 때였으니까, 음…. 기억이 가물가물하다. 그래도 최대한 기억을 떠올려 보면 꽤 뚜렷한 기억의 조각들이 생각난다.

아빠와 단둘이 시내버스 뒷자리에 앉아 지폐 몇 장과 동전 몇 닢으로 나와 재밌는 산수 놀이를 해 주던 아빠의 다정한 모습. 푸른 잔디가 깔린 드넓은 연병장을 뛰어다니며 나와 놀아 주던 아빠의 푸근한 모습. 아침에는 스프레이 향을 잔뜩 풍기며 머리를 손질하고는 나를 보며 미소를 짓고 있는 아빠의 모습, 군인 향 가득한 전투복을 입고 식탁에 앉아 엄마가 차려 놓은 뜨거운 북엇국을 들이마시며 시원하다고 말하는 아빠의 모습, 현관문 앞에서 전투화 끈을 단단히 묶고는 내 볼에 뽀뽀하며 사랑한다고 말하며 출근하는 아빠의 모습, 퇴근할 땐 '아빠 왔다' 하며 달려가는 우리 가족들을 따뜻하게 반겨 주던 아빠의 모습까지, 정말 다정하고 정감 있는 아빠의 모습이었다. 그토록 어렸던 내가 30년이 지난 지금까지도 이런 아빠의 모습들을 생생하게 기억하고 있다는 게 놀라울 정도이다.

하지만 이렇게 부드러운 아빠의 모습에도 자신만의 명확한 기준에서 벗어난다면 무서운 모습으로 변하였다. 이런 어린 나에게도 요구하는 그 명확한 기준들이 있었는데, 이는 아빠 본인이 가장 싫어하는 행동들에 대한 기준들이었으며, 다음과 같이 세 가지로 규정되었다. '거짓말하지 마라, 불장난하지 마라, 부모 말에 무조건 순종해라.' 아무리 부드러운 면모를 가지고 있던 아빠라 할지라도 이 세 가지 규범을 지키지 않으면 무섭게 변하였다. 하지만 그럴 만한 이유가 있었다. 거짓말만 하지 않더라도 문제는 대부분 어떻게든 해결되기 마련이다. 하지만 거짓말을 한다면 금방 해결될 일도 복잡하게 꼬이고 꼬여 해결할 수 없는 지경까지 이르게 된다. 불장난 역시 마찬가지다. 화재라도 나게 된다면 재산 피해는 말할 것도 없고 소중한 생명까지 앗아가기 때문이다(덕분에 성인이 된 내가 아직도 강박증처럼 가스 밸브를 잠갔는지 여러 번 확인하는 버릇이 있다).

부모 말에 무조건 순종하라는 것은 꼭 자신이 권위적인 존재임을 과시하거나 자신이 바라는 대로 살라는 의미가 아니다. 아직 형과 내가 어떤 것이 위험한지 제대로 구분하지 못하는 어린 나이었기에 기본적인 도덕성과 윤리를 올바르게 키워 나가고 자식들을 보호하기 위해서 무조건 부모를 믿고 따르라는 의미이다.

이렇게 따뜻하고 푸근한 아빠의 모습과 동시에 자신의 기준에서 벗어날 때의 무서운 아빠의 모습이 서로 공존하고 있었다.

어느덧 초등학생이 된 나는 이전보다 아빠의 무서운 모습들을 더욱 실감하며 몸소 경험하기 시작했다. 상냥하게만 다가왔던 아빠도 내가 아빠의 의도대로 하지 않거나 실수라도 해서 손해가 발생하면 아빠의 얼굴은 굳은 표정으로 변하면서 답답해하거나 짜증을 냈었고, 기분이 안 좋을 때면 그 누구 하나 미소를 지을 수 없을 만큼 집안 분위기가 무거워졌다. 비록 나에게는 아빠가 직접 짜증을 내거나 화를 내는 것은 상당히 드물었지만, 엄마한테는 꼭 그렇지 않았다. 일부러 대놓고 우리에게 그런 모습을 보이지는 않았어도, 하찮은 일로 엄마에게 화를 내거나 짜증 내는 모습을 종종 보고 듣곤 했다. 하지만 안타깝게도 엄마는 아빠에게 대꾸 한 번 제대로 못 하고는 마치 불쌍한 양처럼 순종하는 모습을 보이기 일쑤였다. 그래서일까, 나는 가끔 아빠가 집에 없을 때 엄마가 몰래 우는 모습이나 혼자 분을 못 이겨 화내는 모습들을 볼 수 있었다. 그런 엄마의 모습을 볼 때면 조금 안쓰러웠다.

아빠는 엄마뿐 아니라 유난히 형에게도 자신의 무서움을 보여 주었다. 형은 나보다 2살 더 많다. 그리고 나와는 전혀 다르게 많이 활동적이고 호기심이 많았으며, 특히 눈치가 정말 빨랐다.

언젠가 아빠는 우리에게 오락실만큼은 절대 가지 말라고 당부했었는데, 호기심 많은 형은 기어코 나를 데리고 오락실을 간 적이 있었다. 아빠가 오락실을 가지 말라고 한 이유는 아마도 오락 중독의 우려보다는, 당시 오락실에 불량배들을 비롯한 위험한 환경에 노출되기 쉬웠기 때문에 나와 형이 잘못된 일에 휘말릴까 봐 우려스러운 마음에서 했던 말일 것이다. 뒤늦게 나와 형이 없어진 것을 알아차린 아빠는 조급한 마음으로 이곳저곳 뒤지며 찾아다녔다. 부모 입장에서 어두워진 저녁에 어린 자식들이 모두 사라졌다고 생각하면 아마 애간장이 타들어 갔을 것이다.

아빠는 한참을 찾아다니다가 우연히 형과 내가 있는 오락실에 들어오게 되었는데, 형은 기가 막히게도 아빠가 들어온 걸 바로 알아챘다. 지금 생각해 봐도 어떻게 그 어린 나이에 그토록 북적북적한 곳에서 아빠 모습을 캐치했는지 참 신기할 따름이다. 다급해진 형은 나를 버리고 곧장 숨어 버렸다. 결국엔 아빠는 나와 형을 찾아내었고 나를 오락실에 끌고 간 형을 호되게 꾸짖었다. 형이 혼나는 건 당연했다. 그토록 오락실만큼은 가지 말라고 했었는데 부모의 말에 순종하지 않은 것도 모자라 괜한 나까지 데리고 가고, 아빠한테 혼나지 않으려고 보자마자 뒤에 숨어 버린 행동은 충분히 혼날 만한 이유였다. 그렇더라도 나는 그렇게 형을 호되게 꾸짖는 아빠의 모습 자체가 너무 무섭게 느껴졌고, 아빠의 말을 듣지 않으면 어떻게 되는지 확실히 깨닫게 되었다.

내가 5살 때 엄마와 형이랑 나랑 교회 앞에서 찍은 사진

우리 가족은 거의 1년에 한 번씩은 등산을 하거나 해수욕장에 놀러 갔다. 하지만 나는 솔직히 그리 막 즐겁지는 않았다. 어디로 놀러 가든 마찬가지로 우리 가족은 아빠의 기분과 눈치를 살폈기 때문이다. 아빠가 기분이 좋지 않으면 아무리 놀러 갔다고 해도 하루 종일 불편하게 지내야만 했다. 언제나 아빠의 비위를 맞추며 기분이 좋으면 덩달아 웃고, 표정이나 말투가 좋지 않게 느껴지면 덩달아 시무룩해졌다.

또한 아빠는 가족들의 생각보다 자신의 생각이 항상 옳다고 여겼는데, 엄마나 형이 의견을 제시할 때면 거기에 단점들만 들춰내고 자신의 의견에서는 장점만 드러내고는 강하게 설득하기 일쑤였다. 항상 아빠 본인의 가치관에 따라 항상 가족들이 움직이길 바랐고, 또 우리는 그렇게 움직여야만 했다.

등산을 갈 때도 아빠 본인이 정상에 도달해야 한다는 목표를 설정했다면 가족 구성원들이 아무리 힘들더라도 의견 한 번 제대로 내 보지 못하고, 아빠만의 목표인 정상까지 같이 올라야 했다. 해수욕장에서도 마찬가지로 우리 가족은 이것저것 해 보고 싶은 의견들을 차마 입 밖으로 내기를 무서워했고, 항상 아빠가 의도하는 대로만 움직여야 했다. 그러다 누구 하나라도 하기 싫은 표정을 지을 때면 아빠는 오히려 뭐 이리 꿍하게 있냐며 핀잔을 주었다. 아마 아빠는 가족들이 자신과 놀러 갈 때마다 즐거움이 가득했다고 생각할지 모르지만 적어도 나는 그렇지 않았다. 아쉽게도 지금의 내 머릿속에는 아빠와의 즐거운 추억들보다 불편하고 힘든 추억들이 대부분 차지하고 있다. 분명 아빠는 함께하는 가족 구성원에게 결코 초점을 맞추지 않았었다. 내가 볼 땐 아빠는 오로지 자기 자신의 관점에서만 생각하고 초점을 맞춘 것이다. 즉, 자신이 성취감을 느끼고 즐거워한다면 가족 구성원들 역시 그렇게 될 거라 믿었던 것이다.

아빠의 성향은 식탁 앞에서까지 잘 드러났다. 자신이 좋은 음식이라고 여기는 것은 가리지 않고 우리에게 권유했고, 그 권유는 곧 압박으로 바뀌어 우리를 억지로라도 먹게 만들었다. 아빠는 우리가 자신이 좋아하는 뼈 우린 국물이나 각종 산나물들을 먹길 바랐고, 어쩌다 한번 비싸게 사 온 음식이라면 더욱 강요를 했었다.

싫다고, 안 먹는다고 거절하기라도 하면 "맛있으니까 한번 먹어 보라니까?", "몸에 좋은 거라니까?" 하며 언성이 높아졌다. 우리는 결국 입맛이 없거나 아무리 먹기 싫더라도 억지로라도 티 안 나게 맛있게 먹어야 했고, 또 그러한 능력들을 키워야 했다. 괜히 아빠 성질을 건드려 밥 먹다가 체할 수 있으니 말이다.

사실 나보다 더 힘든 사람은 형이었다. 신기하게도 아빠가 가장 좋아하는 음식들은 하나같이 형이 가장 싫어하는 음식들이었고, 형이 가장 좋아하는 음식들은 아빠가 가장 싫어하는 음식들이었다. 게다가 편식을 자주 하고, 비위가 그리 좋지 않았던 형은 고생깨나 했을 것이다.

지금도 어느 정도 그렇지만 어릴 적 나는 유난히 동적인 활동보다 정적인 활동을 좋아했다. 뛰어다니며 노는 것보다, 누워서 스케치북에 그림을 그리거나 고무찰흙으로 무언가 만드는 것을 더 선호했다. 그렇다고 움직이는 것을 아예 싫어하지는 않았다. 초등학교 때 운동장에서 친구들과 축구도 자주 하고, 체육 시간에 하는 피구나 단체 줄넘기하는 것을 즐거워했다.

그런 내 모습을 몰랐던 아빠는 내가 걱정이 되었는지 나와 자주 운동하자고 권유를 해 왔었다. 하지만 나는 친구들이랑 했던 즐거운 운동들도 아빠와 함께하면 즐겁지 않았다. 운동 자체가 즐겁지 않은 게 아니라 아빠와 함께 있을 때 느껴지는 불편한 분위기 자체가 싫었던 것이다. 다행히 아빠에게 이러한 내 속마음을 들키지 않았던 것 같고, 그저 아빠는 내가 운동 자체를 싫어하는 것으로 여겼던 모양이다. 그래서인지 아빠는 유난히 억지로라도 나와 여러 가지 운동을 같이하고자 했다. 너무 불편했다. 운동하러 나가기 전부터 숨이 턱턱 막혔다. 아빠가 가자고 권유했을 때 싫은 티라도 내면 어느새 아빠의 말투에 짜증이 가득 섞여 있었다. 그러니 마지못해 순응할 수밖에 없었던 것이다.

운동하러 가는 도중에도 내 표정이 굳어 있으면 아빠는 못마땅해하며 도살장에 끌려가는 소처럼 가냐고, 뭐든지 즐겁게 하라며 언성을 높였다. 그러니 도저히 즐거울 수가 없었다. 게다가 아빠는 목적이 항상 뚜렷했다. 단지 나와 함께 즐겁게 운동하는 것이 아니라 내 운동 실력을 키우는 게 목적이었다. 나는 전혀 즐겁지 않았다. 그저 훈련받는 느낌이었다. 축구를 할 때면 그 전보다 드리블과 패스 실력이 향상되어야 하고, 농구나 테니스 역시 마찬가지이다. 그러다 실력이 조금이라도 향상되는 모습을 보이면 아빠의 얼굴에는 환한 미소가 가득했고, 그렇지 않으면 수십 번 수백 번 반복해서 향상되기를 바랐다. 너무 힘들고 재미없다며 그만하겠다고 하면 아빠의 얼굴은 한층 굳어져 갔다. 그렇다고 내가 아무 말 못 한 채 꿍하게 있으면 아빠는 오히려 나에게 말하는 능력이 부족하다며 표현력 좀 키우라고 했다. 싫으면 싫다 좋으면 좋다. 정확히 말로 의사 표현을 하라는 것이다. 하지만 어린 나에게 감히 표현할 수 없도록 만들어진 강압적인 환경에서는 도저히 당당하게 의사 표현을 할 수 없었다.

분명 다양한 운동을 통해 인내심을 키우고, 밝고 사회성이 좋은 사람으로 거듭나기를 바랐던 아빠의 의도가 아무리 좋았더라도, 아빠에 대한 나의 불편한 감정은 점차 고조되어 갈 수밖에 없었다.

내가 초등학교 4학년에서 5학년으로 올라갈 무렵, 어느새 형은 중학생이 되었다. 형은 어릴 적 오락실 사건 이후로도 틈틈이 아빠에게 많이 혼났었다. 혼나는 이유는 아빠의 뜻에 반하는 행동을 했기 때문인데, 항상 아빠의 눈치를 보며 아빠가 원하는 대로 보이려고 노력한 나와 달리 형은 아무리 혼나더라도 자신이 하고 싶은 것들을 꿋꿋이 해 왔기 때문이다. 아빠가 싫어하던 오락실이나 PC방을 자주 다니며, 아빠가 그토록 원했던 공부보다는 만화책이나 비디오를 더 많이 선호했고, 밖에서 하루 종일 놀다가 저녁 늦게 들어와 혼나는 일은 부지기수였다. 당연히 자신의 의도대로 되지 않은 아빠는 형을 못마땅하게 여겼지만 그래도 형은 언제나 당당하고 꿋꿋했다. 나는 아빠에게 혼날 걸 뻔히 알면서도 굳이 꿋꿋하게 하려는 형의 모습이 답답하기도 때로는 한심스럽기까지 했다.

아빠는 형이 중학생이 된 후부터는 공부에 열중하기를 바라며 또 그런 환경을 만들고자 부단히 노력했으나, 역시 쉽지 않았다. 결국 형에 대한 아빠의 분노는 점점 심해져 갔으며, 사춘기 시절이었던 형 역시 꽤 스트레스를 받고 있었던지, 아빠가 없는 틈을 타서 나와 엄마 상대로 실컷 스트레스를 풀기 시작했다. 엄마에게 짜증을 내며 소리 지르는 것은 물론 때로는 욕설까지도 하고, 나를 마구 때리기도 했다. 정말 괴로웠다. 더 괴로운 것은 엄마를 볼 때였다. 아빠 하나만으로 감당하기 힘들었던 엄마였을 텐데, 자신한테 욕을 하면서 소리 지르는 자식을 볼 때면 얼마나 가슴이 찢어졌을까. 아빠한테도 치이고 형한테도 치여 갈 곳 없는 엄마가 몰래 서럽게 울 때면 내 가슴은 찢어지는 듯했다. 그렇게 울면서도 엄마가 자식을 위해서 하나님께 기도하는 모습을 볼 때면 마치 시련 속에서 믿음으로 이겨내는 엘리야(성경 속 인물) 같았다.

그러다 우연히 엄마와 나에게 마구 소리 지르는 형의 행패를 아빠에게 보기 좋게 들킨 적이 있었다. 형이 엄마와 나에게 소리 지르는 것을 아빠가 퇴근길에 문 앞에 서서 끝까지 듣고 있었던 것이다. 계속 듣다가 화가 치밀어 오른 아빠는 듣다못해 문을 부술 듯 열고 들어와 형을 사정없이 두들겨 패기 시작했다. 정말 끔찍했다. 아. 이게 무슨 집안 꼴이란 말인가. 지옥 그 자체였다. 내가 여기서 할 수 있는 것은 아무것도 없었다. 고작 고개만 숙이며 그 꼴을 보고만 있는 게 전부였다.

2. 고통의 연속

그렇게 고통스러운 나날을 보내 왔던 나는 곧 초등학교를 졸업했고, 서울로 이사 와 중학교에 다니게 되었다. 초등학교를 5번이나 옮겨 다니며 환경 적응이 일상이 된 나였어도 서울에서만큼은 적응하기 쉽지 않았다. 서울은 시골에서와 사뭇 다른 분위기였다. 정말 모든 게 낯설었다. 게다가 중학교는 해당 지역 곳곳에 있는 초등학교에서 졸업한 애들끼리 올라오다 보니 같은 초등학교 출신들끼리만 뭉쳐 다니며 텃세를 부리기 일쑤였다. 단 한 명도 아는 친구 없이 시골에서 혼자 외롭게 전학 온 내가 거기에 낄 틈이 없었다.

이렇게 새로운 환경에 적응하느라 스트레스를 받고 있었던 와중에 아빠는 중학생이 된 나에게도 조금씩 기대하기 시작했다. 오로지 공부에만 전념시키려는 강한 의지를 보인 것이다. 게다가 중학생이었던 형이 아빠의 바람대로 안 되었으니, 아빠의 관심은 저절로 나에게 집중되었다. 그런 아빠의 강력한 의지에 나는 곧 환경에 적응할 틈도 없이 곧장 학원을 다니게 되었고, 아빠가 볼 때만큼은 항상 책상에 앉아 공부하는 모습을 보여야 했다. 하지만 아쉽게도 내 성적은 중하위권에 머물렀다. 아빠는 이러한 내 성적을 도통 이해를 할 수 없었을 것이다. 아빠의 어릴 적은 값비싼 학원까지 다니며 부족함 없는 환경에서 공부하는 나와는 전혀 달랐기 때문이다. 찢어지게 가난했던 어린 시절을 보내며 당장 먹고살기도 힘든 삶을 살아왔던 아빠였고, 당연히 학원은 꿈에도 못 꾸며, 학교나 제대로 다닐 수 있을까 걱정했던 아빠였다. 그리고 강한 집념 하나로 새벽마다 일을 하여 생활비를 벌고, 다 찢어져 가는 헌책을 구해서 불도 제대로 들어오지 않는 차디

찬 방구석에서 혼자 공부하여 전교 1등을 했던 아빠였다. 그런 아빠가 나를 보기에는 학원까지 다니며 배불리 먹는 집안 환경에서 중하위권이란 성적은 도통 이해할 수 없었을 것이고, 이것저것 때문에 공부를 못 한다는 것은 모두 다 핑계와 변명일 뿐이고, 단지 의지력과 정신력의 문제라고 여겼을 것이다.

보다시피 어릴 적 나는 공부를 못했다(지금도 마찬가지지만). 공부를 해야 하는 이유는 귀 따갑도록 많이 들어서 대강 알기는 했으나, 굳이 공부를 잘해야만 한다는 절실함도 없었고, 공부에 대한 흥미 역시 느끼지 못했다. 단지 아빠에게 혼나지 않으려고 억지로 공부를 한 것이다. 이게 내가 중하위권에 머물러 있던 대표적인 원인이기도 하다. 성적을 더 올려 아빠에게 인정받고 싶었지만, 나에게는 분명한 한계점이 있었다. 학교에서는 여러 가지 환경에 적응하느라 힘들어 죽겠고, 집에 와서는 주야장천 아빠 눈치만 보며 괴로운 나날들을 보내고 있는데, 공부가 잘될 리가 없었다. 일단 나는 공부보다 조금이라도 내 삶의 여유를 가지며 쌓인 스트레스들을 해소해야만 했다. 그렇다고 대놓고 아빠를 실망시킬 수 없으니, 최대한 아빠가 안 보이는 곳에서 스트레스를 풀어야 했다. 아빠가 볼 땐 항상 책상에 앉아 공부하는 척하다가 아빠가 없을 땐 컴퓨터 게임을 하고는, 피곤해지면 공부하느라 피곤한 척하며 좀 자야겠다고 말한 뒤, 몰래 밤새도록 핸드폰 게임을 한 것이다. 그렇게 밤을 새워 게임한 후 피곤한 내 모습을 보면 아빠는 내가 공부 때문에 피곤한 줄 알고, 따뜻하게 위로해 주었다. 아빠를 속인 게 조금 미안하긴 했지만 내가 살기 위해서는 어쩔 수 없었다. 집 밖에서도 그랬다. 아빠에게 학교에서 보충수업 한다고 하고는 친구들과 어울려 놀거나, 학원에 간다고 하고는 PC방에서 시간을 때웠다. 그러니 아빠 눈에는 내가 매일 같이 책상에 앉아 공부하는 것처럼 보였지만 성적은 제자리였던 것이다.

어쩌다 한번은 그런 나 자신이 너무 한심하게 느껴졌다.

제대로 노는 것도 아니고, 제대로 공부한 것도 아니고, 차갑지도 뜨겁지도 않은 내 학창 시절.

차라리 공부를 아예 포기하고 다른 것에 집중하거나 제대로 놀았다면 더욱 가치 있는 학창 시절을 보냈을 텐데….

그런 의미에서 형이 너무 부러웠다. 고등학생이 된 형은 어느새 동네에서 '일진', '잘나가는 애', 일명 '노는 애'가 되어 버렸다. 형은 흐지부지 시간을 보내는 한심한 나와는 달랐다. 형은 아빠의 못마땅함에도 아랑곳하지 않았고, 자신이 하고 싶은 것들에 대해 파고들었다. 게임이면 게임, 멋이면 멋, 싸움이면 싸움, 연애면 연애. 처음에는 그러한 형의 모습들이 정말 한심하게 보였었는데, 어느새 나도 모르게 부러운 감정으로 변해 가고 있었다. 정작 한심한 사람은 나였다. 아빠가 실망할까 봐 마음 졸이며 뭘 하든 자신감 없어 하는 나의 모습. 이와 달리 형은 누가 뭐라고 하든 꿋꿋하게 자기 뜻대로 자신이 하고 싶어 하는 대로 그대로 하였다. 이런 형이 존경스러웠고 언제나 자신감이 차 있는 형의 모습이 부러웠다. 이런 형을 보고 있자면 내 인생이 불쌍하게 느껴졌다.

그동안 난 도대체 뭘 한 걸까.

어느 순간부터 아빠는 자기 멋대로 행동하는 형을 포기라도 한 듯 신경도 쓰지 않았다. 도리어 형이 아빠에게 짜증을 낸 적이 있을 정도이다. 심지어 나에게 짜증 내는 아빠와 맞서 대변해 준 적도 있었다. 불과 몇 년까지만 해도 아빠에게 혼나, 서로 울면서 따뜻한 위로와 공감을 주고받았던 사이였는데, 나는 그때와 달라진 게 하나도 없었고 형은 완전히 아빠의 굴레에서 벗어난 모습이었다. 그런 자유로운 형의 모습이 너무도 부러웠고, 나 혼자 쓸쓸히 제자리에 남은 것 같아 턱없이 외로웠다.

더 시간이 지나자 아빠는 형과 같이 있을 때는 아무 말 없다가도, 나중에서야 형이 없을 때 형의 못마땅한 모습들을 한심하게 바라보며 비난했다. 아빠 역시 형의 눈치를 보기 시작한 것이다. 그러고는 내가 형을 닮아 가지는 않을까 걱정을 하며, 나에게 더 큰 기대를 품었다.

또 어쩌다가 아빠와 형이 다툴 때면 나는 어디 편에 서야 하는지 혼란스러웠다. 형이랑 같이 있을 때는 형의 비위를 맞춰 줘야 하고 아빠랑 같이 있을 때는 아빠의 비위를 맞춰 줘야 했다. 이처럼 형이 우리 가정에 끼친 영향은 대단했다.

그러다 언젠가부터 어릴 적부터 나를 못살게 굴었던 형이 나에게도 잘해 주기 시작했다. 괴롭혔던 게 양심에 걸린 탓일까. 가끔 등굣길에 오토바이에 태워 주기도 하고, 형의 거의 모든 친구들에게 내 소개를 해 주며 잘 챙겨 달라고 당부도 했다. 이러니, (애초에도 없었지만)자연스럽게 나에게 시비 거는 사람은 아무도 없었다. 내가 고등학교 졸업하는 그날까지도 군대 간 형을 대신해 형 친구들이 와서 축하해 줄 정도였으니 내 학창시절에서의 형의 영향력은 정말 대단했던 것이다(이런 형의 모습들은 나에 대한 진심 어린 마음이 있었기에 가능했던 것이다).

하지만 난 아쉽게도 형의 정성을 제대로 받아들이지 못했다. 왠지 부담스러웠다. 덕분에 학창 시절이 편리했고 유쾌한 대우도 종종 받았지만, 그건 단지 내가 형의 친동생이었기 받았을 뿐이지 진정 나로서의 대우가 아니었다. 형은 형이고 나는 나일 뿐이었다. 이런 상황이 지속되다 보니 난 저절로 형의 눈치를 보기 시작했다. 아빠만큼은 아니었지만 형과도 어느 정도의 거리를 두어야 했다. 안 그래도 눈치를 잘 보는 성향인 내가 더욱 눈치 보는 성향으로 변해 갔다.

하지만 나는 이러한 형 덕분에 특별하게 얻은 것이 있었다. 이제껏 아빠의 손아귀에 있으면서 아빠가 했던 모든 말들은 진리이고, 조금이라도 아빠의 기준에서 벗어나기만 하더라도 무조건 죄악이라고 맹목적으로 믿어 왔던 내가 어쩌면 그게 아닐 수도 있겠다고 생각하게 된 것이다. 형뿐 아니라 많은 친구를 사귀면서도 그런 맹목적인 믿음은 깨져만 갔다. 나와 비슷한 부자 관계의 모습을 유지하는 친구들도 어느 정도 있었지만, 반면에 아빠와 정말 친구처럼 지내는 친구들도 꽤 있었다. 그들은 어디 갈 때마다 아빠의 허락을 구해야 하고, 학교 끝나고 놀다 들어오면 혼이 나는 나와 다르게 마음 편히 그리고 당당하게 친구들과 어울려 PC방도 가고, 노래방도 가고, 쇼핑도 하는 친구들이었다. 심지어 그런 친구들은 대부분 성격도 밝고, 성적도 좋고, 심지어 연애까지 했다. 그리고 원하는 성적이 나오지 않으면 아빠에게 혼날까 봐 걱정하는 나와는 다르게 원했던 성적이 안 나온 것에 스스로 아쉬워했다. 그런 친구들이 신기하고도 부러웠다. 그런 친구들이야말로 진정한 승리자이고, 삶의 진리이지 않을까 싶었다.

3. 칼을 든 자식

내가 중학교에 들어간 이후로 우리 집은 동네 내에서 두 번이나 이사했지만, 다른 동네로는 벗어나지 않았다. 아빠는 내가 중학교 이후부터는 1~2년마다 전학을 보내기 어려우니 최대한 이사를 가지 않고 같은 동네 내에서 출퇴근할 수 있는 가까운 부대를 찾아다녔다. 하지만 결국 찾지 못할 때는 아빠 혼자 평일 내내 부대 숙소에서 지내다가 주말마다 집에 들르곤 했다. 자식들의 학업을 위해 자신의 편리를 포기한 셈이다. 그런 아빠의 희생에도 불구하고 나는 아빠가 집에 없는 평일이 가장 행복했다. 드디어 숨통이 트이는 것 같았다. 그 누구의 눈치도 보지 않고 마음 놓고 집에 있을 수 있다니, 자유의 억압에서 해방된 노예가 된 기분이라고 해야 할까. 하지만 곧 주말이 다가오는 목요일이나 금요일쯤이 될수록 또다시 자유를 빼앗기듯 내 마음은 돌처럼 무거워졌다. 아빠가 곧 돌아오기 때문이다. 나는 주말이 너무 싫었다. 거의 주말마다 울었던 것 같다. 그래도 가까스로 이 옥죄어 오는 억압에서 벗어나기 위해 나름 해결책을 마련했는데, 바로 돌파구 전략이다. 이 전략은 바로 주말마다 학원에 가서 공부한다고 하고는 PC방으로 도망쳤다가 아빠가 잠들 늦은 시간이 다 되고서야 슬그머니 집으로 돌아오는 것이다. 그것도 금요일 저녁부터 토요일, 일요일 모두.

주말마다 모습이 보이지 않는 나를 이상하게 여겼는지 아빠는 종종 나에게 전화를 걸곤 했다. 하지만 역시 나는 아빠와 통화하는 것 자체를 두려워했다. 핸드폰 진동이 울릴 때면 '아빠지 않을까?' 마음 졸이며 겨우 핸드폰을 꺼내 들 정도였다. 매번 학원 수업 중이라고 거짓말을 해 댔지만, 항상 거짓말하는 게 마음에 걸려서 어쩌다 한 번씩은 솔직하게 친구들하고 좀 놀고 있다고 했는데 역시나 아빠는 예상대로 화를 버럭 내며 퉁명스러운 말투와 함께 툭 끊어 버렸다. 그럴 때면 정말 핸드폰을 아작 내 버리고 싶었다. 이건 누가 봐도 결코 정상적인 아빠와 아들 관계가 아니었다. 난 친구들이 자신의 아빠와 자연스럽게 통화하거나 대화하는 모습을 볼 때면 너무나 부러웠다. 그러고 보면 나는 중학교 이후부터 정상적으로 아빠와 대화한 적이 없었던 것 같다. 부자간의 권위적인 관계에서 일방적으로 들었거나 대답했던 것뿐, 서로의 입장을 존중하려는 진솔한 대화는 결코 해 본 기억이 없다. 아빠는 항상 자신의 생각이 옳았고, 나같이 어리고 철없는 애 따위의 생각은 크게 중요치 않았다. 아빠와의 대화 중에 서로 의견의 차이가 있으면 일방적으로 아빠 자신의 깊고 현명한 말을 따르지 않는 내가 한심해 보일 정도니 말이다. 이러니 나는 아빠에게 먼저 다가갈 자신도 없었고, 그럴 수도 없었다. 안 그래도 상처받은 마음 더 깊이 파고 드러내는 것이 두려웠기 때문이다.

그 무렵 아빠는 소령에서 중령으로 진급하는 시기가 찾아왔다. 직업군인들은 모두 공감하겠지만, 장교들은 진급 시즌이 되면 굉장히 예민해진다. 진급을 못 하면 곧 전역해야 했기 때문이다. 게다가 1차나 2차 진급이 실패하면, 그 이후 3차와 4차 기회가 있지만 거의 희박하다고 봐야 할 것이다 (소위에서 중위, 중위에서 대위는 특별하게 일에 휘말리거나 당하지 않는다면 웬만해서는 진급을 하지만, 대위에서 소령, 소령에서 중령부터는 정말 피 튀기는 경쟁이라고 보면 된다. 특히나 아빠같이 행정 병과들은 더욱 그렇다).

아빠는 아마 이런 진급 시즌이라는 엄청난 스트레스와 자신의 의도대로 되지 않은 형과 자신의 기대에 한 참 못 미치는 나를 보며 스트레스가 배로 커졌을 것이다.

이런 아빠의 마음을 모르는 것은 아니었지만 나 또한 한참 예민한 시기였다. 비록 공부를 잘하지 못하더라도 고등학생이라는 그 자체로 엄청난 스트레스를 받는 시기였고, 숨 막히는 아빠의 손아귀 안에서 아빠의 기대에 부응하지 못해 압박감을 받았기 때문이다.

이러한 숨 쉴 틈조차 없는 삶의 굴레 속에서 주말마다 숨죽여 울었던 나는, 생존을 위해서라도 넘쳐 흐르는 스트레스를 풀어야만 했다. 어쩔 수 없이 나는 그나마 내 마음을 이해해 주는 엄마에게 풀 수밖에 없었다. 아빠한테 치이고, 형한테 치이고 나한테까지 치이는 불쌍한 엄마에게, 그리고 그 상황에서도 오로지 내 편이 되어 준 엄마에게 일부러 상처 주는 말을 하기도 하고 내 기분대로 짜증을 낸 것이다. 엄마 입장에서는 아빠와 형도 모자라 나조차 그러니 정말 가슴이 찢어질 듯 아팠을 것이다. 게다가 갱년기 시절을 겪고 있었던 엄마였으니 얼마나 우울했을까. 아마 당장 쓰러져도 이상할 게 없었다. 너무 힘이 들어 방구석에서 이불을 덮고 몰래 눈물을 흘리는 엄마의 모습을 알면서도 괜히 엄마에게 더 짜증을 내는 나는 악마나 다를 바 없었다. 종종 나 스스로 이러한 나의 비참한 모습을 떠올리며, 나 자신이 너무 한심하고 미워져 울음을 터트린 적도 많았다.

이렇게 나의 스트레스가 고조되어 갈수록 아빠에 대한 내 마음이 점차 강한 증오심으로 변해 갔다.

그러던 어느 날, 스트레스가 하늘 끝까지 치솟았던 나는 아빠와 크게 말다툼을 한 적이 있었다. 무엇 때문에 아빠와의 갈등이 일어났는지 정확히 모르겠지만, 나는 그저 늘 하던 대로 아빠에게 수긍하려고 했었다. 하지만 왠지 모르겠지만 그날따라 물불을 구별할 수 없을 정도로 온몸에 분노로 가득했고, 도저히 아빠의 말을 그대로 수긍할 수 없었다. 아빠에 대한 증오심으로 가득 차 있던 터라 죽으면 죽었지 더 이상 아빠에게만큼은 복종할 수 없었던 것이다. 아빠도 이러한 나의 태도가 마음에 안 들었는지 나에게 밖에 나가서 얘기하자고 했다. 나는 그저 알겠다며 밖으로 나가려다가, 몰래 부엌에서 커다란 식칼을 꺼내 바지에 속에 숨겨 넣었다. 식칼을 챙긴 것은 난 이미 갈 데까지 갔고, 더 이상 물러설 곳이 없었다는 의미이며, 내가 죽든 아빠가 죽든 둘 중 하나는 죽어야 끝이 난다는 의미이다.

늦은 오후 아파트 후문 앞. 아파트 단지에는 나와 아빠의 오고 가는 목소리가 울려 퍼졌다. 내 목소리는 그 어느 때보다 분노에 차 있었고, 매서웠다. 이런 나의 모습에 아빠는 꽤 당황한 기색이었지만, 끝내 평정심을 찾으려고 노력하는 것 같았다. 뭐 때문에 갈등이 빚어졌는지 그리고 도대체 무슨 주제로 얘기하고 있는 건지는 몰라도 그건 크게 중요하지 않았다. 얘기의 주제는 그저 나의 분노를 아빠에게 표출하기 위한 장작일 뿐이었다.

얘기가 길어질수록 점점 내 심장은 미친 듯이 뛰었고 내 감정은 점점 아빠를 죽이고 싶을 만큼이나 분노로 가득 차올랐다.

그 순간 내 감정이 갑자기 폭발하여 울음이 쏟아져 나왔다. 아빠의 한순간의 말이 발화점이 돼 버린 걸까, 내 분노가 갑자기 폭발한 것이다. 나는 그 자리에서 마구 소리를 지르며 벅차고 뛰쳐나왔다. 그저 눈물을 삼키며 어디로 가는지, 그리고 어디로 가야 하는지 모른 채.

결국 내가 향한 곳은 아파트 앞 관악산 언덕이었다. 어두컴컴해진 산으로 도주한 나는 최대한 외진 곳을 찾아다니며 나무들로 둘러싸인 곳으로 들어가 숨었다. 그 누구도 내 슬픈 모습을 보지 못하도록 말이다. 그리고서는 나는 목청껏 울기 시작했다.

'도대체 왜 나를 이렇게 힘들게 하는 걸까. 내가 뭘 잘못했길래. 그리고 사는 게 왜 이리도 힘들까. 아빠는 도무지 이해를 할 수 없다. 말로만 자식을 사랑한다고 하면서, 진짜 사랑하긴 하는 것일까. 아니, 사랑이 뭔지는 알기나 할까. 안 그래도 학업 때문에 스트레스가 이만저만이 아닌데, 매일 아빠의 눈치를 살피며 아빠의 짜증과 화를 받아 가는 삶은 이제 너무 지긋지긋하다.

너무 힘들다. 지친다. 아빠한테는 한마디도 못 하는 내가, 오직 내 편이었던 힘없는 엄마를 괴롭히는 내가, 과연 살아갈 가치가 있을까?'

내 눈에서는 뜨거운 눈물들이 하염없이 흘러나왔다.

'이건 짐승보다 못한 삶이지 않을까. 차라리 죽어 버릴까. 내가 죽으면 과연 슬퍼하는 사람이나 있을까. 아빠는 슬퍼하기는 할까. 혹시 이렇게 죽는다면 아빠는 나에게 해 왔던 모든 것들을 후회하며 괴롭게 살아가지는 않을까. 결국 나에게 미안해하지 않을까. 너무 비참하다. 이게 무슨 자식 된 사람으로서 하는 생각이란 말인가. 미래가 보이지 않는다. 노예처럼 통제 속에서만 사는 나. 그 통제 속에서 벗어나려고만 해도 미움을 받는 나, 뭘 하든 눈치만 보는 나, 이런 나에게 과연 미래는 존재하기는 할까.'

나는 바지 속에 숨겨 왔던 큰 식칼을 꺼내 보았다.

'정말 죽으면 아빠가 눈물이라도 흘릴까?'

그때였다.

'진영아…! 진영아…!'

산 밑에서 나는 소리였다. 엄마였다. 엄마의 목소리는 너무도 간절하고 너무도 애틋했다. 이 세상에 하나밖에 없는 아들을 구하고자 어두운 산속을 헤매어 다니는 따뜻한 엄마의 목소리를 듣자, 기어코 멈췄던 내 눈물들은 곧 다시 쏟아져 나왔다.

다시 내 손에 든 식칼을 보았다.

'내가 만약 여기서 죽는다면…. 엄마는 더 슬퍼하겠지…. 지금보다 더 슬픈 목소리로 내 이름을 울부짖겠지….'

나는 식칼을 손에서 놓았다. 슬퍼하는 엄마를 생각하면 죽을 자신이 없어졌다. 그때 엄마 목소리를 듣지 못했더라면 나는 어떻게 됐을까? 과연 죽었을까?

4. 아빠의 모습

내가 이렇게 어릴 적 이야기의 대부분을 아빠로 가득 채운 이유는 아빠가 싫어서, 또는 아빠가 나에게 해 왔던 모든 것들에 대해서 책임지라는 뜻이 아니다(적어도 지금의 나로서는 절대 아니다). 그저 내 삶에서 번아웃이 왜 발생했고, 또 무엇 때문에 발생했는지, 배경과 원인을 알기 위해서 찾아가다 보니 자연스럽게 나의 성향이 만들어진 어릴 적 아빠와의 관계를 회상한 것뿐이다.

모든 책임을 아빠에게 돌릴 수밖에 없었던 이유는 무엇일까? 그리고 나에게 아빠는 어떤 존재였을까?

이에 대한 답은 지금까지의 나의 어릴 적 이야기에서 충분히 찾아볼 수 있다. 그리고 신기하게도 어릴 적 내 모습은 번아웃을 겪고 있는 지금의 내 모습과 굉장히 유사하다. 당연히 그럴 수밖에 없다. 지금 내 모습은 어릴 적부터 차근차근 커져 온 결과였기 때문이다. 아마 그래서 내가 모든 책임을 아빠에게 돌리게 된 것일지도 모른다.

어릴 적 나에게 아빠는 그저 바라볼 수밖에 없는 권위적인 사람이자 맹목적인 선이었다. 나의 기준에서는 아빠의 모든 것들이 옳았고, 아빠의 그 모든 말들은 의심조차 할 수 없는 진리였다. 아빠 뜻대로 살면 성공한 인생을 사는 것이 되었고 그러지 않는다면 실패한 인생이 되는 것이었다. 이렇게 내가 세뇌된 것은 어찌 보면 당연한 결과이다. 세상에서 가장 의존해야 할 아주 어린 시절부터 아빠의 말을 따르지 않거나 뜻대로 하지 않으면 아빠의 마음을 받지 못했으니, 어쩔 수 없이 아빠 말대로, 아빠 뜻대로 살려고 노력해 온 것이다. 단지 생존을 위해서.

하지만 그렇다 할지라도 나는 언제나 아빠의 기대에 부응하지 못했다. 어쩔 수 없었다. 나는 아빠가 아니었기 때문이다. 나는 아빠처럼 아주 열악한 환경에서도 자라 오지 않았고, 아빠처럼 공부에 대한 큰 확신을 가진 것도 아니었다. 게다가 아빠와 나의 유전자는 50%밖에 같지 않다. 결국 나는 나일 뿐이고 나는 결코 아빠가 아니었기 때문이다. 나는 아빠가 원했던 삶대로 살아가지 못한 것이다(이렇게 봤을 때 부모 뜻대로, 부모의 기대에 맞춰 완벽하게 살아가는 사람들은 정말 신기할 따름이다).

이를 요약하자면 이렇다.

나는 아빠에게 충분히 '나'라는 존재로 존중받지 못하였고, 아빠 뜻대로 살지 않으면 충분한 사랑을 받지 못하였으니, 어린 내가 아빠의 사랑(생존)을 받기 위해서, 그리고 어린 내가 아빠의 집(생존을 위한 보금자리)에서 살아남기 위해서는 어쩔 수 없이 오로지 아빠의 눈치만 보며, 아빠가 실망하는 것을 두려워할 수밖에 없었던 것이다. 그리고 이에 따라 자연스럽게 나의 의존적인 성향이 만들어질 수밖에 없었고, 또한 결국에는 아빠가 원하는 대로 살지 못하였으니, 나는 이도 저도 아닌 불안정하고 미성숙한 모습으로 아빠 탓만 하게 된 것이다.

이게 바로 '모든 책임을 아빠에게 돌릴 수밖에 없었던 이유는 무엇일까? 그리고 나에게 아빠는 어떤 존재였을까?'라는 질문의 답이다.

그렇다고 내가 아빠를 이해하지 않으려는 것만은 아니다. 아빠의 권위를 처음 느꼈던 유년기 시절부터 최고조로 치솟았던 고등학교 시절에도(비록 조금이지만) 꾸준히 아빠를 이해하고 가까워지려고 시도해 왔으며, 이후 3사관학교 시절과 군대 장교 생활을 할 때도 알게 모르게 아빠와의 관계를 좁혀 보려고 이것저것 시도도 해 보았다. 그 결과 그렇게까지 관계가 좁혀지지는 못했지만, 시도라도 했다는 의미는 나 또한 아빠의 삶을 어느 정도 존중하고, 어릴 적부터 아빠가 나에게 했던 태도들을 조금이라도 이해했기 때문이다.

지금까지 내가 회상했던 어릴 적 이야기들은 오로지 내 관점에서 아빠를 본 것이라 주관적인 편향일 수 있지만, 조금 더 아빠 입장에서 조금 더 객관적으로 아빠를 바라본다면 아빠가 나에게 했던 태도는 충분히 이해될 것이다.

아빠의 태도를 이해하기 위해서는 역시 내가 나를 이해하기 위해 어릴 적을 회상한 것처럼 아빠의 어릴 적을 살펴보면 된다.

아빠는 어릴 때부터 소위 말하는 '흙수저'였다. 똥구멍 찢어지게 가난하다는 표현이 어색하지 않을 정도였다. 아빠의 아빠인 할아버지는 그 가난 속에서 많은 식구를 먹여 살리기 위해 칼바람이 부는 추운 겨울에도 이른 새벽부터 영산포 다리를 건너 일하러 나가셨다고 한다. 정말 뼈를 깎는 고통을 겪었을 텐데 참으로 대단한 정신력이다.

그만큼 아빠는 어릴 적부터 할아버지의 강한 의지와 정신력에 크게 감동을 받아 지금까지 살아온 것이다. 그래서 항상 나와 형에게 할아버지 얘기를 꺼낼 때면 꼭 할아버지의 강한 의지와 정신력을 빠뜨리지 않았다. 그리고 아빠는 우리에게 할아버지의 그런 면모들을 본받길 바랐다(생물이 영생을 포기하고 번식을 선택한 것처럼 어쩌면 아빠 역시도 자신의 아버지의 유전자들을 우리에게 대물림하기를 바라지 않았을까 싶다).

할아버지의 아내였던 할머니도 보통 사람이 아니었다고 들었다. 그 가난했던 시절 많은 식구를 먹여 살렸으니, 충분히 그럴 만하다. 내가 손자라서 그런지 나를 아주 다정하게 맞이해 주셨지만, 며느리나 자식들에게는 꼭 그렇지는 않아 보였다. 하지만 어렵고 힘든 시절에 항상 외롭게 공부하는 어린 아빠에게 이른 새벽부터 라면까지 끓여 주셨다고 하니, 살갑지는 못해도 어느 정도 사랑이 있었던 분 같다.

할아버지 역시 똑같은 성향이었던 것으로 보아, 그런 부모 밑에서 자라온 아빠 역시 나에 대한 서툰 사랑 표현은 당연할 수밖에 없는 것 같다. 게다가 아빠는 딱딱한 군 조직에서 대부분의 시절을 보냈으니.

아빠는 또한 공부를 아주 늦게 시작했지만 아주 잘했다고 한다. 늦게 시작한 이유는 아마 지금 당장 먹고살기도 어려워 하루 종일 일해도 모자랄 가난한 환경이었기 때문에 집안에서도 공부하는 것을 그저 사치라 여기며 반대했기 때문이다. 그리고 그때는 초졸, 중졸도 대수롭지 않게 여기다 보니 아빠 집안에서도 학업에 대해 별 신경쓰지 않은 것 같다. 그렇게 고등학생 초반까지도 공부를 안 했던 아빠는 어느 순간 큰 자극을 받았는지 갑자기 공부를 시작했었다고 한다. 하루살이로 집안일을 병행하면서 누가 내다 버린 헌책을 주워다가 공부를 했으며, 기초도 없는 상태라서 남들보다 몇 배로 노력을 해 왔다. 그리고 아빠는 결국 자신만의 학습 원리를 터득했는데, 아빠가 항상 나에게 말했던 학습법은 이러하다.

첫째, 처음에는 이해가 안 되더라도 처음부터 끝까지 한 번 쭉 훑어본다. 그리고 두 번째 보고, 세 번째 본다. 그러면 첫 번째 보았던 생소한 단어들이나 눈에 들어오지 않았던 개념들이 머릿속에 쏙쏙 들어오게 된다. 그러면 머리가 아무리 나쁜 사람이라도 이해할 수밖에 없게 된다. 또한 첫 번째 볼 때보다 두 번째 볼 때가, 그리고 두 번째 볼 때보다 세 번째 볼 때가 시간과 노력이 덜 들게 된다.

둘째, 항상 기출문제를 먼저 풀어 봐야 한다. 처음에 기출문제를 대부분 못 맞추더라도 상관없다. 기출문제를 안 풀고 바로 책 내용을 보는 것은 어디로 갈지 모르는 상태에서 항해하는 것과 같다.

셋째 공부는 엉덩이 힘이다. 이게 가장 중요하다. 아무리 머리가 좋아도, 더 오래 책상에 앉아 있는 사람을 이기지 못하는 법이다. 절대 포기하지 않고 꾸준하게 하면 분명 성과를 얻을 수 있다.

이런 학습법 덕분에 아빠는 뒤늦게 들어간 고등학교에서 전교 꼴등으로 시작해 일 년도 안 돼 전교 일 등을 차지하게 되었다. 아마 할아버지가 남겨 준 강인한 의지와 정신력의 유전자도 한몫했을 것이다.

이후 대학교에 들어간 아빠는 거기에서도 전액 장학금을 받을 정도로 항상 1등을 하고 다녔고, 3사관학교나 군대 교육기관에서도 항상 전교권 순위에 들었다고 한다(이러한 아빠 덕분에 공부에 소질이 없었던 내가 초등학교 4학년 때 아빠의 학습법 지도 아래 워드프로세서 자격증을 취득했다. 어린 나이 때부터 나에게 자신감을 얻게 하고 싶었던 아빠였던 것이다).

아빠는 형제자매들도 많았는데, 그중에서 아빠 혼자 (그나마)잘 된 케이스다. 그 이유를 뽑으라면 오로지 아빠 혼자 학업에 열중했기 때문이라고 볼 수 있다. 아빠의 형제자매들이 모두 학업이 아닌 일(노동이나 사업)에 매진했다고 한다.

이러한 성공적인 시절을 경험한 아빠는 아무리 자신의 머리가 좋지 않고 시기가 늦었어도 굳은 의지와 강인한 정신력 바탕으로 성실하게, 그리고 꾸준하게 반복적으로 학습한다면 그 무엇이든 해낼 수 있고, 학창 시절에는 공부하는 만큼 더 좋은 투자는 없다는 것이 아빠의 인생 철학에 남게 된 것이다.

내가 초등학교 때 아빠의 모습. 아마 곧 있으면 나와 구분이 안 되지 않을까 싶다.

이렇듯 잠깐 아빠의 자라온 환경들을 살펴보더라도 충분히 아빠를 이해할 수 있다. 어릴 적 나에게 했었던 아빠의 강압적인 말투, 차가운 표정, 사랑을 표현하는 법, 음식 강요, 운동의 목적, 여행의 목적, 학업 열중, 인생의 목표, 형을 못마땅하게 생각한 이유, 엄마에게 뭐라 했던 이유, 그리고 나에게 상처 주었던 말들까지 전부 말이다.

하지만 참 어렵다. 충분히 머릿속으로는 아빠를 이해할 수 있지만 가슴으로는 잘되지 않는다. 아마 내 가슴 속 한구석에 무겁게 자리 잡고 있는 아빠의 차가운 모습들이 트라우마 형태로 존재하기 때문이다. 설사 어릴 적 내 마음의 상처들이 오랜 시간을 걸쳐 아문다 해도, 이로 인해 만들어진 내 의존적인 성향만큼은 아무리 노력한다 한들 평생 바꾸기 힘들 것이다. 어쩌면 바꾸는 게 아니라 그 성향을 인정하고 수용하는 것이 더 현명한 방법일 수 있겠다.

종합심리검사 결과에 나는 아빠에게 모든 탓을 돌린다고 써 있던 것처럼 나는 여태껏 어릴 적 아빠 때문에 지금의 내 성향이 만들어졌고, 그로 인해 지금 번아웃이라는 처절한 꼴이 되었다고 생각해 왔다. 그래서 아마 검사에서 내가 미성숙하다고 나온 것일지도 모른다.

어릴 적 많은 마음의 상처들과 그로 인해 만들어진 나의 성향들을 인정하거나 수용하려고 하려 들지 않고, 오로지 아빠 때문이라고 여기는 모습.

어쩌면 이런 내 모습은 어릴 때나 지금이나 똑같을지도 모르겠다.

5. 미움받을 용기

이렇게 어릴 적 나의 모습에서 번아웃이 된 원인을 찾으려고 노력하고, 나름 결론도 지어 봤지만, 아직 무언가 부족하고 엉성해 보였다. 아직은 나에게 좀 더 시간이 필요했고, 그 시간 동안에 나는 나에 대해서 더욱 열심히 알아 가야 했다.

나는 보통 숙소에서 혼자 시간을 보내며 나를 알아 가기 위해 도움이 될 만한 것들을 이것저것 찾아다니며 시도했는데, 좋은 영상들을 찾아보기도 하고, 도움이 될 만한 책들도 여러 권 읽어 보기도 했다.

그러던 중 내 상황과 아주 어울리는 한 권의 책이 있었는데, 바로 『미움받을 용기』이다. 제목도 내 상황과 어울린다.

이 책을 조금 소개하자면 '아들러'라는 심리학자의 이론 바탕으로 어떤 스승과 학생이 주고받은 이야기를 다룬 내용이다(최근에는 이 책을 쓴 저자가 매혹적인 글로 베스트셀러가 되기 위해 실제 아들러라는 심리학자가 주장하는 이론을 제멋대로 허위로 꾸며 글을 썼다는 말이 들리던데, 실제로 아들러가 주장했든 그 저자가 허위로 꾸몄든 나에게 크게 중요한 것이 아니었다).

책의 저자는 다음과 같이 말한다.

"지금까지의 인생에 무슨 일이 있었든지 앞으로의 인생에는 아무런 영향도 없다. 인생을 결정하는 것은 '지금, 여기'를 사는 당신이다."

즉, 과거에 자신이 겪었던 일은 지금 현재 상황에 아무런 영향을 끼치지 않는다는 것이다. 이게 바로 이 책의 핵심이다. 정말 매혹적인 얘기이다. 하지만 보면 볼수록 좀 어이가 없다. 그렇다면 내가 지금까지 겪었던 아빠로 인해 상처받았던 과거의 아픈 경험들과, 군생활에서 회의감을 느꼈던 과거의 고통스러웠던 경험들이 지금 내 현재 상황에 아무런 영향을 끼치지 않았다는 것인가? 또한 만약 내 상황을 저자가 말하는 '원인론'에 입각해서 말한다면 아빠와의 아픈 기억이 아빠와의 관계를 틀어 버린 원인이 된 것이 아니라 '목적론'에 입각해서 내가 아빠와의 관계를 틀어 버리고 싶어서 아픈 기억을 꺼낸 것이 되어 버린다.

이게 맞나? 조금 의아했다.

그래도 조금 생각해 보니 또 맞는 말 같기도 했다. 어린애는 사탕을 먹기 위해 울음을 터트린 것뿐인데, 그의 부모는 애가 울음을 터트렸기 때문에 사탕을 준다. 이처럼 나 역시 종합심리검사 결과 내용처럼 모든 책임을 아빠 탓으로 돌리기 위해 이런 사태를 자초해서 벌인 것은 아닐까 하는 생각이 들었다.

또한 책에서는 내가 그렇게나 알고 싶었던 의존에 대한 내용도 포함되어 있었다. 의존은 곧 다른 사람들에게 받는 인정으로부터 기인되고 그 인정의 반대는 타인에게 미움을 받는 것으로 해석할 수 있다. 즉, '자유란 타인에게 미움을 받는 것이며, 누군가에게 미움을 받는 것은 자신이 자유롭게 살고 있다는 증거이자 자신 스스로의 방침에 따라 자유롭게 살고 있다는 증표가 된다는 것이다. 만약 자신이 다른 사람의 인정을 받기 위해 계속 살아왔다면 그 모습은 진정한 내 모습이 될 수 없다.'

아니 그렇다면, 진정 나는 미움을 받을 용기가 없었단 말인가. 인정하기 싫었지만 내 과거의 모습들을 쭉 돌이켜 보더라도 그러한 용기는 단 하나도 보이지 않았던 것 같다. 아니, 분명 용기가 없었던 게 확실했다.

이 저자가 말한 내용들을 다시 정리해서 내 상황에 대입해 본다면 이렇다.

'의존적인 나는 아빠에게 미움받을 용기가 없기 때문에 아빠의 인정을 받기 위해 억지로 군생활을 해 온 것이며, 그러한 내 모습은 진정한 내 모습이라고 할 수 없다. 또한 내가 그렇게나 군생활을 쉽게 포기할 수 없었던 이유는 무조건 아빠 탓으로 돌리기 위함이며, 모든 책임은 아빠가 지어야 한다고 생각했기 때문이다.'

생각하면 할수록 또다시 자존감이 낮아지려고 했지만, 어쩔 수 없었다. 나는 정말 아빠에게 미움받을 용기가 없기 때문에, 항상 아빠의 눈치를 봐왔고 아빠의 바람대로 살려고 노력해 왔다. 즉, 아빠의 칭찬을 받기 위해 노력한 것이다. 그런데 아빠의 칭찬이 도대체 뭐길래 내 진정한 자신의 모습까지 포기하려고 했던 걸까.

책에서는 칭찬이란 행위에 대해서도 자세히 설명하고 있는데, 그보다 먼저 내가 인지하고 있는 칭찬의 행위에 대해 말해 보겠다. 나는 어릴 때부터 자주 '칭찬은 고래를 춤추게 만든다'고 들었을 정도로 칭찬은 상대방에게 나에 대한 신뢰와 존중을 보여 준다고 여겨 왔다. 또한 상대방이 그 칭찬의 영향으로 더더욱 그 일에 매진할 수 있게 하는 커다란 원동력이 되어 준다고 믿어 왔고, 뿐만 아니라 남을 칭찬하는 나에게도 긍정적인 영향을 주는 것이며, 원활한 대인관계를 위해서라도 칭찬을 해야 하며, 칭찬은 곧 사랑을 주는 행위라고 믿어 왔다. 이는 나뿐만 아니라 아마 대부분 사람들이 가지고 있는 칭찬에 대한 신념일 것이다. 대부분 부모나 학교 선생들도 이러한 칭찬의 특성들을 결코 부정할 수 없을 것이고, 수많은 자기 계발서에도 좋은 관계를 갖기 위해서라면 반드시 칭찬을 해야 하며, 곧 칭찬은 삶의 진리라고 무수히 반복하며 강조하고 있다. 하지만 『미움받을 용기』의 저자는 그렇게 순순히 이러한 칭찬의 진리를 쉽게 따르지 않았다. 저자는 심지어 칭찬을 '능력 있는 사람이 능력 없는 사람에게 내리는 평가'라고 주장했다. 부모가 자식에게 '장하다', '잘했다', '훌륭하다'라고 하는 칭찬은 부모가 자식을 본인보다 아랫사람으로 보고 무의식중에 상하관계를 만들려고 한다는 것이다. 야단치는 행위 역시 마찬가지이다. 칭찬하는 행위나 야단치는 행위는 당근을 쓰느냐 채찍을 쓰느냐의 차이에 불과하지 배후에 자리한 목적은 조종에 있다고 한다. 정말 충격적이지 않을 수 없다. 남을 조종하기 위해 칭찬을 하다니…. 무슨 말도 안 되는 소리인가.

나는 잠시 책을 덮고 곰곰이 생각해 보았다. 칭찬이나 야단을 치는 사람이 의식적으로 했든 무의식적으로 했든, 또는 남을 조종하기 위한 의도가 있었든, 단순히 본능에 의해서 했든, 상관없이 그걸 받는 입장에서는 무의식적으로 그 사람에게 칭찬을 받고 싶어서 또는 그 사람에게 야단을 맞기 싫어서 어쩔 수 없이 그 사람의 의도대로 행동하려고 한다는 것이다. 그리고 그게 지속되다 보면 결국 칭찬이나 야단을 들었던 사람은 칭찬이나 야단을 친 사람을 위해서만 인생을 살아가게 되고, 결국 그 사람은 충분히 자신의 색깔을 내는 것도 아니고 다른 사람의 색깔을 내는 것도 아닌 이도 저도 아닌 색깔을 낼 수밖에 없는 것이다. 아빠가 나에게 어떤 의도를 가지고 칭찬을 했든 야단을 쳤든 간에, 내가 무의식적으로 아빠의 의도대로만 살려고 했고, 이도 저도 아닌 어중간한 색깔로 변한 것처럼 말이다.

인간은 누구나 의존적인 성향을 가지고 있다. 아마도 인간은 어릴 적 혼자 살아남을 수 없기 때문에 아주 자연스럽게 가장 가까운 부모에게 의존하는 방법을 배우게 되는 것이다. 어릴 때는 음식을 구할 능력이 없으니 울음을 터뜨려서라도 부모에게 먹을 것을 구해야 하고, 아플 때는 부모가 약을 지어 오기까지 울면서 기다릴 수밖에 없다. 이렇듯 부모에게 의존하게 되는 것은 인간의 아주 자연스러운 현상이며 이는 인간뿐 아니라 모든 동물에서도 동일할 것이다. 심지어 어린 시절에는 자아가 뚜렷하지 않기 때문에 지금 자신이 부모에게 의존하고 있다는 그 자체조차 깨닫지 못한다.

그러다가 점차 성장하여 부모의 의존 없이도 자립할 수 있는 능력을 갖추게 되면 조금씩 부모의 의존으로부터 자연스럽게 벗어나게 되지만, 만약 어린 시절부터 부모의 의존성이 상당히 높았던 사람이라면 결국 그 사람은 어른이 되어서도 부모에게 칭찬을 받지 못할까 봐 또는 인정을 받지 못할까 봐, 또는 사랑을 받지 못할까 봐 두려워하게 될 것이다(그런데 만약 그렇게 커 왔던 사람이 자기 부모네 집에서 떨어져 나와 스스로 돈을 벌며 따로 집을 마련해서 부모와 떨어져 산다고 한다면 과연 부모의 의존 굴레에서 벗어났다고 할 수 있을까?).

나는 어쩌면 아빠의 차가운 태도들이 두려운 것이 아니라 아빠에게 사랑을 받지 못할까 봐 두려워했던 것이다. 이렇게 하다가 아빠에게 혼나면 어떡하지, 또는 저렇게 하면 아빠에게 혼나지 않을까? 중고등학생이 되니 더 차가워진 아빠에게 의존하는 나의 모습은 더 심해져만 갔고, 결국 나는 모든 일에 아빠뿐 아니라 모든 사람의 눈치를 보며 의존하기 시작한 것이다. 뭔가를 하기도 전에 이렇게 하다가 남들이 나를 싫어하면 어떡할지, 저렇게 하다가 남들이 나에게 짜증이라도 내면 어떡할지 신경 쓰기 시작한 것처럼 말이다. 그러다가 남들이 나에게 짜증이라도 내면 맞서 싸우는 대신 나를 낮춰 남들에게 맞추어 갔다. 결국 내 자존감을 깎아내려서라도 남들의 비위를 맞추려는 성향이 되어 버린 것이다. 그러다 보니 남들이 나에게 한 번 차가운 모습을 보이면 하루 종일 아무것도 손에 잡히지 않을 정도로 그 사람의 차가운 얼굴만 맴돌았다. 조금 심하면 그 사람의 얼굴이 일주일이 지나도 한 달이 지나도 내 머릿속에서 없어지지 않았다.

내가 중학교 3학년 때 같은 반 친구에게 장난쳤는데 그 친구는 내 장난이 과하다 생각했는지 순간 나를 보며 정색을 했었다. 그때 난 바로 사과했지만 그 친구는 너무 기분이 나빴던지 내 사과를 받아 주지 않았다. 그 이후 정말 며칠간 아무것도 집중이 되지 않았고, 오로지 그 친구의 기분만 살피고 졸업할 때까지 그 친구의 곁에 가지도 못했고 눈도 마주치지 못했다. 그리고 20년이 지난 지금, 그 친구의 차가운 표정은 아직까지도 내 머릿속에 선명히 남아 있다.

이런 어린 시절을 보낸 나는 물론 커서도 어떠한 결심을 할 때마다 다른 사람을 의식했다. 수능 시험을 망쳤을 때 재수를 결심한 적이 있었는데, 결국 나에게 기대를 해 왔던 아빠가 실망할까 봐 했던 결심이었고, 그렇게나 가기 싫었던 3사관학교에 들어간 것 역시 아빠에게 미움을 받지 않기 위해서였다(만약 내가 아빠 없이 커 왔다면 절대로 들어가지 않았을 것이다). 3사관학교에 들어간 이후에도 똑같았다. 아무리 죽을 만큼 힘들어도 결코 자퇴하지 못했던 이유 역시 아빠의 차가운 모습이 떠올랐기 때문이었고, 그토록 힘든 초급 장교 시절에 장기 복무를 신청한 것 역시 오로지 아빠를 위해서였다.

이러니 지금 내가 아빠에게 군생활이 너무 힘들어 전역을 하겠다고 말을 꺼내는 것은 차라리 죽음을 택하는 것만큼이나 힘든 선택이 되어 버린 것이다.

사람은 사회적인 동물이다. 따라서 한번 사람으로 태어났다면 절대로 의존의 굴레 속에서 벗어날 수 없다. 즉, 사람이 생존하기 위해서라면 누군가에게 의존하며 살아가야 한다는 뜻이다. 『미움받을 용기』의 저자가 말하고자 하는 것이 대략 뭔지는 알겠으나, 사람들의 눈치를 전혀 안 보며 살아간다면 그 사람은 결국 고립되어 쓸쓸하게 죽을 것이다. 모든 삶의 이치가 그러하듯 과하거나 미미하다면 꼭 문제가 생기기 마련인데, 의존과 독립 역시 그 중간에 적절한 중용을 지키며 살아가는 것이 가장 인간으로서 바람직한 삶이 될 것이다.

그렇다면 지금의 나는 어떻게 해야 할까?

내가 왜 전역을 선택하는 것이 그토록 힘든지 이유도 알았고, 내가 왜 의존적이라고 말했는지도 알겠다. 하지만 지금 그렇다고 아빠에 대한 의존관계를 바로 끊어 낼 수 있을까. 생각만 해도 두렵다. 만약 부자 관계가 아니었다면 진작 끊었을 텐데, 예전에 읽었던 책 중에서는 부모 자식 같은 혈연관계는 절대 끊지 못하는 투명한 실로 연결되어 있다는 게 생각난다. 그리고 이 책에서까지 부자 관계를 이렇게 표현한다. '연인이 붉은 실로 연결된 사이라고 한다면, 부모 자식은 단단한 쇠사슬로 연결된 관계이다.' 부모 자식과의 관계를 단단한 쇠사슬로 표현하다니, 참 저자다운 표현이다. 당장이라도 부모 자식 관계를 끊어 내고 싶어도, 부모나 자식들에게는 그렇게 단단한 쇠사슬을 끊어 낼 힘이 없다는 것이다(반면에 연인 관계는 고작 실이기 때문에 아프더라도 끊어 낼 수는 있다). 아마 부모·자식 관계가 어렵다고 하는 이유는 바로 이 때문일 것이다.

그리고 책에서는 결국 다음과 같이 말하면서 마무리 짓는다.

'아무리 어려운 관계일지라도 서로 마주하는 것을 회피하고 뒤로 미뤄서는 안 된다. 설령 끝내는 쇠사슬을 끊어 내더라도 일단은 마주 봐야 한다.'

나 역시 저자와 같은 생각이지만 아빠와 마주 보는 것은 말처럼 쉽지 않다. 마주 보는 것. 내가 앞에서 가장 확실하게 마나(에너지)를 회복하는 방법은 '마나(에너지)를 소모하게 만든 직접적인 원인이 되는 사람으로부터 진심으로 존중받는 것'이라고 했었는데, 아빠와 마주 본다면 과연 아빠로부터 나라는 존재 그 자체로 존중받을 수 있을까? 그러다 상처가 더 깊어질까 봐 두렵기만 하다. 이런 두려움 때문에 아빠와 평생 마주하지 못할까 봐 두렵기도 하고, 이것도 저것도 아닌 지금같이 애매한 상태에서 평생 아빠의 눈치만 보며 살다 죽을까 봐 두렵기도 하다.

4장. 군에 대한 회의

1. 나에게 군생활이란

내가 이렇게까지 된 이유를 아빠에게서만 찾으려고 하는 것은 사실 조금 무리가 있다. 번아웃이 일어난 것은 내가 태어난 지 32년 된 시점이고, 아빠에게서 어느 정도 떨어져 독립된 삶을 살았던 생도 시절부터 봤을 때도 자그마치 10년이 넘어간다. 즉, 내 인생의 1/3을 군대에서 보내면서 번아웃이 온 것이다.

상담사는 언젠가 나에게 이런 말을 한 적이 있다.

"자신이 가장 긴장되고 화나는 순간이 가장 중요한 순간입니다."

아빠로 인해 그토록 포기하고 싶었던 군생활을 억지로 꾸역꾸역 참고 했지만, 정작 번아웃이 된 주원인은 바로 생도 시절을 포함해 10년이 넘는 군생활 속에 있다고 해도 과언이 아니다. 물론 얼마 전 새로운 부대에서 정작 과장님이나 대대장님의 말과 행동이 큰 원인이 되었긴 했지만, 그건 그저 빙산의 일각일 뿐이다. 드러나지 않은 거대한 빙산은 2년간의 생도 시절과 9년이라는 긴 장교 생활 속에서 나를 여러 번 극적으로 긴장되고 화나게 했던 중요한 순간들이다. 그리고 만약 이를 분석한다면, 내가 겪고 있는 번아웃의 퍼즐은 대부분 완성되리라 믿는다.

먼저, 나는 애초부터 군인과 거리가 먼 사람이었다. 어릴 적부터 군인이 싫었다. 이유는 정확히 모르겠으나, 장교였던 아빠의 영향이 컸던 것 같다. 내 어릴 적에 군복을 입은 아빠의 모습이 너무나도 무겁고 딱딱하게 느껴졌기 때문일까? 분명 부드러울 때도 있었지만 대부분 각진 표정과 거기로부터 나오는 각진 말투뿐이었다. 또한 생각과 행동이 로봇처럼 너무 체계적이고 딱딱했고, 무얼 하든지 반드시 목표를 설정하고, 달성하기 위해 단 1분 1초라도 낭비해서는 안 되었다. 이 아빠의 모든 것들이 전형적인 군인의 모습이라고 여겨 왔다. 따뜻하고 부드러움이 절실하게 필요했던 어린 나임에도 불구하고 군대의 딱딱하고 각 잡힌 모습만 보고 자랐기에 자연스럽게 군인과 거리낌이 생겼던 것이다. 퇴근하면 피곤에 절어 날카로워지는 아빠의 모습, 휴가 때마저 목표를 세우며, 그걸 달성하지 못하면 짜증을 내는 아빠의 모습, 이 모든 것들이 아빠가 단지 직업군인이기 때문에 그러한 것이라고 여겨졌다.

이러한 부정적인 군인상은 내가 3사관학교에 입교한 후에도 계속 이어지게 되었고, 장교가 돼서는 군대뿐 아니라 인생에 회의까지 느껴질 정도였다. 어쩌면 그런 부정적인 군인상 때문에 마나(에너지) 소진이 가속화되어 아무것도 할 수 없는 지금의 상태인 건지도 모르겠다.

하지만 회의라는 것은 그리 나쁜 것이 아니다. 회의는 의심을 가진다는 뜻인데, 무언가 의심함으로써 사람은 더 나은 삶으로 발전할 수 있고, 더 현명한 사람으로 성장할 수 있기 때문이다(나중에 살펴보겠지만 동굴 속 죄수가 되지 않기 위해서 뭐든지 회의적인 태도를 가져야 한다). 내가 어릴 적 아빠로부터 회의를 가지지 않았더라면 지금보다 더 미성숙한 사람으로 살고 있을 것이다. 군생활에서의 회의적인 태도 또한 내가 좀 더 성숙해지기 위해서는 반드시 필요했다. 어떻게 보면 이런 군생활 속에서 수많은 회의 덕분에 내 인생을 더욱더 심도 있게 접근하게 되었고, 조금 더 성숙한 나로 성장하게 된 것이다.

내가 만약 군 장교 생활을 안 했더라면, 과연 이런 회의적인 사고를 했을까? 그리고 내 삶을 진지하게 파고들어 성찰했을까? 물론 다른 경험들을 통해서도 성찰했을지도 모르겠으나, 어쩌면 시도조차 못 하지 않았을까 싶다. 이처럼 내 인생에서 1/3을 차지하는 혹독한 군생활의 기억은 내 인생에서 굉장히 중요한 부분이다.

그렇다면 왜? 도대체 무엇 때문에 군생활에서 이토록 회의적인 사고를 가지게 되었을까? 그리고 내가 생각했던 올바른 장교의 모습은 과연 무엇이었을까. 지금부터 생도 시절부터 10여 년의 군생활 간에 느꼈던 것들을 하나씩 떠올려 보자.

아, 참고로 군에 대한 이야기는 오로지 나의 주관적인 견해이기 때문에 내 글을 보고 편견을 갖거나 오해하지 말기 바란다.

2. 복종과 책임

군대 조직은 엄연한 계급 사회이다. 절대적으로 상관의 명령과 상관에 대한 복종으로 모든 것들이 이루어지며, 만약 이러한 상명하복(上命下服) 체계가 무너질 경우에는 아마 군대 조직은 유지되기가 어려울 것이다.

군대가 존재하는 목적은 전쟁이 발발하지 않도록 예방하는 차원도 있지만, 만약이라도 전쟁이 발발했을 경우 국민의 생명과 재산을 보호하기 위해서이다. 따라서 군대는 오늘 당장이라도 전쟁이 일어나 적과 싸우게 된다면 반드시 승리로 이끌어야 하며, 이를 위해 평상시에도 부단히 훈련을 통해 전투력을 키워야 한다.

적과 싸워 반드시 이기기 위해서는 최우선적으로 '지휘통제'가 잘되어 있어야 하는데, 그 이유는 나 혼자 적과 일대일로 싸우는 것이 아니기 때문이다. 수십 명, 수백 명, 수천 명, 수십만 명이 하나의 통일된 전략적인 목적과 각각의 전술적인 목표를 가지고 전투에 임하기 때문에 지휘통제는 승리를 위해서 필수적인 요소가 된다.

전투를 수행하는 데 가장 작은 규모는 '분대'이다. 분대는 통상 10명 정도로 각기 다른 특성을 가진 요원들로 편성되는데 그 분대를 지휘하는 리더를 '분대장'이라고 한다. 말 그대로 그 분대라는 조직의 장이란 뜻이다. 분대장은 작전을 수행하기 전에 1차 상급자인 소대장, 2차 상급자인 중대장의 '의도'와 '작전 목적'에 따라 분대의 임무를 판단하고 그 임무를 수행하기 위해 각 분대원들에게 명령을 하달한다. 그리고 명령을 하달받은 분대원들은 반드시 분대장의 명령에 복종해야 된다(만약 대대장이나 중대장이 일개 분대원들에게 이것저것 명령하고 지시하는 모습이 잦은 부대라면, 그 부대는 정말 반성해야 한다). 만약 분대원들이 분대장 명령에 복종하지 않고 자기 판단이 옳다고 제멋대로 움직이게 된다면, 아마 그 분대는 전투에서 패배할 가능성이 높고, 그로 인한 부정적인 영향은 부대 전체로 크게 미칠 것이다.

그런데 여기서 잠깐, 만약 분대장이 무능력하다면 그 명령에 복종해야 될까. 여기서 조금 의견이 갈릴 수 있겠다. 무능한 분대장 명령을 따른다면 내 목숨뿐 아니라 내 옆에 있는 소중한 전우의 목숨과 분대 및 소대의 전체 작전 또한 실패할 게 뻔히 보이기 때문이다. 내가 만약 그런 무능력한 분대장에게 명령을 받는 분대원이라면 과연 어떻게 했을까. 그럼에도 나는 한결같다. 무조건 복종했을 것이다. 단, 납득이 가도록 분대장과 소통하는 노력을 했을 것이다. 그럼에도 소통이 되지 않고 아무런 납득도 가지 않더라도 그래도 복종했을 것이다. 그것이 군인의 운명이기 때문이다.

일단, 분대장을 따라야 하는 보편적인 이유가 있다. 분대장은 분대장이 되기 전에 분대장 직책에 맞는 전문 교육을 받아 왔으며, 분대원들보다 소대장 및 중대장과 의사소통을 많이 해 왔기 때문에 평소 상급자의 지휘 의도를 잘 파악하고 있기 때문이다. 따라서 전투를 수행하더라도 자신의 분대 임무는 물론, 관련한 작전 개념들과 적 상황, 인접 아군들의 상황, 사하지점(卸下地點)은 어디이고, 구호소(救護所)는 어디인지까지 모두 인지하고 있을 것이고, 나아가 우리 분대가 이번 작전에서 소대의 어떤 역할을 맡게 되었는지, 우리 분대가 주공(主攻)인지 조공(助攻)인지, 중대 전체 작전에 끼치는 영향은 무엇인지까지 모두 알고 있을 것이다. 이런 정보들을 통해서 분대장은 비로소 분대원들에게 명령을 하달하게 되는 것이다. 이와 같이 분대장은 분대원들보다 얻을 수 있는 정보의 양질부터 다르고, 그 정보들을 어떻게 하면 잘 종합하여 올바른 판단을 내릴지에 대해서도 전문 기관에서 교육받아 왔다. 따라서 분대장은 분대원들보다 지식과 정보 측면에서부터 우위에 있을 수밖에 없다.

설혹 이런 능력들을 갖추지 못한 분대장이라 할지라도 복종을 해야 하는 이유가 따로 있는데, 그건 바로 분대장이 분대 전체에 대해서 책임지기 때문이다. 이렇게 생각하면 이해가 쉽다. 분대장이 분대원들에게 명령을 한다. 그러나 분대원들은 분대장을 신뢰하지 못해 제멋대로 행동한다. 그 결과 모든 중요한 작전이나 전투에서 패배를 했다. 이럴 경우 그 패배의 책임은 누구에게 있는가? 과연 분대장이 군사법원에 가서 "분대원들이 내 명령을 따르지 않았기 때문에 전투에서 패배했고, 그 패배의 원인인 분대원들에게 모든 책임을 물어야 합니다. 명령을 분명하게 하달한 나는 잘못이 없습니다."라고 할 수 있을까. 절대 그렇게 못 한다. 분대장이라는 직책만으로도 패배의 책임이 있기 때문이다. 그렇기 때문에 분대원들은 아무리 분대장이 신뢰 가지 않더라도 따라야 한다는 것이다.

그래서 정말 능력 없는 분대장이 있다면 빨리 조치해 주어야 한다. 아무래도 분대장이 스스로 자신의 부족한 능력을 솔직하게 인정하고 부단한 노력을 한다면 더욱이 좋겠지만, 그렇지 못할 경우에는 그 상급자인 소대장이 그 분대장의 능력을 키워 줘야 한다. 그럼에도 계속 수준 미달이라면 중대장이 직접 해결해 주거나 과감하게 분대장 직책을 벗겨 버려야 한다. 여기서 주의해야 할 점은 분대원들이 분대장의 직책을 벗기려 들면 안 된다는 것이다. 또한 신뢰가 안 간다고 소대장이 직접 분대원들과 소통하려고 들면 안 된다(그렇게 된다면 대대장님이 중대장인 나를 따돌려 내 부하들과 따로 소통한 것처럼 분대장의 지휘 권한을 무시하게 만드는 꼴이 만들어지게 되기 때문이다).

사실상 대부분의 분대원들은 분대장처럼 소대 작전 개념이 무엇인지, 중대장 지휘 의도가 무엇인지 하나도 관심이 없다. 오로지 자신에게 부여된 임무밖에 보이지 않으며, 그저 지금 자신이 하는 것만 보이고, 실제로 그게 가장 중요하다. 시야가 상대적으로 좁다는 것이다. 그런데 이건 당연한 것이다. 분대원들이 가까운 것을 보지 않고 먼 숲만 내려다본다면, 가까이에 있는 나무는 누가 볼 것이며, 나무 열매는 누가 맺을 것인가. 자신이 맡은 바로 앞에 있는 일도 벅차 죽겠는데, 소대나 중대 작전은 개뿔, 전혀 알 바 아니다.

하지만 이런 분대원들의 생각처럼 상급 제대(소대 및 중대)의 작전 방향성을 완전히 무시한 채 흐르게 되다면, 여러 번의 분대 전투에서 승리하더라도 큰 틀에서 보면 결코 승리라고 볼 수 없다. 앞서 말했듯 전투는 자신의 분대 하나만 싸우는 게 아니기 때문이다. 분대와 소대, 소대와 중대를 연결해서 단일화된 통합 목표로 싸워 이겨야지만 비로소 작전에 성공했다고 말할 수 있는 것이다. 여기서 분대원들과 상급제대(소대 및 중대) 가운데 서서 조율하는 역할을 하는 사람이 바로 분대장이다.

분대장은 밑에 부하가 고작 10명 남짓이지만 소대장은 그의 3배인 30여 명이고, 중대장은 그의 10배인 100여 명이며 대대장은 무려 400여 명이 넘는 부하가 있다. 이렇게 군 조직은 커지면 커질수록 지휘 통일을 하기 어려워지기 때문에 명령 체계는 아주 중요한 요소가 되며, 이에 대한 복종 체계 역시 군에서는 불가결한 핵심 요소가 된다고 할 수 있다. 그래서 병사들은 자대에 배치받기 전에 훈련소에서 가장 먼저 복종부터 배우는 것이며, 장교나 부사관 역시 마찬가지로 생도나 후보생 때부터 복종과 팔로우십을 우선적으로 배우게 되는 것이다. 부사관 역시 마찬가지다.

놀랍게도 내가 임관하고 첫 자대에서는 내가 생각해 왔던 복종 체계가 어느 정도 이루어져 있어 보였다. 하지만 그건 내 착각일 뿐이었다. 얼핏 제대로 된 복종 체계처럼 보였지만, 자세히 들여다보면 볼수록, 진정한 복종 체계가 아니었다. 그보다 악습 부조리에 가까웠다. 상급자들은 본인이 내린 지시가 정당한지 의심조차 하지 않으려 하고, 부하들이 자신에 대한 무조건적인 복종만 강요하다 보니 대부분의 상급자들은 권위적인 성향이 아주 강했고 자신이 내린 지시가 정당한지 구분하는 능력조차 부족해 보였다. 누군가 그 상황에서 "정당하지 않은 지시입니다."라고 말하게 된다면 아마 그 사람은 다시는 그런 말을 하지 못할 정도로 군생활이 꼬일 게 뻔했다. 정작 정당한 지시를 내려야만 하는 군 간부들이 오로지 자신의 권력을 앞세워 남용하고 사적 지시만 해 대는 모습이었고, 조직을 위해서가 아닌 자신의 편의와 자신의 감정만을 우선시하는 모습이었다. 또한 이러한 모습들은 밑에 하급자들 세계에도 꼬리에 꼬리를 물어 부정적인 영향으로 확산되었는데, 자신이 당했던 만큼 그대로 갚아 줘야 했기 때문이다. 정말 동물의 왕국과 별반 차이 없었다.

그 후, 많은 세월이 흘렀다. 10년이면 강산이 변한다는 말이 무색할 정도로 절대 변할 거 같지 않던 군대의 악습적인 복종 체계가 무너지는 듯했다. 아무리 상급자라 할지라도 정당한 근거와 논리 없이는 따를 수 없게 된 것이다. 그게 소대장이든, 중대장이든, 대대장이든 그 이상이든 상관없었다. 아무리 그들이 본인이 지시한 것에 모든 책임을 진다며 믿고 따라오라고 해도 말이다(이렇게 된 계기는 다음 주제에서 논하겠지만). 참 황당한 일이다.

그래도 조금 좋은 점은 간부들 본인이 왜 차상급자의 지시에 따라야 하는지, 그리고 병사들에게 왜 그런 지시를 내려야 하는지에 대해 좀 더 본질적으로 접근하는 모습을 보이게 된 것이다. 그러나 이러한 변화들이 상급자 의도를 좀 더 잘 파악할 수 있는 계기가 되었는지는 몰라도, 그리 좋지만은 않았다. 내가 정당한 근거를 제시하고 논리적으로 설득시켜야 할 병사들은 한두 명이 아니었기 때문이다. 또한 그들은 자신에게 불리하게 작용하거나 필요 없다고 느끼는 것들에 대해서는 굳이 스스로 규정을 찾아보거나 적극적으로 알려고 하지 않았고, 그냥 달린 게 입이라고 만만한 간부들에게 말로 한번 푹 찔러 보는 병사들도 적지 않았다.

내가 1차 중대장 때 이런 병사가 있었다(나에게 한 것은 아니지만).

"왜 운전병인 제가 사격해야 하는 겁니까? 육군 규정에라도 나와 있습니까?"

정말 이런 병사들을 보면 골치 아프다. 내가 그걸 찾아볼 시간이 어디 있냐 말이다. 나는 반대로 운전병만 사격하지 말라는 법이 육군 규정에 나와 있는지 직접 찾게 만들고 싶었다. 물론 모든 간부들이 '사격은 모든 병사가 해야 하는 병 기본 훈련에 포함되어 있으며, 운전병도 개인화기가 편제되어 있기 때문에 적법한 이유 없이는 운전병이라 할지라도 사격 훈련을 해야 한다'고 곧장 설명할 수 있는 능력을 갖춘다면 더없이 좋겠지만, 그러기에는 간부로서 갖춰야 할 능력들과 요구하는 지식들이 너무도 많다. 또한 이런 질문 외에 더 곤란한 질문을 하는 병사들은 물론, 훨씬 수준 높은 근거를 요하는 병사들도 분명 존재하기 때문에 말처럼 쉽지 않다. 이런 부하들에게는 뭐라고 해야 할까? '내가 직접 규정을 찾아봤는데, 나와 있지 않다. 그래도 정말 미안한데 해 줄 수 있겠니?'라고 부탁해야 할까. 아니면 상급자를 팔면서 '닥치고 복종이나 해 이 자식들아'라고 해야 할까.

하지만 규정이나 지시에 나와 있지 않은 것들이나 애매하게 나와 있는 것들이 생각보다 많기 때문에 문제를 해결하기 위해서는 결국 상급 부대 실무자들에게 물어볼 수밖에 없다. 하지만 그들은 생각만큼 친절하지 않다. 그들 역시 바빠 죽겠는데 뭔 쓸데없는 질문이냐며 바로 전화를 끊어 버리거나, 한번 알아보겠다고 한 뒤에 감감무소식일 것이다. 또는 내가 요청한 것은 다 하고서 말하는 거냐며 오히려 짜증을 받을 수도 있다(상급 부대 실무자에게 '운전병이 사격 훈련에 참여하라는 법이나 규정이 있나요?'라고 물어보면 뭐라고 답변이 올 것 같은가). 그래서 병사와 맞닿은 중간관리자(초·중급 간부)들이 골치 아픈 것이다. 아래 병사들은 명령에 복종하기 전에 왜 해야 하는지 이유를 설명해 달라 하고, 위에서는 얼버무리고 있으니, 참 답답하기만 하다.

3. 마음의 편지

군에서는 정말 많은 변화가 나타났다. 전에는 존재하지 않던 여러 가지 고충 신고 제도들이 하나씩 생겨났고, 신고와 상담 활동들이 활발하게 이루어졌다. 인권에 대한 인식 수준 또한 높아졌다(군에 입대를 안 한 사람들도 1303이 뭔지 알 정도이다). 특히 무엇이든 들어주는 요술램프 같은 '마음의 편지' 제도는 온 부대가 시행할 정도로 정말 뿌리 깊게 자리 잡았는데, 사실 그럴 만한 계기가 있다. 새로운 제도가 도입되려면 언제나 큰 희생들이 따라왔던 것처럼, 마음의 편지 역시 우리가 잘 아는 두 번의 뼈 아픈 사건을 연이어 겪은 후에나 활성화가 되었다.

그 두 번의 사건은 바로 '윤 일병 사건[6]'과 '임 병장 사건[7]'이다. 그전에도 군에 크고 작은 사건들이 있었겠지만 이렇게 큰 사건들이 온 국민이 볼 수 있도록 연이어 보도된 것은 아마 이례적일 것이다. 이때 이 기사를 접한 국민들은 한동안 충격에 빠졌었고, 군에 대한 맹비난을 쏟아 내기 시작했다. 특히 군대에 자식을 보낸 부모들은 군에 대한 신뢰를 저버리게 된 계기가 되었으며, '참으면 윤 일병 못 참으면 임 병장'이라는 말까지 나오기 시작했다.

이후 부대 내에서는 피바람이 불기 시작했다. 그 부대 사단장부터 해서 중대장까지 모든 지휘관은 한순간에 보직해임을 당하고 그와 연루된 모든 간부는 징계위원회에 회부되었다. 장성급 부대(여단급 이상 부대)들은 그 어

---

6) 2014년 4월 7일, 선임 병사들이 후임 병사를 집단 구타해 죽음에 이르게 한 살인 사건.

7) 2014년 6월 21일, 부대 내 집단 따돌림으로 동료 병사에게 수류탄을 던지고 총기를 난사하여 5명이 살해됐고 7명은 부상을 입은 사건.

떠한 훈련이나 작전보다는 우선적으로 부대 내에 남아있는 악습 부조리를 모조리 잡아야 한다고 혈안이 되어 있었고, 여러 가지 다양한 대책들을 만들고는 즉각 시행하기도 했다. 또한 이를 지속하기 위해 TF[8]를 구성하여 예하 부대들이 자신들이 만든 사고 예방 지침들을 잘 이행하고 있는지 샅샅이 방문하여 점검하고 다녔으며, 각 예하 부대에서는 자신들이 직면한 현행 작전이나, 훈련, 평가들보다 상급 부대에서 내려온 수많은 사고 예방 지침들을 이행하기 바빴다.

부대 내에서도 보통 난리가 아니었는데, 예전 군 관습에 따라 후임자에게 악습적인 행동을 해 오던 선임 병사들은 물론이고 그날그날 기분이 안 좋다며 폭언과 구타를 일삼는 간부들까지 너나 할 것 없이 마음의 편지로부터 식별이 되어 처벌받기 시작했다. 정말 10년, 20년이 지나도 바뀌지 않을 것 같던 군 부조리들이 급속도로 사라지고 있던 것이다.

병사들의 의식 수준도 완전히 달라졌다. 그저 나는 후임이니까, 이제 막 전입 온 신병이니까 조그마한 자신의 의견이나 권리를 말하지 못했던 과거와 다르게 자신 있게 말할 수 있는 문화가 형성되었고, 심지어 대대장 앞에서도 자연스럽게 제시할 수 있게 되었다. 더 이상 자신의 상급자인 고참 병사들이나, 심지어 소대장이나 중대장의 말이라도 무조건 "예 알겠습니다!" 라고 할 필요가 없게 된 것이다.

이러한 급격한 변화에 적응하지 못한 대부분 선임병들은 영문도 모른 채 예전 모습 그대로 하다가 처벌을 받게 되었고, 간부들 역시 마찬가지였다. 또한 자신이 당한 만큼 후임들에게 되갚지 못한 억울한 마음에 보복을 계획했던 선임들에게는 더 큰 처벌이 기다리고 있었다.

---

8) Task Force: 어떠한 임무를 위해 편성된 부대.

그리고 점점 시간이 지나 부조리를 당연하게 여기거나 부조리를 당했던 세대들이 전역을 하면서 부조리 관습들이 옅어져 갔고, 부조리에 대한 사건 사고는 현저히 줄어들게 되었다. 그만큼 마음의 편지를 비롯한 여러 가지 고충 신고 제도는 엄청난 변화를 가져올 정도로 힘이 있었던 것이다.

하지만 모든 변화가 또 다른 문제점을 불러오는 만큼, 이 역시 다른 부작용들을 불러오기 시작했다. 마음의 편지를 쓰는 사람들은 대부분 병사들 또는 소수의 초급 간부들이었는데 그 말은 즉, 군에 대해 깊은 지식과 이해가 부족한 사람들이 대부분 마음의 편지 및 고충 제도를 활용했다는 것이다(전부는 아니겠지만). 그들은 군이 왜 계급 사회로 돌아가야만 하는지, 왜 복종 체계로 돌아가야만 하는지에 대해 심도 있게 이해하지 못했으며, 조직의 이익보다는 오로지 자신 개인의 이익만을 추구하는 '요즘 세대'들이었다. 따라서 자신들의 이익이나 편의를 위해서만 마음의 편지를 쓰고, 되지도 않는 논리를 내세워 놓곤 거기에 불평만 해 대고, 괜히 뜬금없는 것에 꼬투리 잡아 부조리를 당했다며 꾸며 쓰는 지저분한 사건들이 점차 늘어난 것이다.

그뿐만이 아니다. 자신이 싫어하는 사람들을 그저 내리깎으며 비난하고자 하는 목적으로 마음의 편지를 쓰거나, 자신들의 잘못을 무작정 회피하기 위해 포장하려 드는 경우가 허다했고, 심지어는 이를 위해 상대방에게 억울한 누명까지 씌우기도 했다. 그런 그들에게서는 왜 자신들이 지금 군복을 입고 있는지, 또 군인은 어떠한 마음가짐으로 생활해야 하는지의 개념 등은 전혀 찾아볼 수가 없었다.

한편 마음의 편지를 시행하는 중간관리자 입장에서 봤을 때도 결코 쉽지 않은 일이었다. 매일 많은 시간을 내어 수많은 마음의 편지들을 일일이 읽어 봐야 하는 수고는 물론, 친절하게 하나하나 심혈을 기울여서 답변을 해 줘야 했기 때문이다. 지휘관(중대장, 대대장)들은 매일 아침 마음의 편지를 읽느라 시간과 에너지를 빼앗겼고, 또 어떤 때는 아침부터 완전히 진이 빠질 때도 있었다. 익명이라고 쌍욕을 써 놓는 미친놈들이 많기 때문이다.

나는 마음의 편지나 대부분의 설문들을 왜 익명으로 시행하는지 도무지 이해할 수가 없다. 익명으로 한다는 뜻은 자신이 쓴 글에 책임지기가 부담된다는 말이며, 마음의 편지를 시행하는 상급자를 온전히 신뢰하지 못한다는 뜻이기 때문이다(만약 마음의 편지를 시행하는 상급자의 부당함 때문에 마음의 편지를 쓴다면 익명으로 해도 좋다. 아니, 차라리 그보다 차상급자에게 마음의 편지를 쓰는 편이 더 올바를 수 있겠다).

더구나 익명으로 마음의 편지를 받는다면 문제를 해결하는 데 더욱이 도움 되지 않는다. 대부분의 문제는 누가 썼는지 분명히 알아야 그 문제를 정확히 진단할 수 있고, 시기적절하게 조처할 수 있기 때문이다.

게다가 설문은 거의 매주 수십, 수백 명 대상으로 하는데, 수백 장의 설문지를 뽑아 나눠 주는 노력만 해도 상당하며, 설문지를 모두 읽어 보기만 해도 어마어마한 시간과 에너지가 소모된다. 게다가 그걸 하나하나 정성껏 답변해 줘야 한다. 그것도 그들이 납득할 수 있도록 규정과 지침을 다 찾아가면서 아주 논리적으로 말이다. 이러니 야근을 안 하려야 안 할 수 없고, 보다 더 중요한 과업인 훈련이나 부대 관리를 소홀히 할 수밖에 없다. 정말 어쩌다 한 번씩 마음의 편지에 실질적으로 사고를 예방하거나 문제를 해결할 수 있는 좋은 방법이 나오기는 하지만 그건 아주 극소수에 불과하다. 대부분 '군대 밥은 너무 맛이 없다.', '운전병들은 개꿀빤다.', '훈련이 너무 빡세다.', '휴가받을 기회가 너무 적다.' 같은 식이다.

그렇다고 나는 마음의 편지나 설문 제도 자체를 반대하지 않는다. 단지, 익명성을 이용한 무차별적인 마음의 편지 악용과 주요 간부들(특히 중간 지휘관들)의 수고가 비교적 극심하다는 것이다(몇몇 주요 간부들은 그보다 더 중요한 작전이나 훈련에 에너지를 쏟아야만 하는데 말이다). 나는 개인적으로 마음의 편지의 시기는 이미 지났다고 본다. 지금 군에 정말 필요한 것은 군을 움직이는 데 근간이 되는 지휘 체계 계통으로, 모든 걸 보고하고 피드백을 줄 수 있는 상향식 일일결산[9]이다. 하지만 상향식 일일결산 체계도 여러 가지 한계점(병 분대장 및 초급 간부의 신뢰성 부족, 형식적인 보고 등)이 있다. 그래도 나는 이 방법이 마음의 편지와는 차원이 다르다고 생각한다. 상향식 일일결산은 명백한 '보고 훈련'이다. 전시를 대비한 '보고 훈련'이라는 말이다. 이런 간단한 내용이라도 평상시부터 지휘 보고 훈련이 잘 안되어 있다면, 목숨이 오가는 전시 상황 때는 불 보듯 뻔하다.

하지만 계속해서 지금 당장 이용하기 편리한 마음의 편지만 고집하다 보면, 점점 초급 장병들은 군 근본도 모른 채 계급만 높아지게 될 것이고, 결국 5년 후, 10년 후에는 정말 되돌릴 수 없는 위급한 상황에 맞닥뜨릴 수 있다.

따라서 우리는 단순히 편의만을 위해서 마음의 편지 제도를 추진할 것이 아니라, 군 지휘 체계 바탕으로 만들어진 상향식 일일결산이 왜 실질적으로 시행되지 않는지, 근본적인 문제점을 파악하고 발전시켜야 한다.

---

9) 상향식 일일결산: 분대원은 분대장에게 분대장은 소대장에게 소대장은 중대장에게 중대장은 대대장에게 보고하여 조치를 받는 체계.

4. 주관적인 언론 보도

군뿐만 아니라 민간사회에서도 시대가 흐를수록 많은 변화가 나타났다. 모든 일에 앞서서 만약 무언가 '불투명'하게 진행된다면 분명 문제가 될 거라는 강한 인식이 뿌리째 박힌 것이다. 즉, 과거에는 각종 악습을 은폐하거나 무력으로 보도 행위를 막았을지 몰라도 지금은 절대 불가능하게 된 것이다. 특히 조직의 크기가 크면 클수록 보도되는 것에 더욱 민감하게 반응했고, 공무를 수행하는 군대에서는 말할 것도 없다.

만약 군대에서 사건 사고가 발생하여 민원이 크게 발생하여 언론에 보도되는 경우 군에는 어떤 반응을 보일까? 아마 그 부대는 무엇을 상상하든 그 이상으로 발칵 뒤집어질 것이다. 여기저기서 걸려 오는 끊임없는 전화로 온 부대 전화기들은 마비가 될 것이고, 여러 상급 부대에서 수많은 고급 간부가 떼로 몰려와 부대를 이리저리 휘젓고 다닐 것이며, 해당 부대장은 하루 종일 고개만 숙이면서 침울하게 있어야 할 것이다. 또한 그 부대는 상급부대로부터 '사고 난 부대'라는 낙인이 찍혀 오랫동안 미운털이 박히게 될 것이고, 무슨 점검이 있을 때마다 항상 표적이 될 것이다. 또한 부대에 계획된 어떠한 훈련이든, 평가든, 단결 활동이든 모두 중단된 채로 하루 종일 조사만 받게 될 것이며, 부대 내 참모 및 실무자들은 주야장천 컴퓨터 앞에 앉아 사고 경위서 보고서와 후속 조치 보고서를 작성하느라 밤을 지새울 것이다. 그야말로 완전히 부대가 마비되고, 단기간 안에 부대 시스템을 복구하기 불가능한 상태가 된다고 보면 된다.

여기서 가장 안타까운 것은 그 부대의 지휘관이 고개를 못 들 정도로 기가 죽어 버린다는 것이다. 아무리 평소 자신감에 찬 지휘관이라도 별수 없다. 고작 할 수 있는 거라곤 고개 숙이는 것밖에 없기 때문이다.

수백 명의 부하를 거느리고 있는 지휘관조차 이러고 있으니, 그 밑에 수백 명의 부하들 역시 마찬가지일 수밖에 없다. 정말 엄청난 전투력 손실일 것이다.

TV에서 나오는 뉴스만 봐도 알 수 있듯이 군과 관련된 기사들 중에서 악습적인 내부 부조리에 관한 기사들이 은근히 많이 나온다. 이 기사들을 본 사람들은 너나 할 것 없이 "역시 군대는 안 되네." 하며 혀를 찰 것이다.

그런데 과연 보도 내용이 맞는 것일까?

주제넘은 이야기일 수도 있겠지만 난 "글쎄…."라고 말하고 싶다.

만약 군 조직 체계가 문제라고 비난하는 기사가 보도됐다고 해 보자. 과연 보도 내용처럼 군대 체계가 문제였을까?

우리는 섣불리 판단하면 안 된다. 체계의 문제가 아닌 지극히 개인적인 문제일 수도 있기 때문이다. 아직 모른다. 더 조사를 해 봐야 알 수 있는 문제이다. 하지만 보도는 모든 결과를 다 아는 것처럼 자신 있게 보도한다. 아무 내용을 갖다 붙여 지껄여도 보도 내용은 무언가 신뢰성이 있고 객관적인 사실처럼 보이기 때문이다. 그래서 이를 방패 삼아 마구잡이로 보도하는 것 같다.

보도 내용을 언뜻 보면 기자 의도대로 '군대는 나쁘다'고 여길 수 있다 하지만, 자세히 들여다보면 '저렇게 보도하니 사람들이 군대를 안 좋게만 보지.' 하고 생각하게 된다. 물론 보도 내용 자체는 사실이지만, 문제는 앞뒤 다 자르고 사람들이 열광하는 자극적인 문구나 임팩트 있는 사진 한 부분만 오려 보도된다는 것이다.

최근 「육군 ○○사단 일병 사망… "병영 부조리 파악"」이란 보도기사가 있었다. 아직 조사 중이라 자살 원인이 정확히 무엇인지 모르는 상황이다. 그런데 대뜸 타이틀에 '병영 부조리'라고 적어 놓는 것은 무슨 심보인지 모르겠다. 진짜 병영 부조리가 원인이 될 수 있지만, 그건 아무도 모르는 것이다. 그 병사의 개인적인 가정 문제일 수도 있고, 도박 문제일 수도 있고, 여자친구 문제일 수도 있다. 예를 들어 근본적인 원인은 개인적인 가정 문제인데 선임병이 잠깐 지적했다고 자살을 했다면, 이 일병의 자살 원인은 과연 선임병의 부조리 때문일까?

또 최근 한 기사 중 「군 장병 100명 중 4명 자살 생각… 사회적 지지 재발 방지 중요」라고 보도된 적이 있었는데, 정말 어이없다. 일부로 군을 비하하려고 낸 기사 같다. 2022년 자살 예방 백서 통계에 따르면 청년기(19세~29세)의 남자 자살 생각률은 5.4%로 100명 중 5명 이상이 자살 생각을 한다고 나와 있다. 게다가 군대도 안 가는 여자는 6.3%이다(100명 중 6명 이상). 그런 객관적인 통계자료는 단 하나도 언급하지 않고는 마치 20대 남자들이 군대만 가면 없던 자살 생각도 하는 것처럼 보도하니, 참 답답하기 짝이 없다. 이러면서 누군가 자살이라도 하면 군 조직만 탓하는 여론을 조장하여 보도하고, 그 여파로 인해 부대 전체가 풍비박산 나고, 상급 부대에서는 수없이 많은 자살 사고 예방 지침들을 만들어 뿌려 대고, 또 그걸 받아서 밤새 야근하는 초급 간부들을 생각할 때마다 정말 아쉬운 마음이 든다.

하나만 더 말해 보자면 실제로 21세~30세에서 자살 동기는 51.5%가 정신적인 문제라고 하는데, 군대에서 자살하는 이들은 과연 군대에서 정신적인 문제가 생겼을까? 입대 전에 부모, 친구들에게 받은 정신적인 문제에 시달리며 게임 중독이나 음주, 마약, 도박 중독에 의존하며 살아온 이들이 과연 군대 부조리 때문에 자살했다고 말할 수 있을까?

상급 부대도 답답하다. 그저 언론에 보도된 것에만 예민해서는 근본적인 사고의 원인을 분석하여 해결할 생각도 안 하고, 그저 미친 듯이 새로운 지침들만 기계적으로 뽑아 대며, 매달 부대에 방문하고서는 "이거는 또 왜 안 되어 있냐, 점검 결과에 반영시켜야겠다." 하며 초급 간부들 겁박이나 주면서 그저 자기 성과만 높이려고 하는 모습을 보면 군에 대한 회의감이 쌓이지 않을 수 없다.

5. 전쟁은 일어나지 않는다

당신은 전쟁이 일어날 거라고 생각하는가?

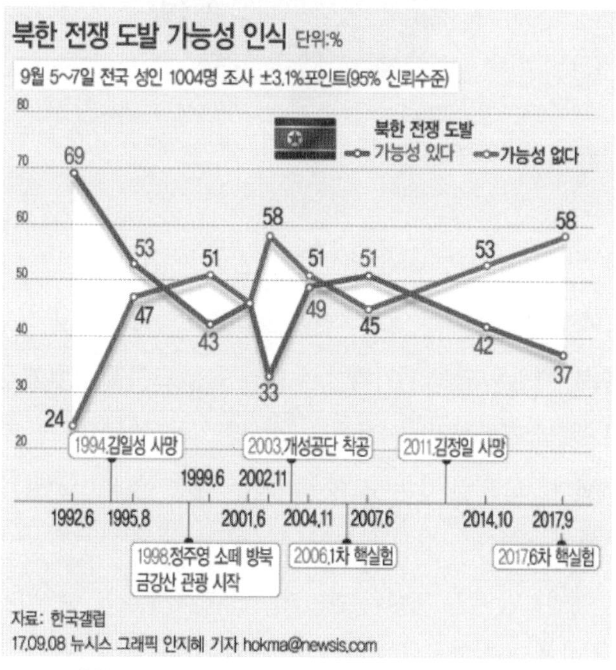

출처: GoodNews paper © 국민일보(2017.09.08. 기사)

위 자료는 2017년 한국갤럽이 8일 발표한 지난 5~7일 전국 성인 1,004명을 대상으로 한 여론조사 결과이다. 보시다시피 '북한이 실제로 전쟁을 일으킬 가능성'에 대해 58%가 '가능성 없다'고 답했다(국민일보). 그리고 37%가 있다고 답했고, 나머지는 모르겠다고 답했다.

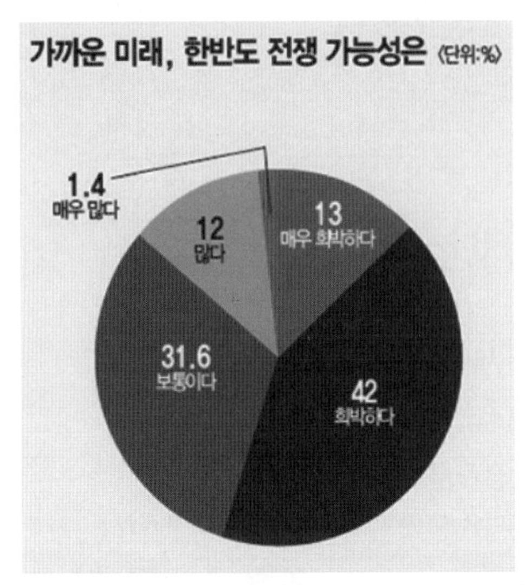

출처: 매경이코노미 제1922호 (2017.08.23.~08.29. 기사)

위 그래프는 북·미 갈등 속 '한반도 위기설'이 한참이던 2017년 8월에 매경이코노미가 리서치 기업 엠브레인과 손잡고 전국 20~50대 남녀 500명을 대상으로 '한반도 안보 위기의식'에 대해 설문 조사를 진행한 결과이다. 긴장감이 팽팽했던 2017년 시절에도 '발발할 가능성이 높다'고 본 것은 겨우 13.4%이며, '희박'한 것은 55%, 나머지는 '보통'이라고 답했다.

아무리 체계적인 설문 조사라 할지라도 정확하지 않을 수 있다. 하지만 나는 이런 결과 반응이 결코 과하지 않다고 생각한다. 군대에서만 봐도 그렇다. 특히나 이제 막 군에 입대하는 젊은 장병들은 더욱더 '전쟁은 일어나지 않는다'고 여길 것이다. 간부들 역시 마찬가지이다. 난 이제껏 군생활을 하면서 '전쟁은 언젠가 발발하니 평소에 준비해야 한다'고 생각하는 간부들을 단 한 명도 보지 못한 것 같다. 그저 부대 평가를 잘 받으려고 그저 정해진 체크리스트를 보며 훈련하는 것뿐이다. 나 또한 전쟁이 발발하기란 결코 쉽지 않다고 본다. 하지만 최소한이라도 전쟁이 일어난다면 내가 맡은 직책에서 어떻게 해야 할지 분명히 알고 대비해 놔야 한다고 생각한다. 특히 훈련할 때만큼은 말이다. 하지만 대부분 사람들은 무조건 예전에 했던 방식 그대로, 평가 점수만 잘 받기 위해, 그저 상급 부대에서 하라고 지시하니까 마지못해 훈련하는 모습을 보인다. 이게 내가 가장 아쉬웠던 부분이다. 분명 이러한 마음가짐과 행동들은 '전쟁은 결코 일어나지 않을 거라는 믿음'으로부터 나온 게 틀림없다.

우리 부모 세대만 보더라도 6·25 전쟁과 베트남 전쟁 파병을 직접 겪진 않더라도(부모의 부모 세대 덕분에) 피부에 와닿을 정도로 가까운 경험을 하던 세대였다. 그들은 북한의 1.21 김신조 사건이나 판문점 도끼 만행 사건, 울진·삼척 및 강릉 무장공비 침투 사건 등 수많은 북한의 수준 높은 도발 행위와 여러 가지 국가적 위기를 몸소 체감했던 세대였기 때문에 그 무엇보다 군대의 필요성과 국방력의 중요성을 인지했으며, 군복을 입었던 시절에는 그 누구보다 국민과 국가를 수호한다는 자부심이 대단했을 것이다. 군대에 안 다녀온 국민들 역시 군의 중요성을 크게 인식했을 거라고 본다.

그 후 계속되는 남북 교류와 이산가족 찾기 운동, 7.4 남북공동성명(1972년) 같은 평화적인 활동들이 연이어 이어진 것이 절대적인 원인이 됐는지 모르겠지만, 계속되는 북한의 도발 속에서도 국민들의 인식은 점차 '전쟁은 결코 일어나지 않을 것이다'로 변해 갔다. 어쩌면 북한이 1953년 휴전협정 이후 지금까지 몇십 년 동안 보여주기식으로만 크고 작은 도발을 자행해 오고는, 결국 그 속에 내포되어 있는 정치적 이익만을 추구하며 독재 정권을 이어 나가는 것을 빤히 보여 준 것이 진짜 원인일 수 있다.

하지만 아무리 그렇더라도 군복 입고 있는 우리 군인들은 조금 생각이 달라야 한다고 생각한다. 아쉽게도 군인들 대상으로 설문 조사한 것은 구하지 못했지만, 아마 위 설문 조사 결과와 별반 차이 없다는 생각이 든다. 아니, 어쩌면 장병들 대부분이 요즘 세대다 보니 더 안일하게 볼 수 있겠다. 정말 우리 군인들은 각성해야 한다. 그 누구도 앞으로 어떻게 될지 모른다. 6·25 전쟁 역시 대부분의 사람들이 전쟁은 일어나지 않을 거라 예견했었다. 또한 현재도 계속 진행 중인 중동 전쟁이나 러시아·우크라이나 전쟁을 봐도 그렇다.

민간인들은 어떨지 몰라도 군복을 입는 현역 시절만큼은 전쟁은 반드시 일어날 거라 여기며, 이에 맞춰 실질적인 자세로 훈련에 임해야 한다. 형식적이거나 최신 전술에 맞지도 않는 낡은 체크리스트나 평가 방법은 뜯어고쳐야 한다. 폭염? 한파? 요즘 애들은 약하니까? 환자가 생기니까? 자살할까 봐? 그리고 요즘은 핵전쟁이니까? 이런 모습들이 지속된다면 과거의 수많은 우리의 아픈 역사가 되풀이될 것이다.

더 아쉬운 것은 어차피 전쟁은 일어지 않으니까 그저 의무복무만 채우면 된다는 생각에 그저 군대는 자기 계발을 하는 곳이라고 인식하거나, 동기들과 추억거리를 쌓으러 오는 곳이라는 인식하는 사람들이 점점 많아지고 있다는 점이다. 실제로 그런 정책들과 제도들은 다름 아닌 우리 군에서 직접 만들어 분위기를 주도하기도 한다.

다시 한번 각성해야 한다.

6. 상급 부대의 역할

앞서 말했지만, 부대에서는 아주 작은 사고가 발생하기라도 하면 '안전은 아무리 강조해도 지나치지 않는다'며 수많은 지침이 공문서를 통해 과도하게 쏟아진다. 심지어 우리 부대에서 사고 난 것도 아닌데도 말이다. 그렇게 상급 부대에서 내려온 지침들을 자세히 들여다보면 충분히 내용도 좋고 의도도 좋다. 또한 왜 자꾸 똑같은 내용을 강조하는지 납득되기도 한다. 하지만 그런 지침들이 하나둘씩 차곡차곡 쌓이다 보면 곧 산더미처럼 쌓이게 된다. 그리고 1년, 2년이 지나면 지침 제목만 쭉 훑어보더라도 몇 시간이나 걸릴 정도로 거대해진다. 그리고 좀 더 세월이 지나면 도대체 왜 이러한 지침들이 내려왔으며, 왜 우리가 이 지침들을 따라야 하는지도 모르게 돼 버린다.

결국, 계획(상급) 부대에서 아무리 좋은 의도로 지침을 내려 주더라도 그 수많은 지침을 시행해야 하는 시행(하급) 부대 입장에서는 결국 큰 혼란을 빚게 된다는 것이다. 결국 시행 부대 입장에서는 1년 전 지침을 지켜야 할지, 2년 전 지침을 지켜야 할지, 아니면 오늘 아침에 회의 시간에 말한 해부대 지휘관의 지침을 지켜야 할지, 엊그제 상급 부대 지휘관이 강조한 지침을 지켜야 할지 헷갈리게 된다. 안 그래도 최상위 지침서인 규정조차 제대로 지키지 못할 정도로 정신없이 바빠 죽겠는데, 참 난감할 따름이다.

그나마 예전부터 실무를 하던 사람이 계속 한자리에 머물러 있으면 괜찮다. 하지만 대부분의 간부는 얼마 못 가 교체가 되고 심지어 장교들 같은 경우에는 1년마다 교체되기도 한다. 곧 새롭게 보직된 간부들은 이것저것 동태를 살피다가 결국 아무런 생각 없이 그저 전임자가 해 왔으니까 정확한 이유도 모른 채 곧이곧대로 그대로 따라 하기 마련이다. 심지어 대부분의 부대장은 전임자가 어떻게 해 왔는지 비교까지 해 가며 업무를 추진하라고 강요하기도 한다. 그러다가 문뜩 내 밑에 부하나 부서원들이 기존 지침을 시행하는 이유나 시행 배경이라도 묻는다면 괜히 난감해진다.

즉, 상급 부대에서는 새롭게 지침을 만들기 전에 전에 내렸던 과거 지침들을 면밀하게 검토하여 내용이 중복되거나 필요 없는 부분들을 찾아 없애야 하는데, 전혀 그런 노력이 보이지 않는다. 괜히 그랬다가 본인만 다치고 괜한 책임만 물을 수 있기 때문이다. 이러니 하급 부대에서는 지침들이 산더미처럼 쌓일 수밖에 없다.

아마 상급 부대(계획 부서)에서도 하급 부대(시행 제대)가 이런 답답한 상황이란 것을 잘 알 것이다. 본인들도 분명 하급 부대에서 몇 년 동안이나 근무를 해 봤고, 충분히 답답함을 겪어 봤기 때문이다. 그럼에도 하급 부대가 곤란해하든 말든, 지치든 말든 계속 새로운 지침만 미친 듯이 만들어 뿌려 대는데, 결국 하급 부대의 입장보다는 본인(상급 부대)의 성과가 더 중요하기 때문이고, 굳이 하급 부대를 고려하는 것은 쓸데없는 에너지 낭비이며, 심지어 성과에 방해되는 요소들이라고 여기기 때문이다. 하지만 그들도 그래야만 치열한 경쟁에서 살아남을 수 있고 그 조직 속에서 살아남을 수 있다. 그래서 불필요하게 기존에 있던 지침을 없애려 하지 않는 것이고, 지휘관이 아침에 한마디 할 때마다 과도하게 지침들을 뿌려 대는 것이다. 게다가 그들 중 눈치 빠른 참모들은 상급 지휘관이 얘기하지 않아도 알아서 눈치껏 지침들을 만들어 사정없이 내려 버린다(마치 상급 부대에는 지침을 자동으로 제작하는 로봇이 있는 듯하다). 그러다가 만약 하급 부대에서 문제가 생기거나 사고라도 나게 되면, 한참 전부터 내려 준 수많은 지침을 펼쳐 들며, 왜 지침을 지키지 않았냐며 책임을 물을 것이다. 정말 웃음밖에 나오지 않는다.

하급 부대 입장에서 보면 지침을 내리는 상급 부대가 한두 곳이 아니다. 게다가 지침을 공문서로 내릴 수 있는 권한은 상급 부대로 가면 갈수록 기하급수적으로 늘어난다. 결국 하급 부대의 초급 참모들만 죽어나는 것이다.

그렇다면 상급 부대는 과연 어떤 존재여야 할까?

조금 뜬금없지만 이를 설명하기 위해 군 제대의 구성을 삼지창(三枝槍)으로 비유해 볼 수 있다. 삼지창의 가장 말단인 끝부분(창끝)은 굉장히 날카롭다. 이 창끝이 없으면 감히 창이라고 부를 수 없다. 군대에서는 그 창끝을 가장 말단 조직인 '분대'라고 부르며, 이런 분대가 없이는 적에게 치명적인 상처를 줄 수 없다는 것이다. 흔히 '창끝 전투력'이라고 불리는 사람들은 실제 어깨에 소총과 수류탄을 짊어지고 약진하는 분대원 하나하나를 가리키는 것이다. 그러한 분대들이 3개가 모이면 한 '소대'가 만들어진다. 그리고 3개의 창끝의 총책임자가 바로 소대장이다. 비록 소대장은 장교 계급 중에서 가장 낮은 중·소위 정도지만 전투에서만큼은 승패를 결정짓는 최고의 리더 역할을 한다. 그렇지만 그들은 실제 경험도 별로 없고, 높은 군사 지식도 겸비하지 못했기 때문에 부족함이 많다. 즉, 무게도 없고 중심을 잡기 힘든 창끝만 가지고는 적에게 치명적인 상처를 줄 수 없는 것이다.

이를 바로 극복해 주는 것은 봉이다. 봉은 창끝의 무게를 충분히 실어주고 더욱더 견고하게 만들어 준다. 이 봉의 역할은 곧 중대장 또는 대대장의 역할로 비유할 수 있는데, 즉 경험과 군사 지식이 부족한 소대장에게 올바르게 적의 심장을 올바르게 조준하도록 지시하고 무게를 실어 주는 역할을 하는 것이다(결코 중대장이나 대대장의 역할이 소대장을 답답해하거나 기를 죽이는 것이 아니다).

하지만 역시 봉만으로는 부족하다. 창을 정확히 적의 심장을 뚫을 수 있도록 방향 전환도 하고, 힘 조절도 해야 하는데 분명 봉만으로는 한계점이 있기 때문이다. 그 문제를 해결해 줄 수 있는 것이 바로 여단(연대)과 군단이다. 즉, 창의 방향을 전술적으로 통제할 수 있는 손과 팔이 되어 주는 역할인 셈이다.

그리고 그 손을 통제하는 중추신경인 뇌가 되는 것이 바로 군사령부 이상급 제대가 되는 것이다. 뇌의 역할은 보다 수준 높게 '전략적'으로 판단하여 '명령 계통'을 통해 팔과 손에게 전달해 주는 역할을 한다. 그 내용을 전달받은 손과 팔은 그 명령들을 '전술적'으로 분석하여 창에 힘을 더해 주며, 그 힘을 받은 창봉은 더 구체적으로 판단하여 가장 말단인 창끝까지 전달해 주는 것이다. 그래야 비로소 힘을 받은 삼지창이 두꺼운 적의 심장을 꿰뚫을 수 있게 된다.

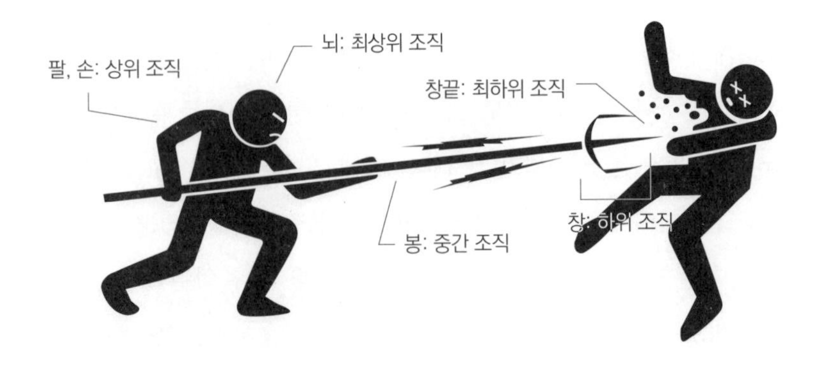

그 아무리 훌륭한 뇌일지라도 달랑 뇌 혼자만으로는 적과 싸울 수 없다. 팔과 손만 있는 경우에도 마찬가지이다. 또한 아무리 날카로운 삼지창이라도 명석한 뇌와 강한 팔이 없다면 아무 의미 없는 헛스윙에 불과하다. 따라서 적의 단단한 심장을 뚫기 위해서는 명석한 두뇌와 강한 팔과 손, 단단한 창봉과 날카로운 창끝이 조화를 이루어야만 한다. 즉, 적과 싸워 이기려면 최상위 부대 지휘관으로부터 최말단인 소총병까지 하나의 단일 목적으로 본연의 임무에 최선을 다해야 전투력을 발휘할 수 있다는 뜻이다.

하지만 내가 여태까지 봐 왔던 상급 부대의 모습은 오로지 가장 말단 조직인 창끝이 무디기 때문에 전투에서 진다며 무작정 책임만 묻는 경향이 있었다. 그런 모습을 보면 참 답답하다. 자기들이 뇌에서 내린 잘못된 판단과 잘못된 방향으로 힘주고 있는 팔을 탓하지 않고, 오로지 최말단에 있는 무딘 창끝만 탓하고 있는 것이다.

그래도 어쩔 수 없다. 조금 억울하더라도 최말단에 있는 부대는 꾸준히 창끝을 갈아서 날카롭게 만들어야 한다. 하지만 그리 간단하지만은 않다. 숫돌을 구해야 하는데, 날 상태에 따라 초벌 숫돌을 쓸 것인지, 중간 숫돌을 쓸 것인지, 마무리 숫돌을 쓸 것인지 판단해야 하며, 물을 적절히 써 가며 일정하게 날을 세우는 각도를 유지하여 힘차게 갈아야 한다.

역시나 이 모든 걸 최말단 부대 혼자 준비하기에는 한참 무리가 있어 보인다. 반드시 상급 부대에서 부단한 노력을 하여 도움을 주어야 한다. 하지만, 내가 본 상급 부대는 이 모든 것들을 하급 부대에게 바라고만 있고, 숫돌이 아닌 엉뚱한 도구를 사다 주거나 필요 없는 노력을 해 놓고는 왜 칼날을 갈지 않냐고 하급 부대에게 책임만 따지고 있었다. 상급 부대는 오로지 차상급 부대에서 지시한 것에 반응하기에만 정신이 없고, 창끝에 힘을 실어 주기는커녕 오히려 힘을 빼앗고 있어 보였다. 상급 부대는 창끝 전투력에 힘을 실어 준다는 자세로 하급 부대가 옳은 방향으로 가도록 지도해 줘야 하는데, 오로지 차상급 부대가 시키니까, 차상급 부대로 결과보고서를 제출해야 하니까, 점검 실적이 있어야 하니까 하는 마음이 더 앞섰다.

게다가 이런 상급 부대 사람들은 상대적으로 계급과 직책이 높았기 때문에 자기 기분대로 하급 부대 사람들을 휘둘렀다. 상급 점검관들의 기분을 나쁘게 할 때면 낮은 평가를 받는 것은 물론이고 군생활조차 꼬인 느낌을 받는다. 심지어 점검관들이 부대에 방문하면 부대에서 가장 우선적으로 해야 하는 필수 과정은 차 한잔 대접하면서 점검관들의 기분을 업(Up)시켜야 하는 것이며, 점검받는 하급 부대 실무자들은 점검을 조금 억울하게 받더라도 결코 점검관의 기분을 상하게 해서는 안 된다. 그러니 아무리 점검을 하더라도 제대로 된 점검이 아닌 오로지 형식적인 결과보고서를 작성하기 위한 작업에 불과하게 되는 것이며, 창끝 부대들 역시 창끝을 날카롭게 만드는 게 목적이 되지 않고, 그저 점검을 무사히 넘기기 위한 목적이 더 커지게 되는 것이다.

이러한 점검 문제뿐 아니라 상급 부대에서 내리는 지시나 지침 또한 마찬가지이다. 하급 부대 상황을 고려하지 않은 채, 그저 오늘 아침에 지휘관이 인상을 쓰면서 한마디 했다고 바로 지침을 만들어 하급 부대에다 무차별하게 뿌려 대고, 또는 차상급 부대에서 지침이 내려왔다고 하급 부대에 필요가 있든 없든 검토도 않은 채 그대로 컨트롤 C, 컨트롤 V 해서(그대로 복사, 붙여넣기 해서) 하급 부대에다가 내리는 경우도 허다하다. 이는 명백한 책임회피이다. 하급 부대 입장에서 아무런 관련도 없고 정리가 안 된 공문서라 할지라도 자기네들은 그나마 보내 주기라도 했으니까, 만약 문제가 생기더라도 자신들은 책임이 없다는 심보다.

하급 부대 역시 지휘관이 존재한다. 지휘관은 해당 제대의 강약점과 다양한 특성을 그 누구보다 잘 알고 있으며, 군사적 식견과 능력 역시 고루 갖추고 있기 때문에 상급 부대에서는 이런 지휘관을 믿고 자율적으로 지휘할 수 있도록 여건을 조성해 주어야 한다. 하지만 결국 하급 부대 지휘관들은 자율적인 지휘보다는 상급 부대로부터 받은 지시가 더 우선시되어 더 민감하게 반응하고, 상급 부대에서 또 다른 지시가 내려오면 또 급박하게 우선순위를 바꿔 반응하고 또 내려오면 또 우선순위를 바꾼다. 그러다 보면 항상 바뀌는 패턴에 적응하게 되어, 어차피 바뀔 지시니 대충 대응하거나 아주 형식적으로 하기 마련이다. 그리고 가장 큰 문제는 저절로 부하들이 지휘관인 나보다 고작 상급 부대의 참모나 실무자 말에 더 관심을 쏠리게 되고 자연스럽게 내 지휘권은 약해진다.

뇌는 뇌다워야 하고, 창은 창다워야 한다.

각자의 위치에서 해야 하는 역할이 분명히 있기 때문에 각자 맡은 직무와 제대의 특성에 맞춰서 최선을 다해야 한다. 뇌가 팔에게 팔 근육을 키우라고 하는데, 팔도 그대로 창봉에게 팔 근육을 키우라 하고, 봉은 창끝에게 팔 근육을 키우라고 하면 안 되는 것이다. 부지런히 날을 갈아야 할 창끝에 팔 근육을 키우라고 한다면, 그리고 창끝에게 왜 팔 근육을 안 키우냐며 지적한다면 참 기가 막힐 뿐이다.

흔히 지휘관은 나무를 보지 말고 숲을 봐야 한다고 말한다. 굉장히 좋은 말이다. 전투란 하나의 제대만 전진하는 것이 아니고 양옆 제대들과 밑에 예비 제대와 통합적으로 나아가야 하며, 다른 시간 다른 공간의 국면에서 통합적으로 이루어지기 때문이다. 결론적으로 부분을 볼 것이 아니라 시야를 좀 더 넓게 전체를 보라는 뜻이다.

하지만 내 생각은 다르다. 숲도 보고 나무도 보면 좋겠지만, 가지고 있는 자원은 한정적이기 때문에 자신이 숲을 바라봐야 하는 직책인지, 나무를 바라봐야 하는 직책인지 잘 따져야 한다고 생각한다. 나무를 보는 직책인 사람이 숲도 바라보면 좋겠지만, 그보다 자신의 나무를 좀 더 자세하게 들여다보며, 나무 속 열매가 잘 크고 있는지 벌레는 없는지 정성껏 확인하고 관리해야 한다. 벌레들이 가득하여 열매들이 썩고만 있는데 숲을 본들 무슨 의미가 있겠는가?

7. 초급장교 애로사항

드라마나 영화에서 봐도 소위로 임관한 친구들은 하나같이 병아리 같은 모습을 하고 있거나 부자연스러운 로봇 같은 모습을 하고 있다. 왜 그럴까?

장교는 길게는 4년, 짧게는 2년 동안 사관학교 및 후보생 시절을 거친 후에 임관한다. 그동안 학교 기관에서 병 체험이나 지휘 실습을 통하여 조금씩 야전부대를 경험했겠지만, 그건 고작 일주일도 되지 않는 단순 체험에 불과하다. 그리고 자대 오기 몇 달 전에 해당 부대에서는 그들이 쉽게 적응할 수 있도록 임무수행철(또는 인수인계철)을 전해 주는데, 솔직히 그리 큰 도움은 되지 않는다.

그리고 그들이 그토록 기대하고 걱정했던 첫 자대에 발을 디디게 되는 순간, 신기하게도 몇 년 동안 사관학교나 교육기관에서 배워왔던 군사 전문 지식들은 모두 백지상태가 되어 버린다.

다행인지 모르겠지만 부대에서도 충분히 그들의 상태를 어느 정도 예상하고 있어, 그들에게 큰 기대하지 않는다. 이들의 유능하고 당찬 초급장교의 모습은커녕, 괜히 관리해야 하는 간부가 더 늘었다고 귀찮아하거나, 심지어 자신들을 대신할 욕받이가 하나 늘었다고 신나 있을지도 모른다.

역시나 그들의 예상대로 막 전입 온 소대장은 막 들어온 이등병들과 다를 바 없는 모습을 보여준다. 하지만 그렇더라도 그들의 계급 서열을 보면 전혀 그렇지 않다. 비록 소위는 장교들 중에서 가장 낮은 계급이지만, 그 밑에는 이병, 일병, 상병, 병장, 하사, 중사, 상사, 원사, 준위까지 총 9개의 하급 계급들이 존재한다. 마치 아무것도 모르는 갓난아기가 첫 시작부터 밑에 수 개의 하급 계급들과 수십 명의 부하들이 있는 것과 같다. 그 하급간부들 중에서 대대장보다 군생활을 더 오래 한 원사도 있다는 것은 정말 놀라운 일이다(소위가 전입 오자마자 '자네가 주임원사인가?' 했다는 이야기는 소위가 그만큼 원사보다 한참 더 어리고 군 경험도 부족하지만 서열상으로 높기 때문에 나온 말이다).

그만큼 첫 시작부터 계급은 높지만, 이등병에 불과한 소위는 그 모든 것이 낯설다. 어떤 사람을 만나더라도 긴장되고, 어딜 가더라도 낯설고, 모든 상황에 대해서 신경을 곤두세우게 된다. 그들이 아무리 자신감 있는 척하더라도 실제로는 걱정이 더 앞설 것이다. 차라리 이등병처럼 자기 수준에 맞는 계급을 지녔으면 하는 바람일 것이다. 그나마 입대 전에 다양한 아르바이트나 직장생활을 해 본 이들은 상대적으로 조금 적응을 잘하겠지만, 사회생활을 단 한 번도 안 해본 이들에게는 정말 지옥이나 다름없을 것이다. 계급상으로는 9단계 위에 있는 소위지만, 과연 이등병에게조차 경례를 받을 자격이 있을까 생각할지도 모른다.

자신이 속해 있는 소대만 보더라도 소위는 대단한 계급이다. 요즘 출생률 문제와 부대 특성에 따라 조금씩 다르겠지만 보통 소대에는 병사만 2~30명이 있고, 부사관이 1~2명 이상이다. 즉, 첫 시작부터 소위는 밑에

2~30여 명의 부하를 거느리는 리더인 것이다. 하지만 그 부하들은 이미 오래전부터 군에 적응을 해 왔고, 다양한 훈련과 복잡한 작업은 물론, 심지어 이전 소대장으로부터 많은 시행착오를 겪어 왔기 때문에 아무리 자신보다 계급이 높은 소위가 전입을 오더라도 크게 신경도 안 쓴다.

그런 소대장이 이런 각박한 현실 속에서 살아남기 위해 반드시 가장 먼저 해야 할 일이 있다. 바로 그런 소대원들을 진정 내 편으로 만드는 것이다. 만약 그렇게 못 한다면 아마 전역할 때까지 외롭고 고통스러운 나날들을 보내든가 군생활을 완전히 내려놔야 할지도 모른다.

소대원들을 만드는 방법은 여러 가지인데 그중 대표적인 방법들은 다음과 같다.

첫째, 전문적인 군사 지식에 대해서 우위에 있는 것.

둘째, 체력에 대해서 우위에 있는 것.

셋째, 이전 소대장보다 능력이 뛰어날 것.

넷째, 따뜻한 정성을 통해 감동을 주는 것.

다섯째, 계급으로 강압적으로 복종을 요구하는 것.

이 요소들은 모두 중요하며, 모두 필요하다. 또한 이 모든 것이 적절하게 조화를 이룬다면 분명 소대원들을 내 편으로 만드는 것은 시간문제임은 물론 최고의 소대가 될 것이다.

여기에서 무엇보다 가장 중요한 요소는 '전문적인 군사 지식에 대해서 우위를 달성하는 것'이라 말할 수 있다. 우리가 장교가 되기 전에 몇 년에 걸쳐 사관학교나 학사 및 학군교를 다닌 이유는 리드할 수 있는 힘, 즉 군사 지식이란 힘을 습득하기 위함이다. 그래서 교육기관에서 끊임없이 군사 지식에 대해 배우며 평가를 받고, 순위를 매겼던 것이다. 그 외 리더십과 교양과목, 체력 역시 아주 중요한 요소지만 언제나 가장 핵심은 전문적인 군사 지식이다. 아무리 체력이 뛰어나거나 축구, 족구, 테니스를 잘해서 부하들에게 인정받거나, 탁월한 리더십을 발휘하며 부하들에게 감동을 준다고 할지라도 군사 지식수준이 떨어진다면 결국 소대원들은 소대장을 따를 명목이 없어지기 때문이다.

요즘 병사들은 과거 가난했던 시절의 병사들과 다르다. 현재 입대하는 병사들은 웬만한 장교들보다 뛰어난 인재들이 많다(내가 소위 때 내 소대원들 중 SKY 대학 출신은 물론 미국에서 병원 원장까지 하던 병사까지 있었다). 소대장보다 훨씬 유능한 병사들이 결국 그를 믿고 따르는 이유는 오로지 계급적으로 우위에 있기 때문만은 아니다. 그들은 결코 따라올 수 없는 전문적인 군사 지식이 소대장에게 있기에 따를 수 있는 것이다.

하지만 소대장 입장에서 볼 때는 자신이 모든 소대원보다 군사 지식을 능가하기는 결코 쉬운 일이 아니다. 소대원들은 수십 명이고, 소대원들은 각자 자신에게 부여받은 하나의 주특기만 연마하면 되지만, 소대장은 그 많고 다양한 주특기들을 혼자 연마해야 하기 때문이다. 더구나 소대장만이 습득해야 할 고유의 전문 지식도 많다. 때문에 소대장이 그들의 군사 지식들을 모두 능가하기란 아무리 유능하고 열정이 있는 소대장이더라도 분명 한계가 있다.

결국 결론은 소대장은 굳이 소대원들의 하나하나의 세부 지식들까지 능가할 필요는 없다. 앞서 말한 전문 지식이란 소대장으로서 알아야 할 전문 지식을 말한 것이다. 소대장이라 할지라도 그들이 맡은 각각의 주특기들을 그들보다 더 잘 몰라도 상관없다. 오히려 그들이 소대장보다 더 모른다면 문제가 되는 것이며, 만약 소대장이 그들이 하는 주특기를 더 잘 알게 되더라도 소대장으로서 알아야 할 전문 지식이 부족하다면 그들은 소대장을 믿고 따를 수가 없다. 그렇기에 소대장으로서 알아야 할 전문 지식만큼은 그 어떠한 소대원이 될지라도 따라잡을 수 없을 정도로 전문가가 되어야 한다.

모든 조직은 분업화 체계로 돌아간다. 그 조직 속 조직원들은 모두 각자의 할 일이 있는 것이고, 그 일들을 100% 발휘할 때 비로소 그 조직은 시너지 효과[10]로 빛을 보게 된다. 회사에서도 마찬가지로 사장은 사장이 할 일에 전문가가 되어야 하고, 사원은 사원이 할 일에 전문가가 되어야 하는 것처럼 말이다. 사장이 굳이 사원들 하는 일에 하나하나 전문가가 되어서 사원들을 가르칠 필요가 없다는 것이다(애플 아이폰을 창시했던 스티브 잡스가 코딩하는 법조차 몰랐던 것처럼 말이다).

예를 들어 삼겹살을 먹는다고 가정해 보자. 먹기 전에 삼겹살을 구울 수 있도록 준비해야 한다. 삼겹살을 마트에서 사야 할 뿐 아니라, 삼겹살 외 곁들여 먹을 쌈 재료들과 음료도 사야 할 것이고, 버너와 불판, 집게, 숟가락, 젓가락을 구해야 한다. 이런 준비 과정이 끝나면 고기를 굽는 실행 과정이 남아 있다. 장을 봐 온 재료들을 정리해야 하고, 고기도 구워야 하고, 쌈도 씻어야 하며, 테이블 세팅도 해야 한다. 그리고 고기를 다 먹고 나면

---

10) 시너지 효과(Synergy Effect): 여러 요소가 결합하여 개별적으로 작용할 때보다 더 큰 결과나 효과를 낼 수 있는 현상.

정리를 해야 한다. 다 먹은 그릇들과 불판, 집게들을 닦아야 하며, 빌려 왔던 도구들은 반납해야 한다. 남은 음식물 쓰레기도 처리해야 하며, 바닥에 묻은 기름도 닦아 내야 하고, 고기 냄새로 가득 한 공간을 환기시켜 주어야 한다.

이처럼 삼겹살 굽는 일만 생각해 봐도 해야 할 일들과 익혀야 할 능력들은 엄청나다. 그런데 어떻게 소대장 혼자서 이렇게 수십 명의 소대원들이 익혀야 할 능력들을 그들보다 더 앞서 능가할 수 있단 말인가(물론 예시가 쉬워 시간이 오래 걸릴 뿐 할 수 있다고 생각할지 모르겠지만, 만약 스마트 폰을 만드는 공정이라고 생각해 보라).

소대장은 더욱 중요한 자신만의 고유한 임무가 있으며, 그 고유한 능력을 부단히 키워야 한다. 과정마다 통제하는 사람들에게 식수는 몇 명이니까 고기는 얼마큼 사 오고, 불판은 얼마큼 준비하고, 설거지 도구는 얼마나 준비하는지에 명확한 임무를 부여하는 능력과, 과정마다 순서에 맞게 이루어지도록 통제하고, 먹을 장소와 여러 가지 도구를 빌릴 수 있도록 협조하는 능력을 키워야 한다는 것이다. 만약 고기를 사 와야 하는 이들이 출발조차 안 했는데, 벌써부터 버너에 불을 지피고 있다면 직접 이들을 통제해야 하며, 마땅히 조리할 공간 협조가 되지 않았다면 바로 중대장에게 이런 제한사항을 말하고 다른 장소를 알아봐야 한다. 이게 바로 소대장의 고유의 임무이며, 키워야 하는 능력이다. 제아무리 맛있는 고기를 싸게 고르는 능력이 있고, 고기를 기가 막히게 잘 굽는 능력이 있는 소대장일지라도 자신의 고유의 임무조차 하지 못한다면 소대장으로서의 가치가 없는 것이다.

리더의 역할은 옛날하고 차원이 다르다. 옛날의 리더는 모든 걸 하나하나 알려 주고 또 하나하나 직접 지휘했으나, 지금은 다양한 기능들로 훨씬 전문화되었고, 더욱 고도의 지식이 필요해졌다. 만약 지금도 옛날처럼 리더가 구성원들의 모든 걸 하나하나 직접 지휘하고 간섭한다면, 이보다 더 비효율적인 방법은 없으며 결국 그 조직은 실패하고 말 것이다.

하지만 군대에서는 아직까지도 시대를 따라오지 못하고 옛날 리더의 모습을 기대하는 성향이 크다. 물론 모든 능력이 뛰어나서 병사들로부터 무한한 신뢰를 받으면 좋겠지만, 앞서 말했듯이 이는 불가능에 가깝고, 오히려 이런 모습은 조직에 악영향을 끼칠 수 있다(병사들은 오로지 소대장에게만 의존하게 될 것이며, 자신이 맡은 임무에 대해 소극적이게 된다). 따라서 소대장은 소대장으로서의 일부터 완벽해야 한다. 함대의 선장은 노를 젓는 방법을 가르쳐 주는 사람이 아니라 노를 잘 젓도록 여건을 마련해 주는 사람이며, 배가 올바르게 목적지를 향해 가고 있는지 전체적으로 통제하는 사람이기 때문이다.

아직까지도 많은 사람은 '소대장이 돼 가지고 어떻게 자기 소대원보다 모를 수가 있지?'라고 생각한다. 평가관은 소대장에게 병사들이 알아야 할 여러 주특기 지식들을 가지고 질문하며 평가를 매기는 경우가 허다하다. 소대장에게 기관총병이 전사하면 그 기관총을 버리고 갈 거냐며 흥분하기도 하고, 소대장이 직접 기관총을 들고 능숙하게 쏴야 할 거 아니냐며, 밑에 기관총병보다 못하면 그게 무슨 소대장이냐며 질책하기도 한다. 나는 그런 평가관에게 이렇게 되묻고 싶다. 소대장이 직접 기관총을 드는 것보다, 살아 있는 기관총 부사수에게 사수 임무를 주고, 다른 소총수들 중 한 명을 선정하여 기관총 부사수의 역할을 수행토록 하며, 이 기관총 사수의 손실로 인한 과업의 제한 사항들을 분석하여 스스로 자원 조정을 해 보거나 그러한 제한 사항을 중대장 또는 피지원 부대장에게 보고하여 자원을 획득하는 노력이 소대장으로서 더 올바른 모습이지 않겠냐고 말이다. 물론 급박한 상황이라면 기관총을 소대장이 직접 운용하는 것이 좋겠지만, 그보다 소대장만이 할 수 있는 고유의 임무를 수행하는 것이 우선이다(단, 기관총이 소대장의 편제 장비에 속해 있다면, 그 누구보다 기관총을 능숙하게 익혀야 한다).

8. 통제형 지휘, 임무형 지휘

통제형 지휘와 임무형 지휘는 얼마나 그 직책에서 권한에 맞게 역량을 발휘하냐의 문제이며, 지휘관과의 신뢰의 문제이며, 권한에 대한 책임의 문제이다. 또한 내가 군에 회의감을 느꼈던 가장 결정적인 문제이다.

좀 더 쉽게 임무형 지휘와 통제형 지휘를 이해하기 위해서, 조금 더럽겠지만 지휘관이 부하에게 '똥을 싸고 오라'고 임무를 준다고 가정해 보자. 먼저 통제형 지휘를 하는 지휘관이다. 지휘관은 부하에게 다음과 같이 주저리주저리 설명한다.

"일단 닫힌 화장실 문을 열고 들어가고, 그다음 좌변기를 내리고, 앉아서 힘을 줘야 한다. 잘 안 나오더라도 힘을 줬다 풀었다 반복해야 한다. 똥을 배출하는 데까지 걸리는 시간은 7분이어야 한다. 다 쌌으면 옆에 있는 화장지를 3~4칸을 뜯어 접어서 똥을 닦고 4~5번 반복한다. 이건 1분 이내여야 한다. 그리고 2분 내로 변기 물을 내리고, 세면대에서 수도꼭지를 열어 손을 씻고 나와야 한다."

그러면 부하는 잘 기억하고 있다가 지휘관이 말했던 그대로 하나하나 수행해 나간다. 그러다 갑자기 문제가 생긴다. 똥을 다 싸고 화장지로 닦으려고 봤더니 이를 어쩌나! 화장지가 2칸밖에 없는 것이다. 그 부하는 바로 전화기를 들어 지휘관에게 이럴 땐 어떻게 해야 하는지 물어본다. 지휘관은 화를 내며 이런 사소한 거 하나하나 물어보냐고 답답해한다. 기분이 상한 부하는 잘 알려 주지도 않으면서 뭐라고만 한다며 불만을 품게 된다. 그리고 그다음부터는 잘 몰라도 결코 물어보지도 않고 자기 마음대로 하다가 잘못되기라도 하면 다 지휘관 책임으로 넘기려고 한다.

과연 누가 잘못한 것일까. 이것저것 상황에 대한 해결책을 상세하게 설명하지 않은 지휘관이 잘못한 것일까, 지휘관이 시키는 대로만 하는 부하가 잘못한 것일까.

그것보다 이번에는 임무형 지휘를 하는 지휘관을 예로 들어 보자. 지휘관은 전 사례와 다르게 단순 명료하게 지시를 한다.

"10분 안에 화장실에 가서 똥을 싸고 나와라! 목적은 장을 비워내는 것이다. 마지막에는 청결한 모습으로 나와야 한다."

그러면 그 부하는 곰곰이 생각을 하게 된다. '내가 10분 안에 똥을 싸고 나오려면 처음부터 마지막까지 어떻게 시간 분배를 해야 하지? 손을 씻는 시간은 1분이면 될까. 아니야, 내 성격상 손을 꼼꼼히 씻는 편이니까 2분으로 잡아야 해! 그럼 똥 누는 시간을 1분 더 줄여야겠어!' 하며 나름대로 구체화한다. 그리고 전 사례와 똑같이 이 부하도 똥을 다 싼 후 화장지로 닦으려고 봤더니 화장지가 2칸밖에 남지 않았다. 부하는 스스로 고민을 한다. 지휘관이 청결하게 나오라고 했는데 화장지가 없다면 어떻게 할까. 음… 그래. 물로 닦아 보자.

물론 단순히 '물로 닦는?' 부하의 상황 판단은 지휘관의 마음에 썩 들지 않을 수 있다. 당연하다. 부하는 지휘관이 아니기 때문이다. 부하는 지휘관

보다 턱없이 경험이 부족하고, 지식도 부족하다. 그래서 지휘관은 부하를 자신의 상황 판단과 유사하거나 더 뛰어나게 만들 수 있도록 평소부터 자신의 의도를 부하에게 각인시켜 주어야 하며, 부하 스스로 자신감을 얻게끔 많은 경험을 만들어 주어야 한다. 솔직히 이러한 지휘관의 노력은 귀찮고, 힘도 많이 든다. 하지만 그러한 노력과 부하에게 쏟는 정성이 귀찮다면 통제형 지휘관처럼 하나하나 다 알려 주며, 모든 상황에 대해서 지휘관 스스로 직접 고민하고 부하에게 해결책을 마련해 주는 수밖에 없다. 그것조차 싫다면 지휘관이 모든 걸 직접 하는 수밖에 없다. 어쩌면 통제형 지휘가 단기적으로 봤을 땐 더 효율적이라고 생각들 수 있다. 하지만 장기적으로 봤을 때는 임무형 지휘가 훨씬 효율적인 것이다.

또한 이렇게 눈에 보이는 결과만으로 지휘의 효율을 따질 수 없다. 분명 지휘 과정에서도 분명한 차이가 나기 때문이다. 그 차이 중 가장 두드러지는 것은 부하와 지휘관의 마음가짐과 태도이다. 내 경험상 부하가 통제형 지휘를 받게 될 때는 '내가 지휘관의 신뢰를 전혀 못 받고 있구나.'라고 느끼게 되어, 무엇을 해도 자신감이 안 생기고 의지와 열정이 사라져 항상 수동적인 태도를 보였다. 뭐든 할 때 자신의 선택지는 오로지 지휘관이 말한 대로 하는 것뿐이기 때문이다. 자신의 모든 생각과 역량은 딱딱하게 경직되어 버리고, 자신이 가지고 있는 자산(장비, 물자, 예산, 부하)들은 모두 지휘관의 허락을 받아야 사용할 수 있었다. 그리고 이게 한 번, 두 번 계속 반복되다 보면 그 부하(소대장)는 가면 갈수록 위의 지휘관(중대장)과 밑의 실행자(소대원)들 중간에 위치하여 그저 지휘관이 말한 내용만 실행자(소대원)들에게 전달하는 역할만 할 뿐이라고 느꼈으며, 결국 이러한 모습에서 회의감이 찾아들어 자신은 그저 앵무새처럼 말만 전달하는 무능한 사람이라고 여기게 되었다. 또한 그의 부하들인 실행자(소대원)들은 과업을 수행하다가 문제가 발생하게 되면 부하(소대장)에게 해결책을 구하지 않고, 직접 지휘관(중대장)에게 물어보며 해결하고자 했다. 어차피 부하(소대장)에게 물어봐야 그 부하(소대장)는 그대로 지휘관(중대장)에게 말 전달만 했기 때문이다. 부하(소대장)는 도대체 자신이 뭐 하는 사람인지, 여기서 뭐 하고 있는지 궁금하기까지 했다. 그러다 지휘관(중대장)이 부재인 경우에는 몹시 긴장되고 두려웠다. 조그마한 문제가 생기더라도 부하(소대장) 혼자 해결할 수가 없었기 때문이다. 그러다 실행자(소대원)들이 부하(소대장)에게 이건 어떻게 해결해야 하냐고 물을 때면 그 부하(소대장)는 말문이 턱 막힐 수밖에 없다.

반면에 부하(소대장)가 지휘관(중대장)으로부터 임무형 지휘를 받았을 때는 완전히 다른 모습으로 변해 있었다. 비록 처음에는 통제형 지휘를 받을 때보다 더 두렵고 어떻게 해야 할지 막막해했지만, 하면 할수록 부하(소대장) 스스로 자신에게 이렇게 많은 권한과 책임이 있다는 것에 자부심을 느끼며, 뭐든지 주인의식을 갖고 더 열정적으로 무언가에 열중하는 모습을 보였다. 특히, 문제가 발생했을 경우, 무작정 지휘관(중대장)이 말한 대로 하려고 하는 그전의 통제형 지휘 방식과 달리, '과연 왜 문제가 발생했을까?', '이 문제의 근본적인 원인은 무엇일까?', '그리고 이에 대한 해결책은 무엇일까?' 하며 스스로 고민을 했었다.

이를 비추어 볼 때 임무형 지휘는 부하에 대한 '신뢰'를 바탕으로 부하에 맞는 '권한'을 주면 그 부하는 그에 맞는 '책임'이 생기고 자신의 모든 일에 '주인의식'을 가지고 '열정'을 쏟게 만드는 것이라 할 수 있겠다.

이미 예상은 했겠지만 나는 통제형 지휘에 대해 굉장히 부정적인 견해를 가지고 있다. 통제형 지휘를 한다는 것은 "너로 인해 내가 피곤해지니 너의 권한은 없어! 내가 시키는 대로만 해! 문제가 생기면 해결하려고 하지 마.

다 나에게 갖고 와!"라는 것으로 해석된다. 그리고 이로 인해 문제가 발생하면 "나는 오로지 당신이 말한 대로만 했는데 결과가 이 모양이오. 당신이 책임지시오!"라고 답하게 된다. 이건 누가 봐도 바람직하지 못한 상하관계이다. 만약 자신의 조직에서 본인이 그렇게 하고 있다면 빨리 개선해야 한다. 아무리 부하가 답답하더라도, 부하의 능력이 부족하더라도, 비록 그 사람이 행한 결과가 썩 마음에 들지 않더라도, 충분히 인내심을 가지고 그 사람을 최대한 신뢰해 주고 온전히 그 권한에 대하여 인정해 주어야 한다. 점차 지휘관과 부하의 간격을 극복해 나간다면, 자신이 직접 하는 것보다 훨씬 더 만족스러운 결과물로 보답받을 수 있을 것이다.

단 임무형 지휘에는 주의 사항이 있다. 부하가 여러 가지 판단하는 것이나 행동하는 것이 아무리 어리숙하고 답답할지라도 그들에게 함부로 화내거나 간섭하면 안 된다. 앞서 말했지만, 그 부하는 결코 내가 아니다. 나보다 한참 경험이 부족하고, 군사 지식도 부족하고, 이런 종류의 문제 해결 또한 한 번도 해 보지 못했다. 부하가 내가 만족할 만큼 수행하지 못하는 것은 지극히 당연한 일이다(예전에 사단장이 어떤 중령에게 일을 그렇게밖에 못 하냐며 질책을 했었는데, 옆에 듣고 있던 여단장이 웃으며 '그 중령이 사단장님같이 일을 처리했다면 가슴팍에 투스타 계급장을 달아줘야 한다'고 말한 게 기억 난다). 조금 답답하더라도 화내지 말고 어떤 교범과 규정을 참고해야 하고, 누구에게 협조해서 해결해야 하는지 등 실질적인 해결 방법을 알려 주면서 부하의 능력을 향상시켜야 한다. 답답하다고 화를 내는 순간 다시 통제형 지휘로 돌아갈 수밖에 없다.

내게 번아웃을 오게 만든 큰 원인 중 하나가 이런 통제형 지휘 체계였다. 상하관계에 신뢰가 없는 것은 물론이고 권한을 빼앗고는 책임만 지라는 조직 분위기. 그저 하나하나 간섭만 하여 중대 지휘관으로서 온전한 권한과 내 역량들을 발휘하지 못하게 하는 답답한 조직 체계.

5장. 의미를 찾아서

1. 정신의학과 상담

벌써 내가 대대장님에게 포기 선언을 한 지 벌써 한 달이 지났다. 나는 그동안 내 어릴 적 환경에 대해 면밀하게 분석하였고, 내가 왜 의존적인 성향을 가지게 되었는지, 군생활은 왜 그리 죽도록 힘들었는지, 그리고 왜 죽음보다 전역을 선택하는 게 더 어려웠는지 충분히 알 수 있게 되었다. 그리고 그 결과 내 마나(에너지)도 어느 정도 차게 되었다.

그러면 이제 어떻게 해야 할까? 앞으로 뭘 하면서 살아가지?

일단 나는 숙소에서 벗어나 뭐라도 해야겠다고 생각하고, 무작정 여기저기 돌아다니기 시작했다. 동네 카페에 들어가 구석진 자리에 앉아 커피를 마시며 멍을 때려 보기도 하고, 혼자 산을 오르며 깊은 생각에 잠겨 보기도 했다. 주일에는 집 앞 교회에 가서 목사님의 설교를 들어 보기도 하고 간절한 마음으로 하나님께 기도하기도 했다. 옛 친구와 인생 얘기를 나누어 보기도 하고, 2시간 넘는 거리를 운전해서 형네 집을 찾아가 보기도 했다. 심지어 봉사활동을 신청하여 낯선 사람들과 함께 여러 가지 활동을 해 보기도 하였다. 갑작스럽게 여기저기 들쑤시고 다니는 내 모습이 다소 어색하게 느껴졌지만, 신기하게도 평소에 그냥 의미 없이 지나쳤던 것들이 좀 더 실감 나게 느껴졌고 친구와 나누는 사소한 대화에서조차도 내게 큰 의미로 다가왔다.

그러다 문뜩 나는 나를 미성숙한 사람이라고 진단 내렸던 정신의학과 병원이 생각났다. 그리곤 갑자기 오기가 생긴 것인지 다시 가 보고 싶었다. 좀 더 상담을 통해 나를 정확하게 진단하면서 나에 대해 깊게 알아 가고 싶었던 것이다. 나에 대해 좀 더 정확히 알게 된다면 이제 내가 뭘 해야 될지, 그리고 앞으로 어떻게 살아가야 할지에 대한 해결책을 주지 않을까 싶었다. 어떻게 생각해 보면 내가 정신의학과 병원을 갔기 때문에 종합심리검사를 받게 된 것이고, 그 결과로 인해 번아웃의 근본적인 원인들을 찾은 것이 아닌가.

그래도 상담은 평일 일과 시간에만 진행되다 보니 어지간히 눈치 보이긴 했지만, 부대에서는 이미 나를 포기한 상황이고 나도 역시 그러한 상황을 충분히 받아들였기 때문에 큰 부담은 되지 않았다. 아마 분명 대대장님 입장에서도 내가 주기적으로 상담을 받아 보는 것이 더 나을 것이다. 만약 상급 부대에서 보직해임 된 나에 대해서 대대는 무엇을 조치했냐고 물었을 때 아무것도 한 게 없다면 상당히 골치 아프기 때문이다.

몇 주 동안 숙소에서 혼자 골똘히 생각만 하다 보니, 나의 넘쳐 나는 모든 생각을 상담사에게 말하고 싶은 욕구가 솟아났다. 상담사 역시 사람인지라 그렇게까지 신뢰 가지는 않았지만, 아무래도 전문 상담사다 보니 어느 정도 자격과 조건이 갖춰져 있기도 하고, 군대와 관련 없는 민간 병원이라 부담 없이 말할 수 있을 것 같았다. 그리고 나는 상담 받기 전 나는 스스로 다짐을 했다.

내 상황이 절박한 만큼 상담사에게만큼은 솔직하자! 내 상황이 부끄럽다고 솔직하지 못한다면 평생 번아웃으로부터 자유로워질 수 없다.

그만큼 나는 상담에서만큼은 자유자재로 아주 솔직하게 내 생각들을 그대로 표현했다. 내 어릴 적 아빠에 대한 나의 생각들, 군 조직에 대한 나의 생각들, 번아웃으로 일어난 내 감정들, 경험했던 부대 주요 사건들, 그리고 이 모든 경험으로부터 쌓인 내 가치관과 인생 철학까지 빠짐없이 얘기했다.

정말 신기한 건 이전에 머릿속에만 맴돌았던 생각들이 입 밖으로 표출되다 보니까, 마음이 한층 더 가벼워진 것은 물론 머릿속이 깨끗하게 정리되었다. 꼬였던 생각들이 말을 통해 풀어진 느낌이었다. 아무리 뒤죽박죽 꼬인 생각이라도 상대에게 말을 해야 하기 때문에 저절로 논리가 맞춰지는 것일까? 아마도 머릿속 꼬인 생각들을 그대로 말한다면 분명 상대가 이해하지 못할 게 뻔하고, 그렇게 되면 결국 말의 의미가 없어지기 때문에 저절로 논리를 맞출 수밖에 없게 된 것 같다.

반면 이렇게 머릿속에 있는 생각들을 말로 표현하는 것이 어느 정도 귀찮고 마나(에너지)가 소모되긴 했어도 나름 성취감이 있었다. 어린아이도 이해하도록 설명할 수 있어야 비로소 제대로 아는 거라는 말이 있듯, 내 생각을 전혀 모르는 누군가에게 이해되도록 설명을 하면 정말 내가 내 머릿속에 있는 생각들을 이해하고 있는지 알 수 있었기 때문이다.

상담사는 역시나 열정적으로 말하는 나와 다르게 항상 차분한 모습을 유지하고 있었다. 결코 상담사는 쉽게 입을 열지 않았다. 상담 시간 내내 내 얘기만 계속하고 끝나는 식이었다. 내가 주제에 벗어나는 얘기를 해도 그저 듣고만 있었고, 내가 말문이 막힐 때도 그저 다시 얘기를 시작할 때까지 기다리고 있었다. 유일하게 상담사가 말을 할 때는 "오늘은 시간이 다 되었으니 여기까지 할까요?" 정도였다. 또한 상담사는 절대로 상담 내용에 대한 자신의 의견이나 피드백을 주지 않았는데, 그러다 보니 상담이 끝나면 조금 허무하게 느껴졌다. 하지만, 오히려 그 덕분에 내가 좀 더 자유롭고 솔직하게 얘기할 수 있었던 것 같다. 이걸 노린 것일까.

또한 상담사는 내가 말하는 주제나 내용만큼 관심을 가진 게 하나 있었는데 바로 나의 목소리 톤이나 말의 속도, 그리고 나의 표정의 변화와 크고 작은 몸짓들이었다. 심지어 내가 모기 물린 곳을 긁거나 침을 삼키는 모습까지 유심히 관찰했는데, 아마도 이런 사소한 행위들조차 내 상태를 진단할 수 있는 중요한 실마리로 여긴 것 같다.

항상 상담이 끝난 뒤에는 그 전과 다르게 확실히 마음이 홀가분해졌다. 아마 상담 전에 꼬였던 생각들이 하나로 정리되어 거기로부터 오는 즐거움을 느끼기 때문이다. 나는 더 열정적으로 상담에 임했다. 오늘 상담에서는 무슨 주제로 이야기를 꺼낼까 미리 메모장에 써 보며 준비하기도 했다. 그만큼 정성을 다해서 상담을 받은 것 같다.

상담이 지속될수록 복잡하게 뒤엉킨 나의 생각들이 조금씩 정리되는 것은 물론 과거에 내가 왜 그랬는지, 그리고 지금 나의 기분 상태는 왜 이러는지 쉽게 이해가 되었다(상담사는 아무것도 하지 않고 그저 나 혼자 열심히 말했는데… 조금 억울하기도 하다). 그리고 정말 괄목할 만큼 크게 향상된 능력은 바로 내 생각이나 감정을 그대로 상대방에게 표현하는 능력이었다. 아마도 사람이 살면서 자신의 생각을 다른 사람 눈치 보지 않고, 몇십 분 동안 줄줄이 표현할 수 있는 기회는 거의 없을 것이다. 아마 있을지라도 듣는 대상은 고작 거울에 비친 자신이거나 하얀 벽뿐일 것이다. 하지만 나 같은 경우에는 매주 몇 번씩이나 상담사에게 열정적으로 토로하니, 내 생각을 자유자재로 표현하는 능력은 저절로 향상될 수밖에 없었다.

이뿐만 아니라 상담사에게서 상대방의 말에 공감하거나 경청하는 능력과 사소한 것까지 관찰하는 법을 배우게 되었다. 그리고 진심으로 경청하는 자세야말로 상대의 진심을 우러나오게 한다는 진리 또한 다시 한번 깨닫게 되었다.

상담은 한 번 하면(운전 왕복 기름값까지 포함해서) 거의 20,000원 정도가 든다. 금액만 하더라도 치킨 한 마리 가격이고 내가 매주 2번씩 상담을 받았으니 정말 적지 않은 비용이다. 그리고 병원까지 가는 데 왕복 2시간, 상담을 1시간 하면 총 3시간을 하루에 온전히 써야 한다. 매주 2번 하면 6시간, 한 달이면 약 30시간이다. 이게 한 달, 두 달 쌓이면 결코 무시하지 못할 엄청난 자원이다. 하지만 나는 상담을 하면서 이런 돈과 시간이 결코 아깝지 않았다. 나에게 얻어진 것들이 그 이상으로 더 많았기 때문이다. 정신의학과 병원은 정신적인 치유뿐 아니라 나만의 인생 철학 학원이며, 스피치 학원과 논술 학원이고 경청 학원인 것이다. 이 정도의 자원 투자는 하나도 아깝지 않았다.

이후에도 나는 두 번 다시 기회가 없을 거라고 생각하며 상담에서 얻었던 여러 가지 능력들을 높이기 위해 꾸준히 노력했고, 상담할 때마다 온 진심을 담았다. 비록 상담이 끝나면 내 모든 마나(에너지)가 소진되었지만, 그래도 뿌듯했다.

2. 생각 메모장

나는 원래 생각이 많은 편이지만, 상담을 받고 나면 더 많은 생각이 떠오른다. 그리고 이 모든 생각은 버릴 게 하나 없는 진솔하고 중요한 생각들이다. 상담사가 나에게 했던 중요한 말들, 그리고 내가 상담사에게 말했던 중요한 내용들, 나는 이것들을 까먹지 않기 위해 여러 번 반복하여 되뇌면서 집으로 돌아간다. 하지만 운전하면서 내 차에 기름이 얼마나 있나, 도로에 과속 단속 카메라가 있는데 내 속도가 얼마인가, 계기판을 보다 보면 그 순간 생각의 흐름이 끊어지게 되고, 내용들은 쉽게 기억나지 않게 된다. 그러면서 또 다른 새로운 생각들을 하게 된다.

생각이란 무엇일까?

생각은 안 하려고 마음먹어도 계속하게 된다. 정말 아무 생각이라도 난다. '생각을 안 해야지'라고 하는 순간에도 '내가 왜 생각을 안 해야 한다고 생각했을까?'라는 생각을 하게 되며, 지금 이 순간에도 생각을 한다. 또 지금 이 순간에도.

그런데 내가 생각을 안 했던 적이 있었을까? 과연 그 순간이 존재할까?

미국 국립과학재단(National Science Foundation)에서 2005년 발표한 자료에 보면 하루의 생각은 사람마다 다르겠지만 약 60,000번 정도 생각한다고 한다. 만약 하루에 7시간을 잔다고 하면, 한 시간에 3,530번 생각을 하게 되고 1분에는 59번 한 게 된다. 이 말은 즉, 사람은 1초에 1번꼴로 생각한다는 뜻이 된다. 정말 생각을 안 한 순간은 존재하지 않는 것이다(심지어 잘 때 역시 생각을 한다고 하니, 말 다 했다). 그러니 새로운 생각이 그전 생각을 밀쳐 내기라도 하면 그전 생각이 쉽게 기억나지 않는 것이다. 특히 분명 중요한 기억인데도 갑자기 딴생각을 하다가 기억이 나지 않는 경우에는 굉장히 답답할 것이다. 아마 대부분이 그럴 것이다.

그러던 중 나는 어떤 한 영상을 보게 되었는데, 그 영상은 '내가 좋아하는 것을 찾기 위해서는 내가 무엇에 돈과 시간을 많이 투자하는지 보면 된다.'는 내용이었다. 돈과 시간을 많이 투자하는 것이라. 아무래도 내가 요즘 가장 많이 돈과 시간을 투자하는 것은 상담일 테고, 상담의 목적은 곧 나를 알아 가는 것이었다. 그렇다면 내가 나를 알아 가기 위해서는 (돈과 시간을 쓰는)상담 시간에 내가 무슨 말들을 해 왔는지 알면 되는 것 아닌가. 그리고 어떻게 보면 상담에서 내가 말하는 것들은 분명 내가 평소에 느꼈던 강한 감정들이거나 수없이 반복해서 생각했던 것들이니, 결국 나를 알기 위해서는 내가 평소에 내 무의식 속에서 무슨 생각을 하고 있는지 주의 깊게 살피면 될 문제였다. 상담사가 무의식적으로 행동하는 내 사소한 몸짓까지 주의 깊게 봤듯이 말이다.

하지만 그건 말처럼 쉽지 않았다. 생각들은 금방 사라져 버리기 때문이다. 나는 그런 버려지는 생각들이 너무 아까웠다. 내가 어릴 때부터 해 온 생각들을 지금까지 계속 꾸준히 해 왔다면 엄청난 가치가 있을지도 모른다는 생각이 들었다(마치 아주 어릴 적 테트리스 게임을 시작한 사람이 수십 년이 지난 어른이 되어서까지 꾸준히 해 왔다면 프로게이머에 버금가는 실력이 되는 것처럼 말이다). 나는 내가 했던 생각들을 어디에라도 기록해야만 했다.

근데 어디에다 기록을 하지? 메모장? 보관이 안 되려나…. 수첩? 너무 작지 않을까…. 노트? 물에 젖어 번지면 어떡하지…. 음.

아무리 고민해 봐도, 이런 아날로그 방식은 시간이 흐르면 보관하기도 어렵고 매 순간 생겨나는 나의 생각들을 그대로 받아 적기에는 분명 한계가 있었다. 그래서 생각한 것이 바로 노트북이었다. 반영구적으로 어디에서나 쓸 수 있는 실용적인 노트북. 작업을 하거나, 게임하는 용도가 아닌 오로지 내 생각을 정리하는 전용 노트북. 어딜 들고 다녀도 부담이 없는 사이즈와 마우스 없이도 사용 가능한 터치 기능이 있는 노트북. 그런 노트북(프로북)을 구매했다. 하루도 안 돼서 100만 원 넘게 주고 산 거니 충동구매라고 볼 수도 있지만, 난 이 100만 원조차 아깝지 않았다. 나는 그리 돈이 많은 편은 아니었지만, 진정한 나를 찾게 해 줄, 그리고 내 인생을 구해 줄 귀한 일기장에 100만 원을 투자했다고 여겼기 때문이다.

나는 새 노트북이 도착하자마자 바로 엑셀에 간단하게 메모장 양식을 만들어 내 생각들을 적기 시작했다(매 순간 드는 생각을 받아적기에는 엑셀만큼 편리한 것도 없다). 아침에 눈을 뜨자마자 노트북을 열어 뭐다가 생각했던 것들을 적고, 혼자 숙소에 누워 있다가도 생각이 떠오르면 노트북을 열어 시도 때도 없이 적어 댔다. 카페에서도 마찬가지다. 내 생각들을 적기 위해 카페에 간 것이 아니라 카페에 가서 생각난 것들을 적은 것이다.

아마 내가 무의식적으로 생각나는 것들을 적는다는 것이 어떤 것인지 궁금할지도 모르겠다. 다음은 내가 한 카페에서 나의 무의식적인 생각들을 적은 글이다.

2022년 8월 12일

> 카페에는 여러 사람이 있다.
>
> 사람들이 카페에 오는 목적은 단순히 커피나 빵을 먹으려고 하는 것은 부차적인 것이고, 여유로운 분위기를 만끽하려고 오는 사람들로 가득한 것 같다.

카페에서는 혼자 온 사람이나 친구들이랑 오는 사람들, 가족과 오는 사람들로 가득 찼다.

그리고 그들은 끊임없이 대화를 한다. 같이 온 사람들은 물론 혼자 온 사람들도 본인과 대화를 한다.

사람들은 대화뿐 아니라 책을 읽거나 노트북으로 무언가에 몰입을 하기도 하는데, 그러다가 갑자기 주변 경치를 보면서 멍을 때리며 생각도 한다.

카페에는 여자와 남자, 안경을 쓴 사람, 안 쓴 사람, 검정 머리, 갈색 머리, 하얀 머리, 부유해 보이는 사람들 그리고 그렇지 않아 보이는 사람들, 뚱뚱한 사람, 날씬한 사람, 노인부터 갓난아기까지 다양하다.

그들은 다른 테이블에 앉아 있는 사람들한테 신경을 쓰지 않아 보인다. 그저 여유를 찾아 떠나온 것 같다. 분명 무언가 일이나 작업에 몰입하려고 온 사람들도 있지만, 그들 역시 어느 정도 여유 속에서 영감을 얻으려고 온 것 같다.

잘은 모르겠지만 지금의 나에게 그들과 같은 몰입과 여유 둘 다 꼭 필요한 것들이지만 이 둘의 성질은 상반된다. 만약 삶의 여유 없이 그저 일에 몰입만 한다면 결코 내가 지금 올바르게 살고 있는 것인지에 대한 해답을 찾을 수 없다. 여유가 없기 때문에 자체적으로 자신의 삶을 평가할 수 없는 것이다.

따라서 몰입과 여유는 적절히 섞어 가며 살아가야 한다.

그냥 아무것도 의식하지 않고 그저 내 생각을 옮겨 적은 글이다. 누구에게 보여 줄 것도 아니기 때문에 아무 상관이 없다. 윗글에는 '몰입과 여유를 적절하게 섞어 살아가야 하는 것 같다.'라는 결론이 나왔지만, 내가 쓴 글

중에는 결론 없는 글이 훨씬 더 많다. 오히려 결론 없는 글을 쓸 때, 더 자연스럽게 무의식적인 내 생각들이 나온 것 같았다. 나의 이런 글쓰기 방식은 글을 쓰기 위해 생각을 하는 것이 아니라 오로지 생각을 표출하기 위해 글을 쓰는 것이었다.

그리고 나의 이런 글쓰기 방식은 또 다른 나의 능력을 향상시키게 되었다. 자연스레 내 생각들을 자유자재로 글로 표현할 수 있는 능력이 키워지게 되었고, 글쓰기에 대한 부담감 역시 허물어지게 된 것이다(아마 이런 나의 글쓰기 방법 덕분에 이 책을 집필하게 된 건지도 모른다). 내가 상담사에게 아무런 부담 없이 온전히 내 생각을 말로 표현하면서 말하기 능력이 커진 것과 같다.

이후에도 나는 끊임없이 내 생각을 노트북에 그대로 옮겨 담기를 계속했다. 상담을 받을 때나, 교회에서 설교를 들을 때나, 대화를 나눌 때나, 강연을 들을 때나, 우울할 때나 유쾌할 때도.

평소 같았으면 한번 생각하면 끝인데, 지금은 내 생각들을 적을 수 있는 노트북이 있으니, 생각하는 시간이나 생각하기 위한 노력들이 결코 헛되지 않다고 느껴졌다. 마치 살아 숨 쉬는 생각들을 차곡차곡 저장하는 느낌이었다. 그러다 노트북에 쌓인 과거의 생각들을 들춰 볼 때면 정말 여러 가지 감정들이 느껴졌다. 웃음이 나올 때도 있었고, 울음이 나올 때도 있었다. 또한 몇 분 동안 그때의 감정에 다시 젖어 들기도 하면서, 분명 그때는 느꼈었지만 지워져 갔던 소중한 의미들을 다시 되새기기도 했다.

아직 노트북에 생각을 쓰기 시작한 게 고작 며칠에 불과했지만, 반복되는 생각 패턴 속에서 왜 그때 내게서 그런 말들이 나왔는지, 왜 그때 우울했는지 알 수 있을 것 같았고, 내가 왜 오늘 상담사에게 이런 말을 했는지, 왜 그런 말을 하면서 우울해했는지, 그리고 내가 어떤 사람인지 알 수 있었다.

3. 위플래쉬

나는 평소에 독서나 상담, 강의뿐 아니라 종종 영화도 보면서 삶의 의미를 찾아다니기도 했다. 어릴 적부터 영화는 그저 잠시 쉬어가는 힐링 타임에 불과하다는 관념이 있었지만, 지금의 나로서는 영화 속 곳곳에 숨어 있는 삶의 의미들과 교훈들을 하나라도 얻기 위해 집중하기 바빴다. 그리고 실제로 몇몇 영화에서 진정 내 삶에 의미와 교훈들을 얻을 수 있었다.

그 영화 중 하나는 「위플래쉬(2015년)」라는 영화이다. 위플래쉬의 원뜻은 채찍질인데, 영화 제목에 걸맞게 혹독한 방식으로 드럼을 가르치려는 교수와 독한 마음으로 이겨 내는 제자의 삶을 다룬 영화이다. 그 교수는 오로지 일류만 바라보며, 그 외에는 거들떠보지도 않는다. 교수의 교육 방식 역시 사람이 죽기 직전까지의 수준으로 급박하게 몰아붙여 충분한 스트레스를 주어 자신의 한계를 초월하게 만드는 스파르타 방식이다. 그래서 주인공이 조금이라도 실수할 때마다 살벌하게 몰아붙이며, 위로는커녕 "넌 여기까지구나, 당장 꺼져, 너는 여기서 끝인 것 같다."는 말로 주인공을 좌절시킨다.

하지만 어린 제자(주인공)는 이러한 교수의 살벌한 교육 방식에도 불구하고 자신만의 독한 의지로 끈질기게 버텨 낸다. 아무리 힘들고 자존감이 바닥나도 금방 포기하게 될 거라는 교수의 기대와는 다르게 오히려 주인공은 상당히 강한 모습을 보여 준다. 심지어 주인공은 수십 번, 수백 번, 수천 번을 반복하여 연습하다가 손이 상처투성이가 되더라도 아랑곳하지 않고 꿋꿋하게 드럼 채를 잡는다.

결국 이러한 노력 끝에 주인공은 최고의 실력자로 거듭나게 되며, 마지막 장면에서는 교수의 인정이라도 받듯이 서로 미소를 지으며 영화는 끝이 난다.

나는 이 영화를 본 지 꽤 시간이 지났지만, 아직까지도 마지막 주인공과 교수의 모습을 떠올릴 때면 조금 꺼림칙하다. 그 장면에서 결국 최고의 수준까지 오른 주인공이 미소를 짓고 있었지만, 그 미소는 왠지 행복해 보이지 않았기 때문이다. 분명 최고의 수준에 오르는 것은 이전부터 주인공의 간절한 꿈이었다. 그런데 꿈을 이뤘는데도 왜 행복하지 않아 보였을까?

주인공은 과연 자신의 꿈이었던 최고의 드러머가 되기 위해 피나는 노력했던 것일까, 아니면 교수의 기대에 부응하기 위해 노력했던 것일까?

숨 막히는 교수의 차가운 얼굴과 사나운 말투, 정적이 흐르게 하는 분위기에 압도되어 그저 그 두려움을 극복하고자 어쩔 수 없이 노력한 것은 아닐까?

단지 그 조직에서 살아남기 위해, 교수로부터 인정받기 위해 피나는 노력을 한 것은 아닐까?

심지어 영화 중간에는 교수의 혹독한 교육 방식에 버티지 못하여 우울증을 겪고 자살한 제자를 기리기 위해 묵념을 하는 모습도 있다. 그리고 영화 감독은 다음과 같은 말을 했다고 한다.

> "앤드루(주인공)는 슬프고 빈 껍데기 같은 사람이 되겠죠. 그리고 그는 30살에 약물중독으로 죽을 거라고 생각합니다."

나는 이 영화 속 주인공을 보며 지금 내 모습과 흡사하다는 생각이 들었다. 비록 내가 영화 속 주인공처럼 최고의 자리를 꿈꾸며, 지독한 교육 방식의 교수 같은 사람 밑에 있지는 않았지만, 누군가를 의식하여 누군가의 기대를 부응하기 위해서만 살아온 나의 어릴 적의 모습. 부서장이나 지휘관에게 인정받고 싶어서, 또 그들을 결코 실망시키지 않기 위해서 혼자 밤낮없이 일했던 나의 모습들은 주인공과 정말 유사하다. 그래서 내가 번아웃에 걸리지 않았나 싶다.

그렇다고 스파르타 교육 방식 같은 혹독한 방법이 꼭 나쁘기만 하다고 말할 생각은 없다. 그런 교육 방식 덕분에 단기간에 주인공이 최고의 자리로 올라간 것이고, 나 역시(엄청 혹독한 스파르타 교육 방식은 아니었지만) 어리바리한 어릴 적 시절과는 전혀 비교가 되지 않을 만큼 큰 성장을 이루었다. 만약 주인공 옆에 교수 같은 인물이 없었더라면 주인공은 그만큼 모든 일에서 그 정도의 긴장을 안 했을 것이고, 그 긴장을 이겨 내기 위한 절실한 노력조차 하지 않았을 것이다. 나 역시 주변 '영화 속 교수' 같은 사람들 덕분에 나에게도 급격히 성장할 원동력이 만들어진 것이다.

하지만(열린 결말이지만) 주인공이 혹독한 생활의 여파로 정신병에 걸려 약물중독으로 죽는다면 아무리 최고의 실력자로 거듭난들 무슨 의미가 있겠으며, 이 무슨 개죽음이겠는가. 또 그렇게 남을 위해서만 살다가 죽는다면 인생에 무슨 의미가 있을까. 최고의 실력자로 오르는 대가로 최고로 불행하게 죽는 것일까. 정말 슬픈 인생이 될 것이고, 그를 바라보는 부모 입장에서도 견디기 힘들 것이다. 영화 마지막 장면에서 어색한 미소를 지으며 하염없이 최고의 실력을 발휘하는 주인공과 지휘하는 교수와는 다르게 문 뒤에서 몰래 아들을 바라보고 있는 아버지의 모습은 돌처럼 굳어 있었다.

이 영화에서는 다음과 같이 하나의 인생 질문을 던지게 된다.

「위플래쉬」 영화 속 주인공은 최고의 실력자로 거듭났다. 과연 그는 성공했다고 말할 수 있는가?

난 아니라고 본다.

그러면 무엇을 성공이라고 말해야 하는가? 도대체 어릴 적부터 어른들이 말하던 인생의 성공이란 무엇이고, 그리고 성공의 반대어인 실패란 무엇인가?

과연 돈을 많이 버는 것이 인생의 성공이고, 돈을 적게 버는 것이 인생의 실패일까? 그렇다면 부잣집 자식들은 인생을 살아 보기도 전부터 인생의 진정한 성공을 맛보았고, 가난한 자식들 역시 진정한 실패를 맛보았다고 할 수 있을까?

권력이 곧 성공이라면 수많은 독재자는 모두 하나같이 성공한 인생을 살았다고 할 수 있을까?

보통 사람들이 말하는 성공은 매우 상대적이다. 남들에게 많은 인정을 받아야만, 남들보다 돈이 많아서 남들보다 더 좋은 옷을 입고, 남들이 얻지 못하는 값 비싼 액세서리를 거치고 좋은 차를 끌고 다니며, 남들의 시선을 한눈에 받으며, 남들에게 부러움을 사는 것만이 성공이라고 여긴다.

나는 아직 생도 시절에 어떤 교수님이 한 말을 기억하고 있다.

"너희들은 실패한 사람들이다. 장교의 길을 가려고 했다면 육사로 갔어야 했다. 3사는 육사로 갈 능력이 없어 실패한 사람들이 오는 곳이다."

이 말은 육사로 들어가서 '남'들이 죽어라 고생해도 달기 힘든 중령·대령을 쉽게 달며, '남'들보다 다달이 더 높은 월급과 연금을 받아 가며 '남'들보다 더 편하게 사는 것이 성공하는 것이라는 뜻이다.

나 또한, 한때 성공과 실패의 기준을 그렇게로만 바라봤지만, 지금은 조금 다르다.

성공이란 것은 상대적인 것이 아니라 상당히 주관적인 것이다. 당신보다 더 잘사는 것은 성공이라 부르지 않는다. 너희들보다 더 잘사는 것. 다른 나라보다 더 잘사는 것 역시 마찬가지다.

'성공은 남이 아니라 바로 나 자신이 잘 사는 것'을 의미한다.

실패 역시 주관적인 것이다. 만약 상대적인 관점에서 실패한 인생이라고 여긴다면 결국 열등감에서 벗어나지 못하고 있는 것이다. 인생의 실패 역시 느끼는 감정이기 때문에 자신이 실패했다고 느낀다면 실패한 것이고 아니라고 느끼면 아닌 것이다.

'성공은 남의 기준이 아니라 바로 나의 기준에서 잘 사는 것.'

여기서 '잘 사는 것'의 의미는 무엇일까? 단순히 돈을 잘 벌거나 막강한 권력을 가지고 있으면 잘 산다는 것일까? 세계적으로 최고 수준에 오른 영화배우나 가수들이 잘 사는 것일까?

답은 그럴 수도 있고 아닐 수도 있다. 잘 산다는 의미는 '진정으로 행복을 느끼는 것'이기 때문이다. 아무리 한 달에 1억씩 벌고, 자신이 원하는 것을 모조리 가질 수 있더라도 행복을 느끼지 못할 수도 있고, 겨우 끼니 때울 정도로 돈을 벌며, 남들에게 굽신거리며 살더라도 행복을 느끼며 살 수 있다는 것이다.

행복은 그저 감정일 뿐이다. 보통 "행복하자!" 또는 "행복하니?"라고 말하는데 그건 옳은 표현이 아니다. "행복을 느끼며 살자!" 또는 "행복을 느끼고 있니?"가 올바른 표현이다. 아무리 돈이 많고 권력이 있더라도 행복하다고 느끼지 못하는 이유는 바로 여기에 있는 것이다. 반대로 현실은 끔찍이 가난하더라도 행복을 느끼는 사람들은 진짜 행복할 수 있다.

'성공은 나 자신이 온전히 행복을 느끼는 인생을 사는 것.'

여기서 인생이란 단어에 주목해 보자. 인생은 한순간을 말하는 것이 아니다. 한순간만 행복을 느끼면 성공한 인생이라고 볼 수 없다. 내 기준에서의 인생의 성공은 태어나서 죽기 직전까지의 전 기간들의 자기 평가에서 비롯된다. 죽기 직전에 내가 나는 행복한 인생을 살았다고 평가한다면 나는 진짜로 성공한 인생인 것이다. 아무리 과거에 불행하다고 여긴 시절이 있더라도 죽기 직전에 인생을 돌아보며 오히려 행복한 시절이었다고 고백한다면 그 역시 성공한 인생의 한 부분이라고 봐야 한다.

따라서 인생 중간에 찾아온 불행의 순간을 겪으며 섣불리 실패한 인생이라고 단념하는 것은 명백한 오류이다. 실패 또한 실패했다고 여기기 때문에 실패한 것이 되어 버린다. 인생의 이야기는 자신의 목숨이 끊어질 때까지 봐야 한다.

> 어떤 한 가난한 사람이 살고 있었다. 그는 한평생을 다 바쳐 모아온 돈으로 겨우 집 한 채를 장만했는데, 아무리 그의 집이 오래되고 좁긴 했어도 자신의 보금자리가 생겼다는 사실 그 하나만으로도 엄청난 행복을 느꼈다. 그러던 어느 날, 갑자기 우연한 사고로 집에 큰 화재가 발생하여 순식간에 잿더미로 변해 버렸다. 아무리 오래되고 불편한 집이었어도 그의 유일한 보금자리이자 전 재산이었던 집이 한순간에 없어지자 그는 깊은 슬픔에 잠겨 절규하기 시작했다.

여기서 잠깐, 우리는 이 사람을 어떻게 평가해야 할까? 평생 죽도록 일만 하다가 모든 재산을 한순간에 날려 버린 이 사람에게 과연 실패한 인생을 살았다고 단정 지어야 할까?

하지만 그는 절망적인 상황 속에서 그는 두 가지의 믿음이 있었다. '아직 나의 인생 이야기는 끝난 게 아니다.'라는 믿음과 '실패했다는 믿음이 진짜 실패의 원인이 된다.'는 믿음이다.

그 후의 이야기는 나도 잘 모른다. 하지만 이런 믿음을 가지고 있는 주인공은 결코 그가 죽기 직전에 "나는 실패한 삶을 살았어. 그 원인은 집에 불이 났었기 때문이야."라고 말하지 않을 거라 확신한다.

성공과 실패는 주관적이라는 특성과 자신이 믿는 대로 되는 것, 그리고 인생의 스토리는 죽기 직전까지 아직 끝난 게 아니라는 것을 조합해 보면, 죽기 직전에 그 사람의 솔직한 고백을 듣지 않은 이상 그 사람이 성공한 인생을 살았는지 아닌지 그 누구도 감히 말할 수 없게 되는 것이다.

"성공은 자신이 죽기 직전에 '진정한 행복을 느끼는 인생을 살았다'고 고백할 때."

4. 소울(Soul)

「위플래쉬」란 영화 한 편만 보고도 성공과 실패, 행복의 관계에 대해 심도 있게 성찰을 할 수 있다는 것에 큰 기쁨을 얻은 나는 들뜬 마음으로 몇 편의 영화를 더 보았다. 그중 또 하나의 영화가 내 가슴을 울렸다. 「소울(2020년)」이란 영화이다.

어릴 적 우연히 아빠와 클럽에 가서 재즈 연주를 듣고는 재즈와 사랑에 빠지게 된 주인공. 그 후 주인공은 피아노라는 자신의 재능을 쏟아 아버지처럼 재즈 음악가로 활동하기로 다짐하며, 자신의 우상인 도르테아 윌리엄스라는 음악가와 함께 공연하는 것을 꿈꾸게 된다. 하지만 주인공은 어머니 뜻에 이기지 못하고 결국 중학교 음악 교사의 정직원이 되어 버린다.

그러던 어느 날, 몇 년 전에 자신이 가르쳤던 어떤 제자를 통해 지금껏 꿈꿔 왔던 도르테아 윌리엄스와 함께 연주하게 될 기회를 얻게 된다. 주인공은 정말이지 꿈만 같았을 것이다. 왜냐하면 이제껏 자신이 살아온 이유는 오로지 도르테아 윌리엄스와 연주하는 것이며, 사는 목적 역시 도르테아 윌리엄스와 연주하는 것이고 인생의 목표 또한 도로테아 윌리엄스와 연주하는 것이기 때문이다.

주인공은 운 좋게 유일한 자신의 꿈이었던 그녀와 연주하게 될 기회를 따내게 되지만, 갑작스러운 불의의 사고로 주인공은 죽음의 문턱까지 오르게 되고 꿈은 멀어져만 간다. 그리고 꿈을 되찾기 위한 주인공의 험난하고 기나긴 여행이 시작된다. 그 긴 여행 속에서 가장 까다로운 마지막 관문은 역시 자신의 꿈을 극도로 반대하시던 자신의 어머니를 설득하는 것이었다. 어머니는 아버지가 재즈 음악가로 살아오면서 가난했던 집안을 자신이 어렵게 차린 옷 수선 가게가 먹여 살렸다고 여긴다. 아버지가 없는 상태에서 어렵게 살아온 어머니의 입장에서 아들이 불안정한 연주가보다 안정적인 학교 음악 선생님이 되기를 바라 왔던 것이다. 하지만 그렇게 강한 의지가 있었던 어머니일지라도 주인공의 다음의 말에 결국 어머니도 두손 두발 다 들게 된다.

> "음악은 저한테 직업이 아니라, 제 삶의 이유예요. 아빠도 그랬고요. 두려워요. 만약 오늘 죽는다면 무의미한 인생일까 봐."

이런 주인공의 심오한 말에 잠시 내 인생을 돌아보게 되었다.

만약 오늘 죽는다면….

내가 그토록 꿈꿔 왔던 것을 단지, 부모 눈치 때문에 못 하고 살다가 당장 오늘 죽는다면…. 내 인생에 과연 무슨 의미가 있을까.

부모의 눈치, 선생의 눈치, 친구들의 눈치, 선배들의 눈치, 동기들의 눈치, 상급자들의 눈치….

평생 눈치만 보고 남들이 원하는 것들을 하며 살아온 내가 갑작스러운 사고로 지금 당장 죽어 버리게 된다면, 이 얼마나 슬픈 인생이 되겠는가….

이 장면은 정말 잊을 수가 없는 명장면이다. 내가 보직해임과 전역을 굳게 마음먹었던 결정적인 계기가 되기도 한 장면이다.

'남 눈치 보지 말고, 자신이 하고 싶은 대로 살아가는 것!'

이게 바로 행복한 삶을 살기 위한 필수 조건이다.

또한 이 영화는 내가 왜 군대에서 일을 할 때 즐거움을 못 느꼈던 것인지, 그리고 내가 어떻게 해야 즐거움을 느낄 수 있는 것인지 힌트를 주었다. 계속 영화를 살펴보자.

영화 속 주인공은 죽음 속에서도 아주 신비로운 곳을 여행한다. 육체와 정신 사이의 공간이라고 불리는 그곳은 우리가 어떤 것에 지극히 몰입할 때 비로소 느낄 수 있는 무아지경 상태에 빠진 사람들만 올 수 있는 곳이다. 그 세상에서는 중요한 농구 경기를 하다가 골을 넣으려고 하는 농구선수의 영혼, 온몸에 모든 에너지를 쏟으며 실감 나게 연기를 하는 뮤지컬 배우의 영혼, 자신의 심오한 마음을 표현하듯 피아노 건반을 두드리는 피아니스트의 영혼, 자신만의 예술을 만드는 문신 아티스트의 영혼과 눈을 감고 명상하는 영혼들까지 굉장히 다양했다.

그리고 그 모든 영혼은 공통점이 있었는데, 그건 바로 누군가를 의식하거나 억지로 하는 것이 아니라 오로지 지금 자신이 하는 일에만 몰입한 듯했고, 한없이 즐거워하고 있었다.

'이상하다. 모든 사람은 노는 게 아니라 분명 일을 하고 있는데, 그것도 온몸의 마나(에너지)를 소진시켜 가며 몰입하고 있는데 어떻게 즐거울 수가 있지?'

'나는 왜 군에서 몰입의 즐거움을 느끼지 못했던 걸까? 아무리 군에서 억지로 일을 했다 한들 영화 속 몰입하는 영혼들처럼 밤새 몰입한 적도 많았는데. 나는 결코 몰입이란 걸 제대로 하지 못했던 것일까?'

영화 속 세상에서는 아름답게 몰입하는 영혼들만 존재하는 것이 아니었다. 어둡고 그늘진 곳에서는 좀비처럼 길을 헤매고 다니는 흉측한 괴물들이 있었다. 더 놀라운 것은 그 괴물들은 다름 아닌 금방까지 한없이 몰입의 즐거움을 맛보던 아름다운 영혼들이었다. 그 누구보다 아름답게 몰입하다가 까딱 잘못해 어느 한 시점부터 서서히 괴물로 바뀌어 버린 것이었다. 영화 속 주인공을 코앞에서 덮치려고 했던 괴물의 정체는 다름 아닌 보험회사에서 일하는 '헤지펀드 매니저'였는데, 그는 매일 야근을 밥 먹듯이 해 항상 다크 서클이 축 늘어져 있었고 책상에는 여기저기 펼쳐진 서류철들과 포스트잇, 잔뜩 쌓인 커피잔들이 어지럽혀져 있었으며, 그의 눈은 아무런 초점 없이 커다란 모니터들에 향해 있었다.

이 사람은 무언가 일을 열심히 하면서 언뜻 몰입하는 듯 보였지만, 결코 즐거워 보이지 않았다. 영화에서는 그걸 '몰입'이 아니라 '집착'이라고 한다.

몰입? 집착?

둘 다 공통적으로 어느 한 곳에 집중하여 무언가에 완전히 빠지는 것인데, 나는 솔직히 아직까지도 이 둘의 차이점에 대해서 정확히 구분하지 못하겠다. 그래도 이것만은 분명하다. 아무리 몰입과 집착의 과정이 똑같더라도, 몰입은 그 순간마다 즐거움을 얻을 수 있고, 집착은 즐거움을 얻지 못한다. 또한 가장 중요한 건 몰입은 그 즐거움을 '나'와 '일'에서만 느낄 수 있고, 집착은 그 즐거움을 '나'가 아닌 '다른 이'에게 의존함으로써만 느낄 수 있다. 게임에 몰입하는 사람은 '게임'이라는 그 자체에서 '나' 스스로 즐거움을 느끼지만, 게임에 집착하는 사람은 '게임' 자체에서 즐거움을 느끼지 못하고 다른 사람을 이겨 보려는 마음에서 즐거움을 찾는다.

「위플래쉬」 주인공 또한 몰입이 아니라 집착을 한 것이다. 영화 처음에 나오는 혼자 드럼을 연습하는 장면에서 주인공은 충분히 몰입을 경험했지만, 혹독한 교수 방식에서 살아남기 위해 마음을 먹은 순간부터 몰입이 아닌 집착을 하게 된 것이다.

나 역시 일을 할 때 아무리 소변이 마려워도 몰입을 깨기 싫어 꾸역꾸역 참으며 일에 몰두하던 때가 있었다. 스스로 업무 능력이 향상되는 것을 느끼거나 저절로 더 능력을 향상시키고 싶은 마음이 커질 때마다 터져 나오는 '즐거움'을 느끼며 계속해서 집중을 해 온 것이다. 시계가 벌써 자정을 가리키고 있어도 크게 피곤을 느끼지 못했다.

하지만 어떤 날은 '이 일을 잘 끝내지 못하면 어쩌지?', '상급자에게 지적을 받거나, 그들에게 인정을 받지 못하면 어쩌지?' 하는 걱정이 들게 될 때면 이전과 똑같이 집중을 하더라도 결코 순간순간의 '즐거움'을 느끼지 못했다. 더구나 그 일이 잘되고 있는 것인지 아닌지 분간이 되지 않을 정도로 엄청난 피로감을 느꼈다. 마치 좀비가 되는 느낌이었다.

생각해 보면 그 전부터 나는 충분히 몰입을 경험했었다. 내가 대학교 시절, 애니메이션이나 일러스트 등 창작 활동을 할 때면 정말 무서울 정도로 집중해서 완성시켰는데, 그때 내가 하루에 10시간도 쉬지 않고 집중할 수 있었던 가장 큰 원동력은 단순히 학점을 잘 받기 위해, 또는 아빠에게 인정받고 싶어서가 아니었다. 그저 그 창작 활동 자체가 좋았기 때문이고, 그 자체에서 나오는 즐거움이 나를 행복하게 만들었기 때문이다.

6장. 새로운 시작

1. 보직해임

—

8월 22일

오늘은 정식으로 중대장 보직해임 심의가 진행되는 날이다. 시간 참 빠르다. 대대장에게 못 하겠다고 선언한 지가 벌써 2개월이 넘었다니….

2개월 전, 차마 일어설 힘조차 없었던 초라한 내 모습에 비해서 다행히 지금은 상당히 회복된 모습이었지만, 오늘만큼은 그렇지 못했다. 심의에 앞서 너무 긴장한 탓일까, 아침부터 심호흡을 몇 번이곤 하면서 여러 번 명상을 하기도 했다.

'심의위원들이 무슨 질문을 할까. 뭐가 그리 힘들었냐고 물어본다면 뭐라고 대답하지? 아빠 얘기를 해야 하나. 아니면 군대 얘기를 해야 하나?'

이런 복잡한 마음에서인지 심의가 시작되기 한참 전부터 여단 인사처에 미리 가 있었다. 역시나 사무실에서는 인사장교 홀로 외로이 일찍 출근하여 부지런히 업무를 보고 있었고, 구석진 자리에서는 삐그덕삐그덕 하며 내 심의 자료가 줄줄이 인쇄되는 소리가 들려왔다. 정신없이 바빴던 인사장교는 사무실에 누가 들어왔는지도 그리 큰 관심이 없어 보였지만, 나의 어두운 표정을 보고는 곧 조심스럽게 웃으며 반겨 주었다. 나는 그런 인사장교의 동정심조차 받고 싶지 않아, 밖에서 기다린다고 하고는 사무실 건너편 빈 상담실에 들어갔다.

그리고 살며시 눈을 감았다. 아침과 달리 머릿속에는 아무 생각도 나지 않았다. 갑자기 심의 때 뭐라고 말할지, 뭐라고 대답할지 생각하기 귀찮아진 것이다. 그냥 물 흐르듯 진행되길 바랐다.

'그냥 눈치 보지 않고 있는 떳떳하게, 있는 그대로, 솔직한 마음으로 말하자!'

얼마나 시간이 지났을까, 곧 문밖에서는 여러 사람들의 목소리가 들려왔다. 인사장교 목소리도 들렸고, 낯선 사람들의 목소리와 우리 대대장님 특유의 목소리도 들려왔다. 서로 반갑게 인사를 하며 여담을 주고받는 것 같았다. 그러다 곧 앞으로 진행될 보직해임 심의 이야기를 하는 것 같았다. 저절로 귀가 솔깃해졌다. 그러다가 위원들끼리 농담으로 "나도 심의 명단에 포함시켜 주면 안 돼?"라며 시시덕거리는 소리가 들려왔다.

'아…. 나 자신이 너무 부끄럽다. 다시 숙소로 도망가고 싶다.'

갑자기 심박수가 올라갔다. 지금이 바로 상담사가 말한 가장 '중요한 순간'인가 보다.

'다 내가 자초한 일인데, 부끄러운 감정이 들 수밖에 없잖아? 더구나 여기서 도망갈 곳도 없어. 이미 갈 데까지 갔잖아.'

곧 심의 시작 시각이 되었고, 인사장교는 나에게 참모장실(심의가 진행되는 곳)로 들어오라는 신호를 주었다.

떨렸다. 하지만 이거 하나만큼은 계속 되뇌고 있었다.

'난 죄인이 아니다. 그리고 난 누구에게도 이해를 바라지 않는다. 그냥 나의 진실되고 솔직한 모습만을 보여주자.'

참모장실로 들어서자 눈앞에는 커다란 탁자들과 심의위원들이 보였고, 그 가운데 심의위원장으로 보이는 어떤 한 사람이 날 상당히 너그러운 표정으로 주시하고 있었다. '날 동정하는 눈빛일까….'

심의위원들은 우리 대대장님과 소령급 여단 참모들이었는데, 다들 어디서 몇 번 본 적이 있는 것 같았다.

잠시 동안 무거운 정적이 흘렀다. 심의위원장은 내 긴장을 풀려고 했던 것인지, 무거운 정적이 싫었던 것인지, 계속 내 눈을 쳐다보더니 어디서 많이 본 얼굴이라며, 아파트 앞 자전거 도로에서 뛰어다니는 것을 자주 봐 왔다며 상냥하게 말을 걸어 주셨다. 내 긴장을 잠시 풀어 주려고 하는 모습은 충분히 감사했지만, 아쉽게도 난 그것조차 가식으로 여겨졌다.

본격적으로 심의가 진행되자 심의위원들은 천천히 나에게 질문하기 시작했다. 그리고 나는 그 질문들에 대해 부드럽게 받아치듯 하나하나 정성껏 답변해 주었다. 어릴 적부터 아빠와의 관계, 아빠 눈치를 보며 억지로 3사관학교에 입교한 얘기서부터 얼마 전 장기간 휴가까지 쓰며 정신의학과 병원에서 상담받은 얘기까지, 마치 상담사에게 얘기하듯 아무런 부담 없이 허심탄회하게 연설을 한 것 같다(매번 상담받은 것이 정말 효과가 있었던 모양이다. 심의위원장에게서 말을 잘한다고 칭찬까지 받았으니).

그 순간 어떤 한 심의위원에게 날카로운 질문을 받았다.

"이전 부대에서 1차 중대장을 잘 마쳐 놓고는 여기 전입 와서 고작 2주만에 중대장을 못 하겠다고 한 결정적인 계기가 무엇이냐?"

사실 충분히 예상하고 있던 질문이었다. 하지만 나는 순간 할 말을 잃었다. 도저히 말을 꺼낼 수 없었다. 또다시 깊은 정적이 흘렀다. 내 바로 옆에 앉아 있는 대대장님은 아주 궁금한 표정을 지으시며 내 입에 집중하고 계셨다. 그러니 더욱 말을 꺼낼 수 없었다. 이미 예상했던 질문이었지만, 도저히 말이 떨어지지 않았다. 그래도 겨우 입을 열었다.

"말씀드리기가 조금 곤란할 것 같습니다⋯."

내가 생각했던 말 중 가장 최선의 답변이었다.

다행히 다들 말 못 할 내 사정을 이해라도 한 듯 그냥 넘어가 주었다. 그리고 마지막으로 보직해임을 결정한 것에 대한 후회는 없냐고 물었다.

후회라⋯.

아마 그 누구도 후회를 안 해 본 사람은 아마 없을 것이다. 당연하다. 왜냐면 후회는 현재가 아니라 미래에서 나타나기 때문이다. 즉, 무언가 선택한 다음에서야 후회가 서서히 일어나는 것이다. 만약 지금은 자신이 선택한 것에 후회가 없을지 몰라도 그게 1년이 지나고 10년이 지나면 어떻게 될지 아무도 모른다. 만약 그때까지도 후회하지 않더라도 20년 후에는 후회할지도 모르고, 죽기 직전에는 또 후회를 안 할 수도 있다. 이는 항상 자신의 경험에 따라 가치관이 달라지고, 후회했던 경험들이 인생의 주춧돌이 되기도 하기 때문이다. 내가 만약 2개월 전 대대장실을 찾아 들어가 그만두겠다고 한 것이나 보직해임을 결정한 것에 후회한다면, 과연 허무하게 시간만 축내며 힘없는 장교의 모습으로 죽어 가는 내 모습은 후회하지 않을까?

나는 심의위원들에게 당당하게 말했다.

"예, 저는 결코 이 선택에 후회하지 않을 겁니다!"

그렇게 심의는 끝났고, 그다음 날 심의 결과는 보직해임으로 통보되었다.

그리고 이후 나는 그다음 보직이 결정될 때까지 얼마나 걸릴지는 모르지만, '무보직'이란 보직을 받아 생활했다. 대대장님은 내 다음 보직을 받기 전까지 잠시 대대 인사과에 머물러 후배 인사과장의 업무를 도와주라고 하셨는데, 아마 내 자력이 중위 때부터 인사장교 보직들을 많이 해왔기 때문에 배려해 주신 것 같았다.

그렇게 나는 당분간 인사과로 출근하게 되었다. 인사과에는 부서장이었던 내 후임 중위가 있었는데, 그 친구는 나랑 6년이나 차이 나는 후배였고, 심지어 내가 이 2주 동안 중대장을 하면서 잠시나마 소대장으로 데리고 있기도 했다. 그런 후배 밑에서 그것도 창피하게 중대장을 포기한 모습에서 병사가 해야 하는 여러 잡일들을 해야 하는 상황이었다. 심지어 내 옆에 인사 계원(병사)은 내 중대 병사였다.

또한 인사과는 들락날락하는 사람들이 워낙 많아, 나를 안타깝고 불쌍하게 여기는 시선들, 내 눈을 피하며 연민의 감정으로 인사하는 사람들의 목소리가 수도 없이 들려왔고, 내가 사무실 전화를 받게 될 때마다 잘못 전화했다거나 다시 전화하겠다는 둥 나를 비참하게 무시해 버렸다. 정말 쥐구멍에라도 들어가 숨고 싶었다. 특히 중대 간부들이나 병사들, 후배들 눈이라도 마주칠 때면 더없이 창피했다.

사실 이런 경험은 이번이 처음은 아니다. 내가 생도 4학년으로 올라갈 무렵이었다. 4학년 생도가 된 나는 밑에 3학년 후배들을 지독하게 괴롭힌다고 소문난 무서운 선배였다(그렇다고 모든 후배를 무자비하게 괴롭힌 건 아니다. 요령 피우는 후배들을 강도 높게 괴롭힌 것이다). 그러나 이전에 받았던 공수 훈련 후유증으로 족저근막염이 심하게 도져 어쩔 수 없이 1년간 휴학하게 되었다. 그리고 다시 복학하게 되었을 땐 이제껏 경험하지 못한 엄청난 수치심을 느끼게 되었다. 동기가 선배가 되고 후배들이 동기가 된 것이다. 내가 아는 대부분의 동기는 전처럼 편하게 대할 수 있었지만, 내가 모르는 동기들은 나에게 "야, 경례 안 하냐? 똑바로 경례 안 해!?" 하며 나에게 소리를 지르거나, 다 보는 앞에서 차렷 자세를 시키곤 하였다. 비록 선배(기존 동기)들은 곧 졸업이라 한 달 정도 되는 기간만 버티면 되었지만, 그 기간 동안 꼭꼭 숨어다니느라 혼났다. 하지만 동기들(기존 후배) 사이에서도 내가 괴롭혔던 대부분의 동기는 나를 여전히 피해 다니며, 날 모르는 동기들에게도 나에 대해서 부정적으로 소문을 퍼트리기 시작했다. 비록 시간이 지나 겨우 오해는 풀었지만, 그 당시 나는 심적으로 너무 힘들었고, 매우 수치스러웠다. 결코 다시는 떠올리기 싫은 아픈 경험이었다.

이런 내 수치스러운 아픔들을 지금 다시 겪게 되다니, 참 놀라울 따름이다.

그런데 뭐 어쩔 도리가 없지 않은가. 내가 선택한 길이고, 나 스스로 감당해야 할 일인데.

2. 새로운 다짐

마음이 조금 흔들리긴 했지만 스스로 이 상황을 인정하고 받아들여야 했다. 비록 내 한참 후배이고 중대장과 소대장 관계였어도 지금은 내 부서장이고, 내 옆에 앉아 있는 병사는 한참 내 밑에 병사였지만 지금은 나와 별반 차이가 없는 직급이었다. 지금 상황에서는 내 모든 자존심을 바닥에 내려놓고 그들 밑에서 풀칠이면 풀칠, 코팅이면 코팅, 걸레질이면 걸레질까지 마다하지 않고 묵묵히 수행하는 것이 내가 할 수 있는 최선이었다. 내가 걸레질하는 모습을 밖에 병사들이 보든, 후배들이 보든 알 바 아니었다. 언젠가는 내가 이런 잡일을 하는 모습을 본 후배(부서장)는 어쩔 줄 몰라 했지만 나는 그럴 때마다 크게 부담 갖지 말라며, 이따 야근이나 하지 말고 빨리 나에게 일거리를 던져 주라고 했다.

사람은 적응의 동물이라고 했던가, 신기하게도 이 생활은 곧 적응이 되었고 꽤 할 만해졌다. 처음에는 쥐구멍이라도 숨고 싶을 정도로 수치스러웠지만 지금은 꼭 그렇지도 않았다. '현실의 나를 그대로 인정하고 받아들이는 지혜', 그리고 '인간은 어떤 상황에서도 다 적응하게 되어 있다는 진리'를 몸소 느끼게 된 것이다.

시간이 지나 나는 곧 새로운 부대와 새로운 보직을 받게 되었다. 거리상 조금 떨어지긴 했어도, 같은 여단 예하 부대이고, 항상 해 왔던 인사과장 보직이었다. 아마, 여단에서도 내가 이전에 인사 분야의 보직들을 많이 해 왔기에 한참을 배려해 준 것 같다. 심지어 거기 부대 인사과장 자리는 이미 또 다른 중위 후배가 보직되어 있었는데, 내가 그 부대에 인사과장으로 보직됨으로써 기존 인사과장이었던 그 후배가 '인사장교'로 한 단계 내려간 것이다. 근데 말이 그렇지 한 부대에 인사과장이 두 명이 되어버린 셈이다. 아마도 내 상태가 좋지 않아 보이니, 나 혼자 임무 수행하는 것이 무리가 되어 이중 보직으로 일하라는 뜻이었던 것 같다.

날 정신병자 취급하는 것이 조금 자존심이 상하긴 했지만, 뭐 상관은 없었다. 그걸 신경 썼다면 2주 만에 중대장을 못 하겠다고 대대장에게 말하지도 않았을 것이다(나중에서야 알고 봤더니 오로지 나 때문에 이중 보직을 허용한 것은 아니었다). 하지만 그런 나 역시 새로운 환경에 적응하기가 두려웠다. 나를 정신의학과 병원이나 다니는 한심한 대위로 쳐다볼 따가운 시선들. 과연 그런 사람들과 잘 지낼 수 있을지, 그리고 거기 가서도 또다시 번아웃이 온다면 어떻게 이겨 나갈 수 있을지. 걱정이 이만저만이 아니었다. 그러다 보면 또 우울해지기 시작했다.

후…. 난 아직도 번아웃에 시달리고 있는 것일까. 난 아직도 다시 일어설 준비가 안 된 것일까. 이러다 평생 번아웃에서 못 벗어나면 어떡하지….

나는 숨을 크게 들이마시고는 서랍 속 수첩을 하나 꺼내들었다. 그리고 펜을 꽉 쥐고 내가 이제껏 지독한 번아웃에서 느꼈던 뼈아픈 감정들과, 번아웃을 이겨 내기 위해 끝없이 노력하고 시도했던 모든 것들을 통틀어 거기서 깨달은 삶의 지혜들을 단 몇 줄의 다짐으로 요약해 보았다.

첫째, 내가 하는 일에 있어서 절대 남 눈치 보지 말 것! 남들이 어떻게 보든, 어떻게 생각하든 신경 쓰지 말 것! 그게 부모가 됐든, 상급자나 동료가 됐든.

둘째, 내가 뭘 하든지 모든 일은 나 자신을 위한 것이다. 그 누구를 위한 것이 아니라는 것을 항상 인지할 것!

셋째, 내가 해야 할 일이 있고 남이 해야 할 일이 있다. 이를 꼭 구분해야 된다. 나의 마나(에너지) 자원은 무한이 아니기 때문이다.

이는 내가 이제껏 번아웃 기간에 힘겹게 얻어 왔던 지혜들 속 다짐들이며, 다시는 내게 번아웃이 찾아오지 않기 위한 다짐들이며, 다시는 내 인생을 후회하지 않기 위한 다짐들이었다.

그래도 이렇게나마 글로 내 다짐들을 써 보니 마음이 금세 안정을 되찾는 듯했다. 그리고 곧 자신감도 차올랐다. 하루빨리 이 새로운 다짐들을 새로운 환경에 적용시켜 보고 싶었다. 설레는 마음도 생겨났다. 3개월이 넘는 기나긴 번아웃이라는 고통스러운 시련의 마지막 결실을 매듭짓고 싶었다. 비록 3개월 동안의 대부분의 시간을 숙소 안에서 외롭게 울기도 하고 정신의학과 병원에서 많은 시간들을 보냈었지만 결코 헛되지 않았다고 생각한다. 오히려 남들은 절대 경험하지 못할 특별한 경험을 한 것이고, 남들은 평생 느끼지 못할 깨달음을 얻었다고 자부할 수 있다. 그저 번아웃은 단순 시간 낭비, 인생의 실패라고 여겨왔던 내가 한심할 정도이다. 그러고 보면 정말 신기하다. 그렇게나 절망적이던 번아웃이라도 그 끝에서는 강한 자신감이라는 큰 열매로 보답해 주니.

자신감은 정말 그 무엇보다 중요한 것 같다. 형은 언젠가 나에게 '자신감' 하나면 모든 걸 다 해낼 수 있다고 말한 적이 있다.

'그래. 자신감이다. 뭐든지 자신감 있게 행해야 한다.'

언뜻 생각해 보면 내가 손에 땀이 날 정도로 부담되고 긴장된 순간에도 '나도 할 수 있다!'라는 자신감이 나를 이끌어 행하게 한 것 같다. 생도 면접을 볼 때도, 난생처음으로 100명의 동기들 앞에서 큰 소리로 당직사관 보고를 할 때도, 1,000피트 공중에서 뛰어내리는 공수 훈련을 받을 때도, 첫 운전면허 주행 시험을 볼 때도, 소위로 임관하여 첫 자대 위병소를 밟을 때도, 첫 참모 보직을 맡을 때도, 수많은 장갑차들과 전차들을 이끌며 앞장섰던 1차 중대장 때도 나는 '할 수 있다!'라고 마음속으로 외쳤었다.

'자신감을 가지자!', '나는 할 수 있다!', '그깟 하면 되는 거지 나라고 못 할 이유가 뭐냐?'

근거 없는 자신감은 더닝 크루거 효과에 지나지 않지만, 자신감이 없어 실행을 못 하는 것보다 100배 1,000배는 낫다.

제2부. 행복, 자신감

나는 언제 행복을 느꼈을까? 영화 「소울」에서 봤던 것처럼 무언가 몰입의 순간에서 행복을 느꼈을까? 아니면 어제보다 오늘 성장한다고 느낄 때일까? 아니면 누구의 눈치도 보지 않고 소신껏 할 때? 그것도 아니면 내가 목표했던 순간을 이뤘을 때? 그 뭐가 되었든 내가 행복을 느꼈다면 아무렴 좋다. 그 행복했던 기억들이 모여 곧 자신감을 불러오며 실행의 원동력이 될 테니까.

나는 행복했던 순간들을 잃어버리기 싫다. 내 방에는 내가 행복했던 순간들의 사진들이 빽빽하게 걸려 있다. 일어날 때나 잘 때, 또는 밥을 먹을 때나 외출을 할 때, 심지어 화장실을 갈 때마다 그 사진들을 보며 항상 행복한 나를 상상하고, 행복할 나를 상상한다.

1장. 창작의 즐거움

1. 내가 잘하는 것

나는 어릴 때부터 무언가 만드는 행위를 좋아했다. 내 생각대로 무언가를 만들어 내는 것, 즉 '무'에서 '유'를 창조하는 활동 그 자체는 나에게 즐거움이 되었다. 즉, 나는 창작이란 활동 자체를 좋아했던 것이다. 비록 내가 접했던 많은 창작 활동 중에서 어느 한 분야를 딱 부러지게 잘하지는 못하였지만, 그래도 창작 활동 자체가 주는 즐거움을 느끼며 행복하곤 했다. 하얀 스케치북에 그림 그리는 것은 물론 고무찰흙으로 무언가 만드는 것 또한 좋아했고, 추석 때면 송편 반죽으로 나무를 만들거나 사람을 만들어 놓고 엄마에게 자랑하며 즐거움을 느꼈다. 한때는 「불멸의 이순신」이란 드라마에 푹 빠져 집에 있는 나무젓가락들을 모두 모아 거북선을 만들어 놓고는 물에 둥둥 띄워 놀면서 즐거움을 느끼기도 하였다. 또한 나는 미로를 푸는 것은 그다지 좋아하지 않았지만, 내가 직접 미로를 만드는 것은 좋아했고, 그 미로를 다른 사람들이 집중하면서 풀고 있는 모습을 볼 때면 더욱 큰 즐거움을 느꼈다. 잠깐 피아노를 배운 적도 있었는데 피아노를 치는 것도 물론 좋아했지만, 내 느낌대로 창작해서 쳐 대는 것 역시 상당히 즐거웠다.

생각해 보면 그렇게 힘겨웠던 중고등학생 시절에도 창작 활동을 꽤 즐겼었다. 계속되는 아빠와의 갈등과 부담되는 학업 속에서 받은 스트레스들을 풀기 위해 여러 가지 게임을 했었는데, 그중에서 스타크래프트란 게임을 즐겨 했다. 스타크래프트라는 게임에는 유즈맵(Use Map setting)이라는 번외 게임이 있었는데, 물론 직접 하는 것도 재밌어했지만 내가 직접 게임 맵을 제작해 '블러드[11]'나 '디펜스[12]' 등을 만들어 내는 것이 특히 더 재밌었다.

게임 맵 만드는 것은 말이 쉬워 보여도 웬만한 열정이 없으면 만들기 힘들다. 온통 어려운 단어들인 데다 심지어 영어로만 되어 있어 프로그램을 이해하기도 힘들고, 트리거(trigger) 논리를 하나하나 다 아는 것은 기본이고 트리거들을 순서에 맞게 정렬해야 정상적으로 기능이 발휘됐기 때문에 엄청난 시행착오를 겪어야 한다. 또한 가장 중요한 것은 게임을 만드는 것은 나의 관점이 아니라 오로지 사용자의 관점에서 재미를 느낄 수 있도록 생각해야 한다. 정말 보통 일이 아니다. 지금 생각해도 어떻게 영어도 잘 못했던 내가 수십 번 수백 번의 시행착오를 겪으며 복잡한 맵을 완성시켰는지 신기하기만 하다. 정말 몰입에서 나오는 즐거움은 대단한 원동력이 되는 듯하다.

하지만 지금에야 어릴 적부터 스스로 어려운 논리를 이해해 가며 복잡한 게임을 만든 나 자신이 기특하고 대단하다고 느끼겠지만, 그 당시에는 그런 쓸모없는 게임 만드는 데 시간을 쏟는 내가 스스로 한심하다고 느꼈었다. 그럼에도 꾸역꾸역 그 재능들을 본능적으로 사용하려고 하는 내 모습

---

11) 어떤 유닛들이 초 단위로 계속 생성되며, 그 생성된 유닛들로 하여금 서로 싸워 점수를 따내는 게임.

12) 어떤 유닛들이 계속 생성되어 한 지점으로 이동하는데, 그 유닛들이 어느 지점에 오기 전까지 죽여 없애는 게임.

을 볼 때면, 마치 야생에서 뛰어놀아야 할 호랑이가 동물원 철창에 대고 이를 갈고 있는 것 같아 안쓰럽게 느껴진다.

이처럼 나는 그저 어릴 때 뭔가를 만드는 별난 취미가 있었다 뿐이지, 직업을 선택하는 적성이라든가 재능이라고는 생각조차 하지 못했다. 이러니 고작 이런 취미 따위로 앞으로의 직업 선택에 참고조차 할 수 없었고, 일부러 재능들을 키우려거나 방법을 찾으려 노력조차 하지 않았다. 주변에서는 그런 걸로 먹고살 게 아니면 시간 낭비하지 말고 공부나 하라는 눈치들이었고, 유일하게 내 편이었던 엄마 역시 내 모습을 그리 달가워하지 않았다. 그럼에도 엄마는 종종 나에 대한 추억을 되새기는 듯이 내가 어릴 적에 송편 반죽으로 사람을 만들고, 나무젓가락으로 거북선을 만들었다는 얘기를 자주 해 주었다. 엄마는 과연 나의 재능을 알아본 것일까? 그리 칭찬한 것 같지는 않아도 내가 '무언가를 만들어 내는 행위'를 좋아한다는 것을 나에게도 조금씩 인식시켜 주었던 것 같다. 아마 이런 엄마의 한 마디 한 마디가 나에게 큰 힘이 되어 내 대학교 전공을 멀티미디어콘텐츠과로 선택하지 않았나 싶다.

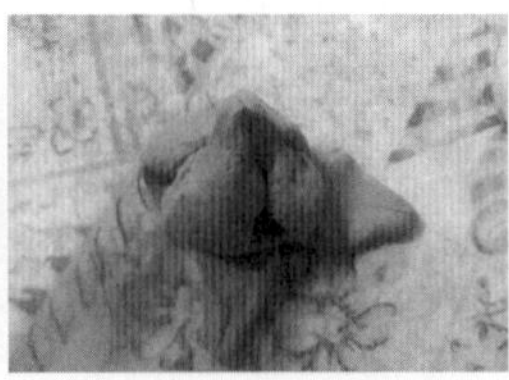
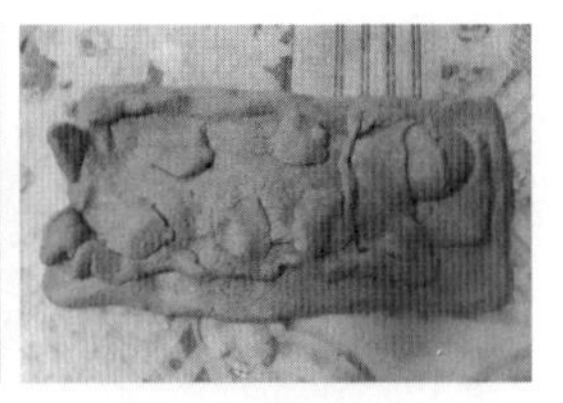

송편 반죽으로 만든 작품들. 좌측부터 항아리, 꽃, 누워서 자는 사람이다.

대학생이 된 나는 이제껏 겪어 보지 못한 신세계를 경험했다. 포토샵(Adobe Photoshop), 일러스트레이터(Adobe Illustrator), 드림위버(Adobe Dreamweaver), 자바스크립트(JavaScript), 자바(Java), HTML(Hyper Text

Markup Language), 사진학, 오토캐드(AutoCAD), 영상편집(Adobe Premiere), 2D애니메이션(Adobe Flash), 3D애니메이션(3D Max) 등 '멀티'에 걸맞게 다양한 분야를 배웠었는데 정말 모든 과목들에 대해서 즐거움을 느꼈다. 특히 2D애니메이션이나 3D애니메이션은 즐거움 그 자체였다.

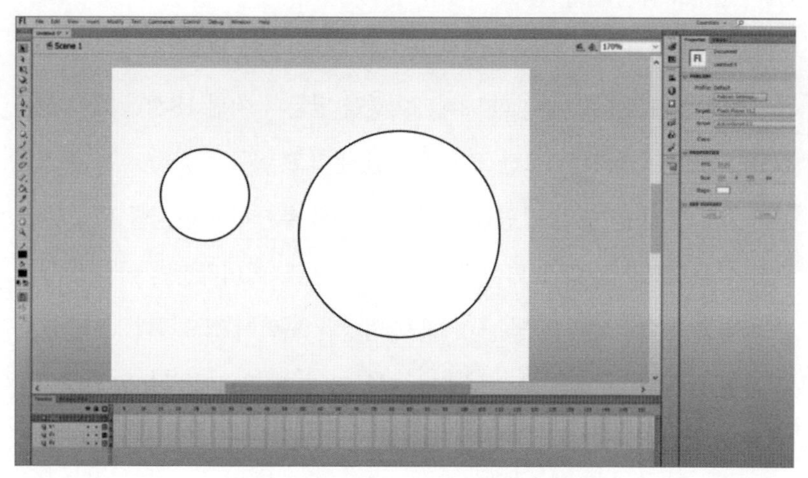

대학교 때 배운 어도비 플래시 프로그램 작업 창

애니메이션 프로그램은 기본적으로 작은 프레임의 연속으로 구성된 타임라인이 있다. 하나의 프레임을 지정하고 화면 왼쪽에 작은 원을 그리고 그다음 프레임에 원을 오른쪽으로 옮기고 크기를 좀 키우고 재생을 시키면 작은 원이 오른쪽으로 이동하면서 커지는 장면이 연출된다. 이러한 원리로 나만의 공간 속에서 하나의 작품이 탄생한다.

정해진 답이 없었기 때문일까? 모니터 속 무한한 도화지에 내가 무엇을 그리든, 모든 것이 답이었다. 내게 뭐라 할 사람도 없었다. 오히려 잘했다며 칭찬해 주는 교수가 있을 뿐이었다. 일정한 정답을 요구했던 지금까지의 학교 교육 방식과는 정반대였다. 난생처음으로 제대로 된 몰입을 경험하기도 했다. 너무 즐거웠다. 내가 지금까지 단 한 번도 스스로 밤을 새워 무언가를 해 본 적이 없었는데, 이때 처음으로 꼬박 밤을 새워 여러 가지 작품들을 만들었던 것이다. 작품 하나 만드는 게 쉬워 보일지 몰라도 상당한 시간과 노력이 필요하다.

초보였던 내가 고작 애니메이션 10초를 만드는 데 1시간 이상 집중해서 작업을 해야 했는데, 3분짜리 애니메이션을 만든다 치면 18시간 그 이상은 걸렸던 것이다. 하지만 그건 고작 초안일 뿐이고 이를 수정하고 또 편집하면서 그토록 공을 들인 장면들을 없앴다 다시 추가하고 순서를 바꾸고 또 다시 다듬으면 시간과 노력이 2~3배가 더 든다. 이미지뿐만 아니라 알맞은 배경음악이나 효과음 넣는 것 역시 엄청난 노력이 필요하다. 그래도 나를 가장 힘들게 한 것은 따로 있었다. 아무리 기가 막히게 작품을 완성시켰다 해도 자고 일어나다 보면 새로운 영감이 떠올라 겨우 완성된 작품을 뒤집는다는 것이었다. 귀찮은 마음에 갑자기 튀어 오른 영감들을 무시하고 그대로 작품을 제출하다 보면 하루 종일 마음이 불편했고 후회가 파도처럼 밀려들었다.

이처럼 작품 하나하나 만드는 데 엄청난 정성이 들어간 것이다. 아마 내가 작품을 만들면서 몰입의 즐거움을 못 느꼈더라면 결코 단 하나의 작품도 만들지 못했을 것이다. 그저 옆의 친구 것을 그대로 베끼거나 과거에 누가 만들었던 작품들을 찾아서 쉽게 제출하지 않았을까 싶다(이게 바로 엄마 아빠가 원하는 인생 사는 비법인지도 모르겠다).

2. 기회는 만들어 가는 것

전혀 창작이랑은 어울리지도 않던 삭막한 생도 시절에도 나는 틈틈이 창작 활동을 해 왔다. 3사관학교에서는 학점 외에도 졸업 전까지 4가지를 달성해야 졸업을 시켜주는 졸업 인증 제도가 있었는데, 체력 특급, PCT 550점, 토익 500점, 봉사활동 100시간이 바로 그것이다. 누구나 조금만 노력하면 2년 안에 달성하기에 아주 쉬울 것 같지만, 3사관학교는 살아남기만 해도 벅찬 곳이라 그리 말처럼 쉽지 않다. 그중 봉사활동은 학교 내부에서 할 수 없었기에 외출이나 외박 나갈 때마다 겨우 해야 했고, 대부분 보통 마음에도 없는 헌혈을 하고 복귀해야 했다(헌혈 1회당 4시간의 봉사활동 시간을 인정해 준다).

억지로 봉사활동 시간을 채우기 위해서 마음에도 없는 헌혈을 하는 것이 불만이었던 나는 좀 더 의미 있게 봉사활동을 채우고 싶었고, 결국 찾아내게 되었다. 포스터나 책 표지, 일러스트물 등을 디자인해서 이메일로 보내 주기만 하면 대량의 봉사활동 시간을 인증해 주는 곳이었다. 너무 좋았다. 남들은 마음에도 없는 헌혈을 해 가며 4시간을 받는 동안에 나는 분위기 근사한 카페에서 얼음 동동 띄워진 아메리카노를 마시며 봉사활동을 하게 된 것이다. 포스터 하나에 고작 4시간 정도가 소요되지만, 이에 비해 10시간 넘는 봉사활동 시간을 인증해 주는 것은 물론 나의 재능까지 키워지고, 작업에 몰입을 하여 즐거움까지 얻었으니, 완전 '개이득'이었다. 나는 곧 남들보다 더 빠르고 더 즐겁게 봉사활동 100시간을 채웠다. 생활관 동기 중에는 졸업이 코앞으로 다가왔음에도 봉사 인증 시간을 다 못 채워 걱정하는 동기가 있었는데, 나는 기쁜 마음으로 그 동기를 도와주었다. 그 동기는 너무도 골칫덩어리였던 봉사활동 시간을 해결해 준 나에게 무척이나 고마워했지만, 오히려 나는 내 재능을 발휘하도록 기회를 준 동기에게 더없이 고마웠다.

이뿐만 아니라 나는 여러 가지 활동을 통해 재능을 발휘했다. 훈육 중대마다 중대를 상징하는 동물이 있었는데 우리 중대는 유니콘이었다. 언젠가 우리 훈육장교는 전에 있던 기(旗)가 너무 낡아 새롭게 중대기를 만들고자 디자인에 재능이 있는 생도들을 구하고 있었다. 매사에 내성적인 나였지만 재능을 발휘할 수 있는 기회를 마주친다면 어디선가 모를 큰 자신감이 흘러나왔다. 나는 곧장 훈육장교실로 가서 한번 해 보겠다고 하고는 밤늦도록 여러 가지 모양으로 중대기를 디자인하였다(학교 컴퓨터에는 포토샵이나 일러스트레이터 같은 프로그램을 깔 수 없어 그저 파워포인트로만 작업해야 했지만…). 그리고 얼마 후 중대기는 내가 디자인했던 것 중에 하나로 바뀌었고 나는 엄청난 뿌듯함을 느꼈다. 100명이 넘는 중대원들이 내가 만든 기를 보며 집결을 하고, 행진을 하고, 중대가를 부르고 있는 것이었다. 그리고 내 후배들, 그 후배들의 후배들까지…. 어쩌면 내가 지금 만들었던 기가 3사관학교 유니콘 중대의 마지막 기가 될 수 있겠다고 생각하면 마치 역사 속 위인이 된 기분이 들었다. 말만 들어도 설렌다.

또한 학교에서는 1년에 한 번씩 '충성제'라는 큰 축제가 열리는데 그때 생도들의 여자친구나 친한 친구들, 부모님들이 전국 각지에서 학교를 방문해 1박2일을 같이 지내며 축제를 즐기게 된다. 우리 훈육장교는 행사 때 쓰일 포토존을 제작하는 임무를 받았는데, 한동안 고민을 하다가 또다시 나를 찾았다. 나는 당연히 기쁜 마음으로 최선을 다해 디자인했다. 자신이 사랑하는 생도를 보기 위해 수백 킬로미터를 한걸음에 달려온 소중한 여자친구, 소중한 친구들, 소중한 부모님들이 내가 몸소 디자인한 포토존에서 웃으며 사진을 찍을 모습을 상상할 때면 디자인 작업이 하나도 힘들지 않고 오히려 너무 가슴 벅차고 즐거웠다.

파워포인트로 유니콘 중대기를 디자인한 작품

육군3사관학교 충성제 포토존을 디자인한 작품(2012년도)

이렇듯 나는 여러 창작 활동을 하면서 스스로 진정한 행복을 느꼈고, 점점 이런 나의 재능을 발휘하고자 하는 열정이 넘쳐 나기 시작했다. 생도 때야 그런 기회들이 많고 적합한 환경들이 갖춰져 있어서 가능한 일이었다고 생각하면 큰 오산이다. 내가 그만큼 기꺼이 시간과 노력을 들여 찾아보고, 큰 용기를 내어 시도했었기 때문에 얻을 수 있는 기회였던 것이다.

자대에서는 어땠을까? 모든 사람이 그렇듯 나 역시 자대에서는 이런 창작 활동을 하기가 불가능처럼 여겼었지만, 결코 나는 포기하지 않았다. 전에도 그래왔듯 언제나 기회가 주어진다면 용기를 내어 기필코 시도하자는 마음이 있었다. 그리고 그 기회는 항상 생각지도 못한 곳에서 찾아왔다.

처음 전입 온 부대 내에는 조그마한 군 교회가 있었는데, 그해 목사님은 성탄절 예배 포스터를 만들어 문 앞에 붙이는 것을 원하고 있었다. 당시 소대장이었던 나는 이것저것 정신도 없고 충분히 피곤했지만, 목사님에게 한번 해 보겠다고 하고서 즐거운 마음으로 작업했다. 아무리 피곤해도 내 원동력이 되었던 것은 '절대 내 재능을 썩히지 않겠다.'라는 마음가짐 하나였다. 목사님에게 감사를 받거나, 수많은 장병이 내가 만든 포스터를 보고 즐거워하는 것은 그저 따라오는 훌륭한 덤이었다.

또한, 곧 전역하는 여단장님을 위해 대대에서는 여단장님 캐리커처를 준비하고 있었는데, 나는 대대 대표로 내 소대원과 함께 합작하여 캐리커처를 만들기도 했고, 보안 포스터 경연대회에도 참가하여 육본까지 올라갈 뻔했다(아쉽게도 군사령부에서 끝났다).

보안 포스터를 디자인한 작품부대

교회 성탄절 맞이 포스터를 디자인한 작품

정말 놀랍다. 창작 활동이라고는 전혀 어울리지 않는 군대에서도 내 실력을 발휘할 수 있다는 사실이…. 정말 하고자 하는 의지만 있다면 기회는 찾아오게 되는 것일까?

이렇게 얻은 귀한 깨달음들이 곧 내 인생에 직결되어 전반적으로 영향을 끼친 것 같다.

내 창작 활동의 열정은 초급장교 시절이 끝나고도 지칠 줄 몰랐다. 나는 고군반에 들어오자마자 담임교관의 제안으로 우리 기수를 상징하는 현수막을 제작하여 내 존재감을 알렸고, 동기들과 놀러 갈 때마다 사진과 영상을 활용해 짧은 추억 영상들을 만들기도 했고, 심지어 혼자 수료 기념 영상까지 제작하게 되었다. 수료 기념 영상은 입교서부터 수료까지 한 편의 드라마 같은 영상이며, 수료식 때 공병학교장님(원스타)에게 직접 보여주는 것이다.

나는 사실 이전까지 영상 편집을 거의 안 해 봤다. 물론 대학생 때 조금 배우기는 했어도 수박 겉핥기 식으로만 배웠고, 이후에는 단 한 번도 안 해봤던 터라 아예 배우지 않은 것과 같았다. 나는 처음부터 배운다는 마음으로 많은 시간을 투자하여 혼자 에펙(Adobe After Effects)과 프리미어를 독학하며 작업해 나갔다. 상당히 많은 사진 자료들과 영상들을 편집해야 했기에 정말 보통 어려운 일이 아니었다. 영상에 들어갈 자료들을 추출하는 데만 엄청난 시간이 들었다. 하지만 작품이 조금씩 완성되어 갈수록 느껴지는 즐거움은 또다시 나를 온전히 작업에 몰입시켜 주는 큰 원동력이 되었고, 원하는 자료 없이도 작품을 빛나게 할 아이디어들을 떠오르게 만들었다. 그리고 결국 작품이 완성되었고, 그때 느꼈던 성취감은 감히 말로 표현할 수 없었다. 동기들은 물론 담임교관까지 나에게 정말 수고 많았다며 위로와 격려를 해 주었고, 그 영상을 보았던 학교장님도 야전부대 가지 말고 학교에 남아서 영상 만드는 데 힘을 써 달라며 칭찬을 아끼지 않았다. 그때의 기쁨은 아직도 생생하다.

고군반 현수막 디자인

중대장 시절 역시 마찬가지였다. 밝은 부대 분위기를 유도하기 위해 현수막을 직접 디자인하여 중대 게시판 위에 걸어 놓기도 했고, 또다시 보안 포스터 경연대회에서 사단 우수작으로 뽑혀 사단장님 상장까지 받았다. 내 재능을 알아본 대대장님은 화상회의 때 쓰일 대대를 대표하는 상징 마크를 디자인해 달라고 하기도 했다.

내 중대 병사와 같이 중대 현수막을 디자인한 작품

그 외에도 내가 끊임없는 노력을 했다는 흔적들은 아직 내 컴퓨터에 많이 남아 있다. 이 정도로 엄청난 시간과 노력을 하게 된 원동력은 단 한 가지다. 내가 창작이란 활동 자체를 좋아했고 만드는 과정에서, 그리고 그 결과에서 한없이 즐거움을 느꼈기 때문이다. 창작은 이제껏 무언가를 하면서 내가 살아 있다는 생동감을 느끼게 해 줬던 유일한 활동이었다. 창작할 때 목적 따위는 중요치 않았다. 생도 졸업 인증제 봉사활동 시간을 채우기 위해? 훈육장교나 대대장에게 인정받기 위해? 상장을 받고 싶어서? 이것들은 그저 저절로 따라오는 덤일 뿐이다.

3. 내 마음의 처방전

앞서 말했지만, 지금에서야 내가 어릴 적부터 창작 활동에 대한 즐거움을 느꼈다고 말할 수 있어도, 그 당시에는 전혀 그렇지 못했다. 성인이 되기 전까지만 해도 나는 아빠가 한심하게 볼까 봐 창작 활동들을 몰래 해 왔었고, 그나마 내 작품들을 좋아해 주는 엄마에게만 조금씩 자랑하곤 했다(아빠와 달리 엄마는 예술적인 창작활동에 흥미를 느끼는 것 같다. 내가 이런 면은 또 엄마를 닮았나 보다).

더구나 그 당시 나는 창작 활동이 정확히 뭔지도 몰랐다. 그저 '하얀 도화지에다가 그림 그리기', '조각하여 무언가 만들기'같이 보통 예술가나 화가만이 할 수 있는 활동이라 생각해 왔다. 하지만 역시 그건 내 착각이었다. 내가 어릴 때 피아노 치는 것도 창작이었고, 플루트 부는 것도 창작의 일부였다. 미로를 만드는 것과 송편 빚을 때 사람 모양을 만드는 것이나 나무젓가락을 모아서 거북선을 만드는 것, 그리고 초등학교 선생님께 제일 잘 그렸다고 칭찬받은 한지 속 토끼 두 마리 그림 역시 창작이었다. 스타크래프트 게임 맵을 만들었던 것 역시 창작이며, 대학교 이후에 해 왔던 많은 컴퓨터 디자인들 모두 다 창작 활동이었던 것이다. 만약 내가 그때부터 해 왔던 모든 것이 창작활동이고, 그런 활동들에 적성이 맞았다는 것만이라도 알았더라면 지금과 비교도 안 될 정도로 훌륭한 창작가가 되지 않았을까 하는 아쉬움이 있다.

그리고 뒤늦게서야 발견한 나의 창작 활동이 하나 더 있다. 바로 글쓰기이다. 아주 최근에 우연히? 발견한 것이지만 꽤 흥미를 느꼈다.

내가 보직해임 심의가 끝난 후 새로운 부대에서 인사과장으로 적응하고 있을 때였다. 우연히 부대 홈페이지 게시판을 보았는데 '내 마음의 처방전'이라는 게시글이 있었다. 이게 뭔가 해서 들어가 봤더니, 나와 비슷한 상황을 겪는 장병을 위해 나의 마음 건강 회복 경험을 공유하자는 의미에서 '마음 건강을 회복한 수기 공모전'을 개최한다는 내용이었다. 그리고 그 중 우수작 3건에 대해서는 '갤럭시 워치 5'와, 장려작 5건에 대해서는 '에어팟 프로'를 준다는 것이었다. 평소에 글짓기 같은 것에는 별 관심이 없던 나였지만 왠지 모르게 그 공모전에는 관심이 쏠렸다. 어차피 보나 마나 내 볼품없는 글솜씨로는 우수작에 선발되거나 상품을 받을 리 없겠지만, 그래도 한번 번아웃에서 느꼈던 소중한 감정들과 값진 교훈들을 글을 통해 제대로 표현해 보고 싶었다. 또한 내가 과거의 트라우마를 지혜롭게 극복했듯이 나처럼, 또는 나보다 더 힘든 사람이 내 글을 읽고 잘 극복하기를 위한 바람도 있었다.

퇴근하고 숙소에 돌아온 나는 노트북을 열어 이제껏 번아웃 때 겪었던 상황들과 거기로부터 느꼈던 감정들을 자유롭게 글로 써 내려갔다. 평소 내 생각을 아무렇지 않게 글로 표현했듯이, 양식에 구애받지 않고 아주 자유롭게 글을 썼다. 새벽에 조깅하다가도 아이디어가 떠오르면 돌아가자마자 글로 옮겨 담았고, 일하다가도 생각나면 메모를 해 놓고는 퇴근하자마자 글로 옮겨 담았다. 내가 이렇게나 열정적인 글을 쓰게 된 것은 단순히 우수작이나 장려작으로 선발되기 위함이 아니다. 오로지 나를 위해서, 그리고 나만큼 아픈 사람들을 위해서다. 그런데 어떻게 보면 나 자신을 위한 마음이 더 클 수도 있겠다. 나의 죽고 싶었던 감정들을 그대로 표출하면서 다른 사람들이 나를 알아줬으면 하는 욕구. 그 욕구를 풀기 위한 것이다.

그리고 결국 완성되었다. 원본 문장은 다음과 같다.

(지금 시점에서 봤을 땐 글이 너무 형편없어서 몇 번이고 반복해서 고쳤다가, 원본 자체로 안 실리면 큰 의미가 없기 때문에 결국 원본 그대로 싣기로 했다.)

제목 : 내 자신을 알라

'장교는 말이야. 그런거 하나 못참아? 병력들한테 쪽팔리지도 않아? 장교니까 당연히 참고 해야지!'

생도시절 때부터 매일 내 자신에게 내던지는 말이다.

하지만 이번만큼은 정말 참을 수가 없었다. 이렇게 참고하다가 스스로 위험한 선택을 할 것 같았다.

몇일간 혼자 방에 갇혀 고민하고 또 고민하다 용기를 내어 군 생활

처음으로 지휘관에게 내 상태를 보고를 드렸고 정신의학과에 한번 가 보기로 했다.

평소 혹독한 장교상을 가지고 생활해 온 나에게는 정말 대단히 힘들고 또 용기있는 선택이었다.

참고로 나는 수십명의 병사와 간부를 관리하고 있는 중대장이고 처음도 아닌 2차 중대장이다. 심지어 중대장으로 보직한지 2주도 안되었다.

보통 사람들은 정신병원이라고 하면 쇠살창 안에 소리지르고 발작하는 사람들을 가둬 놓는 무서운 곳이라고 생각할 수도 있다. 나 역시 정신이 이상한 사람들만 가는 곳인지 알았다. 하지만 생각해보면 정신이 이상하지 않은 사람이 어디있겠냐 생각이 들었다.

병원까지 가려면 50분이나 걸리고 진료비도 싼 편은 아니다. 처음에는 이렇게 시간과 돈을 투자할 필요가 있을까?라고 생각했지만 곧 생각이 바뀌었다. 고작 상담으로 위로받고 약물 치료하겠지라고 생각한 것과 달리 정신의학과는 나 자신을 알아가는 철학학교만큼 소중하고 가치있는 곳이였다.

모든 사람들은 태어날 때부터 작은 철학자라는 말이 있다. 즉, 인생은 죽을 때까지 나에 대해서 알아가는 과정이라는 것이다. 단순히 자신이 좋아하는 취미나 좋아하는 음식을 알아가는 것이 아니다. 내가 왜 아까 당신에게 화를 냈는지? 내가 왜, 무엇 때문에 힘들어 하고 좋아하는지? 진정한 나를 이해하고 나를 위하는 것이 무엇인지 제대로 아는 것이다. 나 자신을 모르고 산다면 결국에는 지금 나처럼 크게 좌절할 일이 반드시 있을 것이다.

가서 상담도 받으면서 종합심리검사도 했다. 나는 그 전까지만 해도 당연히 나는 성숙한 사람이고 독립적이다라고 믿어왔지만 진단결과는 정 반대로 미성숙하고 의존적인 사람이라 나왔다. 결과에 대해서 실망도 하고 의심도 했지만 받아들이기로 했다. 그리고 지금은 내가 더 이상 창피하지 않고 남들이 어떻게 생각하든 관심을 끄고 살기로 했다. 누군가 나에게 칭찬을 하던 질책을 하던 나는 나고 당신은 당신이다. 나에게는 큰 변화였다.

내가 만약에 정신의학과에 안갔더라면 나에 대해서 정밀하게 진단을 받을 수 있었을까? 아마 평생 나는 성숙한 사람이니까 아무리 힘들어도 극복할 수 있어 라고 자신을 속이며 불행하게 살 확률이 높을 것이다.

여러분은 병원에 갈 정도인가? 아니다. 여러분은 병원에 갈 정도로 정신이 이상하지 않다. 하지만 자신을 제대로 알지는 못할 것이다. 내가 왜 힘들어 하는지, 왜 죽고싶은 마음이 드는지 알고 싶다면 반드시 나 자신에 대해서 알아야 한다.

나 자신을 알려고 꼭 정신의학과에 다닐 필요는 없으나 반드시 2가지는 마음 깊이 새겼으면 좋겠다.

우선 용기이다. 미움 받을 용기. 내가 중대장으로 보직된지 2주도 안돼서 너무 힘들다고 지휘관에게 보고드린 것은 정말 쉬운 것이 아니었다. 대대장이 뭐라고 생각할까? '저 자식은 온 지 2주도 안돼서 뭐한게 있다고', '저런 나약한 자식이 장교야?'라고 생각하지 않을까? 만약 그렇게 생각한다 하더라도 그렇게 미움받을 용기를 가져라. 그러한 용기를 가지지 못했더라면 지금 나는 이 세상에 없을 수도 있다.

두 번째는 편견을 버려야 한다. 병사는 이해하고 간부는 참아야 한다라는 것은 정말 잘못된 편견이다. 간부는 아이언맨이 아니다. 간부도 솔직한 감정을 표현해야 살 수 있는 것이다. 또한 초급간부와 고급 간부, 병장과 이등병도 마찬가지다. 오히려 고급간부나 병장들이 이러한 편견 때문에 더 힘들 것이다.

지금이라도 늦지 않았다. 언제까지 남들의 시선을 의식하고 자신을 속이며 살 것인가? 정말 나 자신이 누구이고 무엇을 원하는지 진심으로 알고 싶다면 용기를 내어 한 발짝 다가가라. 여러분 자신을 올바르게 알고 여러분의 세상을 살아가기를 소망한다.

그리고 2주 후 나에게 문자 하나가 도착했다.

'내 마음의 처방전 수기 응모에 감사드리며 장려작으로 선정되셨음을 알려드립니다. 경품은 작성하신 주소지로 발송 예정입니다. 감사합니다.'

공모전에서 장려작을 받아 등록된 주소지로 에어팟 프로를 배송했다는 문자였다.

순간 내 눈을 의심했다. 정말 믿기지 않았다. 정말로 나에게 온 문자인가? 내가 정말 당첨되었다고? 정말 날아갈 듯 기뻤다. 생애 첫 풀코스(42km)마라톤을 완주할 때만큼 '내가 해냈다'는 느낌이 들었고, 짜릿한 도파민이 머리끝까지 치솟았다. 온 동네방네 소리 지르며 자랑하고 싶었다. 그 순간 어쩌면 나에게 꽤 쓸 만한 글쓰기 재능이 있을지도 모른다는 생각이 들었다.

지금 생각하면 이런 '초보 티' 풀풀 풍기는 글이 장려상으로 채택되었다는 것은 조금 이해가 되지 않는다. 그래도 글쓰기를 평생 안 해 본 사람이 쓴 거 치고는 잘 쓴 것으로 보이지만, 창피할 정도로 맞춤법도 틀리고 글의 흐름 역시 부자연스럽고 어눌해 보인다. 아마 공모전 심사관은 글쓰기의 기술적 측면보다 글 속에 들어 있는 내 진심 어린 마음을 그대로 받아들인 것 같다. 하지만 그것 또한 어디인가? 글만으로 다른 사람에게 진심은 전해 감동을 줄 수 있다는 것이.

4. 독서하던 생도

그러고 보면 참 신기하다. 고등학교 때부터 언어영역을 진작에 포기해 일명 '언포'라고 불리었던 내가, 책을 읽는 사람을 한심하다고 생각했던 내가 글쓰기 공모전에서 장려상을 받은 것은 정말 이상할 정도이다(게다가 지금은 책까지 집필하고 있다). 과연 무슨 일이 일어났던 것일까.

어릴 적 나는 글쓰기는 물론 글을 읽는 것조차 싫어했다. 학원 선생님이 나에게 '넌 문제가 3줄 이상 넘어가면 안 읽는구나!'라고 할 정도였다. 글 자체만 봐도 어지러울 정도였다. 그러니 중고등학교 때 언어, 사회, 역사는 가장 기피하고 싶은 과목이었고 이과를 선택한 것도 단순히 그런 과목들을 피하기 위해서다. 내가 글을 싫어했던 이유는 아마 눈으로 글을 보고 머릿속으로 이해하는 과정 자체가 더없이 귀찮고 힘들었기 때문일 것이다. 내 주변 환경 역시 마찬가지다. 엄마, 아빠, 형이 독서하는 모습은 단 한 번도 본 적이 없다. 독서를 하라고 권유받은 적도 없다(딱 한 권 기억난다. 『누가 내 치즈를 옮겼을까』 라는 책은 내가 중학생 때 아빠가 권유한 것 같다). 집에서뿐 아니라 학교, 학원에서도 마찬가지였다. 교과서나 문제집, 영어 단어장만 주야장천 보라고만 했지 독서하라고는 전혀 들은 적이 없다. 그러니 자연스럽게 독서하는 것을 멀리할 수밖에 없었고, 결국 독해력, 표현력, 논리력, 인내력과 스스로 생각하는 능력마저 떨어져 갔다. 글을 읽으며 다양한 견해들을 보고 판단할 줄 알아야 하는데, 누군가 하는 말, 부모든 선생님이든 친구들이든 그들이 하는 '말'만 그대로 맹신하고 그들의 한마디에 쉽게 휘둘리는 성향으로 성장한 것이다(지금의 나로서는 어릴 때 독서를 안 한 것이 한이다). 그리고 나는 독서를 그저 지루한 취미생활로 여겼으며, 심지어 독서하는 사람을 시간을 낭비하는 한심한 사람으로도 봤었다. 그 시간에 영어 단어나 수학 공식을 외우면 외웠지, 왜 재미없는 독서로 시간을 낭비하냐는 것이다. 차라리 게임이나 운동을 하면서 확실하게 스트레스를 푸는 게 더 현명하다고 느낄 정도였다.

이랬던 내가 독서에 푹 빠지게 된 계기가 있었다.

생도 3학년 때였다. 같은 소대에 한 동기가 있었는데, 그 동기는 참 신기했다. 볼 때마다 항상 도서관이나 생활관에서 책을 읽고 있었다. 책을 혐오하는 나로서는 그 동기를 도무지 이해할 수 없었다. 그럼에도 그 친구는 어김없이 항상 책을 읽었다. 5분, 10분 자투리 시간을 이용해서라도 책을 읽었고, 심지어 잠을 잘 시간도 부족한 훈련 기간에도 책을 놓지 않았다. 정말 이상하다 못해 신기하기까지 했다.

'책을 읽는 게 자신의 수면을 줄일 정도로 가치가 있을까?'

나는 조금 궁금해졌다. 나도 그 동기를 따라 책을 한번 읽어 보고 싶은 욕구가 생기기 시작했다. 당시 생활관 건너편에는 작은 북카페가 있었는데, 책이 그리 많지는 않았지만 그래도 책을 읽기에는 충분했다. 책 중에는 400페이지가 훌쩍 넘어가는 두꺼운 책들도 있었고, 그림 위주로 200페이지 정도 되는 얇은 책들도 있었다. 뭐부터 읽어야 하나 둘러보다가 최대한 거북함이 없는 책, 쉬운 책들을 찾아보았다. 그렇게 한참을 찾다가 겨우 한 권을 집어 들었다. 『바보 빅터』라는 책이었다. 그렇게 어려워 보이는 책도 아니고 분량도 얼마 안 돼 읽기로 결심하고 펼쳐 보았다. 줄거리는 대충 이렇다.

빅터라는 사람이 있었는데 그는 어릴 적부터 말더듬이였다. 정신과에서는 보통 사람보다 지능이 낮다고 할 정도로 부족해 보이는 아이였다. 학교 선생님은 좀 모자라 보이는 빅터를 보며 IQ가 73이라는 것을 발설하게 되었다. 그 후부터 아이들은 '바보 빅터'라 불렀고 그를 놀리며 괴롭히기 시작했다. 점점 더 괴롭힘이 심해지자 빅터는 견디지 못해 자퇴를 하게 되었다. 그 이후로 낮은 자존감으로 자신의 숨겨진 재능을 발휘하지 못하고 살던 중, 이를 알아본 선생님을 만나게 된다. 그 선생님 덕에 자존감을 되찾고 재능을 발휘하였다. 그리고 결국 유명한 최고경영자(CEO)가 되었다. 그때 그가 우연히 알게 된 것은 자신의 IQ가 73이 아니라 173이었다는 것이다. 하지만 빅터는 어릴 적 IQ를 잘못 발설한 선생님을 탓하지 않았다. 그저 주변에서 불러 주는 '바보'에만 집중하며 내 안에 있는 '천재'를 못 끄집어낸 자신을 탓했다.

생각보다 흥미로웠다. 내용도 그리 어렵지도 않아 이해도 잘 되었다. 한 편의 영화를 보는 느낌이었다. 읽다가 중간중간에 마음속으로 '아이고', '헉!', '아하!', '와~'를 반복하며 볼 정도로 몰입감 있게 보았다. 특히 읽는 도중에 책이 주는 교훈을 느끼게 될 때면 나도 모르게 행복감에 젖어 들었다. 꼭 책 속 이야기가 내 이야기인 것 같고 책의 저자가 나를 위해 쓴 책 같았다.

『바보 빅터』 책은 처음 독서하는 나에게서 정말 완벽한 책이었다. 덕분에 그토록 책을 싫어했던 내가 처음으로 독서에 관심 갖게 된 것이다. 흥미를 붙인 나는 그 기세를 몰아 한 권 두 권씩 더 읽어 나갔다. 하지만 모든 책이 바보 빅터처럼 술술 잘 읽히며 교훈이 있지는 않았다. 도저히 이해할 수 없는 어려운 책들도 있었고, 이게 책이 맞나 의심이 될 정도로 성의 없는 책들도 많았다.

한편 일반학기 과목 중에는 군대와 윤리라는 철학 과목이 있었는데, 공부를 하면서 '군인의 살인은 합법적인가', '인간이 추구하는 행복', '중용' 등에 관한 책들을 직접 찾아 읽어 보기도 했다. 그런 종류의 책들은 내가 처음에 읽었던 『바보 빅터』 같은 책보다는 다소 어려웠지만, 그래도 인내심을 가지고 읽어 보면 생각보다 어렵지도 않고 이해하면 할수록 더욱 흥미로웠다. 은근히 나는 이런 철학 책들에서 더욱 흥미를 느낀 것 같다. 인간의 본능을 파고드는 느낌이랄까. 어릴 적부터 엄마가 나에게 개똥철학이라고 말한 것들을 보면 아마 내가 진작 이런 철학 분야에 관심이 있었을지도 모른다.

특히 이런 철학 책들은 다른 책들에 비해 좀 더 집중해서 읽어야 했지만, 그로 인해 하루 종일 무얼 할 때마다 그 책 내용들이 떠올랐다. 화장실에서 용변을 볼 때도 생각나고, 아침에 조깅할 때도, 출근해서 일을 할 때도 마찬가지로 그 책의 내용들이 떠올라 나름대로 책의 저자가 주장하는 내용이나 삶의 지혜, 교훈들을 내 삶에 적용시키고자 하였다. 특히 사람들에게 말을 할 때 나도 모르게 책 저자가 주는 메시지를 그대로 전하기도 하였다. 그 순간만큼은 책의 저자가 내 몸에 들어와 대신 말을 해 주는 것 같은 느낌이다.

내가 중대장 시절에 있었던 일이다. 내가 "이번 전술 훈련은 멀리 떨어져 있는 훈련장에서 2박 3일 진행할 겁니다."라고 했을 때, 몇몇 간부들은 샤워 시설도 넉넉지 않고, 식사를 추진하기도 어려워 영내에서 하자고 반발했다. 그러자 나는 "적지와 유사한 환경(어려운 환경)으로 깊숙이 들어갈수록 장병들은 어쩔 수 없다고 생각하며 더욱 실질적으로 훈련에 임하게 될 것입니다. 하지만 자신들의 생활관 바로 앞(편한 환경)에서 훈련한다면 마음이 흐트러져 제대로 된 훈련이 안 될 것입니다."라며 내가 읽었던 손자병법 책 속 '손자'가 직접 맞받아쳐 줬다. 또한 부대 간부 중에 분위기를 흐리는 간부가 있었는데, 많은 간부가 다른 부대로 전출 보내야 한다고 주장했었다.

대대장님조차 데리고 있으면 힘들지 않겠냐며 나에게 전출을 제안했을 때, 내 속에 있던 사회계약론의 저자 장자크 루소는 "아무리 나쁜 행동을 하는 인간이라 할지라도 전혀 쓸모없는 것은 아닙니다. 심각하게 해를 끼치는 인물을 제외하고는, 다른 사람들에 대해 본보기를 보인다는 구실로 조직에서 추방할 권리는 어느 누구에게도 없습니다."라고 대신 말해 주었다(그런데 모난 내 부하를 다른 곳으로 보낸다면, 과연 그 조직은 좋은 분위기를 유지할 수 있을까? 정말?). 특히 내가 가장 힘든 순간마다 내 마음속 하나님께서는 '나의 가는 길을 오직 그가 아시나니 그가 나를 단련하신 후에는 내가 정금같이 나오리라(욥 23)', '두려워하지 말라 내가 너와 함께 함이라 놀라지 말라 나는 네 하나님(나를 창조하신 분)이 됨이라 내가 너를 굳세게 하리라 참으로 너를 도와주리라 참으로 나의 의로운 오른손으로 너를 붙들리라(이사야 41)'라고 말씀하시며 나의 마음을 굳건하게 다져 주셨다.

5. 성장의 즐거움

그런데 사실 책 읽는 과정 자체에서도 충분히 기쁨을 느낀다. 글자를 이해하는 마나(에너지)를 쏟는 행위가 왜 기쁜지는 정확히 모르겠지만, 잘 생각해 보면 아마 이게 바로 성장의 기쁨 덕분이지 아닐까 싶다. 여기서 성장의 기쁨은 새로운 것을 깨달아 자신의 지식과 지혜의 수준이 성장할 때 느끼는 기쁨이다. 철학자나 수학자, 과학자들이 끊임없이 탐구하다가 '유레카'라고 외칠 때 자신도 모르게 나오는 기쁨, 바다 끝으로 가면 절벽이 있어 떨어져 죽을 것이라고 믿었던 눈이 먼 시대에서도 두려움을 극복하고 끝없이 항해하다가 신세계를 발견했을 때 미어터져 나오는 기쁨.

동굴 속 죄수들

출처: https://worldwidekitsch.com/news-articles/truth-platos-allegory-cave/

플라톤의 『국가』라는 책에서 '동굴의 비유'라는 이야기가 있다. 거기서는 이데아 세계라는 진짜 세계와 우리가 느끼고 있는 현실 세계로 구분 짓는다. 그리고 현실 세계는 이데아 세계라는 진짜 세계의 그림자로 표현하고 있다.

> 한 캄캄한 동굴 속에는 태어날 때부터 온몸이 묶인 채 살아가고 있는 죄수들이 있다. 그들은 포박으로 인해 감히 고개를 돌릴 수도 없고 앞만 보게 되어 있다. 그리고 이들 뒤편에는 횃불이 활활 타오르고 있어 그들은 동굴 벽에 비친 다른 이들의 그림자만 볼 수 있다.
> 이들은 평생 그 그림자만이 진짜 세계라고 믿으며 살아갈 것이다. 왜냐하면 한 번도 동굴 밖을 본 적이 없기 때문이다.

플라톤은 이러한 죄수들과 같이 우리 역시 바로 눈앞에 펼쳐진 세계가 실재한다고 믿지만, 그것은 결국 동굴 벽에 비친 그림자와 같은 환영일 뿐이라고 주장한다. 절대적이고 불변하는 진짜 세계인 이데아는 현실 저편에 있고 우리가 보고 있는 현실 세계는 단지 이데아의 그림자일 뿐이라고.

여기서 말하는 현실 세계니 이데아 세계니 그런 건 그리 중요하지 않다. 진짜 중요한 건 동굴 속 죄수들(우리들)은 그저 자신의 눈에 비치는 그림자 같은 것들만이 삶의 진리고 전부라고 곧이곧대로 믿고 있다는 것이다.

그저 지금 자신에게 들리는 것만, 지금 당장 자신의 눈에서 보이는 것만이 진리라고 생각하는 이 모습은 지금 우리와 크게 다를 바 없다.

만약 1,000년 전에 태어난 갓난아기를 지금 오늘날의 부모의 품에 안겨준다고 생각해 보자. 분명 그 갓난아기는 크면서 1,000년 전 시대에서는 전혀 알 도리 없는 새로운 이론들을 자연스레 습득하게 될 것이고, 또한 그걸 당연하듯 진리로 받아들이게 될 것이다. 그러고는 1,000년 전 이론들이나 또 그걸 진리라고 믿는 사람들을 보고선 한심하게 여길 것이다.

반대로 현시대에 태어난 갓난아기를 1,000년 전 부모 품으로 데려다 놓는다면, 그 아이는 크면서 당연하듯이 그 시대의 모든 이론들을 진리라고 여기게 될 것이며 그걸 또 곧이곧대로 믿으며 살아갈 것이다.

지금도 똑같다. 만약 1,000년 후의 미래 인류가 우리 모습을 본다면 똑같이 한심하다고 여길 것이다.

즉, 현재라는 동굴 속 사람들이 '1,000년 전'이라는 동굴 속 사람들을 한심하다 여기고, '1,000년 후'라는 동굴 속 사람들이 현재라는 동굴 속 사람들을 한심하다 여기는 것과 같다.

동굴 속 죄수들처럼 등불 속 그림자가 세상 전부라고 믿고, 동굴 밖에서

들어온 사람들의 진보적이고 혁신적인 이야기는 모두 거부하고 불쾌해하면서 자신들의 의견만 맞다고 주장하는 죄수들의 모습은 우리 삶 속에서도 충분히 찾아볼 수 있다. 그리고 나 역시 이런 죄수들과 다르다고 말할 수 없다.

동굴 밖에서 충분히 깨달음을 얻은 사람들은 동굴 속에 갇혀 있는 죄수들을 보면 어떤 생각이 들까. 또한 동굴 속에서 평생 그림자만 보던 죄수들이 단 한 번이라도 동굴 밖을 경험한다면, 그리고 과거에 그림자들이 이 세상 전부라고 믿어 왔던 나 자신을 되돌아본다면 어떤 감정이 들까. 그리고 새로운 진리를 깨달았을 때 그 순간에는 얼마나 기쁠까.

하지만 그 죄수가 기존에 동굴을 벗어났다 하더라도 조금 더 큰 동굴로 들어왔을 뿐 여전히 동굴에 갇혀 있기 때문에, 동굴을 여러 번 벗어난 사람들 눈에는 한심하게 보일 것이다. 세상에는 끝없는 동굴 속 동굴들이 존재하기 때문이다.

그리고 인간의 몸속에는 계속해서 동굴을 탈출하고자 하는 본능이 깊이 박혀 있다. 그래서 동굴 밖을 경험하면서 원초적인 쾌락을 느끼게 되고, 또 그 동굴 속에서 벗어나면 더 큰 쾌락을 누리게 될 것이다.

우리가 현재 살고 있는 동굴은 벌써 여러 번 동굴을 벗어난 큰 동굴이다. 아득히 먼 옛날부터 깊은 동굴 속에 살아왔던 우리의 조상들이 피나는 노력과 희생한 결과이다. 그리고 조상들은 항상 죽기 전에 동굴을 벗어나는 비법들을 적어 두고 떠났다.

바로 글을 통해서 말이다.

우리는 그 비법이 담겨 있는 글을 찾아 읽어야 한다. 그 비법 없이 동굴을 혼자 벗어나기엔 너무나 크고 단단한 쇠사슬이 묶여 있다. 아무리 재능 있는 사람이라도 혼자 이렇게 큰 쇠사슬에서 벗어날 수 없다. 나 혼자만의 생각으로 나 혼자만의 재능으로 벗어나려고 애를 쓴다면, 시대를 거스르는 헛수고에 불과하며 단순히 시간 낭비일 뿐이다. 아무리 천재적인 재능을 가진 화가라 하더라도 지금껏 인류 속의 수많은 화가가 쌓아 온 지식들과 기술들을 무시한다면 그저 낙서에 그치고 말 것이다. 그 낙서 역시 인류의 힘을 빌린 것이다. 혼자 독창적인 작품을 내어 세계적으로 인정받은 사람들도 결국 인류가 쌓아 온 지식을 기반으로 만든 작품에 불과한 것이다.

이렇듯 동굴 속 사람들은 비법을 주고받고 그 동굴에서 벗어나 다시 새로운 동굴에서도 비법을 주고받는 일들을 수없이 반복해 왔다. 비법을 글로 남기면서 말이다. 평생을 살면서 일궜던 지식들을 글을 통해 다음 세대들에게 넘겨주고, 그 세대들은 그 글을 통해 힘 하나 안 들이면서 고도의 지식을 알게 되고 그 고도의 지식에서 한층 더 높이 쌓아 올리게 된다. 그렇게 수 세대를 거쳐 저장(save)-불러오기(load) 방식을 통해 지금의 인류로 발전해 온 것이다.

나는 동굴을 벗어나고 싶다. 30년 넘게 살았던 이 동굴 밖으로 벗어나고 싶다. 그리고 더 큰 동굴을 찾아 나서는 설렘과 더 큰 동굴을 발견했을 때의 성취감을 느끼고 싶다.

인간의 유전적 요소, 원초적인 욕망을 감히 거스르고 싶지 않다.

사람은 어제보다 성장할 때 삶의 의미를 느끼고 거기로부터 기쁨을 느낀다. 만약 성장이 멈춘다면 바로 우울해질 것이다.

그리고 만약 전보다 쇠퇴한다면 큰 좌절을 맛보게 될 것이다.

2장. 행복했던 시절

1. 준비하는 자세

비록 2주 만에 보직해임이 된 내 모습이 초라하게 느껴지겠지만 나에게도 장교의 꽃이라 불리는 중대장 시절이 있었다. 감히 인생의 꽃이라고도 불리던 시절이다. 그만큼 중대장 시절은 내 인생에서 참으로 대단한 시절이고 과분한 직책이었다. 자리가 사람을 만든다는 말이 있듯, 항상 남의 눈치만 보며 의존적인 성향으로 자라온 내가 중대장 시절만큼은 남 눈치 보지 않고 살았던 것 같다.

즉, 평생 의존적인 삶을 살아온 내가 이때만큼은 나의 소신대로 살았던 것이다(너무 소신껏 지냈기에 다음 부대에서 적응을 못 한 것일 수도 있겠다).

사실 중대장이란 직책은 내가 처음 해 보는 직책인 데다가 과거에 내가 실병력들을 책임지고 지휘했던 경험은 달랑 소대장 시절뿐이었기 때문에, 두어 달 전부터 과연 잘할 수 있을까 하는 걱정이 있었다. 하지만 한편으로 기대와 설렘 역시 충분히 부풀어 있었는데, 그 이유는 아마도 소대장 때 봐 왔던 좋지 않은 군 선배 중대장들의 모습을 보며 내가 중대장이 된다면 더 올바르게 더 잘하고 싶다는 욕망이 가득했기 때문이다. 또한 (나중에 2차 중대장을 한 번 더 해야 되겠지만)그 당시 나는 중대장이란 직책은 지금 아니면 절대 경험하지 못할 인생의 단 한 번의 기회라고 여기며 최선을 다하고 싶었다.

나는 중대장 보직하기 몇 달 전부터 여러 가지 많은 노력을 하며 준비해 왔다. 시간을 쪼개어 중대 편제표를 살피며, 각 소대마다 장비들이 몇 대씩 편제되어 있고, 주특기마다 인원들이 몇 명씩 편제되어 있는지도 공부했고, 그 편제에 맞는 보직된 인원들까지도 한 명 한 명씩 파악해 나갔다. 또한 현재 보직된 분대장들은 누구이고, 관심을 가져야 하는 병사들은 누구인지, 편제 대비 몇 명이 부족한지도 파악하고, 대대 및 중대 작전 계획을 보며 국지도발 때와 전면전 때 우리 중대가 해야 하는 임무와 중대장이 직접 해야 하는 과업들에 대해서도 꼼꼼히 살펴봤다. 또한 중대장으로서 참고해야 할 대표적인 규정들과 교범들에서 필요한 부분들만 발취하여 철을 해 놓기도 했으며, 군 리더십에 관련된 책들도 많이 읽어 나갔다.

하지만 아직 군수과장을 하고 있던 터라 그렇게까지 준비할 여유는 충분치 못했다. 군수과장 역시 여기 부대에서만큼은 결코 만만한 직책이 아니었기 때문이다. 궤도 장비 및 차량들이 100대 가까이 되어 정비에 대한 총괄 책임은 물론 장비들이 영외로 나갈 때마다 항상 교통 통제를 맡아야 했으며, 우리 부대가 주둔지 경계 책임을 맡았기 때문에 주둔지 내 모든 시설물에 대한 것들을 총괄 관리해야 했고, 식당 관리는 물론 부대들끼리의 식사 시간 조율까지 신경을 써야만 했기 때문이다. 그나마 다행인 것은 군수과 부서원들이 고작 3명이 전부라서 그 부서원 중 한 명이 실수를 하거나 성실하지 못하더라도, 내가 그만큼 일을 더 많이 하면 어느 정도 커버가 가능했다는 점이었다. 또한 부서원들의 각각의 직책에 따른 임무가 뚜렷하여, 그 분야는 나보다 그 직책이 있는 부서원이 더 책임이 있기에 아무리 부서원이라 할지라도 어느 정도 각자 몫은 각자가 최선을 다하는 분위기였다. 이런 모습들을 볼 때 곧 중대장을 수행해야 하는 나에게는 굉장한 부담이었다. 중대장은 군수과장에 비해 밑에 부하들이 월등히 많고 그 부하들은 군수과의 부서원들만큼 책임 있게 일하지 않았기 때문이다. 중대 부하들이 자신의 실수로 일을 잘못 처리하거나 일을 크게 벌이게 되면 해당 중대원보다 중대장인 나에게 더 큰 책임을 물을 것이고, 그 부하 위에 책임이 있는 소대장이 있다고 할지라도 소대장은 지휘관이 아니기 때문에 나에게 더 큰 책임을 물을 것이다(소대장은 지휘관이 아니라 지휘자이다). 또한 군수과장은 온전히 일에 대한 책임이지만, 중대장은 사람에 대한 책임이 더 컸기에 더욱 크게 부담이 느껴졌다.

또한 굉장히 많은 궤도 장비들을 보유하고 있는 우리 부대 특성을 볼 때도 큰 부담이었다. 1개 중대에 수십 대의 장갑차와 공병 장비들이 있었는데, 그 위용은 정말 어마어마하다.

그 수많은 궤도 장비의 주인인 중대장을 내가 곧 맡게 될 거라는 엄청난 자부심이 있었지만 부담감 역시 만만치 않았다. 기본적으로 모든 장비는 중부재들이라 각종 수리 부속들과 정비 공구까지 상당히 무거워 까딱 잘못하면 순식간에 손가락이 날아가는 사고는 물론 사망 사고까지 날 수 있었기 때문이다. 또한 만약에 장갑차 조종수가 외부 도로를 주행하다가 실수를 한다든가 졸음운전을 했다가는 민간인 사망 사고까지 이어질 수 있다. 그럴 일이 벌어지면 내가 아무리 군생활을 잘했고 못했고를 떠나 모두 물거품이 된다.

* 출처: 국방일보

그리고 예상치 못한 부담감이 하나 더 있었다. 몇 달 전부터 내가 중대장으로 간다는 소문이 퍼지자 그 중대 병사들이나 간부들이 나를 마주치면 '정말 과장님이 저희 중대장으로 오냐'고, '잘 부탁드린다', '너무 기쁘다', '지금 오면 안 되겠냐'고 과도하게 환영하는 것이었다. 심지어 나를 찾아와 휴가를 이때 써도 되겠냐고 물어보는 병사들와 간부들도 여럿 있었고, 중요한 사안을 결정하는 문제에서도 이렇게 해도 되겠냐며 검토를 받으러 오는 간부들도 있었다. 그때마다 아직 나에게 그런 권한이 없고, 지금 중대장도 내가 아니니 말할 수 없다며 다시 올려보냈다. 나를 좋아하는 사람들이 많아 분명 기쁘고 뿌듯한 일이었지만 나는 아직 군수과장이었고 그 사람들의 중대장은 아직 내가 아니라 다른 사람이었기 때문에 더욱 부담이 컸었다. 그래도 한편으로는 나를 환영하는 사람들, 기대하는 사람들이 많아 든든했고, 이들 덕분에 모자란 여유에도 불구하고 더욱 중대장 준비를 열심히 했던 것 같다.

2. 2주 만에 벌어진 사고

그리고 때가 왔다. 이임 중대장을 보내고 새로이 나를 환영하는 이취임식이 진행된 것이다. 떨리는 목소리로 취임사를 읽어 나갔는데, 사실 내가 뭐라고 말했는지 잘 기억이 나지 않는다. 하지만 이건 분명히 기억난다.

"행복, 내가 중대장으로 온 이상 '3중대 소속이기 때문에 행복하다는 것'을 반드시 느끼게 해 주겠다."

그렇게 처음부터 행복만을 다짐했건만 결국 취임한 지 2주도 안 된 시점에서 사고가 벌어졌다. 영내에서 훈련을 하다가 궤도 장비 조종수가 광케이블을 끊어 먹은 것이다. 다행히 다친 사람도 없고 궤도 장비도 멀쩡하여 안심이 되었지만, 비싼 광케이블을 설치한 지 얼마 되지도 않았고 더구나 다른 부대 것이라 물질적, 정신적 피해가 상당했다. 이 소식을 들은 대대장님은 화가 머리끝까지 나 곧장 나를 불러 호되게 꾸짖었다.

나는 조금 억울했다. 왜 중대장인 내가 그렇게까지 혼이 나야 하는 건가? 조종한 것은 내가 아니라 조종수인데…. 게다가 나는 훈련 전에 해당 조종수에게 궤도 장비 이동 경로상 문제없다고 보고까지 받았었는데…. 그리고 더구나 먼저 간 궤도 장비는 광케이블을 잘 피해서 갔었다. 그렇다는 것은 전적으로 사고를 낸 조종수 혼자만의 잘못이 아닌가? 이래서 중대장이라 불리는 것인가? 이게 바로 장교의 숙명이란 말인가?

그래서 중대에 모든 책임을 지는 사람은 중대장이라고 불리는 것인가. 중대장이 아무것도 안 했는데 왜 책임을 지냐고 묻는다면 아무것도 안 했기 때문에 책임을 지는 것이란 말인가.

결국 나는 아무것도 안 했으면 안 됐다. 책임이 있으면 권한도 있는 법이다. 궤도 장비 조종수에게 광케이블이 있는 길로 가지 말고 다른 길로 가라고 할 수 있는 권한 말이다. 만약 부대에 총기 난사 사건이 발생하여 많은 인명 피해가 있었다면, 총기를 난사한 병사만이 책임을 지는 것인가? 그렇지 않다. 애초에 총기 사고가 나지 않도록 총기를 확인하고 관리할 수 있는 체계를 만들며 이를 개선시킬 수 있는 사람은 오직 해부대 지휘관뿐이며, 총기 난사를 일으킬 정도로 심리적으로 불안한 인원을 면밀히 식별하여 분리 조치할 수 있는 체계로 만들어 가는 사람 역시 해부대 지휘관뿐이다.

3. 소통하는 중대장

나는 아직도 처음 중대에 와서 결산 회의를 할 때를 기억한다. 20명이 넘는 간부들이 모였는데 서로 아무 말도 하지 않고 전부 굳은 자세로 억지로 나에게 집중하는 분위기였다. 회의 시간 내내 나 혼자만 말하고, 수십 명의 사람들은 가만히 듣기만 하다 회의가 끝나 버리는 것이었다. 너무도 답답한 일방적인 소통 분위기였다. 회의 도중 내가 이것을 물어봐도 그저 “예, 알겠습니다.”였고 저것을 하는 게 어떻겠냐 물어도 “예, 알겠습니다.”였다. 나를 왕좌에 앉은 왕 취급하는 것인지, 너무 불편했다. ‘어차피 모든 권한과 책임은 나에게 있으니 당신 말만 따르겠다. 그러니 그에 대한 모든 책임은 당신이 지세요.’라는 심보였던 것일까. 계속 이렇게 가다가 내가 그토록 바랐던 ‘나는 3중대이기 때문에 행복하다’라는 목표와 의지가 이루어지지 않겠다는 생각이 들었다.

내가 중대장에 취임하고 나서 가장 먼저 해결해야 할 과제는 중대 간부들과의 벽을 허무는 일이었다. 단순 나라는 사람이 아니라 '중대장이란 직책'과 부하들 사이에 있는 벽을 허무는 것이다. 당시 중대장실은 따로 없었고 큰 행정반에 가운데 중대장 책상이 있고 그 앞에 회의용 테이블이 있었다. 그리고 중대장 책상과 회의용 테이블 사이에는 서로 얼굴이 보이지 않게끔 칸막이가 설치되어 있었는데, 그냥 앉아서는 서로 얼굴을 볼 수 없었고 얼굴을 보려면 둘 중 한 명이 자리에 일어서거나 옆으로 한참 의자를 당겨야 겨우 얼굴을 볼 수 있었다.

나는 그 칸막이를 당장 뜯어 버렸다. 날계란을 땅에 박아서 세우듯이 조금 무식한 방법이었지만 내가 중대장에 부임하고 나서 가장 첫 번째로 잘한 일이었다. 단순히 칸막이 하나 없앤 것뿐이지만, 중대 간부들은 진정으로 적극적으로 소통하려는 나의 열정과 진심을 보았을 것이고, 실행력 하나만큼은 정말 대단하다고 보았을 것이다.

이처럼 난 그 무엇보다 의사소통을 굉장히 중요하게 여겼다. 그 사람과 의사소통을 안 하고 내 생각대로 일방적으로 지시하는 것은 그 사람을 신뢰하지 않는다는 것과 동일하다.

오늘날의 리더는 배의 선장이기 때문에 아무리 선장이 경험이 많고 능력이 있을지라도 노를 젓는 사람들과 제대로 소통이 안 된다면, 그 배는 절대 선장이 원하는 방향으로 갈 수 없게 된다. 자신의 의견에 반하는 선원들이 있더라도 왜 그 선원이 그렇게 말하는지 반드시 그 이유를 들어 봐야 한다. 그 선원의 의견을 따르든, 따르지 않든 판단은 그 나중 문제이다. 일단 그에게 귀를 기울여야 한다. 특히나 우리 부대는 전문요원들만 다룰 수 있는 수많은 장비가 있고 그 장비들은 부대의 전부라고 볼 수 있을 정도였기 때문에 그런 전문요원들과 원활한 소통 없이는 제대로 된 전투력을 발휘할 수 없다.

자신이 총책임자이기 때문에, 그 사람보다 계급이 높기 때문에 구성원들의 의견을 무시한다면 결국 배는 산으로 갈 것이다.

그 후 점차 변화가 일어났다. 이전과 다르게 결산회의 때도 입을 열어 다양한 의견을 제시하는 모습도 보였고, 항상 단답에 가까웠던 답변도 이전과 다르게 자신의 의견을 소신껏 답하는 모습도 보이게 되었다. 이에 자신감을 얻은 나는 나보다 아무리 계급이 낮더라도 먼저 그들에게 다가가며 그들의 의견을 경청하였으며, 자세를 낮춰 그들에게 조언을 구하고 나의 고민까지 털어놓기도 했다.

그리고 또 다른 변화는 밝은 분위기가 된 것이었다. 이전에 행정보급관 및 행정병과 중대장 외에는 행정반에 있지 않았는데, 이제는 중대 모든 간부가 자유롭게 행정반을 드나들게 되었고, 그토록 무거웠던 행정반 분위기가 점차 밝은 분위기로 변하게 되면서 다른 중대 간부들까지 자주 놀러 오게 되었으며, 그전에는 결산회의조차 참석하지 않았던 간부들 역시 회의 시작하기 10분 전부터 행정반에 앉아 있게 되었다. 이런 놀라운 변화를 몸소 느낀 많은 중대 간부들은 나에게 중대장이 되어 주셔서 감사하다며 고마워했다.

그저 벽을 허물기만 했을 뿐인데….

4. 소신 있는 중대장

비록 어렸을 때부터 의존적인 습관이 온몸에 배어 있었지만, 중대장 취임 후의 나의 핵심가치는 '소신'이라고 자부할 수 있었던 것처럼 중대장 때만큼은 정말 모든 일을 소신껏 처리했다. 소신은 사전적 의미로 '개인이 가지고 있는 확고한 믿음'이다. 나는 100명에 가까운 부하들을 현명하게 다스리는 수장이며, 그들 모두의 인생을 내가 책임지고 있다는 믿음, 남 눈치 보지 않고 내 의지대로 해야만 비로소 나에게 그들을 책임질 힘이 생긴다는 믿음. 그리고 나는 결국 이 모든 걸 해낼 수 있다는 믿음. 이러한 믿음들은 평생 의존적으로만 살아왔던 내 모습을 송두리째 바꿔 버렸다.

다행히 내가 중대장 시절 모시던 대대장님은 내가 충분히 소신껏 할 수 있도록 분위기를 조성해 주셨는데, 내가 많이 부족하더라도 충분한 신뢰와 배려해 주신 대대장님께 너무 감사하다. 대대장님의 그런 배려와 신뢰가 없었더라면 그 누구보다 자신 있게 중대를 지휘하는 나의 모습은 존재하지 않았을뿐더러, 지금의 나 역시 이런 모습으로 존재하지 않았을 것이다. 대대장님은 항상 나의 의견을 존중해 주었고 충분히 나를 응원해 주셨다. 그래서 나에게 과업들을 맡겨 주실 때 대부분 통제형 지휘가 아닌 임무형 지휘로 하셨다. 나는 그러한 신뢰에 보답하기 위해서라도 자신감을 갖고 열정적으로 중대장을 수행한 것인지도 모른다. 임무형 지휘의 핵심은 그 부하에게 신뢰를 주고 그 권한을 온전히 인정하고 맡기는 것이다. 그래야만 부하가 역량을 모두 쏟아 내어 보다 창의적으로 진가를 제대로 발휘할 수 있기 때문이다.

나는 정말 그 모든 것들에 대해 자신감 있게, 그리고 소신 있게 했다. 평정을 쓸 때도 소신껏 주었다. '평정'은 그 사람을 한 단계 위의 계급으로 진급시키기 위해 평가를 하는 것이다. 나는 본인이 그 계급에 있을 자격이 없다면 절대 진급시켜서는 안 된다고 생각했었다. 만약 자격이 없는 사람이 진급한다면 더 많은 영향력을 끼치는 주요 직책을 맡게 될 것이고, 자연스레 그 한 사람으로 인한 악영향들이 조직 속으로 스며들어 엄청난 손해를 불러일으키기 때문이다. 더구나 우리 군 조직은 단순히 이익만 추구하는 조직이 아니라 국가가 위험에 처하지 않게 미리 예방하며, 만약 위험에 처했다면 목숨을 바쳐서라도 싸워야 하는 숭고한 임무를 수행하는 군 조직이기 때문에 진급이나 평정에 있어서는 더더욱 신중해야 한다는 것이 나의 소신이었다.

따라서 나는 장기 복무를 희망하는 소대장이나 초급부사관들이라도 그러한 모습을 보이지 않고 개인적인 이익을 위해 조직에 피해를 가하는 행동을 보이면, 아무리 임무 수행을 잘하더라도 평정을 좋게 줄 수 없었다. 곧 전역하는 간부들이더라도 능력이 뛰어나거나, 조직에 헌신하는 모습이라면 그 사람에게 평정을 좋게 주었다(평정은 대체로 상대평가이기 때문에 한 사람에게 높은 평가를 하면 나머지 사람은 낮은 평가를 줄 수밖에 없는 구조이다). 진급이나 장기 복무 자료를 작성하기 위해 대대장이 나를 불러 그 간부 행실이 어떠냐고 물을 때도 나는 소신껏 포장하지 않고 직설적으로 말했다. 그게 바로 나의 소신이었고, 나는 충분히 소신 있게 평가할 수 있는 권한을 가지고 있는 중대장이었기 때문이다.

표창장이나 포상휴가도 동일했다. 아무리 진급이 코앞인 사람일지라도 조직에 헌신하지 않고 표창 대목과 맞지 않으면 그 누가 되었든 절대 챙겨 주지 않았으며, 대대장에게 건의조차 하지 않았다. 물론 병사들도 마찬가지였다.

중대장은 정치를 하는 사람이 아니라, 공무를 수행하는 사람이기 때문이다. 나의 사사로운 이득을 얻기 위한 유혹과, 연민이라는 감정 때문에 공이 없는 사람에게 평정을 주거나 표창을 줄 수 없었다.

또 한번은 조금 마음 아픈 일이 있었다. 중대 설문에서(중대장만 볼 수 있는 설문지) 병사들이 자신의 소대장에 대해 소대장 자격이 없다고 써 놓은 것이다. 나는 몹시 속상했다. 나의 오른팔을 수행하는 소대장이 자신의 소대원들에게 이런 말을 듣는 것 자체가 너무도 마음 아팠기 때문이다. 하지만 병사들은 소대장보다 약자였다. 당연히 관리자인 중대장 입장에서는 약자인 병사들 편에 서서 전체적인 사기를 진작시켜야 하는 게 올바른 선택이 될지도 모르지만, 내 생각은 달랐다. 그들의 마음의 편지에서 나의 답변은 꽤 단호했다.

'소대장을 평가할 수 있는 사람은 중대장뿐이다. 여러분은 소대장을 이렇다 저렇다 평가할 권한이 없다. 여러분의 기준에서는 소대장의 행동이 안 좋게 보일지 몰라도 중대장의 기준으로 봤을 땐 소대장으로서 옳은 행동을 한 것일 수도 있다. 그러나 드러나는 소대장의 잘못은 중대장이 판단하여 적절하게 조치를 하겠다.'

(지금 보면 수십 명의 병사들의 비난을 받을 생각을 하고도 어떻게 이렇게 단호한 답변을 주었는지 참 놀랍기만 하다.)

그렇다고 내가 병사들의 입장을 하나도 고려 안 한 건 아니다. 나는 충분히 그 병사들과 얘기를 하여 그들의 입장을 들어 보고, 또 소대장을 따로 불러 그의 입장을 충분히 들어 보았다. 그러고 나서 소대장으로서 마땅히 잘한 부분에 대해 칭찬을 해 주었고, 잘못된 부분에 대해서는 지적을 해 주었다. 그러고는 만약 병사들이 네가(소대장이) 마땅히 잘한 부분에 대해서 계속 문제를 삼는다면 엄중히 처벌할 테니, 지금처럼 자신감을 잃지 말고 소신껏 하라고 용기를 북돋아 주었다. 나는 소대장이 비록 소위라 할지라도 나의 분신이라고 생각하고 그들을 존중한 것이다.

소대장들이 중위로 진급할 때 선물로 주었던 머그컵.
모두 직접 디자인하여 만들었을 정도로 굉장한 정성이 깃든 선물이다.

또 언젠가 나는 예전부터 고집해 오던 전통적인 회의 시스템을 소신껏 바꾼 적이 있었다. 거의 대부분 부대가 그렇듯 중대의 모든 회의는 모든 중대 간부가 참여한다. 그렇다 보니 내가 회의 때 지시를 하면 소대장은 '내 부소대장이 들었겠지.' 하고, 또는 '내 분대장이 들었겠지.' 하는 등, 크게 관심을 갖지 않았다. 나 또한 자연스럽게 보다 일을 효율적으로 지시하기 위해 소대장에게 직접 지시하지 않고, 실제 일을 시행하는 소대 간부에게 직접 지시할 때가 많았다. 그렇게 되면 그 소대 간부는 소대장을 건너뛰고 중대장하고만 의사소통을 하려고 하는데, 그러다 보면 소대장과 그 소대 간부의 지휘 관계가 어설퍼진다. 또한 대대회의가 끝나면 중대회의를 하는 것처럼 중대회의가 끝나면 소대회의를 해야 하는데 전혀 그런 모습들이 보이지 않았다. 이러다 보니 소대장이 소대 간부에게 지시하는 명분이 사라지게 되며, 소대장은 더욱이 소대를 장악하기 어려워지는 것 같았다(소대장도 자신에게 부여된 임무를 분석하고 소대 간부들에게 과업을 분담해 주는 모습이 가장 바람직하다).

그래서 나는 또 다른 시도를 해 보았다. 결산 회의는 나와 소대장들만 모여서 하는 것이었다. 소대장이 부재중인 경우 어쩔 수 없이 부소대장이나 분대장(간부)이 참석했지만, 되도록 소대장들과만 소통하려고 노력하였다.

그리고 며칠 후 부대에 큰 변화가 찾아왔다. 이전과 다르게 회의 때 소대장들은 내 말을 하나하나 꼼꼼하게 새겨들으며 메모하기 시작했고, 이해 안 되는 부분에 대해서 이해될 때까지 끊임없이 질문하기 시작했다. 듣는 사람이 소대 간부 중에 본인밖에 없으니 저절로 사명감이 생긴 것이다. 또 전에는 하지도 않던 소대 결산을 하는 모습들이 보였다. 그것도 소대장 중심으로 말이다. 어쩌다 한 번씩 소대장에게 작업을 지시받은 소대 간부가 나를 찾아와 작업을 이렇게 진행하는 게 맞냐며 묻기도 했지만, 난 단호하게 소대장에게 물어봐야지 왜 중대장한테 물어보냐며 그냥 돌려보냈다. 이러다 보니 경험이 많고 실력이 있는 부소대장도 경험이 없는 소대장의 말에 집중하기 시작했다. 그럼에도 능숙하지 못한 소대장을 답답해하는 몇몇 간부들이 있었지만, 나는 그럴 때마다 소대장을 더 높이 치켜세워 주고 조언을 해 주었다(하지만 중대가 비교적 소규모이거나 상황에 따라서는 전 간부가 회의에 참석하는 것이 더 효율적인 방법이 될 수 있다).

나는 단결활동도 자주 시행했었는데, 내가 주도한 단결활동은 보통 모두가 아는 체육대회가 아니었다. 보통 부대에서 하는 단결활동은 축구와 족구 같은 인기 있는 구기종목에서 우승하는 재미를 얻기 위함이지, 자세히 들여다보면 진짜 단결의 모습이 드러나 있지 않다. 오히려 잘하지 못하는 사람들과 그 종목에 관심 없는 대부분의 사람들은 배척이 되기 마련이고,

특히나 소대장이 운동을 잘하지 못해 그들 때문에 경기에서 지게 된다면 단결은커녕 엄청난 역효과가 일어난다.

그러기에 나는 단결활동 계획 하나를 짜더라도 훈련 계획을 짤 때만큼 엄청난 마나(에너지)를 쏟았다. 어떻게 하면 다 같이 즐기며, 진정한 단결이 일어날지 고민한 것이다.

즉, 나의 단결활동의 개념은 모든 중대원이 '다 같이' 즐겨야 하는 것이며, 그 안에서 '소대장 중심'으로 단합할 수 있어야 한다는 것이 핵심이었다. 내가 생각하는 단결활동은 단순한 체육대회가 아니었다. 나는 그래서 축구, 족구뿐 아니라, 소대 전체가 참여하는 각 소대 계급별 이어달리기나, 소대가 팀을 이루는 닭싸움, 소대장이 왕이 되어 진행하는 소대 대항 기마전을 시행했었고, 여기서 이긴 소대에게는 축구나 족구에서 이긴 소대보다 더 많은 포상과 표창들을 주었다. 특히 기마전은 모든 병력이 무척 재미있어했는데, 자신감이 부족한 소대장 역시 자신이 왕이었기에 그때만큼은 자신감이 넘쳐 보였고, 즐거워했다.

소대장이 왕이 되어 소대 대항전 기마전을 벌이고 있는 모습

이러한 활동적인 종목뿐 아니라 정적인 것을 좋아하는 중대원들을 위해서도 많은 노력을 했는데, 마이크 앰프를 설치해 중대 노래자랑을 하거나, 해설자까지 붙여 핸드폰 게임(리그오브레전드, 카트라이더 등) 대회를 열거나, 단합을 주제로 한 포스터 만들기, 글짓기, 시 쓰기 등 여러 가지 공모전을 개최하였다. 이것들을 한 이유는 물론 소외되는 병사들을 없애고 모든 중대원이 즐기기 위함도 있었지만, 자신도 마음만 먹으면 비록 군대에 있을지라도 자신의 재능을 발휘할 수 있다는 생각을 일깨워 주기 위함이다. 어쩌면 자신의 재능이 뭔지 모르는 병사들도 이런 활동들을 통해 찾을지도 모를 일이다.

5. 개인의 문제인가

문제가 발생했을 때 과연 개인의 문제로 볼 것인가? 조직의 문제로 볼 것인가?

이 문제에 대해서는 무조건 어떤 게 맞고 어떤 게 틀렸다고 말할 수 없다. 하지만 나는 중대라는 하나의 조직을 운영하고 있는 지휘관이었기 때문인지, 조직의 문제라고 좀 더 여기고 조직의 체계를 올바르게 개선하지 못한 운영자의 잘못으로 여겼다.

아프면 병원에 가서 무슨 병인지 알아야 하는 게 우선이다. 무슨 병인지만 알아도 50% 해결했다는 말도 있지 않은가. 따라서 조직 운영자는 해당 조직이 지금 무슨 병에 걸려 있는지, 진짜 조직을 아프게 하는 근본적인 원인이 무엇인지 찾아내는 것이 굉장히 중요하고 그 무엇보다 우선적으로 해야 한다. 그리고 그 근본적인 원인을 찾기 위한 행동 중 가장 우선적으로 해야 할 일은 '있는 그대로 관찰하기'이다.

군대는 전투를 수행하기 전에 반드시 '전투준비태세'를 거쳐야 한다. 전투준비태세란 전투를 수행하기 전에 전투준비를 하는 것인데, 가장 중요한 것은 바로 '시간'이다. 전투준비태세가 정해진 시간 내로 완료되어야 비로소 다음 임무들을 순차적으로 수행할 수 있으며, 그 어떠한 적보다 더 먼저 유리한 곳을 점령할 수 있기 때문이다. 만약 전투준비태세가 1시간만 지연되더라도 그 손해는 수십 배 이상이 될 것이다.

하지만 내가 중대장 취임 전부터 중대의 전투준비태세는 항상 기준 시간을 초과했다. 나는 곧장 문제점을 개선하고 싶었지만, 중대장 역시 전투준비태세 때 고유의 임무들을 수행하기 바빴기 때문에 신경 쓸 여력이 없었다. 그러고는 전투준비태세 훈련이 끝나면 병력들을 다 모아 놓고 왜 이리 시간이 초과되었냐며, 다음부터는 좀 더 빠르게 움직이라고 호통만 쳐 댈 뿐이었다. 그리고 또 다음 전투준비태세 때도 어김없이 시간이 초과되었고, 근본적인 문제도 모른 채 반복해서 야단만 쳐 댔다.

이러다가 안 되겠다 싶어 방법을 조금 바꿔 보았다. 나는 정말 중요한 훈련이 아닐 경우에는 같이 훈련에 참여하지 않고 수첩을 꺼내 중대원들이 어떻게 움직이는지 관찰하였다. 처음에는 본인이 훈련시켜 놓고 왜 가만히 있냐며 눈치받을까 하는 두려움도 있었지만, 문제를 해결하기 위해서는 그 두려움 역시 극복해야 했다. 그리고 결국 나는 전투준비태세를 할 때마다 왜 자꾸 시간이 초과되는 것인지 하나씩 보이기 시작했다.

가장 큰 문제는 잘못된 대검 불출 체계였다. 전투준비태세 때는 개인마다 총기와 함께 대검도 불출해야 했는데, 우리 중대는 대검을 꺼내기도 힘든 구석진 캐비넷 안에 따로 이중 잠금으로 보관되어 있었고, 더구나 대검을 불출할 때면 어느 한 간부가 출석부를 부르듯 한 명 한 명씩 이름을 체크해 가며 불출하고 있었으니, 당연히 시간이 초과될 수밖에 없었다.

그것보다 문제는 나머지 인원들이었다. 행정반은 그리 크지 않아 모든 인원을 한꺼번에 불러 모아 불출하지도 못했기 때문에, 차례대로 한 개 분대씩 불러 줄을 세울 수밖에 없었다. 따라서 불출의 순서를 기다리고 있는 병사들은 어쩔 수 없이 생활관에 앉아 주야장천 대검 받기만을 기다리고 있어야 했다. 빨리 이동해서 물자를 적재해야 할 시간도 부족한 상황인데 고작 대검 하나 불출받겠다고 생활관에 옹기종기 모여 시간만 허비하고 있으니, 참 어이가 없었다. 도대체 왜 그렇게 하는지 물어봤더니 예전에 훈련하다가 대검 하나를 잃어버렸는데, 대검에는 일련번호가 없어서 누가 잃어버린 지 범인을 못 찾았다는 것이다. 다시 생각해도 어이가 없었다. 고작 그깟 이유 하나로 이렇게나 비효율적으로 대검을 불출하면서 진짜 중요한 과업들을 수행하지 못하고 있다니, 무엇이 문제일까. 틀에 박힌 평가 항목들과 쓸데없는 고집만 피우는 부대 사람들 덕분일까. 한숨만 나왔다.

나는 이를 꼭 해결하고 싶었다. 그리고 이를 해결할 수 있는 것은 오로지 지휘관인 나뿐이라고 믿었다. 문제를 해결하기 위해서는 보다 본질적으로 접근해야 했다. 일련번호가 없는 대검을 잃어버릴 걱정조차 안 하고도 빠르게 불출할 수 있는 방법. 나는 여러 가지를 고민해 보았다. 대검마다 일련번호를 붙일 생각도 해 보고, 대검을 부대 이동하기 직전에 장갑차 안에서 불출하는 것도 생각해 봤다. 그리고 그렇게 생각해 낸 각각의 방법들을 노트에다가 적어 장점과 단점을 비교해 보기도 하고, 주변 간부들, 심지어 병사들한테도 이건 어떻고 저건 어떠냐고 물어보기도 했다.

끝없는 고민 끝에 떠오른 아이디어는 CCTV로 비추고 있는 총기함의 총기 위에다가 대검을 같이 보관하는 방법이었다. 어차피 총기는 개개인 각자가 꺼내러 행정반에 들어오는데 그때 동시에 자기 총기에 있는 대검을 가져가기만 하면 되는 것이었다. 대검은 철 성분이고 그렇게 무게가 많이 나가지 않아서 강력 자석을 총기함 천장에 붙여 놓으면 해결되었다. 이렇게 되면 총기와 같이 대검 자리도 분명하게 정해져 있고 총기함은 매일 여러 번 실셈을 하기 때문에 훔쳐 간다고 해도 CCTV를 통해 금방 찾을 수 있는 것이다. 기존에 대검 보관했던 곳은 CCTV도 없고 대검 수량을 파악하지도 않기 때문에 결국 이전의 도난 문제도 해결하고, 총기 꺼낼 때 대검도 같이 들고 나가기 때문에 시간 또한 절약할 수도 있었다. 뿐만 아니라 대검 불출하는 데 신경 쓰던 간부들도 다른 곳에 신경을 쓸 수 있었고, 행정반도 크게 붐비지 않기 때문에 더 효율적으로 각자의 전투준비태세를 할 수 있었다.

또 하나의 체계를 개선한 적이 있었는데, 내가 처음으로 엑셀을 파고들었던 계기가 되기도 했다.

일반적으로 부대 생활관 문 앞에는 '생활관 편성표'라고 생활관 자리마다 계급과 성명이 적힌 표를 붙여 놓는다. 그 이유는 생활관 또한 전투준비태세 공간이기 때문에 누가 어디 생활관에 있는지 한눈에 보여야 원활한 통제가 되며, 야간에 후번 근무자를 깨울 때도 용이하기 때문이다. 하지만 생활관 인원들이 수시로 변할 때도 있고 주기적으로 진급을 하기 때문에 자주 교체해 주어야 하는 수고스러움이 있다.

어느 날 나는 생활관을 쭉 돌아보다가 내 무전병이 있는 생활관 편성표를 보고 충격을 받았다. 내 무전병이 상병이 된 지 한참이나 지났는데도 불구하고 아직 일병으로 표기되어 있던 것이다. 심지어 다른 게시물에는 이등병으로 표기되어 있었다. 나는 곧장 행정반에 가서 행정병에게 계급이 상이해서 수정해야 할 것 같다고 말하니까 행정병은 죄송하다며 금방 수정하겠다고는 바로 컴퓨터 앞에 앉았다. 그리고는 정신없이 해당 파일을 찾는 듯했는데, 관리하는 파일이 너무나 많아 한참이나 걸렸다. 무슨 파일들이 그렇게도 많은지 살펴보니 모두 행정 업무에 꼭 필요한 파일이었다. 행정병 본인도 자신이 관리하는 파일들이 너무 많아 혼란스럽다는 것은 충분히 느끼고 있었지만, 행정병이라면 이 정도 파일쯤은 관리해야 한다고 나름 자부심을 느끼고, 또 그 전 행정병들도 계속 해 왔던 일들이라 크게 개선의 필요성을 느끼지 못하는 듯했다.

별수 없이 항상 매달 진급하는 병사들이나 전입 오는 신병들이 있으면 이 10개가 넘는 파일들을 일일이 열어 보면서 수정할 수밖에 없었다. 그러다가 실수라도 하게 되면 여러 명의 간부들에게 혼나기 일쑤였다. 더구나 그 행정병은 오로지 그것만 하는 것도 아니기 때문에 매일 정신없는 일과 속에서 실수를 안 하는 것이 이상할 정도였다. 즉, 분명 실수할 수밖에 없는 체계였던 것이다.

나는 실수할 수밖에 없는 체계 속에서 항상 혼나기만 하는 행정병들이 너무 안쓰러웠다. 어떻게 하면 행정병이 효율적으로 파일들을 관리할 수 있을까 생각하다가 떠오른 것은 다름 아닌 엑셀 프로그램이었다(통상 군부대에서는 엑셀이 아니라 한셀을 쓰지만, 한셀에도 엑셀의 기본적인 기능들은 다 포함되어 있었다. 여기서는 편의상 엑셀이라고 하자). 하지만 나는 여태까지 엑셀을 써 본 적이 거의 없었다. 고작 아는 것이라고는 중학교 컴퓨터 실습 시간에 배웠던

sum 함수(더하기 기능)나 average 함수(평균값 구하는 기능) 같은 기본적인 기능이 끝이었다. 열기만 해도 화면에 가득 채워진 무한한 알파벳 표들은 보기만 해도 거부감이 절로 느껴진다. 그럼에도 나는 문제의 해결책은 엑셀에 있다고 믿었다.

처음 내가 만들고 싶은 모습은 한 시트에서 계급을 바꾸면 모든 시트의 계급이 바뀌는 것이었는데, 지금 생각해 보면 너무 간단하지만 그때는 그 간단한 것조차 몰라 며칠을 헤맸다. 나는 점심시간이나 출근 후 또는 퇴근 전에 짬짬이 시간 날 때마다 엑셀을 켜서 이것저것 눌러 보며 엑셀과 좀 더 친숙해지려고 노력했다. 그래도 계속하다 보니 엑셀과 점점 친숙해졌고, 심지어 재미까지 붙기 시작했다. 그때부터 본격적으로 연구를 하기 시작했다. 컴퓨터활용능력 자격증을 따거나 취업을 하기 위해 엑셀을 공부한 것이 아니라 오로지 실수할 수밖에 없는 체계 속에서 행정병들에게만 책임을 묻는 잘못된 조직 관습을 깨뜨리기 위해 엑셀에 'E' 자도 모르는 내가 엄청난 노력을 한 것이다.

그리고 드디어 그러한 거듭되는 노력 속에서 파일이 완성되었다. 엑셀 파일의 이름은 '혁신'이었다(조금 유치하지만 오로지 체계를 개선하기 위한 나의 도전 정신과 불굴의 의지로 완성했다고 하여 붙여진 이름이다). 들뜨는 마음으로 행정병들에게 이제부터 내가 만든 파일을 쓰라고 했다. 하지만 나의 기대와 달리 행정병들은 처음에만 조금 관심을 보이더니, 결국 사용하지 않았다. 물어보니 기존에 쓰던 한글 파일이 더 편하다는 이유였다. 애써 노력해서 만든 나는 단호하게 받아들인 행정병들에게 조금 서운했지만, 실제 사용자가 그렇다고 느끼니 뭐 어쩔 도리가 없었다. 그러나 나는 곧 또다른 오기가 생겼다. 새로운 것을 시도하기를 꺼리고 변화하지 않으려 하는 행정병들의 보수적인 마인드를 깨부수고 싶었다. 나는 결코 포기하지 않았다. 기존 한글 파일의 방식이 왜 편리한지, 내가 만든 파일이 뭐가 불편한지 곰곰이 생각해 보았고, 여러 행정 간부들과 행정병들에게 조언을 구했다. 그러다 보니 무언가 개선하거나 만들기 위해서는 '만드는 내 관점'보다는 직접 사용하는 '사용자 관점'에서 먼저 생각해야 된다는 점을 다시 한번 깨닫게 되었다.

지금 생각해도 이때의 나의 열정은 정말 대단했다. 얼마나 대단했냐면 자려고 하다가도 머릿속에 아이디어가 떠오르면 늦은 저녁에도 바로 출근해서 엑셀을 만졌을 정도였다.

그리고 결국 내 엑셀 실력은 점점 높아져 갔고, 혁신 파일은 ver.2, ver.3, ver.4까지 업그레이드되어 갔다. 이제는 모든 시트가 연동될 뿐 아니라 매크로와 VBA(VisualBasic for Applications) 기능도 들어가, 내가 만들어 놓은 버튼만 누르면 자동으로 알맞은 사이즈로 프린트되는 기능도 생겼고, 셀 잠금 기능도 추가하여 행정병들이 실수로 엑셀 수식을 지우는 것도 방지했고, 한글처럼 가독성 있는 디자인으로 뜯어고쳤다(오로지 엑셀을 처음 만지는 행정병들 입장에서 만든 것이다). 그리고 다행히 나의 노력은 헛되지 않았다. 점차 행정병들은 기존 한글 파일이 아닌 내가 만든 혁신 파일을 자주 사용하게 되었고, 이제는 그 파일 없이는 안 될 정도로 필수가 되었다.

(이 외에도 나는 핸드폰으로 하는 수많은 보고 문자까지 엑셀로 만들어 아주 쉽고 정확하게 보고하기도 했었고, 파이썬을 사용하여 더 쉽고 간편하게 업무를 처리하기도 했었다.)

다시 원론으로 되돌아가 보자. 과연 개인의 문제인가? 조직의 문제인가?

내가 중대장이어서 그런지 몰라도 나는 조직에서 발생하는 대부분의 문제의 원인은 조직 체계에 있다고 본다. 또한 이러한 문화, 즉 매번 같은 실수를 할 수밖에, 잘못을 할 수밖에 만들어 놓고 왜 항상 정신 못 차리냐고 윽박지르는 문화는 아마 군대뿐만 아니라 대부분의 조직에서도 일어날 것이다. 회사나 학교, 학원 그리고 심지어 가정이나 연인관계에서까지 찾아 볼 수 있다.

그리고 오해할지도 모르겠지만, 내가 개선했던 여러 가지 체계들은 단 한 번에 이뤄진 것이 아니다. 한 번 이 방식대로 해 보고, 보완했다가, 또 저 방식으로 해 보고 또 보완하는 작업을 거듭해서 정착하게 된 것이다. 여러 번의 실패를 겪으면서 사람들의 핀잔도 받아 깊은 좌절도 겪었지만 결코 포기하지 않았다.

또한 무얼 하든지 검토하고 보완하는 과정을 굉장히 중요시했다. 어떤 훈련을 한 번 하더라도 항상 사후검토 식으로 회의를 하여 내가 직접 보면서 느꼈던 것들을 솔직하게 구성원들에게 공유하고, 구성원들이 실제 수행하면서 느꼈던 것들을 직접 말하게 하여 여러 의견을 반영하여 보완해 나간 것이고, 또 그걸 하나로 정리해서 구성원들에게 여러 차례 공유하며 시간 될 때마다 교육하기도 했다(여기서 가장 중요한 건 사전에 반드시 구성원들이 자유롭게 의견을 제시할 수 있는 환경(분위기)을 조성해 주어야 한다). 결국 내가 훈련하는 목적은 단순히 평가 점수를 잘 받거나, 상급자에게 혼나지 않기 위함이 아니었다. 기존의 체계들을 끊임없이 보완하고 개선하며, 발전시키기 위함인 것이다.

나는 이렇게 조직의 체계를 변화시키려고 노력함으로써 중대장의 권한이 왜 많은지, 그리고 그에 대한 책임이 왜 큰지 다시 생각해 보는 계기가 되었고, 그런 중대장의 역할이 얼마나 중요한지를 다시 한번 깨닫게 되었다. 그리고 어떠한 문제든 간에 '있는 그대로' 관찰해야 하며, 근본적인 원인이 꼭 개인에게 있다는 생각을 버리고, 당연시하는 조직의 체계에 대해 의구심을 가지며, 끊임없이 개선하려고 노력해야 한다. 불굴의 실험정신으로!

이후에 내가 전출 가고도 몇 년이 지나도록 내가 만든 혁신 파일을 사용하고 있다고 하니 너무도 뿌듯하다. 아마 편제가 바뀌면 엑셀 틀도 조금 바꿔야 하기 때문에 엑셀을 잘하는 병사나 간부가 들어와서 계속 개발해 나갔으면 하는 바람이다. 꼭 그렇지 않더라도 행정병들이 실수할 수밖에 없는 체계를 잘 식별하고 고쳐갈 수 있는 실행력 있고 혁신적인 사람이 많이 나타났으면 하는 나의 작은 소망이다.

6. 당직사관을 수행한 중대장

대대급에서의 당직근무는 통상적으로 당직사령과 당직사관, 당직부관과 당직부사관, 당직병으로 구분된다. 그리고 장교들은 당직사령과 당직사관을 서게 되는데 보통 당직사령은 대위급이나 중위 참모들이 서고, 당직사관은 그 외 중·소위들이나 선임 부사관들이 선다. 당직사령은 대대장을 대신한다는 의미가 있고, 당직사관은 중대장을 대신한다는 의미가 있다. 또한 간부들이 별로 없는 부대들은 통합당직사관이라고 2개 이상의 중대를 맡아 서는데, 우리 부대는 간부들이 꽤 많았기 때문에 각 중대 당직사관들은 해당 중대 간부들이 맡아 섰었다. 그렇기 때문에 책임감 있게 근무를 서는 간부들도 몇몇 있었지만 또 그렇지 않은 경우도 많았다. 그러다 보니 여러 문제가 생기는 경우가 허다했다.

취침 시간에는 모두가 취침할 수 있도록 마땅히 통제해야 하는 당직사관이지만, 늦은 시간까지 TV를 보며 자신과 친한 병사들을 데리고 수다를 떠는 간부들이 많았고, 그런 분위기를 틈타 병사들 역시 자기들끼리 시끄럽게 놀며 돌아다녔다. 이러니 잠을 설치는 병사들이 많아져 불만은 높아져 갔고, 당직사관이나 불침번은 직속 상급자가 오더라도 제대로 상황 브리핑을 잘하지 못하였다(이런 분위기가 계속 이어진다면 자살 사고나 무장탈영은 얼마든지 일어날 수 있다).

나는 이런 문제들을 적극적으로 해결하고 싶어서 병력들을 모아 여러 가지 교육도 하고 새로운 방침을 주면서, 자주 불시순찰을 하곤 했다. 하지만 딱 그 순간만 잘 지켜지는 듯했고, 조금만 시간이 지나면 원상태로 돌아왔다.

답답했다. 내가 근본적인 문제의 원인에 접근하지 못하고 자꾸 헛도는 것 같았다. 이것 또한 잘못을 할 수밖에 없는 체계를 만들고서 괜한 부하들에게 질책만 하고 있지 않을까 싶었다. 예전에 내가 중위 때 어느 사단장이 했던 말이 떠오른다. 당시 사단장은 국지도발 훈련에서 각 책임 지역 중대장들에게 다음과 같은 말은 했는데 정말 인상적이다.

"자네는 직접 진지 안에 들어가 보기는 했나? 직접 들어가 봐라. 직접 들어가서 총을 겨누어 봐야 진짜 문제점이 보인다."

이는 곧 '해결책은 책상에서 나오지 않는다. 현장에서 찾을 수 있다.'와 '그 사람의 마음을 이해하고 싶거든 그 사람의 자리에서 직접 해 보라.'는 뜻이다. 나는 그때 '도대체 소대장은 뭐하고, 왜 중대장이 직접 들어가지?' 하며 의아했었는데, 몇 년이 지난 아직도 내가 그 사단장의 말을 생생히 기억하는 걸 보니. 정말 인상 깊던 말인 것 같다.

다음 날 나는 한참 고민을 하다가 결국 대대장실에 들어가서 당직사관을 한번 직접 서 보겠다고 건의해 보았다. 대대장님은 조금 당황하시더니, 곧 알겠다며 승낙해 주셨다(아마 평소에 하도 별난 모습들을 보셔서 그런지 크게 이유도 묻지 않으셨다). 나는 언제 당직사관을 서는 게 좋을까 고민하다가, 다음 날 일과에 아무런 영향도 없고 병력들의 긴장이 풀어져 사고가 쉽게 나는 토요일로 정했다. 참 열정이란 대단한 것 같다. 그토록 당직근무를 혐오하고, 특히 밤새우는 것을 그 누구보다 힘들어했던 내가 아무런 조건 없이 당직근무를 자진해서 선다고 했으니. 그것도 토요일 근무를 말이다. 그야말로 조직을 변화시키고자 하는 열정이 대단한 시절이었다.

중대장이 직접 당직사관 완장을 차니 이를 보는 사람들마다 의아해했고, 행정반에 당직병은 내 모습에 신기하면서도 조금 부담스러워하는 눈치였다. 하지만 그 누구도 내 의지를 막을 수 없었다. 나는 차분히 모든 것을 '관찰'하기 시작했다. 그리고 뭐든지 중대장 관점에서가 아닌 당직사관 관점으로 바라보았다. 그러자 서서히 중대장(당직사령)에서는 절대 보이지 않던 문제점들이 하나씩 보이기 시작했다. 왜 저녁에 유동 병력이 많았던 건지, 그리고 근무자들은 유동 병력 현황을 제대로 파악할 수 없었던 것인지, 당직사관들은 왜 제대로 브리핑을 못 했던 것인지, 왜 출타자들이 지연 복귀하는 것을 뒤늦게 파악하고는 뒤늦게 나에게 보고를 해 왔던 것인지 알 수 있었다.

일단 브리핑 예시문은 너무 형식적이며 내용도 너무 길었고 또 그걸 그대로 보면서 읽고 있는 불침번이나 당직사관의 브리핑은 너무도 지루하고 답답했다. 지루하다는 말은 그 상황 속에 듣는 상대방 입장을 고려하지 않고 필요도 없는 말들을 많이 한다는 뜻이다. 나는 곧바로 브리핑 보드판을 뜯어고치기 시작했다. 내가 당직사령으로서 또는 대대장 입장에서 당직사관에게 가장 먼저 듣고 싶은 말이 무엇인지 생각해 보고, 브리핑하는 당직사관 입장에서도 보다 자신 있고 명확하게 브리핑할 수 있도록 최대한 단순 명료하게 고친 것이다. 그리고 그런 브리핑 외 더 궁금해할 것 같은 상급자들을 대비하여 행정반에 있는 게시판 문구들도 고쳐 나갔다.

야간에 유동 병력이 많은 이유는 앞서 말했듯 간부들이 잘못된 관념을 갖고 있었기 때문인데, 근본적으로 왜 군인이 무조건 규정된 일과대로 따라야 하는지도, 그리고 취침 시간은 왜 칼같이 지켜야 하는지도 모르고, 단순히 '병사들이 자기 계발을 하기 위해 연등한다'는 보기 좋은 논리를 듣고는 그대로 허락해 주어, 혼잡한 분위기를 만들어 낸 것이다(그 많은 개인 정비 시간에는 펑펑 놀고는 취침 시간에 자기 계발을 한다니. 참 어이가 없다).

이를 해결하기 위해서는 우선적으로 당직사관을 서는 간부들부터 올바른 개념이 박힐 수 있도록 교육을 해야 했고, 그다음이 병사들이었다. 나 혼자 아무리 병력들을 교육하려 애써 봐도, 나보다 더 병사들과 가까이 있는 간부들의 개념이 올바르지 않다면 모두 헛수고가 되기 때문이다. 우선 간부들 교육이 시급해 보였다. 형식적인 교육이 아닌, 근본적으로 왜 규정이 그렇게 나와 있고 왜 그걸 지켜야 하는지.

하지만 (모든 간부들은 완벽할 수 없기 때문에)잘못된 개념을 가지고 있는 간부라도 부대의 유동 병력 관리 체계만 잘 갖춰져 있다면 어느 정도 병력 사고를 예방할 수 있다는 생각이 들었다. 그래서 나는 보다 더 효율적으로 유동 병력을 관리하는 방법에 대해서도 많은 고민을 했다. 당직근무자들은 일과 때와 마찬가지로 자신의 병력들이 어디서 뭐 하는지 파악하고 통제를 해야 한다. 그래서 대체로 많은 부대에서는 '유동 병력 현황판[13]'이란 걸 활용한다. 보통 유동 병력 현황판에는 자신의 이름이 쓰인 자석을 가고자 하는 장소에 옮겨 놓고는 갔다 와서 다시 자석을 원위치시켜 놓는 방식인데, 문제는

---

13) 당직근무 체계로 돌아가는 일과 이후 시간에 중대 건물 밖으로 이동할 때마다 자신의 위치를 당직근무자들이 알 수 있도록 표시하는 게시판.

실제 병력들은 잘 이용하지 않는다는 것이다. 이렇게 사용 안 하는 이유를 찾기 위해 병사들의 관점에서 생각해 본다면, 수많은 조그만 자석 중에서 자기 이름이 적힌 자석을 찾기조차 힘들었고(어차피 자석을 옮기고 또 행정반에 들어와 보고를 해야 해서 더 귀찮았을 것이다), 한 곳만 가는 게 아니라 여러 곳을 가고 싶을 때는 어디에다가 자석을 옮겨 놔야 할지도 혼란스러웠던 것이다.

당직근무자 관점에서 봐도 이런 자석 판만 가지고는 해당 인원이 도대체 언제 출발을 한 건지, 또 도착은 언제 했는지 도통 알 수가 없었고, 직접 보고받은 사항과 유동 병력 현황판이 상이하면 또 검증을 해야 했기에 당직근무자조차 귀찮았을 것이다. 아마 어차피 안 맞으니 그냥 대충 하자는 마인드가 대부분이었을 것이다.

또한 행정병들은 매주 전역하거나 전입 오는 병사들을 위해 유동 병력 현황판 자석들을 새롭게 만들어 주는 작업을 해야 했는데, 이런 작업 역시 별 중요하게 여기지 않았기 때문에 빼먹기 일쑤였다.

이런 문제들 때문에 간혹 상급자가 중대에 방문해서 당직근무자에게 지금 유동 병력이 어떻게 되냐고 물으면 당연히 쩔쩔맬 수밖에 없다. 나는 이러한 문제들을 바로 해결하고는 싶었지만, 말처럼 쉽지 않았다. 꽤 오랫동안 고민을 하며 여러 번 시도를 거듭했지만 결국 실패했다.

그러던 어느 날, 중대에 커다란 모니터를 보급받게 되었는데 그 모니터는 성능도 꽤나 뛰어나고 터치 기능까지 있어 잘만 한다면 아주 요긴하게 쓸 수 있을 것 같았다. 하지만 고작 중대급에서 이렇게 크고 고급스러운 모니터를 딱히 쓸 데가 없어, 나는 이 터치 모니터를 유동 병력 현황판으로 대신하면 어떨까 생각이 들었다. 일과 때는 회의용으로 쓰다가 그 외 시간에는 당직근무 유동 병력 현황판으로 쓰는 것이다.(어차피 유동 병력 현황판은 일과 이후 당직근무 때만 쓰니까) 정말 참신한 아이디어였다. 나는 그동안 갈고

닦았던 엑셀 실력을 뽐내며 며칠 동안 밤을 새우면서 유동 병력 현황 프로그램을 코딩하기 시작했다. 기존 행정반 밖에 자석형 유동 현황판과는 달리, 당직근무자들이 바로 보며 파악할 수 있고, 병사들이 여러 장소를 가더라도 헷갈리지 않게 장소를 입력할 수 있고, 출발 시간과 도착한 시간 그리고 내역까지 볼 수 있게 말이다.

그리고 결국 완성했다. 자신의 이름을 타이핑하고 다녀올 장소들을 골라 클릭(터치)하고 출발 버튼만 누르면 되는, 그리고 돌아올 때도 복귀 버튼만 누르면 되는, 또한 해당 인원이 다녀온 장소들과 출발 시간 및 복귀 시간이 적힌 내역이 자동적으로 다른 시트에 저장되는 그런 프로그램을(정말 내가 봐도 정말 잘 만들었다).

7. 창의적인 중대장실

우리 부대는 중대장실이 따로 없고, 행정반 가운데 떡 하니 중대장 테이블이 있었다. 이를 안쓰럽게 여기셨던 대대장님은 언젠가 중대장들을 모아 중대장실을 만드는 게 어떻겠냐고 제안하셨다. 나는 즉각 반대했다. 행정반에 중대장이 상주하면서 행정보급관과 원활하게 의사소통도 하고(실제로 중대장이 행정보급관 서류에 결재해야 될 것들이 엄청나게 많다), 왔다 갔다 하는 중대원들의 얼굴을 보면서 어느 정도 그들의 심리 상태를 살펴보며 관리할 수 있었으며, 그리고 가장 큰 이유는 내가 중대장 초창기 때부터 노력해 왔던 중대장과 중대원들 사이의 큰 벽이 생길까 봐 우려스러웠기 때문이다.

하지만 결국, 대대장님의 의지대로 행정반 옆 공간에 중대장실을 마련했다. 나는 기왕 중대장실을 만드는 거, 보다 효율적으로 만들기로 했다. 먼저 책상 배치부터 신경 썼다. 보통 모든 회의용 테이블이 그렇듯 **'T자'** 형으로 중대장 전용 책상에 컴퓨터 모니터를 올리고, 그 앞에 긴 테이블을 놓는 게 일반적이었다. 하지만 나는 그런 T자는 싫었다. 누군가 오더라도 내 눈은 내 앞 모니터에만 향했기 때문이다. 대신 'ㅣ' 모양으로 테이블을 배치했다. 모니터는 테이블 방향이 아닌 옆을 향하게 하도록 하고, 누가 들어오거나 회의를 하더라도 모니터를 바라보는 게 아니라 사람의 얼굴을 보기 위함이다. 그것이 나와 소통하고자 하는 사람들에 대한 예의이고, 경청하고자 하는 나의 자세였기 때문이다.

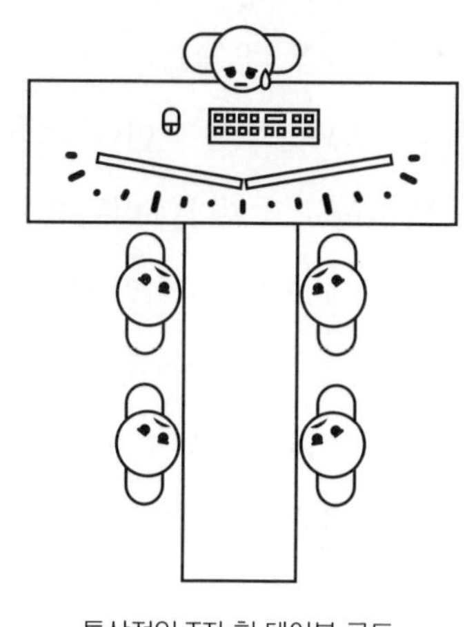

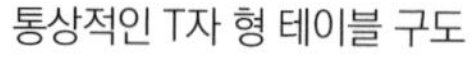
통상적인 T자 형 테이블 구도

내가 구상한 'ㅣ'자 형 테이블 구도

또한 중대장실을 구상하면서 오로지 나만의 공간이 아니라 다용도 공간으로 만들고 싶었다(그래서 여러 대의 커다란 무전기들을 행정반 빈 총기 보관함에 억지로 구겨 보관하는 게 마음에 안 들어 중대장실로 옮겨 놓기도 했다). 어떤 공간으로 만들까 고민하다가 생각해 낸 것은 '전입 신병 환영실'이었다. 통상 전입 신병은 거의 매주 또는 2주마다 한 번꼴로 들어오는데, 들어올 때마다 간부들은 전입 신병을 데리고 이것저것 할 게 많아진다. 중대장 또한 예외가 아니다. 먼저 전입 신병이 들어오면 중대장은 직접 초도면담도 해야 하고, 중대 소개와 지휘 의도 교육, 언어 폭력 교육, 인권 교육, 성인지 교육, 도박 사고 예방 교육, 음주 사고 예방 교육 등 수많은 교육을 해야 한다. 이런 교육들이야 물론 처음에야 빼먹지 않고 할 수 있겠지만, 바쁜 일상 속에서 매주 하려고 하면 분명 빼먹는 일이 종종 발생할 것이다. 그래서 생각해 낸 것은 중대장실에서 한꺼번에 모아서 모든 교육을 할 수밖에 없게 체계를 만드는 것이다.

또 중대장실에다가 빔프로젝트를 설치해 많은 교육을 영상으로 대체하는 것도 고려해 보았다. 그 많은 교육을 나 혼자 말로 떠들어 대면 시간은 시간대로 소모하는 것은 물론, 교육이 끝나게 되면 내 모든 마나(에너지)들이 소진되기 마련이다. 그런데 이걸 굳이 내가 진행할 필요는 없는 것이다. 게다가 영상 속 강사는 나보다 훨씬 설득력 있게 말도 잘하고 그 분야에 전문적 지식을 가지고 있어, 전입 신병 입장에서 보면 훨씬 교육 효과가 뛰어날 것이다.

나는 곧장 빔프로젝트를 직접 사서 중대장실 벽에 고정시키고는 각종 교육 영상을 틀어 보았다. 모든 영상을 다 합쳐 봐야 20분도 안 되었다. 게다가 순서대로 자동 재생하게 만들면 굉장히 간단해졌다. 전입 신병이 들어오면 의자에 앉히고 빔프로젝트를 켜고 영상 재생 클릭만 하면 되는 것이었다(이렇게 하기 쉽고, 간단한 체계일수록 의지력이 별로 들지 않기 때문에 장기간 계속 유지될 수 있다).

전입 신병 체계 관련하여 또 하나의 문제가 있었는데, 부대가 정신없이 돌아가다 보면 간부들은 물론 병사들까지도 저 애가 우리 중대원인지 잘 모르는 경우가 있었다. 아무리 모여서 총기 수여식을 하거나 신병 소개를 하더라도 금방 까먹기 일쑤였고 그 자리에 없었던 인원들은 당연히 모를 수밖에 없었다. 어떻게 하면 전입 신병을 더 빨리 부대에 동화시킬까 고민을 하다가 문뜩 이런 아이디어가 떠올랐다. 중대장실에 포토존을 만들어 나와 같이 찍은 사진을 복도에다가 붙여 놓으면 어떨까? 정말 괜찮을 것 같았다. 사진 옆에 크게 이름까지 쓰면 누구인지 쉽게 알게 될 것이고, 전입 신병 부모에게도 그 사진을 공유하면 부모 입장에서도 안심이 될 것 같았다.

중대장실에 어떻게 포토존을 만들지 생각하다가 내 중대원 중에 정말 그림을 잘 그리는 병사가 떠올랐다. 그 애는 군대에 있기 아까울 정도로 그림을 잘 그렸는데, 항상 저녁이나 주말마다 그림을 연습하고 있었다. 군대에서 써먹지도 못하는 그런 재능이 너무 아쉬웠던 나는 내가 장교생활을 하면서 꾸역꾸역 만들었던 포스터들이 생각났다. 나는 그에게 자신의 놀라운 재능을 발휘할 수 있는 기회를 주고 싶었다. 그리고 모든 병사에게도 마음만 먹으면 비록 군대일지라도 자신의 재능을 마음껏 갈고닦을 수 있다는 것을 그를 통해 증명해 보이고 싶었다.

나는 그에게 중대장실 벽에 크게 그림을 그려 포토존을 만들라고 지시했고, 그는 일과 이후 개인 정비 시간에도, 주말에 쉬는 시간 할 거 없이 열심히 그림을 그렸다. 그리고 곧 작품이 완성되었다. 부대의 상징답게 아름다운 호랑이 두 마리를 그린 것이다. 나는 그에게 너무 고마웠다. 아마 그도 이런 기회를 준 나에게 고마워했을 것이다. 그가 그린 그림 덕분에 나와 함께 웃으며 찍은 전입 신병 사진이 더욱 빛나게 중대 게시판 벽에 붙어 갔고, 대부분의 중대원들은 다른 게시판의 글들은 쉽게 지나치더라도, 전입 신병 사진만큼은 멈춰 서서 한참을 뚫어지게 보았다. 이로써 내가 원하던 나의 창의적인 중대장실이 완성되었다(전입 신병 포토존 체계 역시 쉽고 단순했다. 누가 찍어 줄 필요도 없이 사전에 포토존 화각에 맞춰진 선반 높이 위치에다가 카메라를 놓고는 타이머 촬영을 하면 되었으며, 다 찍고는 틀에 맞춰진 A4 가로 사이즈 형식에다가 복사·붙여넣기를 하고 바로 프린트 걸고 게시하면 되었다. 다 합쳐서 2분도 채 걸리지 않는다).

중대장실에서 포토존 벽화를 그리고 있는 중대원

중대장실 포토존에서 소대장들과 찍은 모습

8. 진심을 다하면 통한다

나는 조직의 체계를 개선하고자 열정을 쏟은 만큼 중대원들에게도 정성을 쏟았다.

어떻게 생각해 보면 나는 이전부터 항상 부하들에 대한 정성이 지극했던 것 같다. 생도 4학년 때는 내 분대 후배들에게 이것저것 다 챙겨 주며 정성을 쏟았었고, 소대장 시절에도 내 소대원들에게 주말까지도 내 모든 시간과 노력을 한없이 쏟아부었다. 중대장 때 역시 마찬가지였다. 소대장 때는 소대원들과 항상 같이 움직이고, 같은 텐트에 자기도 하면서 자연스럽게 가까운 관계가 되지만, 중대장은 솔직히 소대장 때만큼은 병사들과 가깝게 지내기 쉽지 않다. 그래도 나는 가능한 한 병사들이 단순히 내 하급자가 아니라 내 동료라고 생각하며 정성을 쏟았다. 하지만 100명에 가까운 중대원 모두에게 정성을 쏟지는 못하기 때문에 나는 내 장갑차 조종수와 내 운전병, 그리고 내 무전병과 몇몇 도움이 필요한 병사들에게만 신경 썼다(다른 병력은 자신의 소대장이 있기 때문에 내가 그보다 더 많은 관심을 가져선 안 된다. 그러면 오히려 소대장에게 악영향을 미친다).

앞서 말했듯 우리 부대는 기계화 부대라 궤도 장비가 많다. 그리고 심지어 장갑차 조종은 병사들이 맡다 보니 더욱 그들에게 신경을 써야 했고, 그들은 또 금방 전역하기 때문에 전입 오면 최대한 빨리 A급으로 조종 기량을 키워야 했다. 그 기량을 최종으로 결정짓는 것이 '영외승급평가'인데, 말 그대로 부대 밖 도로에서 정해진 코스를 주행하면 그때부터 A급 기량으로 인정받아 각종 훈련 때 조종할 수 있게 되는 것이다. 이처럼 우리 부대처럼 기계화 부대는 장갑차와 조종수들이 굉장히 소중하고 중요하다. 기계화 부대에서 조종수들의 기량이 낮다는 것은 일반 부대에서 잘 걷거나 뛰어다니지 못하다는 것과 같다. 게다가 조종수가 조금이라도 실수하면 많은 물적 피해는 물론 심각한 인명 피해까지 입을 수 있기 때문에, 나는 중대 조종수들에게 크게 관심을 가질 수밖에 없었고, 소대장들에게도 평소 조종수들에게 특별히 신경 쓰도록 당부했다.

영외승급평가처럼 궤도 장비들이 영외로 나오는 날에는 항상 피곤해 지친다(궤도 장비가 영외로 나가게 되면 무조건 중대장은 따라나서야 한다). 까딱 잘못하면 상상도 못 할 심각한 사고들이 발생하기 때문에 아무리 조그마한 상황에 대해서도 예민하게 받아들여야 했기 때문이다. 추월하는 25t 덤프트럭이 잘못하다가 장갑차를 치면 어떻게 대응해야 할까, 교차로에서 신호에 걸리면 장갑차 대열은 선후미로 나뉘게 되는데, 후미 그룹들은 내 콘보이(호송단 차량) 없이 잘 따라올 수 있을까. 가다가 장갑차 한 대가 고장이 난다면 어디 지점에 정차해서 구난 요청을 해야 할까. 그 앞에 가고 있는 장갑차들을 다 멈춰 세워야 할까 등 온 걱정과 고민이 이만저만이 아니다.

특히 좌회전 우회전이 섞여 있을 때 차선 변경을 해야 하는데, 대열이 길면 그것만큼 위험천만한 게 없다. 정말 아슬아슬하게 사고 날 뻔한 순간이 닥치면 정말 심장이 덜컹 가라앉는 느낌을 받게 된다. 그리고 만약 사고가 나서 사람이라도 죽게 된다면 그 사람의 부모나 가족들에게 중대장으로서 뭐라고 말씀을 드려야 좋을지까지 저절로 생각하게 된다. 순조롭게 부대에 복귀하고 영외로 나갔던 궤도 장비들이 모두 차양대에 주차되었다고 보고받는 순간부터 나의 모든 긴장은 가라앉게 되고 쌓였던 피곤이 몰려오게 된다.

어느 겨울 오후였을 것이다. 나는 각각 조종수들이 타 있는 4대의 장갑차들을 데리고 영외승급평가를 본 적이 있었다. 다행히 아무런 문제 없이 무난하게 평가가 마무리되었고, 그 결과 전부 다 합격이었다. 난 그날 역시 피곤했다. 그냥 빨리 퇴근해서 대충 끼니만 때우고 침대에 눕고 싶었다. 누우면 단 1분 만에 잠들 것 같았다.

그런데 때마침 하늘에서 비가 조금 섞인 눈이 마구 쏟아지기 시작했다. 엄청난 양이었다. 아스팔트 도로는 금방 차가운 물기로 가득해졌고, 곧 얼기 시작했다.

나는 눈 오기 전에 영외승급평가를 마쳐서 다행이라고 생각하고는 퇴근하려는 참이었는데, 갑자기 소대장에게 연락이 왔다. 영외평가를 다녀온 장갑차 조종수가 눈이 계속 아프다고 하는 것이었다. 의무대에 데리고 가봤더니 보통 이물질이 들어간 게 아니라며 수도병원으로 후송을 보내야 한다는 것이었다. 그런데 보통 같았으면 의무대에서 직접 후송 지원을 해 주는데, 오늘은 날씨가 너무 좋지 않아 후송 지원을 못 해 주겠다는 것이다. 아마도 그날 유난히 눈비가 많이 내리고 금방 기온이 내려가 도로가 결빙되어 있기 때문에 상급 부대에서는 응급상황을 제외한 모든 차량을 통제한 것이다. 정말 답답했다. 내 중대원은 응급환자가 아닌가? 다른 곳도 아니라 가장 민감한 눈인데, 그것도 어떤 이물질인지도 모르는 상태라 더 있다가는 치명적인 상처를 입을지도 모르는데, 차량 통제라니…. 그 애가 실명이라도 하게 되면 자기들이 책임질 것도 아니면서….

나는 곧장 대대장실로 들어가 절실하게 상황을 설명드리고 내 차로 직접 인솔해서 수도병원에 다녀오겠다고 했다(논리상 내 차도 통제하는 거라면 모든 간부는 퇴근하면 안 되었다). 대대장님은 네 차는 위험하지 않냐며 너는 그렇게 운전을 잘하냐며 걱정하시긴 했지만, 부하를 친자식처럼 끔찍하게 아끼는 절실한 나의 눈빛을 보셨는지 조심히 다녀오라고 하셨다.

정말 몸은 피곤하고 눈은 감겨 왔지만 내 소중한 부하의 목숨을 구한다는 마음으로 이겨 냈다. 출발하기 전에 PX에 들려 저녁도 못 먹은 조종수에게 먹을 것을 사 주고는 나는 괜찮으니까 도착할 때까지 눈 감고 자고 있으라고 했다. 그리고 거침없는 눈보라를 향해 출발했다. 예상대로 앞은 잘 보이지도 않고, 쌓인 눈 때문에 흰색 차선은 물론 황색 차선까지 잘 보이지 않았고, 노면은 상당히 미끄러웠다. 두어 번 차 바퀴가 심하게 헛돌아 가드레일에 박을 뻔도 했다. 역시나 상급 부대에서 차량을 통제한 이유가 있었던 것이다. 난 그 어느 때보다 신중하게 운전했다. 나는 다쳐도 내 뒤에 있는 부하는 다치면 안 된다는 마음으로….

그리고 드디어 수도병원에 도착했다. 시계를 보니 21시가 좀 넘은 시간이었다. 약 2시간 30분 정도를 운전한 것이다. 조종수는 곧 진료실에 들어가 여러 가지 검사를 받았다. 진료 결과 무슨 본드 같은 것이 눈에 들어갔다고 한다. 아마 영외승급평가를 다녀온 이후 장갑차 정비를 하다가 오일 같은 것이 눈에 튄 것 같다. 그래도 눈에는 크게 손상이 없고 꾸준히 안약만 넣는다면 낫는다고 하니 참 다행이었다. 조종수는 본인을 위해서 희생해 준 나에게 무척이나 감동받았는지 고마워 어쩔 줄 몰라 했다. 그 조종수 어머니도 나에게 너무 감사하다고 전해달라 했다. 나는 중대장으로서 당연한 일을 한 거라고 말하고는 속으로 뿌듯해했다. 부대로 돌아올 때 역시 너무 피곤하고 상당히 힘이 들었지만, 여기에서 사고라도 나게 되면 모든 것이 물거품 되니 이를 악물고 최대한 안전하게 운전했다.

이후 이 사건은 금방 중대원들에게 퍼져나갔고, 모든 중대원들은 자신이 위급한 상황이 발생하기로도 하면 우리 중대장님이 물불 가리지 않고 직접 손을 내밀어 주신다는 큰 믿음을 갖게 되었다. 이 사건으로 인해 그 조종수 외 모든 중대원에게도 나에 대한 두터운 신뢰가 쌓이게 된 것이다. 그리고 진심 어린 정성을 담는다면 결국 통하게 된다는 나의 인생 철학도 여기서 굳어지게 되었다.

내가 이런 모습을 보인 것은 강한 신념이 있었기 때문이다. 부하가 내 마음에 들든 안 들든, 잘나고 못나고를 떠나서 나와의 지휘 관계가 끝날 때까지는 내가 반드시 책임져야 할 사람이라는 신념 말이다. 대부분 부대에서는 병력 간에 다툼이 발생하면 자세히 조사도 하기 전에 가해자와 피해자를 미리 분리하여 가해자는 중대 자체를 옮겨 버리거나 심할 경우에는 다른 대대로 전출 보내 버린다. 우리 부대도 예외는 아니었는데 나는 그때마다 항상 반대했다. 내가 책임져야 할 부하인데 아무리 그 애가 우리 조직의 분위기를 흐리게 하더라도 다른 부대로 보내는 것은 중대장으로서 책임을 지지 못하겠다고 선언하는 것이나 다름없었다. 통상 중대장이 힘든 직책이라고 여기는 이유는 그런 사람들을 조직 내에서 조화롭게 동화시키고 내 편으로 만드는 것이 힘들고 어렵기 때문이다. 그렇게 부하들을 한 명 두 명 보내고 나면 남아 있을 사람은 결국 중대장 '나 혼자'뿐이다.

3장. 행복을 이룬 철인

1. 저질 체력

나는 마라톤을 즐겨 한다. 지금의 나는 풀코스는 물론 100km 울트라마라톤도 두 번이나 완주했었고, 한라산이나 치악산을 50~60km 뛰어다니는 트레일 러닝은 물론 철인 3종경기(그것도 풀코스)도 완주했었다.

그만큼 나에게 달린다는 건 행복 그 자체를 즐기는 것이었다. 이마에 땀방울이 맺히고 시원한 바람으로 인해 그 땀들이 증발할 때 피부에서 느껴지는 쾌감과, 피니시 지점을 통과할 때 드디어 해냈다는 깊은 성취감이 들 때면 내가 온전히 내가 살아 있음을 느낀다. 이제는 하루라도 뛰지 않으면 발에 가시가 돋는다.

믿을 수 없겠지만 이런 내가 운동을 지극히 싫어했던 때가 있었다. 매일 술만 먹고, PC방에서 커피와 담배를 피워 가며 게임에 중독되었던 대학생 시절이다. 그 시절에는 아무리 잘 먹고 잠을 잘 자도, 그만큼의 피로가 풀리지도 않고 항상 몸에 힘이 없었다. 24시간 내내 니코틴, 카페인, 알코올이 내 혈액 속에 녹아 있으니 당연한 결과였다(이런 내 모습을 보던 엄마는 항상 나를 '저질 체력'이라고 불러 대곤 했다). 어쨌거나 곧 있을 3사관학교 입교를 위한 체력 평가를 봐야 하려면 체력을 어느 정도 키워 놔야 했는데, 솔직히 아빠의 강요에 못 이겨 지원하는 거라 그리 큰 관심이 없었다.

그러던 어느 날 아빠는 내가 곧 있을 체력 평가에 관심도 없고 매일 밤새 돌아다니는 모습이 답답했는지 집 밖에서 한번 같이 뛰어 보자고 했다. 나는 귀찮았지만 그래도 어쨌거나 체력 평가는 봐야 했고, 언젠가는 연습해야 했기에 같이 뛰어 보기로 했다. 코스는 사당 군인아파트 후문으로부터 저 밑에 큰 교회를 지나 빌라촌으로 올라오는 코스였다. 한 바퀴당 500m 정도니까 세 바퀴면 체력 평가 거리인 1.5km가 되었다. 관악산을 끼고 있는 동네라 경사가 꽤 심했다. 달리기에는 전혀 욕심이 없었지만 그래도 아빠만큼은 이기고 싶었다. 스물한 살인 내가 쉰이 다 되어 가는 아빠에게 따라잡힐 만큼 자존심이 없지 않았기 때문이다.

어느 토요일 아침, 아빠에게만큼은 질 수 없다는 내 강한 의지와 함께 경기가 시작되었다. 출발하자마자 나는 곧장 전속력으로 달렸다. 걱정과는 달리 꽤 뛸 만했다. 뒤에서는 무리하지 말고 천천히 달리라는 아빠의 목소리가 들려왔지만 내 자존심에 못 이겨 그냥 무시하고 뛰었다. 반 바퀴쯤 왔을까 숨이 턱 끝까지 차올랐고, 내 심장은 곤두박질쳐 댔다. 그래도 포기하지 않았다. 그냥 참고 뛰었다. 하지만 마지막에 오르막이 심했던 탓인지 한 바퀴째 돌자마자 더 이상 내 자존심만으로는 달릴 수 없게 되었다. 갑자기 정신이 혼미해져 왔다. 뇌에서 충분한 산소가 공급되지 않는 느낌을 받았다(아마도 어제 섭취한 알코올, 니코틴, 카페인들이 내 적혈구 속 헤모글로빈 구멍을 막고 있는 게 분명했다). 나는 빌라 앞 주차장에 털썩 주저앉았다. 갑자기 온 세상이 누렇게 보였다. 뒤따라온 아빠는 당황하더니 어쩔 줄 몰라 했다. 그 순간 숨 쉬는 것조차 너무 힘들었고, 온몸의 힘이 쭉 빠졌다. 계속 눈이 감겼다. 너무 고통스러워서 차라리 죽는 게 더 편한 느낌이었다. 이대로 죽으려나 싶었다. 아무리 힘들어도 눕거나 잠들면 안 된다며 나에게 소리치며 내 상체를 일으켜 세우는 아빠가 귀찮게 느껴졌다. 그래도 꾹 참으며 버티었다.

시간이 얼마나 지났을까. 내 몸은 겨우 조금씩 회복되는 듯했다. 그리고 10분이 더 지나자 겨우 혈액순환이 정상 범위로 돌아온 느낌이 들었다. 정말 죽다 살아난 것이다. 아직도 나는 그날을 잊을 수 없다.

2. 체력부심

그 후 어찌저찌 들어간 3사관학교에서도 난 아직도 여전히 '저질 체력'이었다. 달리기, 팔굽혀펴기, 윗몸일으키기는 물론, 군장을 메고 뛰어다니거나 매주 급속 행군하는 것들로 가득한 사관학교 루틴은 나에게 고통 그 자체였다. 정말 끔찍하게 힘들었다. 처음에는 그저 '즐기자'라는 긍정적인 마인드였지만, 곧 '버티자'라는 생존 마인드로 변해 갔다.

다행히도 그렇게 하루를 버티고, 일주일을 버티고 한 달을 버티니 곧 몸이 적응하기 시작했다. 그래도 충분히 힘들었지만, 다행히 처음 입교할 때만큼은 힘들지 않았다. 그리고 또 한 달이 지나고 반년이 지나자, 믿기 힘들 정도로 뛰어다니는 게 습관이 되어 있었다. 16시에 '뜀걸음 집합'이라는 방송이 나오지 않으면 하루 종일 불안할 정도였다. 주말에도 물론이고 외박 때나 방학 때도 새벽 6시에 자동으로 눈이 떠졌고, 미친 듯이 뛰어다녔다(심지어 명절 때 할머니 댁에 가서도 새벽마다 동네를 뛰어다녔다).

뛰는 걸 죽도록 싫어하고 뛰다가 곧 죽을 뻔했던 내가 이 정도로 뜀걸음에 습관이 되다니, 정말 습관의 힘이란 참으로 대단했다(어떻게 보면 강박증일 수도 있겠다).

어떻게 보면 이렇게 대단한 습관이 만들어진 것은 온전히 혹독한 학교 환경 덕분일 것이다. 3사관학교는 그 무엇보다 체력을 으뜸이라고 여기는 조직이었다. 체력 없이는 결코 정신력이 발휘될 수 없으며, 그 어떠한 임무도 수행할 수 없다는 관념이 있었던 것이다. 그렇게 체력만을 강요한 학교인 만큼, 체력 특급을 달성하지 못한 생도들은 생도 취급을 못 받았었다(외출 외박 통제는 물론, PX를 통제하거나 퇴교시킨다는 소문도 떠돌았다).

뿐만 아니라 학교에서는 체력의 중요성을 강조하는 정신교육을 거의 매일 듣는다. 학교장, 생도대장, 훈육관들뿐 아니라 교수나 선배, 심지어 동기들 사이에서까지도 '나중에 소대장이 돼 가지고 자기 소대원들보다 체력이 뒤처져 무시나 당하고 살 것인가' 하며 서로를 각성시켜 주기도 했다. 그러니 체력이 약한 생도들은 더욱이 생도 취급을 못 받는 것이 당연했다. 저질 체력이었던 나는 어쩔 수 없이 이런 힘든 역경에서 생존하기 위해 마지못해 뛰어다녔던 것이다.

그뿐만이 아니다. 국군의 날에는 각종 다른 출신(육군사관학교, 공군사관학교, 해군사관학교, 간호사관학교)들이 한곳에 모여 몇 주 동안 같이 분열 연습을 하곤 했는데, 은근히 서로 출신 텃세를 부리고 자존심을 내세운다. 이런 자존심 대결 속에서도 우리 3사관학교가 내세울 것은 오로지 '체력'뿐이었다. 그 모든 것을 내주더라도 '체력' 하나만큼은 절대 질 수 없었던 것이다.

이러한 무식한 학교 환경과 분위기는 아무리 뛰기를 싫어하는 나 같은 사람일지라도 어쩔 수 없이 뜀걸음 습관을 갖게 하고, 체력부심(체력 자부심)이 넘쳐 나는 사람으로 거듭나게 만들었다.

이런 체력에 대한 높은 자부심은 내가 임관하고 소대장이 되어서도 크게 변하지 않았다. 다른 출신들의 장교들보다 체력만큼은 더 앞서야 한다는 마음과 소대장은 그 어떤 소대원보다 체력이 월등하게 뛰어나야 한다는 강박관념이 이미 자리 잡혀 있었고, 그로 인해 모든 행군이나, 체력 측정, 각종 훈련 등에서 우세할 수밖에 없었다. 또한 아무리 힘들더라도 소대원 앞에서는 절대 힘든 티를 내면 안 되었다.

하지만 체력 자부심을 부리던 나의 소대장 시절도 잠시 나는 곧 인사과장이란 참모 직위를 수행하게 되었다. 처음 하는 인사과장이란 참모 직위는 그 어느 때보다 나를 정신적으로 지치게 하였다. 지옥 그 자체였다. 밥 먹듯이 야근하는 것도 모자라 새벽 일찍부터 출근해 컴퓨터와 씨름하는 것은 물론, 주말 내내 출근해서 늦은 저녁이 되고서야 겨우 퇴근했었다. 게다가 당직근무도 일주일에 두세 번씩 서 가며 다음 날 퇴근도 못 해 끙끙 앓으며 모니터만 멍하니 바라보고 있을 때가 허다했고, 온갖 스트레스로 인해 커피와 담배만 피워 대며, 충혈된 눈과 다크서클이 축 늘어져 있는 나의 모습을 바라볼 때면 곧장 눈물이 나기도 했다. 그때의 나는 운동하는 것은 물론 할 엄두도 못 냈으며, 내 상황에서 운동은 그저 사치라고 여겨졌다.

이렇게 운동도 못 하고 몸을 혹사시켜 일을 하다 보니 곧 내 몸은 버티지 못하고 점점 아프기 시작했다(안 아프면 말이 안 되었다. 이렇게 죽지 않고 버틴 것만 해도 다행한 일이다). 가장 아픈 것은 눈과 머리였다. 잠을 아무리 자도 눈은 여전히 뻑뻑했고, 두통은 계속해서 심해졌다.

소대장 때가 너무 그리웠다. 차라리 소대장 때 땀 흘리면서 소대원들과 뛰어다니며 훈련하고 작업하며 운동했던 시절이 지금보다 10배 100배는 더 나았다. 소대장 때의 건강한 내 모습으로 돌아가고 싶었다. 그럴 때마다 '다시 운동을 해야 할까? 운동을 하면 좀 더 나아지려나?' 하며 힘껏 달려도 보았다. 하지만 그 다짐은 잠시뿐, 계속 지속하기에는 초급 참모의 삶이 너무나 고됐다.

3. 가민 시계의 꿈

내가 소대장이던 시절, 형한테 뜻하지 않는 선물을 받은 적이 있었다. 다름 아닌 시계였다. 가민(Garmin)이라는 브랜드의 전자시계인데, 매번 싸구려 시계만 차고 다닌 나로서는 큰 영광이었다. 그 시계 속에는 많은 기능이 탑재되어 있었는데, 그중 가장 눈에 띄는 것은 현재 위치를 10계단 군사좌표로 나타낼 수 있는 기능이었다.

매번 지뢰 제거 작전만 수행하는 나에게는 이 기능만으로도 최고의 시계였다. 다른 기능은 관심도 없었다. 작전 수행 외에는 그저 단순히 시간만 보는 시계일 뿐이었다. 소대장 임기가 끝나고 인사과장을 수행할 때에도 여전히 가민 시계를 잘 차고 다녔지만, 그저 시간만 보는 평범한 시계로 차고 다녔다.

그러다 문득 형이 시계를 주면서 한 말이 생각났다.

"이 시계는 운동 전용 시계이고, 그에 맞게 다양한 기능들이 숨어 있으니 천천히 기능들을 잘 찾아봐라."

정말 형의 말처럼 시계 속에서는 러닝, 자전거, 골프, 수영, 철인 3종 등 다양한 운동 기능들이 들어 있었다. 점점 궁금해진 나는 그 기능 중 하나를 눌러 보며 연구하기 시작했다. 뭐 그리 대단한 것 같지는 않았지만, 가장 흥미로웠던 것은 운동 측정을 하고 나면 그 기록들이 지워지지 않고 가민 커넥트(휴대폰 어플)에 자동으로 저장되는 기능이었다. 달린 거리나 시간뿐 아니라 달리는 도중 초마다 나의 심박수, 페이스, 지형의 고도, 달렸던 지도까지 모두 상세하게 기록되었다. 이게 이 시계의 가장 큰 매력이었다.

뛰었던 기록들을 분석하는 재미는 물론, 뛰면서 찍었던 사진들까지 올리는 재미까지 쏠쏠했다. 마치 추억을 쌓는 운동 일기장 같았다. 아마 그때부터 다시 꾸준하게 달리기를 시작했던 것 같다. 그리고 항상 시계를 차고 뛰었다. 깜빡하고 시계를 차지 않고 운동한 날에는 운동한 것 같지도 않았다. 그저 시간만 날린 느낌이었다. 또한 가민 앱에 들어가면 운동 월력표가 있었는데 뛸 때마다 색깔이 칠해진다. 그래서 내가 이번 달에는 얼마나 뛰었는지 시각적으로 보여준다. 빈칸이 많으면 많을수록 괜히 불안해졌고, 색깔들로 가득 채워질수록 왠지 모르게 뿌듯해졌다.

형이 준 이 가민 시계 덕분인지 놀랍게도 아무리 매일 뛰어도 전혀 질리지 않았고, 내가 부대에 일이 많아서, 오늘은 야근을 해야 돼서, 오늘따라 두통이 심해서, 피곤해서 못 뛰겠다는 것들은 모두 핑곗거리에 불과해졌다. 정말 이 가민 시계는 내 진정한 달리기 습관을 만들어 준 혁신적인 아이템이었다(사관학교의 강압적인 통제 속에서 만들어진 달리기 습관과는 사뭇 다르다). 형이 선물해 준 이 가민 시계 하나가 나의 인생을 바꿨다 해도 과언이 아닐 것이다.

그러던 중 나에게 뜻밖의 목표가 생겼다. 가민 시계 기능 중에 '철인 3종 경기'라는 기능이 있었는데, 처음에는 그리 관심을 갖지 않다가 어느 날 한 번 궁금해져 대뜸 철인 3종 경기가 어떻게 진행되는지 찾아보게 되었다. 그러다 나의 관심을 한눈에 사로잡았던 한 블로그 속 사진이 있었는데, 그 사진은 매끈한 근육이 드러나는 슈트를 입은 남자가 역동적으로 수영하고, 자전거를 타고, 달리는 모습이 하나로 합쳐져 있는 사진이었다. 나는 한눈에 반했다. 그 남자가 너무 멋있어 보였고 부러웠던 것이다. 나도 저렇게 멋진 자신만의 사진이 있었으면 얼마나 좋을까. 내 인생 단 한 번만이라도 저렇게 멋지고 아름다운 몸매를 드러내며 자신감이 찬 표정으로 역동적으로 움직이는 사진이 단 한 장만 있었으면 정말 소원이 없을 정도였다.

나는 목표를 세웠다. 언제 이룰지 모르겠지만 나도 한번 철인 슈트를 입고 수영, 자전거, 달리기 3종목을 완주하는 모습들을 사진에 담아 카카오톡 프로필 사진으로 올리고 싶어졌다.

하지만 말이야 쉽지, 철인 3종이란 장벽은 너무나도 높았다. 특히 야근을 밥 먹듯이 하는 나에게 달리기는 그렇다 쳐도 수영과 자전거까지 연습하는 것은 정말 불가능에 가까웠기 때문이다.

이후 내가 여단 인사장교 시절에도 똑같았다. 그때는 대대 인사과장 때보다 오히려 더 힘들었고, 매일 야근을 밥 먹듯이 하는 건 기본에다가 주말까지 야근을 해야 했기 때문에 더욱 준비하기 힘들었다. 그러다 보니 자연스럽게 철인 3종 경기에 대한 열정이 줄어들었다. 그저 힘든 환경 속에서도 꾸준하게 달리기라도 하려는 내 의지만으로도 감사할 뿐이었다.

4. 첫 마라톤 대회

시간이 흘러 나는 곧 대위로 진급하게 되었고 고군반[14]에 들어가게 되었다. 여유라고는 하나도 찾아볼 수 없는 부대 생활 속에서 벗어나 정말 오랜만에 삶의 여유와 균형을 되찾았다. 보통 평일 저녁에는 동기들과 술을 먹으며 놀면서 학교 과제를 했고, 주말에는 동기들과 근처 문화유적지나 등

14) 고군반(OAC): Officer's Advenced Course, 지금은 '대위 지휘참모과정'이라 불린다.

산을 가거나, 계곡으로 놀러 다니기도 했다. 이런 여유로운 생활이 조금 어색했지만, 너무나 행복했다. 마치 대학 생활을 다시 하는 듯했다.

그러던 어느 날, 어떤 동기가 같이 마라톤에 참여해 보는 것이 어떻겠냐고 물어본 적이 있었다. 나는 뛰면 뛰었지 단어부터 거북한 마라톤을 하겠다고는 한 번도 생각을 안 해 봤기에 조금 망설여졌다. 다행히 그 마라톤 대회는 풀코스가 아니었고, 하프(21.2km)와 10km, 5km 코스가 있었다(제1회 무등산권 GEO 마라톤이다). 내 동기는 10km를 신청했고, 나는 그래도 3사관학교 때의 체력부심을 생각해서 하프를 신청했다. 단 한 번도 20km 넘게 달려 본 적은 없었지만, 평소 10km 안팎으로 뛰었던 터라 완주할 자신은 있었다. 나는 경기 코스가 어떻고 고도는 또 어떤지, 급수대는 몇 킬로 지점마다 있는지 관심이 없었다. 오로지 21km를 완주하겠다는 생각뿐이었다.

대회장에 도착하자마자 나는 깜짝 놀랐다. 마라톤 대회답지 않은 축제 분위기였기 때문이다. 알록달록한 멋진 유니폼들과 신발들, 그리고 신나는 음악 소리와 함께 아나운서의 에너지 넘치는 안내 목소리가 하늘 높이 울려 퍼졌고, 대회장 속 많은 부스에서는 여러 가지 이벤트를 진행하고 있었다. 여기저기서 친구들끼리 또는 동호회 사람들끼리 즐겁게 사진을 찍는가 하면, 방송국에서 참가자들과 인터뷰를 하기도 하고, 몇몇 사람들은 직접 개인 방송을 하기도 하였다.

또한 출발 20분 정도를 앞에 두고는 다 같이 체조를 하는데 인근 대학교 치어리더팀이 직접 무대에 올라와 주도하기도 했다. 유쾌한 음악들과 현란한 춤으로 체조를 하는데, 정말 신이 안 날 수 없었다. 나는 곧 '마라톤' 대회라는 거부감이 싹 사라지기 시작했다(아마 달리기를 싫어하는 사람들도 이런 대회장의 뜨거운 열기만 느끼더라도 달리기를 좋아하게 될 것이다).

뜨거운 대회 열기 속에서 체조하는 모습

대회 출발 전 동기와 함께 찍은 사진. 왼쪽이 나이고 오른쪽이 동기다.

곧 아나운서의 명랑하고 쾌활한 목소리로 출발 신호인 카운트 다운을 시작했는데 수많은 사람들이 다 같이 두 손을 올리며 “파이브, 포, 쓰리, 투,

원!"을 외쳐 댔다. 나도 모르게 너무 신이 나 똑같이 소리를 지르며 외쳐 댔다. 그리고 출발!

놀랍게도 스타트 지점을 통과해서도 수많은 사람들이 방송국 카메라에 손을 흔들며, 파이팅을 외쳐 댔다. 정말 신기했다. TV에서만 보던 마라톤 대회와는 완전히 딴 세상이었다. 나는 그 뜨거운 대회 분위기 속에 휘말려 신나게 달렸다. 너무 기분이 좋아 처음부터 조금 오버페이스를 한 듯했지만 하나도 힘들지 않았다. 여태껏 달리면서 느낀 쾌감 중에 최고였다. 경사가 가파른 언덕을 뛰고 있어도, 숨이 턱 끝까지 차올라도 전혀 불쾌하거나 힘들지 않았다. 오히려 더 좋았다(이게 러너스 하이인가?).

어느새 10km 코스의 반환점인 5km 지점을 지나 12km 지점을 지나고 있었다. 그쯤 되자 해가 조금씩 뜨더니 조금씩 더워지기 시작했고, 본색을 드러내듯 기다란 가파른 구간이 나오기 시작했다. 그럴 때마다 중간중간에 급수대가 나왔는데 나는 무시하고 뛰었다. 뛰면서 무엇을 마시거나 먹는다는 것은 도무지 이해할 수 없었기 때문이다. 만약 물을 먹다가 옆구리가 아프거나 소화가 안 되기라도 하면 어찌할 것인가. 하지만 가면 갈수록 땀도 많이 나 갈증이 심해지고, 아침 공복 상태였기 때문에 허기가 심해져 다음 급수대에서는 한번 먹어 보기도 했다. 와! 정말 꿀맛이었다. 물이 이렇게 맛있는 건지 다시 한번 느꼈다. 그 옆에는 사 등분한 초코파이도 있었는데 먹을까 말까 고민하다가 한번 먹어 봤다. 상당히 배고픈 상태라 그런지 너무 달고 맛있었다. 도파민이 뿜어져 나오는 느낌이었다. 다행히 걱정했던 것처럼 옆구리가 아프거나 소화가 안 되진 않았다. 아마 먹고 전력 질주할 때나 배부를 때까지 먹으면 옆구리가 아픈 것인가 보다. 그리고 내가 이제껏 10km 이상 뛰어 본 적이 없었기 때문에 중간에 뛰면서 물을 마시거나 음식물을 섭취한 것을 이해하지 못했던 것 같다.

얼마나 달렸을까, 갈수록 에너지가 점점 고갈되는 듯했다. 앞에 세워진 17km 표지판을 보니 이제 4km밖에 남지 않은 지점이었다. 충분히 힘들긴 했어도 양옆에 알록달록 예쁘게 물든 단풍나무들과 살랑살랑 부는 시원한 가을바람, 밑에는 꼬불꼬불한 물줄기를 따라 흘러내리는 계곡물과 아름다운 폭포수를 볼 때면 힘이 났다(광주호와 천하절경으로 유명한 '화순적벽'이 있는 동복호 길이다).

그리고 곧 19km 표지판이 보였고 나머지 2km만 더 가면 되었다. 그런데 그 2km가 너무나도 길게 느껴졌다. 19km와 21km는 2km밖에 차이 나지 않지만, 다리가 돌처럼 무거운 시점에서는 2km는 엄청난 거리였다. 가도 가도 끝이 없었다.

그래도 꾸역꾸역 달려 마침내 피니쉬 라인에 도달했다. '아…. 드디어 끝났구나.' 하며 안도의 한숨을 내쉬었다. 마지막 2km가 상당히 힘들었지만, 저절로 흥이 나게 하는 대회 분위기, 사람들의 뜨거운 열정들, 쾌락 중추를 자극하는 달콤한 초코파이와 오아시스같이 시원한 물, 피부로 느껴지는 시원한 산들바람과 모든 게 힐링이 되는 대자연의 아름다움을 다시 한번 생각하면 온몸이 힐링되는 것이 느껴졌다.

이후 나는 곧 복귀 버스를 타고 출발 지점으로 되돌아갔다. 다시 대회장으로 돌아가 보니 10km에 참가한 내 동기가 1시간 동안이나 나를 기다리고 있었다(참 미안하고 고마웠다). 기다려 준 고마운 동기와 사진도 찍고 완주 기념품도 받았다. 참 신기하게도 대회장은 아직까지 북, 장구, 꽹과리 소리가 진동할 정도로 대회 열기가 식을 줄 몰랐다. 여기저기 부스에서는 먹을 것도 주었는데 두부김치와 김치볶음밥도 주었다(너무 배고프고 맛있어서 4그릇이나 퍼다 먹었다). 너무 즐거웠고 행복했다. 나의 29살의 가을, 마지막 20대에 뜻밖의 행복을 느끼게 해 준 내 동기에게 너무 고마웠다.

이날 이후 내게서 '마라톤'이란 단어의 거부감은 완전히 사라지게 되었고, 마라톤 대회는 모두가 열정적인 흥겨운 축제라는 인식이 자리잡게 되었다.

그리고 새로운 목표가 생겼다. 진짜 '마라톤'의 거리인 42.195km 코스에 참가하여 완주하는 것이다.

5. 42.195

나의 20대의 마지막 해인 2019년이 지나고, 내 나이 30대로 접어드는 2020년이 찾아왔다. 고군반을 수료한 나는 가평에 있는 부대에서 군수과장이란 직책을 새로 맡아 수행하고 있었다. 그 이후에도 하프마라톤 완주로 얻은 기쁨과 열정으로 꾸준히 마라톤 연습을 하려고 했지만, 야근이 잦은 참모직 자리에서는 꾸준히 무언가 하기란 그리 쉽지만은 않았다. 게다가 코로나19라는 대규모 감염병이 시작되고 있었기 때문에 더욱이 어려웠다. 거리 두기와 마스크 착용 의무화는 혼자 달리는 나에게 그리 관련이 없었지만, 퇴근 후 무조건적인 숙소 대기라는 지침은 결코 피할 수 없었다. 또한 대부분의 야외 활동이나 마라톤 대회들은 취소되거나 연기되었는데, 그렇게 어렵게 연기된 대회라도 곧 취소되기 일쑤였다. 그래도 한 달에 한 번 정도는 몰래 나와 청평천 자전거 도로를 뛰어다니며 장거리 연습을 해왔다. 하지만 그 정도 연습으로는 역시나 역부족이었다.

결국 나는 마라톤 연습 한 번 제대로 못 해 본 채로 가을을 맞이하게 되었다. 아직도 나의 최고 장거리는 25km에 불과했다(25km 지점을 달리면 이상하게도 심장이 쑤시듯 아파 왔다). 이러다 풀코스의 거리를 뛸 수 있을까. 그리고 과연 풀코스 대회는 열릴 수는 있을까? 걱정이 되었다.

그러다 두 가지 좋은 소식이 들려왔다. 하나는 코로나 대유행으로 영영 개최되지 못할 것 같던 대회들이 비대면 방식[15]으로 방향을 틀었다는 것이고, 또 하나는 호국훈련으로 서울에서 출퇴근이 가능한 대위 한 명을 파견을 보내, 합참(서울특별시 용산구)에서 2주가량 교육을 받고 또 3주가량을 경기도 이천에 있는 부대에서 임무를 수행을 해야하는데, 내가 운 좋게도 선발된 것이다(그 당시 부모님 집은 서울 중랑구여서 용산까지 출퇴근이 가능했다). 이건 다시는 오지 않을 절호의 기회였다.

내가 신청한 마라톤은 10월 17일부터 25일까지 9일간 자신이 원하는 장소, 날짜, 시간을 정하여 해당 거리를 완주하면 되었다(제17회 새벽강변 언택트 마라톤 대회이다). 9월 중순부터 10월 말까지 파견 기간이었기 때문에 마라톤을 완주할 최적의 조건이었다. 군생활에서 다시는 이때만큼 집중해서 마라톤을 연습할 시간도 없을 것이고, 컨디션을 유지할 기회도 없을 것이다. 만약 파견 기간에 이 대회를 완주하지 못한다면 내 인생에 완주할 기회는 결코 없을 거라는 생각이 들었다. 내 머릿속은 오로지 '42.195km'로 가득했다.

파견 기간에는 당직근무나 야근이 없어 생체 리듬을 건강하게 유지할 수 있어서 컨디션을 최고로 높일 수 있었고, 마라톤 연습을 할 여건 역시 최상의 조건이었다. 매일 틈나는 대로 서울 한강 자전거 도로를 뛰어다녔고, 주말에는 길게 뛰는 LSD[16] 연습을 했다. 그리고 2주가 지나 경기도 이천에 있

---

15) 비대면 방식은 자신이 원하는 코스를 뛰어 스마트 시계나 휴대폰 어플로 인증하면 메달과 기록증을 보내 주는 방식이다.

16) Long Slow Distance, 장거리를 천천히 달리는 훈련.

는 부대로 파견지를 옮긴 뒤에도 틈나는 대로 뛰어다녔다.

그리고 10월 17일 토요일. 내가 신청한 언택트 마라톤의 시작일이었고, 파견이 끝나기 2주밖에 안 남은 시점이었다. 평일에는 42km를 뛸 수 없으니 이번 주말과 다음 주말 해서 딱 두 번의 기회가 있는 셈이었다. 나는 경기도 이천에 42km를 뛸 만한 적절한 자전거 도로 코스를 찾아내 그 앞에 주차하고는 근처 편의점에 들러 초코바 몇 개와 생수 및 이온 음료를 사서 바닥에 내려놓았다. 내가 계획한 코스는 자전거 도로와 마을 길이 조금 섞인 4km 하천 길을 5바퀴 왕복하는 것이었다.

하늘은 꽤 맑았지만 선선한 바람도 조금씩 불고, 몸 컨디션도 그리 나쁘지 않았다. 비록 작년 무등산 마라톤 대회처럼 환호해 주는 사람도 없고 유쾌한 꽹과리 소리도 없었지만, 42.195km를 완주할 내 모습을 상상하며 뛰기 시작했다. 그리 빠르지도 않고 너무 느리지도 않은 적당한 속도로 뛰었다. 시골길이라 그런지 조금 한산한 느낌이 들었지만, 꽤 뛸 만한 코스였다(자전거 도로 중간에 뱀 사체가 있어서 놀라긴 했지만).

어느새 세 바퀴(24km)를 돌고 있던 나는 이제 두 바퀴만 더 돌면 정말 꿈에 그리던 풀코스를 완주할 수 있을 거란 희망을 품게 되었다.

그리고 나의 최장 거리였던 25km를 넘어서자 조금씩 걱정이 되었는데, 정말 다행히도 오늘따라 심장이 전혀 아프지 않았다. 정말 하나님이 이번만큼은 나에게 꼭 완주하라고 주신 기회 같았다.

그리고 네 바퀴(32km)를 돈 시점이 되었다. 발에 잡혔던 물집이 하나씩 터지기 시작했고, 다리는 점점 무거워져 곧 경련이 일어날 것만 같았다. 그래도 이제 한 바퀴만 더 뛰면 40km가 되니 힘을 내었다. 시계를 봤더니 페이스가 10.7km/h(1km당 5분 36초)였다. 원래 기록에는 관심이 없고 그저 완주만 하길 바랐었는데, 내가 달려온 페이스를 보니 이대로 잘만 유지한다면 SUB[17]를 달성할 수 있을 것 같았다. 정말 눈치 없게도 그 와중에 부대에서 두어 번 전화가 와서 약 3분 정도 지체되긴 했지만, 결코 포기하지 않았다.

그리고 마지막 한 바퀴. 발가락 사이사이에 잡힌 물집은 진작에 터져 점점 통증이 심해져 갔고, 다리 근육은 물론 손목과 목까지 아프기 시작했다. 더구나 해가 저물어 가면서 점점 쌀쌀해지기까지 했다. 그래도 나는 계속 시계를 보면서 4시간 안에 들어오는 것을 목표로 하여 페이스를 늦추지 않았다. 거의 코스를 다 돌 때쯤에는 호흡마저 잘 안되기 시작했다. 나는 정신을 차렸다. 만약 지금 완주를 못 한다면 더 이상 나에게 기회란 주어지지 않을 거라고 굳게 믿으며 달려 나갔다.

어느새 5바퀴를 다 돌아 40km를 넘어섰고 마지막 2.2km가 남은 시점이 되었다. 온몸에서 올라오는 통증들이 상당히 고통스러웠지만, 고작 2.2km 때문에 두 번 다시 안 올 황금 같은 기회를 날릴 수는 없었다. 정말 긴 2.2km였다. 이전 무등산 마라톤 때 마지막 2km가 떠올랐다. 그때도 마지막 2km가 유난히 길게 느껴졌는데. 하지만 지금은 그때랑 사뭇 다르다. 그때는 단순히 그냥 한번 해 볼까 해서 참가한 대회였지만, 지금은 나 스스로 뚜렷한 목표 아래 긴 시간 정성 들여 준비한 대회이며, 누구나 감히 시도조차 못 하는 42km를 뛰는 대회이기도 하다. 때문에 나는 마지막 2.2km를 달리는 도중에도 이미 완주한 듯이 '와…. 내가 진짜 완주를 하다니!' 하며 성취감을 미리 느끼거나, '정말 SUB4에 들어오겠는걸?' 하는 벅찬 기대감으로 달렸다.

---

17) 4 42.2km를 4시간에 들어오는 것.

그리고 마침내 내 시계 속 화면에는 42.2km가 표시되었고, 그 밑에는 정확히 3시간 59분 42초(10.56km/h, 5분 41초 페이스)를 가리키고 있었다.

'와! 내가 해.냈.다.'

정말이지 날아갈 듯 기뻤다. 비록 응원하는 이 한 명도 없고, 급수대도 하나 없는 초라한 시골길 자전거 도로를 외로이 혼자 달렸지만, 정말 세상을 다 가진 기분이었다. 이렇게 해낸 내가 너무 자랑스러웠다. 이제야 진짜 마라톤을 완주했다고 느꼈고, 그것도 첫 마라톤을 4시간 안에 들어왔다는 자부심이 생겼다.

6. 한라산을 뛰어다니다

기적같이 4시간 안에 풀코스를 완주한 나는 자신감이 꽉 차 있는 상태로 '장교의 꽃'이라 불리는 중대장이란 직책을 맡게 되었다(내가 소신껏 중대장을 수행했었던 이유가 아마 풀코스 완주에서 얻었던 큰 자신감 덕분이 아닐까 싶다). 중대장에 부임해서도 군수과장 때만큼 이것저것 신경 쓸 곳이 많아 정신적으로 피로했다. 주말에도 똑같았다. 그러니 자연스럽게 마라톤의 열정은 조금씩 식어가고 있었다. 이미 마라톤 풀코스를 완주했는데 또다시 똑같은 거리를 도전하고 싶지 않았기 때문에 그런 것일 수도 있다(기록 단축에는 욕심이 없었고, 이미 42km라는 큰 산을 정복했기에 또다시 오르기 싫었던 것이다). 차라리 좀 더 어려운 난이도에 도전하고 싶었다.

여기저기 찾아보던 중 우연히 트레일마라톤 대회를 알게 되었는데 일반 도로에서 달리는 마라톤과 달리 산을 이리저리 뛰어다니는 마라톤 대회였다.

그냥 걸어도 오르기 힘든 산을 뛰어서 올라가다니, 완주하고 나면 얼마나 짜릿할까!

생각만 해도 가슴이 벅찼다. 그중에서 내가 눈여겨본 대회는 60km 한라산 트레일 러닝 대회였다. 제주 한라산을 2번이나 오르락내리락하는 무시무시한 코스였다. 조금 두렵기는 했지만 내 열정의 불꽃은 다시 피어오르기 시작했다.

대회는 11월이라 아직 시간이 많이 남아 심리적으로 크게 부담되지 않았지만, 60km를 완주하려면 10시간 넘게 뛰어다녀야 하는데 과연 할 수 있을지 걱정이 되었다. 좀 더 체계적으로 준비해야 했다. 평일에 새벽같이 일어나 매일 7km씩 뛰고, 주말에는 항상 숙소 앞에 있는 산을 끼고 뛰었다. 또한 산을 오를 때도 페이스 조절하는 요령이 필요해 보였는데, 그 때문에 시간 날 때마다 자주 등산을 다니며 가파른 구간에서도 마라톤처럼 자연스럽게 호흡하는 방법과 힘을 덜 들이고 올라갈 수 있는 요령을 익혔다.

하지만 아무리 그렇게 요령을 익히더라도 대회 날이 가까워지니 조금씩 불안해지기 시작했다. 아직까지 한라산을 두 번이나 넘을 정도의 강도로 운동해 본 적이 없기 때문이었다. 머릿속에는 한라산 정상을 두 번 왕복하여 2,000m가 넘는 누적 상승 고도와 하강 고도, 10시간 넘게 달려야 한다는 부담감이 가시지 않았다. 더 강한 자신감을 얻어야 했다.

대회를 2주 앞둔 주말, 나는 나만의 큰 과제에 도전하기로 했다. 일명 '숙소-연인산-명지산-연인산-숙소' 코스이다. 숙소에서 연인산 입구까지 7.5km를 뛰어가서 거기서부터 연인산 정상을 지나 명지산 정상을 찍고 다시 연인산 정상을 지나 입구부터 숙소까지 뛰어오는 것이다.

미리 예행연습을 한다는 생각으로 대회 날에 입을 스포츠 웨어와 바람막이를 입고, 대회 날에 멜 가방에 물과 음료수, 에너지바 몇 개를 챙겨 나갔다. 처음 해 보는 장거리 코스라 꽤 부담도 되었지만, 이 코스조차 완주하지 못한다면 절대 실전에서 한라산을 완주할 수 없다는 생각이 들었다.

생각보다 너무 힘들었다. 이제껏 4시간 이상은 달리지 않았던 나로서 10시간이 넘는 '숙소-연인산-명지산-연인산-숙소' 코스를 완주하는 건 아무리 연습이어도 참 대단한 도전에 가까웠다. 중간에 포기할 뻔도 했지만, 결국 무사히 완주했다. 오르면서 많은 시행착오를 겪으며 결국 몸살이 나버렸지만, 그래도 이번같이 실전적인 연습을 통해서 본 대회에서 완주할 수 있을 거라는 큰 자신감을 얻게 되었다.

11월 12일, 때가 되었다. 오랜만에 타는 비행기라 여행이라도 가는 듯한 마음에 한층 들떠 있었지만, 마음 한편에는 '이렇게 비싸게 항공권까지 예매하며 갔는데 완주도 못 하고 돌아오면 어떡하지?'라는 걱정이 있었다.

곧 제주도에 도착했다. 역시 제주도라 그런지 그리 춥지 않았다. 11월 초였지만 10월 초와 같은 기온이었다. 대회 측에서는 기상악화로 아이젠은 필수로 챙겨야 하며, 항상 안전에 유의해야 한다며 장문의 문자가 왔었지만, 지금 날씨를 보면 눈이 온다 해도 금방 녹을 것 같았다. 아이젠을 괜히 샀나 싶기도 했다.

다음 날 새벽 5시. 대회 날이 밝아 왔다. 다행히 몸 컨디션은 그리 나쁘지 않았고, 날씨도 선선하니 괜찮았다. 내가 묵었던 숙소에서 대회 출발 지점까지 꽤 거리가 있어 대회 측에서 운영하는 버스를 타고 갔는데, 버스 안에서도 나는 오로지 '혹시라도 완주를 못 하게 되면 어떡하지.' 하는 걱정뿐이었다.

20분 정도를 가니 곧 대회장에 도착했다. 버스에서 내리니 상당히 추웠다. 한라산 근처라 그런지 오늘 아침 숙소에서의 체감온도와는 전혀 딴판이었다. 대회장에는 이미 여러 사람들로 붐비고 있었는데, 코로나 영향인지 몰라도 생각보다 많지 않아 보였고, 무등산 마라톤 대회만큼 활동적이고 축제 같은 분위기는 아니었다.

곧 출발 시간이 다가왔고 그때처럼 사회자의 카운트 다운에 맞춰 경기가 시작되었다. 한라산은 다른 산에 비해서 비교적 경사가 완만했다. 그래서 그런지 오르막길에서도 빠르게 뛰어가는 사람들도 꽤 보였다. 나는 장거리 레이스라는 것을 생각하며, 최대한 주변 사람 페이스를 의식하지 않고 나의 심박수를 느끼며 내 페이스대로 올라갔다.

그러다가 중간에 교통체증이 일어났다. 대회 참가한 사람들뿐 아니라 등산객들이 워낙 많았기에 때문에 이 좁은 길로는 모두 소화가 되지 않았던 모양이다.

나는 그 틈을 타 밀려왔던 숨을 크게 내쉬면서 주변을 구경하였다. 날씨 탓도 있겠지만 밑에서 올려다본 한라산의 전경은 정말 장관 중에 장관이었다. 저 멀리 바다인지 구름인지 구분이 안 되는 경계선으로 우아하고 아름다운 흰색과 푸른색의 그라데이션 속에 나무 계단으로 쭉 이어져 있는 풍경은 마치 천국으로 가는 계단 같았다. 대회도 대회지만, 이때 아니면 이런 대자연의 광경을 감상할 수 없을 터라 이곳저곳에 가서 사진을 마구 찍어댔다.

한라산 중간 지점에서 찍은 사진. 사진으로는 도저히 담을 수 없을 정도로 아름다웠다.

그리고 곧 한라산 정상에 도착했다. 정상에서도 마찬가지로 감탄이 절로 흘러나왔다. 난생처음으로 한라산을 오르기도 했지만, 내가 봤던 그 어떠한 산 정상보다 훨씬 웅장하고 아름다웠다. 마치 거대한 얼음 공예 전시라도 하는 듯한 아름다운 얼음 조각상들과 화이트 크림으로 살며시 뒤덮은 아이스크림처럼 눈으로 뒤덮인 백록담을 바라볼 때면 감탄을 금치 못할 정도였다. 사진으로 담긴 했지만 도저히 사진으로는 내 눈에 비친 웅장한 아름다움을 전부 표현할 수 없었다.

그렇게 잠시 동안 웅장한 대자연 풍경에 정신이 팔리다가 주변을 돌아보니, 대회 참가자들이 보이지 않았다. 아차 싶어 서둘러 내려가기 시작했다. 그래도 다행히 곧 대회 참가자들의 뒷모습을 볼 수 있었다.

내가 내리막길에 약한지는 모르겠지만, 은근히 내려가는 사람들이 모두 빨라 보였다. 내가 오르막길에서 추월했던 사람들이 곧 내리막길에서 다시 날 추월했다. 신발에 접착제라도 발라 놓았을까? 어떻게 이리도 미끄러운 땅들도 자신 있게 뛰어 내려가는지 궁금했다(내가 키가 커서 그럴 수도 있겠다).

하얀 눈에 뒤덮인 웅장한 한라산 백록담 배경으로 찍은 사진

한참을 내려가다 보니 등산로 입구에 첫 번째 급수대가 나왔고, 다시 아스팔트 길을 따라 뛰어나갔다. 내가 걱정했던 것과 달리 산악마라톤이라고 무조건 산만 뛰어다니는 게 아니었다. 약 8km 정도의 아스팔트 도로를 뛰었는데, 아마도 다른 한라산 등산로 입구까지 외곽으로 도는 느낌이었다.

상당히 추웠던 한라산 정상과는 달리 산 아래에서는 아스팔트 열기가 느껴질 정도로 뜨거웠다. 한라산에서 내려오면서 눈에 젖은 신발에 발가락이 얼까 걱정했는데 다행이었다.

곧 두 번째 급수대에 도착했다. 그러고 보니 여기에 컷오프 시간이 있었는데 여기까지 15시에는 도착해야 하는 것이었다. 지금이 14시 50분이니까 나는 겨우 10분 남기고 들어온 것이다. 휴…. 정말 큰일 날 뻔했다. 대자연의 아름다움에 푹 빠져 있다가 울면서 비행기를 탈 뻔한 것이다. 정말 다행이었다.

급수대에서 충분히 수분을 보충하고는 곧 다시 한라산 정상으로 향했다. 두 번째 한라산을 오르는 길은 첫 번째와 달리 다리에 어느 정도 데미지가 있는 상태였기 때문에 발걸음이 그리 가볍지는 않았다. 또한 첫 번째 코스보다 눈이 깊게 쌓여 돌과 돌 사이에 발이 쑥쑥 빠져 발목을 삐끗하기도 하고, 겨우 말랐던 신발과 양말이 금방 젖기 시작했다.

얼마나 올랐을까. 한라산 정상이 나올 듯 말 듯했지만, 아무리 가도 정상이 나오지 않았다. 분명 정상에 다다를 거리였는데, 혹시 내가 길을 잃은 게 아닌가 싶어서 핸드폰 GPS로 현 위치를 봤더니 정상 바로 옆길을 가로질러 가고 있었다. 옆을 보니까 정말 우뚝 솟아 있는 거대한 바위가 있는 것이었다. 바로 그게 백록담이었다. 정말 아름다웠다(그러고 보면 참 신기했다. 언제 정상이 나올까 걱정하면서 앞만 보다 보면 아름다운 주변의 모습들을 전혀 느낄 수 없는데, 잠시 멈추면 주변의 아름다움이 서서히 보이는 것이었다. 분명 아까 처음 정상을 오를 때도 그랬다. 중간에 잠시 멈춰 서는 것 역시 인생에서 매우 중요한 것임을 또 한 번 느낀다).

온통 하얀 눈으로 뒤덮인 검은 현무암들과 웅장한 백록담,

앙상한 나뭇가지들 사이사이에 아기자기하게 맺힌 예쁜 눈꽃들.

이런 아름다운 조화를 나만 보는 것 같아 아쉬웠다. 아마 이 광경을 보지 않은 사람은 절대 공감하지 못할 것이다(그래서 엄마에게 영상통화를 걸어 깜짝 놀라게 하기도 했다. 엄마에게 제주도에 간다고 말도 안 했으니 아마 깜짝 놀랐을 것이다).

백록담 아래에서 찍은 사진. 너무 아름다워서 입이 절로 벌어진다.

그 황홀한 장관의 구간을 지나자 끊임없는 내리막길이 계속 이어졌다. 항상 내리막은 쉬울 거라 여겼었는데 내리막 역시 만만치 않았다. 특히 60km나 되는 장거리 대회다 보니 내리막도 오르막만큼 충분히 고통스러웠다.

그렇게 끝없는 내리막이 지나자 마지막 급수대에 도착했다. 이제 산에 다 내려온 것이다. 이제 남은 거리는 15km 포장도로였다. 안심이 되었다. 이제 가다가 정말 웬만한 부상이 아니면 완주하는 것은 시간문제겠구나 싶었다. 벌써 완주 메달을 받을 생각에 설레기 시작했다. 그런 내 기분을 대회 측에서도 알았는지 마지막 급수대에서는 FINISHER 글자가 적힌 스포츠 타올을 나눠주었다. 아마 이제 별로 안 남았기 때문에 끝까지 포기하지 말고 힘을 내서 완주하라는 뜻 같았다.

나는 신나는 마음으로 도로를 뛰어나갔다. 원래 내 주특기는 산악이 아니라 달리기였기 때문이다. 그러다 조금 가다 보니 저 멀리서 40~50대 정도 돼 보이는 두 명의 참가자가 나란히 얘기하면서 가는 게 보였다. 그냥 지나쳐 갈까 하다가 얼떨결에 같이 합류하게 되었다. 조금 느리긴 했지만, 이런저런 얘기를 하며 가느라 느린 줄도 몰랐다. 그분들은 나를 보며 그런 어린 나이에도 이런 대회에 참가한 게 정말 대단하다며, 나중에는 100km 울트라마라톤도 도전해 보라고 권유했다. 나는 좀 의아했다. 이렇게 한라산을 두 번이나 오르는 대회가 그냥 아스팔트를 100km 달리는 것보다 훨씬 더 힘들다고 느꼈었는데 그건 아닌가 보다.

얼마나 달렸을까…. 금방 날이 저물어 가기 시작하고, 내 다리 역시 점점 잠기기 시작했다. 완주하는 건 시간문제였지만, 언제나 마지막 남은 거리는 힘들었다. 그래도 이전 대회들처럼 꾸역꾸역 참으며 끝까지 달려 나갔다.

그리고 마침내 결승점에 도달했다.

나는 급수대에서 받았던 FINISHER 수건을 두 손 높이 펼쳐 들었다.

한라산 울트라마라톤 완주 후 찍은 FINISHER 사진

이 대회는 나에게 상당한 의미가 있다. 오로지 나 혼자 비행기를 타면서까지 이렇게 먼 거리를 여행한 것도 처음이었고, 눈밭을 11시간이나 뛴 것도 처음이었으며, 42km를 넘어 60km라는 울트라마라톤을, 그것도 한라

산을 2번이나 오르고 내리는 이런 무시무시한 대회를 참가한 것도, 그리고 그걸 완주한 것도 처음이었다. 그리고 여태 보지도 못했던 대자연 속 아름다움 역시 처음이었다(무등산 때의 광경과는 많이 다르다). 이번 한라산 대회는 내 인생에 있어서 너무나도 값지고 좋은 '여행'이었다.

나는 그전까지는 마라톤이나 등산 같은 운동은 그저 완주했다는 성취감 하나로 그 힘든 거리를 무작정 참고 견디는 것인 줄 알았다. 하지만 이번 대회를 통해서 마라톤은 단순히 성취감을 떠나 완주하기까지 힘든 과정들 속에서 상당한 즐거움들을 느끼며 멋지게 달릴 수 있다는 걸 깨달았고, 그리고 어디에서나 느낄 수 없는 대자연의 아름다움을 온전히 피부로 느낄 수 있다는 것에 감동했다. 앞으로도 평생 이렇게 달릴 생각에 또 한 번의 행복을 느낀다.

그 이후 나는 달리기 영상 콘텐츠를 자주 보았다. 그중에서 마라닉이라는 콘텐츠가 있었는데, 참 흥미로웠다. 마라닉은 말 그대로 '마라톤+피크닉'의 합성어로 마라톤을 소풍처럼 여유롭게 즐긴다는 뜻이다.

마치 이번 한라산 대회에서 내가 느꼈던 것처럼 여유로운 호흡과 안정된 심박수, 그리고 빨리 달려야 한다는 압박감이나 경쟁이 아닌, 그저 달리는 자체를 즐기면서 뛰는 것.

나는 상상한다. 전국 곳곳을 마라닉으로 대자연의 아름다움과 삶의 여유를 느끼며 행복감에 흠뻑 젖어 있는 나의 모습을.

7. 나는 울트라 러너

또 한 해가 지나 2022년이 되었다. 중대장이란 직책도 이제 6개월 정도 밖에 남지 않은 시점이었다. 그동안 중대장으로서도 최선을 다하고, 마라토너로서도 최선을 다하고 있어 항상 자신감에 차 있는 상태였다. 이제 뭘 하든지 다 잘할 수 있을 것 같았다. 그리고 중대장을 마치기 전에 마지막으로 두 가지 도전을 해 보고 싶었다.

마라톤의 끝판왕인 100km 울트라마라톤과 중위 시절 때부터 그토록 고대했던 철인 3종 경기였다.

두 도전 모두 그리 쉽지 않았기에 좀 더 체계적이고 구체적인 계획이 필요했다. 책상에 앉아 진지하게 구상하며 계획을 세웠다. 중대장 임기가 6개월 남았다는 것과 대회를 각각 준비하기 위한 기간을 고려하여, 울트라마라톤은 올해 가장 빨리 열리는 4월에 '청남대 울트라마라톤'으로 계획하고, 철인 3종 경기는 5월 말에 군산에서 열리는 '군산새만금국제철인3종경기'로 계획했다.

다행히 코로나 유행이 서서히 완화되고는 있었지만, 코로나가 아예 끝난 것은 아니었고, 앞서 계획된 부대 훈련도 많고, 평소 해야 할 업무나 신경 써야 할 병력들도 많았기 때문에 울트라마라톤과 철인 3종이라는 거대한 산을 동시에 준비하기란 결코 쉽지 않았다. 특히 나는 이때 수영 200m도 벅찬 초보에 가까웠다. 따라서 나름대로 전략을 잘 세워야 했다.

평일 새벽 일찍 일어나 장거리 러닝 훈련을 하고, 주말이나 공휴일에는 자전거와 수영을 연습했다. 보통 주말에 애용하는 훈련 코스는 자전거를 타고 숙소에서부터 20km 떨어져 있는 수영장에 갔다가 다시 자전거를 타고 숙소로 돌아오는 코스이다(주말에 당직근무라도 있는 날에는 자전거와 수영 훈련을 못 해 너무 속상했다. 돈을 주고 주말 당직근무를 팔아서라도 훈련에 매진하고 싶었다).

시간이 지나 곧 울트라마라톤 대회가 가까워졌다. 그래서 그런지 오히려 막막하게만 느껴졌던 철인 3종 경기보다 애초부터 자신 있었던 울트라마라톤이 더 걱정되었다. 비록 한라산도 두 번이나 뛰어다녔던 나였지만 100km란 거리는 결코 그리 만만한 거리가 아니었다. 대회가 한 달밖에 남지 않은 시점부터는 오로지 장거리 러닝에만 집중하기로 했다. 평일에 새벽 4시에 일어나 20km를 뛰고 출근을 하겠다고 다짐도 해 보았는데, 영하 10도가 넘어가는 추운 날씨와 깜깜한 이른 새벽부터 일어나 달리는 것은 정말이지 보통 정신력으로 하기 힘들었다(저녁에 뛰는 것도 고려해 봤지만, 부대에서도 역시 중대장으로 열정을 쏟았기에 퇴근 시간에는 도저히 달릴 힘이 남아나지 못했다).

하지만 나는 그 어려운 새벽 4시 20km 달리기를 거의 매일 해냈다. 그만큼 내 목표인 100km 울트라마라톤을 반드시 달성하고 싶은 열망이 강했고, 수동적인 뇌와 능동적인 뇌의 원리를 통한 단순화 전략을 나만의 루틴을 잘 만들었던 것이 성공의 요인이었던 것이다(우리 뇌에는 에너지가 별로 안 드는 대신 고정된 패턴을 수행하는 수동적인 뇌인 기저핵과, 에너지가 많이 드는 대신 행동의 변화를 수행하는 능동적인 뇌인 전전두엽이 존재한다). 내가 조깅을 하려고 수많은 옷과 신발 속에서 무엇을 입을지, 무엇을 신을지 고민했다면 능동적인 뇌가 작용하여 마나(의지력이라는 에너지)를 많이 소모할 것이다. 그럼 결국 이토록 힘든 새벽 시간과 추운 날씨를 견디며 현관문 밖에 나갈 마나(의지력이라는 에너지)조차 없어지는 것이다. 어떤 일을 간절히 이루고자 한다면 그 일 외에 다른 일들에 대해서 나의 마나(에너지)를 아껴야 한다.

또 한 가지 성공의 전략이 있다면 선택과 집중이다. 새벽 4시에 일어나

20km를 뛰고 출근을 하면 오전에는 그나마 컨디션이 좋아 집중도 잘 되지만 오후가 되면 꽤 힘들다. 따라서 나는 오전 시간에는 상대적으로 까다로운 업무들을 집중적으로 처리하고, 오후에는 마나(에너지)가 별로 들지 않는 업무들을 처리했다. 그리고 퇴근 후에 저녁에는 부대 사람들과의 약속은 모두 포기하고 일찍 잠을 잤다. 다음 날 새벽 4시에 일어나 20km를 뛰기 위해서이다. 내 머릿속에는 오로지 '중대장으로서의 일'과 '새벽 4시, 20km 뛰는 것' 말고는 없었다.

또한 장거리 거리를 연습하면서 내가 습득한 중요한 기술이 있었는데, 아무리 긴 거리를 달려도 지치지 않는 주법이다. 이름하여 '초절전 모드'이다(내가 지어냈다). 움직이는 데 필요 없는 모든 근육에 힘을 완전히 빼고, 오로지 천천히 달리는 데 꼭 필요한 근육만 단련시켜 최대한 피로가 쌓이지 않도록 움직이는 것이다. 그렇게 되면 자연스레 몸에 리듬감이 생기고 심박수가 안정되며 호흡이 편한 상태가 된다. 마치 걷는 것처럼 말이다. 이는 100km라는 엄청난 거리에서 살아남기 위한 내 전략이었다.

곧 대회 날이 밝아왔다. 다른 대회와는 다르게 울트라마라톤 대회는 조금 늦은 오후에 시작해 밤새 달려 다음 날 새벽에 도착하는 경기였다. 미리 낮잠을 자 두었긴 했지만 밤새우는 것에 취약했던 나로서는 여전히 부담이 될 수밖에 없었다.

경기장은 대회 참가자들로 붐볐다. 저번 경기에서도 느꼈지만, 울트라마라톤 대회는 다른 경기에 비해 대회 분위기가 조금 더 여유 있었고, 뭔가 모를 정감이 느껴졌다. 아마도 참가하는 사람들의 나이가 대부분 부모뻘이라 그런 것 같다. 나와 비슷한 또래나 더 어린 사람들은 전혀 찾아볼 수 없었다(나중에 찾아보니 참가자 중에 내가 가장 최연소라고 한다).

곧 출발 시간이 다가왔고, 대회 사회자는 시작을 알리는 신호를 주었다. 언제나 그랬듯 여기서도 카운트 다운으로 출발을 알렸다(아마 카운트 다운이 '국룰'인가 보다).

시작하자마자 사람들은 걷는 속도와 비슷하게 천천히 조깅하듯 뛰었다. 나 역시 그전에 익혔던 '초절전 모드' 전략을 사용하며 힘을 아꼈다.

그러고 1시간 정도가 지나자 온몸이 땀 범벅이 되었다. 초반부터 오르막길도 꽤 있고, 초봄이라 그런지 낮에는 상당히 더웠다. 땀이 많이 난 만큼 중간중간의 급수대에서 물과 이온 음료를 적절하게 마시고, 물통에 물을 보충시켰다. 그래도 몇 번 대회 경험이 있다고 나름 능숙해진 것 같다. 급수대는 보통 10km 지점마다 나왔는데, 정말 사막의 오아시스 같은 존재였다. 어떤 급수대에서는 벽돌 같은 큼직한 콩떡을 주었는데 너무 맛있어 두 개나 먹었다. 다른 사람들이 보기엔 마라톤 대회인데도 불구하고 목이 메는 콩떡을, 그것도 두 개씩이나 먹는 게 이해가 안 될지 모르지만, 나의 마라톤은 단순히 남들과 경쟁하기 위해 또는 기록을 세우기 위한 것이 아니었다. 비록 100km 마라톤이란 목표를 세워 참가한 것이지만 그 속에는 그저 나 스스로 달리는 자체를 즐기며, 아름다운 자연 풍경을 보며 평소 일속에 파묻혀 지쳤던 몸과 마음을 다시 채우고 이 아름다운 청남대라는 지역을 여행하기 위해 달리는 것이었다(이렇게 맛있는 콩떡과 함께라면 여행의 질이 높아진다).

청남대 울트라마라톤 코스 중간 지점
아름다운 벚꽃 길 사이로 달리는 나의 모습

어느새 나는 42km를 지나고 있었다. 문뜩 처음 풀코스마라톤을 완주했던 때가 생각났다. 그때는 완주하고 나서 더 이상 걷지도 못할 것 같이 힘겨웠었는데, 지금은 그 거리의 두 배 이상 뛰려고 하고 있으니, 42km 지점은 그저 껌처럼 보였다. 한번 자신의 한계를 초월한 사람은 과거의 한계를 쉽게 바라보는 경향이 있는 것처럼 말이다. 내가 10km밖에 안 뛰어 봤을 때는 42km는 거의 '넘사벽'의 거리였다. 그러다 풀코스를 완주한 후에는 42km란 거리가 힘들긴 해도 그나마 할 만한 거리가 되었고, 60km 한라산 마라톤을 완주한 후에는 42km 거리는 그 전보다 더 할 만하게 느껴졌다. 그리고 2배가 훌쩍 넘는 100km에 도전하고 있는 지금은 42km 지점은 고작 이제 시작하는 지점이 되어 버린 것이다(아마 100마일[18]이나 200km 이상 뛰

18) 약 160km.

어 본 사람들은 100km도 별거 아닐 것이다).

그리고 목표를 크게 잡으면 잡을수록 중간 지점들이 쉬워지는 듯했다. 내가 100km가 아닌 42km 대회에 참가했다면 분명 30km 지점부터 포기할 듯 힘들게 느껴졌을 것이고, 60km 대회에 참가했다면 지금 42km 지점에서 힘들게 느껴졌을 것이다. 그리고 반대로 내가 100마일이나 200km 대회에 참가했다면 지금 지점은 정말 아무것도 아닐 것이다. 이 원리는 마라톤뿐 아니라 모든 삶에 적용시킬 수 있는 진리인 듯했다. 마라톤으로 인생을 공부한다는 게 이런 것일까?

곧 중간 휴식지인 51km 지점에 도달했다. 중간 휴식지에서는 다른 대회에서 결코 맛볼 수 없는 식사가 나왔다. 메뉴는 그저 미역국에 밥, 김치였지만 정말 지금까지 먹어 본 미역국 중에서 가장 따뜻하고 맛있는 미역국 세트였다. 정말 맛있게 먹었다(정확히 말하면 맛있게 느껴진 것이다. 51km에서는 아마 흙을 퍼먹어도 맛있었을 것이다). 밥을 다 먹고 일어나 보니 확실히 다리에 어느 정도 피로가 쌓인 것을 느낄 수 있었고, 발가락에는 물집이 곧 잡힐 듯했다. 그래도 지금 51km 왔으니 절반 넘게 온 것이다. 이제 49km만 더 가면 되니 파이팅 하며 다시 발걸음을 옮겼다(항상 긍정적인 마음은 마나를 북돋아 준다).

100km 울트라마라톤의 진짜 시작은 정말 50km부터였다. 몸 컨디션이 웬만큼 부서진 상태가 되어야 진짜 시작인 셈이다. 몸도 갑자기 이상해졌다. 갑자기 무릎이 아파 와 '아, 어쩌지.' 하며 계속 참고 가다 보면 어느새 멀쩡해지고, 옆구리가 아파 오다가 조금 지나니 또 괜찮아지고, 발가락 역시 아파 오다가 또 갑자기 멀쩡해졌다. 참 희한했다. 마치 뇌에서 그만 움

직이라고 속임수를 쓰는 것 같았다.

어느새 자정이 넘고 새벽 1시가 다 되었다. 내가 가장 힘들어하는 시간이다. 너무 졸리다 못해 땀도 너무 많이 나서 머리도 아파 오기 시작했다. 아빠가 어릴 적부터 아무리 일이 급해도 0시부터 3시까지는 무조건 자야 한다고 했었는데, 내가 아빠를 닮았나 그 말이 정말 맞는 것 같기도 하다. 너무 피곤하고 하품이 쏟아져 나왔다. 일부러 잠을 깨려고 텐션을 높이는 것보다 차라리 졸음 텐션을 유지하면서 마나(에너지)를 조금씩이라도 채우는 편이 더 효율적일 것 같았다. 3초간 눈 감다가 2초간 눈을 뜨는 것을 반복하면서 '졸면서 걷기'를 반복했다(생도 때 철야 행군하면서 터득한 기술이다). 그렇게 1시간 정도 걸으니 신기하게도 어느새 잠이 달아났다. 정말 우리 몸은 알다가도 모르겠다.

산골짜기 도로가 쭉 이어진 가로등 하나 없는 포장도로를 달리는 코스라 상당히 어둡고 삭막했지만, 밤하늘 속 수많은 별빛과 달빛이 날 인도하듯 밝게 비추어 그렇게 무섭지도, 외롭지도 않았다. 양옆에는 희미하게나마 형체를 드러낸 숲속 나무들이 검푸른 모노톤으로 칠해져 있었고, 그 안에서는 향긋하고 상쾌한 자연 냄새가 뿜어져 나와 내 코를 자극하기 시작했다. 여기저기에서 울려 퍼지는 뻐꾸기 소리와 정처 없이 유랑하는 반딧불이의 묘한 빛깔 공연은 정말 아름다운 자연의 그대로의 소리, 그대로의 향기, 그대로의 광경이었다. 마치 키네틱 플로우의 「몽환의 숲」이 떠오른다(아쉽게도 이 황홀한 분위기 속에서 찍은 사진은 없다).

80km 지점. 이제 고작(?) 20km가 남은 시점이었다. 잠도 어느 정도 깬 상태였지만, 몸은 잘 움직여지지 않을 정도로 지쳐 있었다. 이제 급수대에

서 무얼 먹어도 잘 들어가지도 않았고, 이전에 먹었던 것들은 쉽게 소화되지 않았다. 몸에서 자연스럽게 소화에 필요한 장의 혈액들을 빼어다가 다리 근육에 집중하는 것 같았다. 몸도 생존을 위해서 선택과 집중 전략을 사용하나 보다.

전체적인 코스를 봤을 때 이제 오로지 내리막밖에 남지 않은 시점이었다. 하지만 한라산 트레일 러닝에서 느꼈었지만 나는 내리막이 너무 힘들었다. 아마도 191cm나 되는 큰 키와 체중도 어느 정도 나가 발을 디딜 때 받는 충격량이 남들보다 2배, 3배는 커서 그럴 것이다. 특히 가장 말단에 있는 발가락들은 정말 터질 듯이 아팠다.

그러고 보니 나는 키가 큰 게 어릴 적부터 큰 콤플렉스였다. 뭐 지금은 아니지만, 고등학생 때만 하더라도 나의 큰 키가 너무 싫어서 항상 구부정하게 돌아다녔고, 맞는 바지가 없어 거의 똑같은 바지만 입고 다녔으며 엘리베이터같이 밀집된 좁은 공간은 항상 피해 다녔다. 하물며 사람들이 "와…. 거인이다.", "키 존나 크네.", "대체 키가 몇이세요?"라고 할 때마다 이런 유전자를 물려준 엄마 아빠가 원망스럽고 하나님이 원망스러웠다. 심지어 내가 다녔던 남현 학원 원장은 나에게 너처럼 거인들은 너무 커서 운동신경이 둔하고, 수명이 짧아 아마 빨리 죽을 거라며 저주를 퍼붓기도 했다.

그렇게 자라 온 내가 어떻게 그런 콤플렉스를 극복했는지 모르겠지만, 언제부터인가 오히려 나같이 키 큰 사람이 더 잘 뛸 수 있다는 것을 증명해 보이고 싶었다. 아마 내가 산악마라톤이나 울트라마라톤같이 엄청난 대회에 도전하게 된 원동력도 이런 콤플렉스에서 나왔던 것 같다. 특히 마라톤같이 장거리 대회에서는 대부분 키가 작은 사람들뿐이니, 완주를 하면 내 한계점을 극복한 셈이기도 하니까.

어느새 아주 희미하게나마 날이 밝아 오고 있었고, 곧 나는 피니시 지점에 다다르기 시작했다. 피니시 지점은 100km에 걸맞은 성대한 대접을 하듯 레드카펫이 깔려 있었는데, 그 레드카펫을 밟는 순간 나는 벅찬 감정을 못 이겨 눈물이 터져 나올 뻔했다. 완주할 때 느낌은 100km에 걸맞게 정말 엄청난 것이었다.

청남대 울트라마라톤 완주 사진. 정말 세상을 다 가진 기분이었다.

‘나는 그 누구도 감히 엄두도 못 낼 100km 마라톤을 해낸 것이다! 결승전을 통과한 순간에는 그 어떠한 성공한 사람들과 억만장자들이 부럽지 않았고, 그 사람들조차 못 느낄 광대한 행복을 내가 느꼈다고 자부할 수 있었다. 나는 이날 이후로 그 누구도 감히 따라올 수 없는 울트라 러너가 된 것이다!’

8. 꿈이 실현되다

기쁨도 잠시, 나는 곧 있을 철인 3종 경기를 준비하느라 정신이 없었다. 철인 3종 경기는 내가 처음 도전해 보는 종목이었고, 세 가지 종목을 모두 연습해야 했기에 하나의 마라톤 경기를 준비하는 것보다 시간과 노력과 돈이 각각 3배나 들었다(마라톤은 러닝화만 있으면 되지만 철인 3종은 자전거는 기본이고, 자전거 헬멧, 웻슈트, 수경, 수모 등은 기본적으로 구비해야 한다).

예상했던 대로 달리기는 그렇게 큰 걱정거리가 아니었지만, 수영과 자전거는 상당히 자신감이 부족했다. 당연한 얘기겠지만 수영과 자전거는 달리기만큼 여러 대회에 참여하지도 않았고, 평소 연습도 안 했기 때문이다.

또한 그 누구의 도움 없이 혼자 첫 철인 경기를 참가하다 보니까 궁금한 점이 많았다. 바다에 슈트를 입고 수영을 해야 하는데 수영이 끝나고 자전거 탈 때는 옷을 어떻게 갈아입어야 하는지, 중간 지점에서 자전거와 자전거 헬멧은 어디에다 보관해야 하는지, 수영 직후에는 옷이 물에 젖은 상태인데 신발과 웻슈트는 어떻게 갈아입어야 하는지, 경기 시작 전 자전거 검차를 받아야 하는데 무엇을 어떻게 준비해야 하는지 등 누구에게 물어볼 사람도 없고, 인터넷 카페나 블로그를 뒤져 봐도 처음 하는 사람들이 이해할 수 있을 정도로 세부적인 진행 방법에 대해서 나와 있지 않았다. 유튜브 영상 역시 오로지 유쾌한 대회 영상뿐이었다. 결국 적극적으로 직접 블로그나 카페에 들어가서 물어보고, 영상을 여러 번 돌려 보며 어렵게 알아내야만 했다.

경기 전까지 두 달도 안 남은 시점. 턱없이 부족한 연습 기간으로 스트레스를 받고 있었던 나는 이번에도 역시 선택과 집중 전략을 써야 했다. 이제 매일 출근 전 새벽마다 해 왔던 달리기는 잠시 중단하고, 그 대신에 자전거 훈련을 하거나 수영장에 갔다. 그리고 주말이나 휴일에는 실전처럼 수영-자전거-달리기를 연이어 해 보기도 했다. 비록 실전처럼 바다에서 수영한 것도 아니고 바꿈터도 없었지만, 연이어 해 보는 것만으로도 어느 정도 경기에 대한 감각이 생겼고, 자신감도 붙었다. 역시 뭐든지 하기 전에는 축소판이라도 예행연습, 즉, 리허설을 꼭 해 봐야 한다.

대회가 점점 다가올수록 걱정도 다가왔다. 이제 대회가 얼마 안 남았는데도 불구하고 난 아직도 여전히 수영장에서 안 쉬고 자유형으로 400m 가는 것조차 겨우 할 정도였다. 실경기장인 바다에서는 파도가 출렁거리며, 헤드업(자유형은 기본적으로 옆으로 호흡하며 나아가는데, 오픈워터 자유형은 앞에 부표를 보며 가야 한다)으로 잘 보이지도 않는 부표를 보면서 가야 하는데, 게다가 컷오프까지 있으니 수영 때문에 실격당하면 너무 억울할 것 같았다. 그나마 수영이 1km이고[19] 앞을 보며 호흡할 수 있는 평영은 그나마 자신 있었기 때문에 다행이었지만, 그래도 여전히 불안했다. 수영에 좀 더 집중해야 했다. 아직 초봄밖에 되지 않아 지금 바다에 들어가 연습하는 것은 불가하니, 나중에 며칠 전이라도 미리 대회장에 가서 바다 수영을 연습해야겠다고 마음먹었다.

점차 시간은 흘러 대회가 코앞으로 다가왔다. 이번 휴가는 목요일부터 일요일까지 무려 평일 2일이나 냈는데, 컨디션 조절을 하면서 준비 기간에

---

19) 철인 3종 경기의 표준 거리는 수영이 1.5km, 자전거가 40km, 마라톤 10km인데, 내가 신청한 대회는 수영 1km, 자전거 47km, 마라톤 10km였다.

는 못 해 봤던 실전 감각을 익히기 위함이다. 그만큼 나는 이 대회에 엄청나게 신중을 기한 것이다. 이 대회는 나에게 굉장히 특별한 대회였기 때문이다. 내가 이 부대 중대장이 끝나기 전 마지막 대회였고, 5년 전부터 그렇게나 고대해 왔던 철인 3종 경기의 꿈을 이룰 마지막 무대였기 때문이다. 나는 반드시 부대 복귀할 때 목에 완주 메달을 걸고 가야만 했다. 반드시!

나는 이러한 부담감과 기대감을 동시에 안고서 군산 앞바다로 향했다. 가평에서 군산까지 4시간 가까이 되는 거리를 운전해서 가야 했지만 설레는 마음에 하나도 피곤하지 않았다.

첫째 날에는 숙소에서 휴식하며 컨디션을 조절했고, 둘째 날부터 본격적으로 움직이기 시작했다. 아침 일찍부터 자전거를 끌고 대회 코스를 쭉 돌아보았다.

자전거 코스인 새만금 도로는 4차선으로 끝이 보이지 않게 길게 펼쳐진 도로였다. 도로의 양옆은 시원하게 뚫려 있어 군산의 푸른 바다를 감상하면서 자전거를 탈 수 있어 좋았지만, 그만큼 거세게 불어오는 바닷바람을 견뎌 내야 했다. 자전거는 특히 바람의 영향을 많이 받기 때문에 이러한 풍향, 풍속이 굉장히 중요하며, 이런 바람의 성향들을 잘 고려해 전략적으로 경기를 펼치는 것이 무엇보다 중요했다. 직접 자전거를 타고 왔다 갔다 해보니 갈 때는 역풍, 올 때는 순풍이었다. 대회 전이라 무리해서 속력을 내면 안 되었기에 가볍게 코스 답사를 하는 정도로 천천히 돌아봤다.

오후에는 수영을 연습하러 군산 앞바다로 향했다. 벌써 대회장을 설치하는 사람들로 붐비었는데 아직 대회 이틀 전이라 그런지 연습하러 온 사람들은 생각보다 없었다.

나는 비록 연습하는 거였지만 처음 바다에서 수영하는 거라 꽤 긴장되었다. 집에서 연습한 대로 웻슈트를 입고 입수할 준비를 하고 있었다. 그런데 좀 부끄러운 일이 생겨났다. 옆에 있던 사람이 나를 빤히 보더니 웻슈트를 거꾸로 입었다고 일러준 것이다(이제껏 거꾸로 웻슈트를 입어 놓고는 혼자 멋지다고 셀카를 찍었던 것이다). 순간 얼굴이 시뻘게졌다.

물에 들어가려고 살며시 발을 담가 봤는데 생각보다 차가웠다. 서서히 몸을 적응시키며 입수하여 수영을 해 보았다. 그리고 100m 정도 갔을까? 너무 힘들었다. 수영장에서의 느낌과는 전혀 달랐다. 생각보다 물도 차갑고 출렁이는 파도 때문에 호흡이 부자유스러웠다. 또한 물속은 수영장처럼 투명하지도 않았고 생각했던 것처럼 부표도 잘 보이지 않아 방향 조절도 힘들었고, 웻슈트 때문에 팔이 잘 움직이지 않아 힘이 더 많이 들어갔다. 결국 불안한 나머지 계속 반복하여 연습해 보았다.

그래도 몇 번 더 연습을 하고 나니 처음보다 좀 나아졌지만, 여전히 걱정되었다. 그래도 시행착오를 미리 겪어서 정말 다행이란 생각이 들었다.

셋째 날인 토요일에도 동일하게 오전에는 자전거, 오후에는 수영 연습을 했다. 어제와는 다르게 곳곳에 참가자들의 모습이 보이기 시작했다. 대회장 설치도 거의 완성돼 가는 모습이었다. 마지막으로 오후 수영 연습을 마치니 그래도 처음보다 훨씬 자신감이 붙었다. 참 다행이다.

그리고 마지막으로 자전거 바퀴에 바람을 넣어 검차를 받고는 바꿈터로 향했다. 바꿈터란 곳은 참 대단했다. 고급스러운 자전거들이 끝도 없는 긴 봉에 일정하게 간격을 맞춰 주렁주렁 매달려 있었다.

그 자전거들은 내가 감히 엄두도 못 낼 1,000만 원, 2,000만 원 정도 되는 자전거들이었고, 심지어 3,000만 원 이상의 비싼 자전거들도 있었다.

내 번호를 찾아 봉에 자전거를 걸었다. 그런 고급스러운 자전거 사이에 있는 내 자전거가 초라해 보였다.

이제 바꿈터에 자전거를 맡겼으니, 자전거 연습을 더 하려고 해도 못 하고, 문제가 있더라도 쉽게 정비하지 못한다.

'제발 내일까지 펑크만 나지 말아다오, 자전거야.'

나는 검차를 마치고 곧장 숙소로 돌아와 경기 설명회에서 받았던 팸플릿을 꺼냈다. 그리고는 내일 열릴 경기의 종목별 코스들과 바꿈터 위치, 급수대 위치, 여러 가지의 주의 사항들을 다시 한번 살펴보았다. 그러니 더욱 긴장되기 시작했다. 큰일이다. 내일 새벽 일찍 일어나서 준비하려면 오늘 빨리 자야 하는데…. 마음을 차분히 가라앉혀야 했다. 나는 살며시 눈을 감으며, 그림을 그리듯 내일의 내 모습을 시작부터 끝까지 상상해 보았다.

> 새벽 4시. 양치를 하고, 물을 마신 후 화장실에서 용변을 보고, 샤워를 한다. 그리고 경기복으로 갈아입고, 오늘 사 온 빵과 우유를 먹는다. 그러면 4시 40분쯤 될 것이다. 숙소에서 경기장까지 20분 걸리니, 경기장 바꿈터에 도착하면 5시쯤 될 것이다. 바꿈터에서 경기 때 사용할 수건, 양말, 신발, 립 번호가 부착된 러닝 벨트, 고글, 자전거 헬멧, 생수, 에너지 음료를 차례대로 두고, 자전거 바퀴 압력을 체크한다. 그 후 마지막으로 경기 전 수영 워밍업 20분 정도를 하며 어느 정도 긴장을 푼다. 그리고 3개의 종목을 완벽하게 끝마치고 피니시 지점에서 온 세상을 다 가진 표정을 지으며 사진을 찍는다. 그리고 그 사진들을 자랑스럽게 카카오톡 프로필 사진에 올린다.

이런 상상 덕분인지 다음 날 알람 울리기 10분 전에 저절로 눈이 떠졌다. 그 이후 시간에는 어제 자기 전 상상했던 대로 착착 해 나갔다. 정말 설레는 마음으로 가득 찼다. 숙소를 나서기 직전, 내 모습을 잠시 보았는데 거울에 비친 내 모습은 마치 유명한 스포츠 모델 같았다. 327번으로 문신 된 굵직한 팔과 다리. 프로패셔널한 고글과 짝 달라붙는 스포츠 웨어를 입은 나의 모습. 내가 그토록 고대해 왔던 완벽한 모습이었다. 이제 역동적으로 달리는 내 모습만 카메라에 담으면 되는 것이었다.

아직 날이 밝지도 않은 이른 새벽, 대회장 분위기는 엄청난 열정으로 가득했다. 고막이 찢어질 듯 울려대는 신나는 노랫소리와 에너지가 넘치는 사회자의 안내 멘트, 이리저리 뛰어다니며 몸을 풀고 있는 사람들과 자전거를 그 누구보다 신중하게 점검하고 있는 사람들. 아주 먼 곳에서부터 비행기를 타고 온 외국 선수들과 마이크를 들고 신나게 랩을 하며 텐션을 높이는 외국인 사회자들까지, 정말 이제껏 다녔던 대회 중에서 가장 철인다운 분위기였다.

나는 슬슬 몸을 풀면서 바꿈터로 가 마지막으로 자전거 바퀴 상태를 확인하고 바꿈터 물건들을 하나씩 점검하였다. 하도 챙겨야 할 물건들이 많다 보니 혹시라도 빠진 게 있는지 손으로 직접 만져보며 물건들을 확인하였다. 그리고 마지막으로 '오늘 정말 잘해 보자! 그리고 제발 펑크만 나지 말아 다오.' 하며 자전거에게 간곡하게 부탁하고는 바꿈터를 빠져나왔다.

이후 대회 전 마지막으로 수영 워밍업을 하였다. 워밍업 시간은 아주 잠시였지만 이틀 전부터 꾸준히 똑같은 환경에서 연습한 탓에 생각보다 할 만했다. 정말 다행이었다.

곧 출발 시간이 되었다. 출발 순서는 엘리트 선수들이 먼저 출발하고, 이어서 아마추어 그룹들이 순차적으로 출발하는 식이었다(사전에 증명된 수영 기록에 따라 출발 그룹이 정해지며, 그룹은 수모 색깔로 구분한다). 처음에 엘리트 선수들이 출발하는 모습을 유심히 지켜보았는데, 그들은 보기보다 왜소해 보였고, 필요 없는 군더더기 살이나 근육이 없어 보였다. 오로지 수영, 자전거, 달리기에 사용할 수 있는 근육만 앙상히 남아 있어 보였다(조금 복잡하고 안쓰러운 감정이 들었다). 엘리트 선수들을 이어서 아마추어 선두 그룹이 2분 단위로 연달아 출발했다. 그리고 곧 내가 속한 그룹도 사회자의 우렁찬 출발 신호와 함께 출발하게 되었다.

동시에 많은 사람이 신나게 바닷속으로 뛰어들었다. 물은 생각보다 차가웠다. 분명 시작 직전에 물속에서 충분한 워밍업을 했는데도 쉽게 적응이 되지 않았다. 내 심장은 곤두박질하며 미친 듯이 뛰기 시작했고, 호흡은 매우 가빠져 갔다. 게다가 많은 사람이 동시에 출발하다 보니 서로 몸이 뒤엉키고 앞 사람 발에 얼굴을 맞아 수경이 벗겨지는 등 정말 난리였다. 그래서인지 200m 채 안 간 시점이었는데도 너무 힘이 들었다. 그래도 나는 포기하지 않고 애초에 계획했던 대로 자유형으로 하다가 힘들면 평영으로 바꾸고, 또 자유형으로 가는 전략을 활용하였다.

곧 수영 반환점이 보이자 드디어 '내가 해낼 수 있겠구나' 하는 자신감이 생겼다(첫 풀코스마라톤에 도전했을 때 32km 지점에서 받았던 느낌과 동일했다). 그제야 몸이 꽤 적응됐는지 그 이후로부터는 그렇게까지 힘들지 않았다. 아마 그때부터 남은 수영 거리보다는 다음 종목인 자전거에 온전히 신경 쓰며 갔던 것 같다.

그리고 어느새 발이 땅에 닿을 만큼 도착 지점에 다다랐고, 그제야 겨우 안도의 한숨을 내쉬었다. 그토록 걱정만 해 왔던 바다 수영 종목이 끝난 것이다. 드디어 한시름 놓을 수 있었다.

수영 종목을 끝내고 힘겹게 웻슈트를 벗는 모습

바다에서 겨우 나온 나는 숨을 내쉴 새 없이 바로 자전거에 올라탔다. 자전거 종목에서 가장 걱정되는 것은 단 두 가지, 평균 속도와 자전거 펑크였다. 내가 평소에 자전거 도로에서 연습할 때는 평속(평균 속도) 25km/h도 어려웠던지라 대회 때 평속 27km/h만 하더라도 감지덕지라 생각했었다. 그런데 지금 막상 달려 보니 정말 놀랍게도 5km째 평속이 30km/h 가까이 되는 것이었다. 뭣도 모르고 오버페이스하다가 나중에 퍼질 것 같아 걱정이 되었지만, 이상하게도 그렇게까지 힘을 주지 않았는데도, 심지어 역풍일 때도 무난하게 평속 28km/h 이상은 되었다(아마 연습 때 항상 울퉁불퉁한 시멘트 길이나 좁은 자전거 도로에서만 탔던 터라 비교적 평속이 낮았던 것 같다).

그다음 불안한 것은 바퀴 펑크였는데, 한 번 펑크 나면 아무리 이동 수리팀이 있다 하더라도 완주가 힘들었기 때문이다. 그래서 차라리 대회 전날 펑크가 나서 싹 새로 갈길 바랐는데 또 그렇지도 않았다. 그래도 대회 직전까지 직접 자전거에게 간절히 부탁했던 탓일까, 다행히 끝날 때까지 자전거 펑크는 나지 않았다.

새만금 도로를 달리고 있는 행복한 나의 모습

군산의 푸른 바다 풍경도 충분히 아름다웠지만, 그보다 그 바다 사이를 가로지르는 끝없는 새만금 도로에서 오로지 두 다리를 엔진 삼아 멋진 고글과 스포츠 웨어를 입은 채 페달을 밟고 있는 내 모습이 훨씬 아름다워 보였다. 그런 내 모습을 상상하기만 해도 너무 설레고 행복했다(이런 행복한 모습에 푹 빠진 나를 찍어 준 카메라 작가님에게 너무도 감사하다).

곧 2바퀴 반환점을 돌아 이제 7km 정도만 더 가면 자전거도 끝이 났다. 평균 페이스도 예상했던 것보다 높아 컷오프 걱정은 더 이상 하지 않아도 되었다. 그래도 평소 연습 때보다 조금 힘을 줘서 그런지 허리가 조금 욱신거렸지만, 이미 내 몸은 행복의 도파민으로 가득해서 이 정도 아픔에는 별 감흥이 없었다. 오히려 그렇게 고대해 왔던 철인 3종 경기를 실제로 하고 있다는 나 자신의 모습에 지금 죽어도 여한이 없을 정도로 기쁨이 흘러넘쳤고, 나도 모르게 속도가 점점 더 올라만 갔다(이것도 러너스 하이인가?).

그렇게 자전거 경기는 무사히 끝이 나고 마지막 종목인 달리기만 남은 상태가 되었다. 예상하다시피 달리기는 정말 자신 있었다. 풀코스는 물론 60km 산악마라톤과 100km 울트라마라톤까지 완주한 나로서 이 정도 10km쯤이야, 이미 철인 3종 경기를 완주한 것이나 다름없었다. 달리기 전부터 신이 났다.

그래도 내 에너지를 모두 써 가며 최선을 다해야 했기 때문에 방심하지 않고 뛰어나갔다. 하지만 당황스럽게도 생각만큼 잘 뛰어지지 않았다. 내 심박수는 어느새 190에 육박할 정도로 숨이 턱 끝까지 차올라 왔고, 몸은 굉장히 불안정해졌다. 점점 날은 뜨거워졌고 그늘은 어디 하나 보이지가 않았다. 아스팔트 도로에 익어 가는 느낌까지 들 정도였다. 그래서 그런 것일까, 3개 종목을 곧바로 이어서 하느라 그런 것일까. 정말 이대로면 곧 쓰러질 것 같았다(갑자기 3사관학교 입교 전 아빠와 아파트 앞에서 뛰다가 죽을 뻔했던 때가 생각이 났다). 아무리 쓰러지는 한이 있더라도 완주는 하고 쓰러져야겠다는 생각에 천천히 페이스를 낮추며 컨디션을 조절했다(완주하기 위해서 내 상태를 그대로 인정하고 페이스 조절을 하는 것, 이전 마라톤 대회들에서 배웠던 지혜이다). 다행히 중간 반환점에 와서야 겨우 내 몸이 어느 정도 안정되었다. 그래도 너무 힘들고 더웠다. 옷은 땀으로 흠뻑 젖은 상태였고, 눈은 땀에 가려 앞이 잘 보이지도 않았다. 아마 내가 평소에 해가 없는 새벽 시간에만 골라 뛰어서 그런지 유난히 힘들게 느껴졌다. 급수대에서 물을 아무리 마셔도 금방 갈증이 났다.

그래도 이제 얼마 남지 않은 지점에 도달했다. 거의 마지막 구간이라 스퍼트를 내듯 온 힘을 모두 짜내어 달렸다. 최선을 다하고 싶었기 때문이다. 내가 그토록 고대했던 철인 3종 첫 무대인데 최선을 다하지 않으면 철인에 대한 예의가 아니었다.

곧 눈앞에 피니시 지점이 보였다. 들어오는 선수마다 번호를 호명하며 큰 소리로 축하해 주는 사회자 목소리도 들렸다. 그러니 내 몸속에 아드레날린이 더욱 분비되는 듯 내 발걸음은 갈수록 더 빨라졌다. 그리고 곧이어 우렁찬 사회자 목소리가 내 귓가를 울렸다.

"삼백이십칠 번 선수! 피니시 라인을 통과합니다! 축하합니다!"

그 순간 정말 말이 나오지 않을 정도로 행복했다. 철인 3종 경기는 정말 감히 3종이라 불릴 만큼 3배의 자원(시간과 노력과 돈)을 필요로 했어도, 완주의 기쁨만큼은 3배 그 이상이었고, 경기 한 종목 한 종목 완주하면서 뒤따르는 작은 행복들도 무시하지 못할 만큼 컸다. 그리고 그 무엇보다 TV에서나 볼 수 있을 법한 쫙 빼어진 웻슈트를 입고 출렁이는 파도를 가로지르며 멋지게 바다 수영을 하는 나의 모습, 그리고 바다를 가로질러 끝없이 펼쳐진 4차선 도로에서 경찰의 안전 통제까지 받으며 마음껏 페달을 밟고 있는 나의 모습을 생각하면 정말 곧 죽어도 여한이 없을 정도로 행복했다.

그리고 얼마 후 나의 카카오톡 프로필 사진은 이렇게 바뀌었다.

몇 년 동안이나 그토록 고대해 왔던 철인 3종 경기 모습을 담은 프로필 사진이다.

4장. 인생을 돌아보며

1. 조깅하는 습관

이른 새벽부터 매일같이 1시간씩 조깅하는 나를 보고, 시간이 아깝다고 말한 친구들이 있었다. 매일 1시간씩 뛴다 치면 1년 365시간, 시급 10,000원이면 365만 원이라는 값어치가 나온다는 것이다. 하지만 나는 그렇게 생각하지 않는다. 물론 365만 원이란 나에게 큰돈이지만, 내가 매일 하고 있는 새벽 조깅은 감히 365만 원과 비교할 수 없을 정도로 큰 가치를 내게 주었다고 생각한다. 새벽 조깅은 나에게 머리부터 발가락 끝까지 뻗어 있는 나의 작은 혈관들을 보다 견고하게 만들어 주었으며, 내 심장을 더 크고 튼튼하게, 폐의 기능을 더욱 강하게 해 주었고, 다리 근육과 코어 근육 발달은 물론 몸의 근육들을 더욱 균형 있게 만들어 주었다. 그뿐만 아니라 나의 만성두통과 눈 혈관에 쌓인 피로들까지 회복시킬 수 있는 유일한 치료제가 되어 주었고, 내가 생동감 있게 살 수 있는 활력소가 되어 주었다. 마치 몸속에 가득했던 수많은 스트레스와 독소들이 땀과 함께 배출되는 느낌이었다.

또한 꾸준한 달리기는 나에게 습관을 만드는 비법을 알려 주었으며, 조금씩이라도 무언가를 꾸준히 하다면 엄청난 힘을 발휘한다는 진리를 깨우쳐 주었으며, 나의 인내심과 의지력을 향상시켜 주어 내가 쉽게 포기하지 않은 성향으로 만들어 주었다. 출근 전 달리기는 남들보다 1~2시간 전에 일어나야 하는데, 사람들이 이제 막 일어나 비몽사몽 할 때쯤이면 나의 머리와 몸은 상쾌하게 운동을 마칠 시간이다. 내가 출근할 때쯤이면 나는 일과를 완벽하게 시작할 준비가 되어 있는 맑은 정신의 상태였다(출근 시간이 한참이나 지났는데 아직까지 잠이 덜 깬 상태로 비몽사몽 하는 사람들을 보면 조금 한심할 때도 있다).

매일 1시간씩 1년이면 365시간. 나는 이 365시간 동안 운동만 한 것이 아니다. 그 시간 동안 아름다운 자연 풍경들을 바라보며 사색과 명상을 한 것이다. 흔히 조깅을 하면 온몸이 달리기에만 집중한다고 오해하곤 하지만 그렇지 않다. 수동적인 뇌와 능동적인 뇌의 원리처럼 충분히 반복되는 일이 되고 익숙해지면 수동적인 뇌가 에너지를 아끼게 되고, 그 에너지로 우리는 생각을 하게 된다. 나는 항상 달리면서 오늘 하루 전체에 대해서 시간과 에너지를 어떻게 써야 할지, 어떤 마음가짐으로 임해야 할지 생각하고, 더 나아가 1년, 10년 후의 내 모습까지 그려 보기도 한다. 지난날에 힘들었던 일, 괴로웠던 일들을 다시 상기하여 나름 분석을 해 보며, 후회하기도 하고 나를 위로하기도 한다. 어제 아무리 머리를 쥐어짜도 해결이 안 되었던 문제들도 달리면서 창의적인 해결책을 찾게 된다. 즉 내 안에 잠재의식을 끄집어내고, 창의력을 향상시키는 시간이었던 것이다.

이렇듯 나의 매일 새벽 조깅을 하는 가치는 감히 365만 원과 비교할 수가 없다.

이 365만 원을 만성두통에 시달리는 내 두통 치료비라고 생각해 봐도,

창의적인 아이디어를 생산하는 데 드는 비용이라고 생각해 봐도, 다이어트를 하고 근육을 키워 주는 헬스장 비용이라고 생각해 봐도, 매일 달리기가 주는 행복감을 생각해 봐도 그 값어치를 훨씬 넘어선다.

난 몸이 아파 오면 지금도 습관처럼 동네 뒷산을 오르거나 강변을 따라 천천히 뛴다. 그러면 기적처럼 몸 컨디션이 회복된다. 아마 달리기가 내 운명인 듯하다.

나는 계속 뛸 것이다.

여름에 너무 더워서 못 뛰겠다고? 새벽 4시에 나서면 시원하다. 비 와서 못 뛰겠다고? 하루 24시간 중, 자는 시간과 일하는 시간을 뺀 나머지 시간에도 비가 끊임없이 내릴 확률은 거의 없다. 나는 상상한다. 머리부터 발끝까지 땀샘에 주렁주렁 맺힌 땀방울들의 아름다움을. 그리고 그 땀방울들이 샤워기에서 나오는 물줄기에 씻겨 내려갈 때의 쾌감을.

겨울에 너무 추워서 못 뛰겠다고? 추운 것은 겹겹이 입지 않고 온몸을 감싸지 않아서 추운 것이다. 겹겹이 입고, 발가락부터 머리끝까지 피부를 노출하지 말아라. 생각보다 춥지 않을 것이다. 눈이 와서 미끄럽다고? 웬만한 길이나 자전거 도로들은 이미 치워져 있다. 나는 상상한다. 거세고 세찬 바람과 한기 속에서도 내 뜨거운 심장의 강한 펌프질이 발끝까지 도달하여 따뜻한 체온이 그대로 전달되는 그 느낌을. 붉어진 얼굴에서 연기처럼 뿜어져 나오는 내 열기를 느낄 때의 쾌감을.

2. 바둑은 인생이다

난 아주 어릴 적부터 아빠로부터 바둑을 접했고, 잠깐이나마 바둑 학원을 다녔었다. 바둑은 극한의 쾌락을 추구하는 요즘 게임들과 전혀 다른 게임이다. 지금처럼 극한 쾌락에 노출되어 있는 환경에서 차분하게 바둑을 두는 젊은 친구들의 모습은 아마 찾아보기 힘들 것이다. 차라리 '알까기'라던가 '오목'같이 즉각적으로 피드백이 오는 게임을 하면 했지, 1시간 가까이 피드백도 불명확한 따분한 바둑을 즐기기란 쉽지 않을 것이다. 그럼에도 바둑의 재미를 붙인 젊은 사람들이 있다면 그들은 쾌락을 스스로 통제하는 능력이 있다고 볼 수 있을 것이다.

그래도 조금 인내하며 바둑을 두다 보면 다행히도 곧 사활(死活)이라는 흥미진진한 싸움을 하게 된다. 이때 싸움에서 상대의 돌들을 잡아먹으면 상당한 긍정적인 피드백을 얻지만, 반대로 상대에게 돌을 잡아먹히면 곧장 포기하고 싶은 마음을 갖게 된다. 하지만 바둑을 끝까지 두다 보면 곧 처음의 사활 싸움이 바둑의 승패를 좌우하지 않는다는 것을 깨닫게 된다. 그래서 유독 재미를 느끼지 못한다. 피드백이 애매하고, 끝까지 인내를 가지고 바둑을 다 둬 봐야 진짜 피드백이 오기 때문이다.

이런 면에서 나는 바둑을 인생의 축소판이라고 본다. 한순간의 싸움에서 이기거나 지더라도 그것이 인생의 성공과 실패를 결정할 수 없기 때문이다. 어릴 적 바둑 학원 선생님은 작은 것을 버리고 큰 것을 취하라는 말을 수없이 강조했다. 눈에 보이는 작은 사활 싸움에 너무 연연하지 말고 보이지 않는 더 큰 싸움에 대비하라는 뜻이다. 그렇게 하기 위해서는 상대방이 둔 돌들을 먹어 버리겠다는 잠깐의 쾌락의 유혹에서 벗어나, 전체적인 승리로 이끌 수 있는 통찰력으로 진정으로 나에게 이득이 되는 곳을 공략해야 한다.

인생 역시 똑같다. 지금 당장 상대보다 돈을 많이 벌고, 잘 산다고 교만하거나, 또는 눈에 보이는 조그만 이득이나 각종 쾌락의 유혹을 못 이겨 진정한 자신의 가치를 낮춘다면 곧 인생의 끝에서는 결국 패배자가 될 것이다. 따라서 어떤 것이 진정 인생에 이득이 되는 행동인지, 앞의 수를 내다보는 통찰력을 키워야 한다.

또 바둑을 두다 보면 실수를 하기 마련인데, 아무리 의미 없는 돌을 두었다고 하더라도 크게 좌절할 필요는 없다. 어쩌면 그 돌이 신의 한 수처럼 나중에 승패를 좌우할 수 있는 힘을 발휘할 수 있기 때문이다. 어쩌면 실수라고 생각했던 그 돌의 진짜 가치를 보지 못한 것뿐이다. 우리의 인생에서는 아무리 실패한 경험이 있더라도 나중에는 그 경험이 성공의 발판이 될 수 있고, 나의 단점이라고 여겼던 것들이 곧 성공할 수 있는 주춧돌이 되기도 한다. 따라서 포기만 하지 않는다면 분명 나중에 빛을 발할 것이다.

비록 어릴 적 아빠로부터 충분히 크고 작은 상처를 받았던 나였고

생도 시절 나를 무시했던 선배들과 동기들로부터 충분히 상처를 받았던 나였고

초급장교 때부터 상급자들로부터 갑질을 당해 충분히 좌절했던 나였고

그리고 얼마 전에 번아웃으로 충분히 죽기 직전까지 갔던 나였지만

그럼에도 꿋꿋하게 포기하지 않고 이렇게 살아가고 있기에, 이 과거의 실패라고 여겼던 모든 나의 좌절했던 돌들이 지금 내 인생에서 가장 중요한 발판으로 작용하고 있는 것이다.

인생은 롤러코스터이기 때문에 아무리 성공한 사람이라도 반드시 바닥까지 주저앉는 시기가 온다(이건 절대 피할 수 없다. 무조건 온다, 반드시. 그것도 주기적으로). 그 순간 아무리 죽고 싶도록 힘들더라도 절대 포기만은 해서는 안 된다. 포기한 순간부터 진짜 실패한 인생으로 끝나기 때문이다.

잠시 눈을 감고 자신이 앞서 성공했던 작은 경험들을 떠올려 보라. 아주 사소한 경험이라도. 크진 않더라도 자신감이 생길 것이다. 그 자신감으로 다시 시작하면 된다(내가 초등학교 4학년 때 워드프로세서 자격증을 취득한 것은 20년이 지난 지금도 훌륭한 자신감이 되었다).

아직 내 바둑은 끝나지 않았다.
아직 내 숨이 붙어있기 때문에.

3. 노력과 산물, 산물과 노력

나는 생도 때만 해도 말을 잘 못 했었다. 옛날에 3사관학교 최종 면접을 생도 대장님(원스타)이 직접 하셨는데, 그때 나에게 하신 말씀이 지금 아직도 기억난다.

"말을 잘 못 하는 너의 능력이 너의 군생활 내내 발목을 잡을 것이다."

그리고 생도 시절 같은 소대 동기들은 나에게 병사들에게 쪽팔림 당할까봐 걱정이 된다며, 제발 발음 좀 똑바로 하라고 핀잔을 주기도 하였다. 난 너무 창피했다. 아무리 노력을 해도 나아지지가 않았다. 이 발음을 고칠 수만 있다면 정말 뭐든지 다 시도해 보고 싶었다.

언젠가는 거울을 한참 보다 내 혀가 좀 짧아서 발음이 잘 안되는 것 같아,

설소대 수술도 받아보기도 했지만 별반 차이가 없었다.

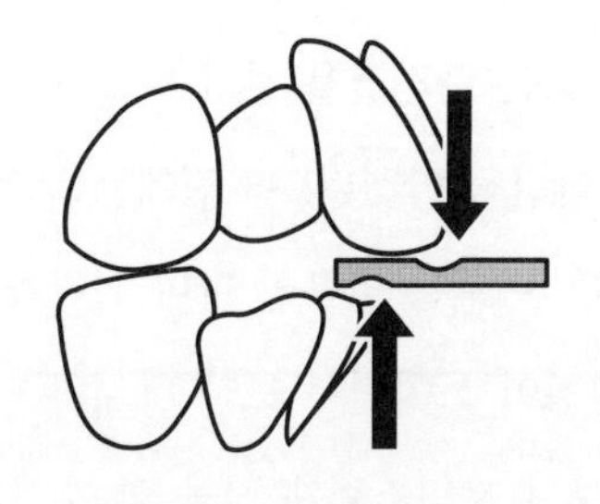

위아래 치아가 맞지 않아 잘리지 않는다.

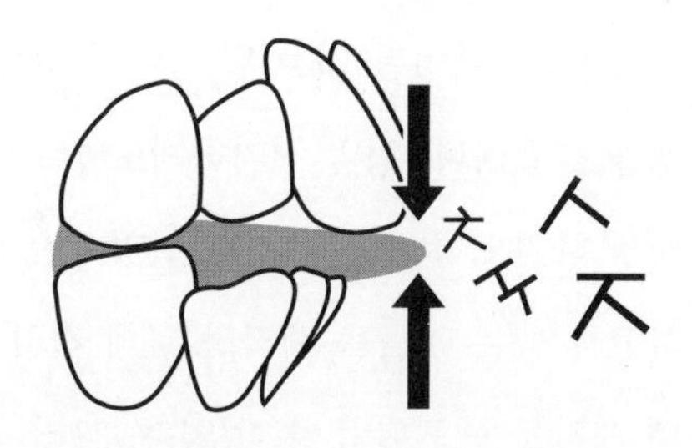

어쩔 수 없이 혀를 꺼내기 때문에 발음이 샌다.

그러던 어느 날, 친구와 커다란 오징어튀김을 먹었던 적이 있었다. 친구는 그 질긴 오징어튀김을 앞니로 잘 잘라 먹었지만 나는 아무리 해도 오징어 다리가 잘리지 않았다. 왜 그런가 자세히 살펴봤더니 윗니와 아랫니가 만나 오징어 다리를 잘라 내야 하지만, 나는 윗니와 혀가 맞닿아 자르려고 하는 것이었다. 윗니와 아랫니가 닿지 않으니 습관적으로 혀를 내밀게 된 것이었다. 그래서 내가 무엇을 말하든 모든 발음이 새어 나오는 것이었고 특히 'ㅈ'이나 'ㅅ' 발음은 더 심하게 새어 나와 듣기 거북한 혀 짧은 소리가 나는 것이었다.

나는 바로 부모님을 졸라 300만 원이란 큰돈을 들여 치아 교정 수술을 했다(비록 부모님이 내 주시긴 했지만 내가 가장 잘한 투자 중 하나였다). 곧 나는 입에 교정기를 달게 되었고, 상상도 못 한 고통이 찾아오게 되었다. 가만히 있어도 입안 전체가 헐어 버리고, 음식을 먹을 때마다 그리고 말 한마디 할 때마다 살점이 갈리는 아픔을 겪어야 하는 것이었다(게다가 그 당시 내가 소대장이었기 때문에 그 누구보다 자신 있게 말을 해야 했지만, 너무 아파서 잘하지 못했다. 그러다 보니 더욱 자신감이 없었다). 너무 아파서 괜히 했나 하는 후회도 해 보았지만, 내가 말하고자 하는 것들에 대해 자신 있게 그대로 표현하지 못하는 더 큰 고통을 생각하며 참아 내었다.

그래도 3년이란 긴 세월 속에서 고통스러운 순간들을 견디며 드디어 교정을 풀었더니, 정말 신기하게도 발음이 한결 좋아졌다. 이 전에는 무언가 말을 하기도 전에 발음부터 신경 썼었는데, 이제는 발음이 아니라 내가 말하고자 하는 것들을 생각하는 데 점차 신경이 쓰이면서 보다 더 수월하게 내 생각들을 표현할 수 있었다. 그러다 보니 자연스럽게 말을 할 수 있게 되었고 자신감이 생겼다.

그래도 20년 넘게 윗니와 혀를 이용해 발음을 해 온 터라 곧바로 말을 잘 할 수 없었다. 남들보다 더 많은 노력이 필요했다(이런 치아를 가지고 있지 않은 사람들에 비하면 아주 늦게 말하기 연습을 시작한 셈이다). 특히 상급자에게 보고할 때면 더욱 말이 잘 나오지 않았다. 난 계속 노력했다. 일부러 병사들을 면담해 주면서 말하는 연습도 하고, 짧게 설명할 것도 일부러 길게 설명해 보기도 했다. 또박또박 발음하는 법이나 말을 잘하는 법이 담긴 책을 사서 보기도 하고 거기 써 있는 그대로 따라 해 보기도 했다.

또한 중대장(1차) 때는 자연스럽게 100명 가까이 되는 병력들 앞에서 말하다 보니 대중 앞에 서는 두려움이 점차 사라져 갔고, 부대 인권교관을 맡아 여러 번 강의를 하면서 나도 수많은 사람들 앞에서 재밌고 유창하게 말할 수 있다는 자신감이 생겼다(아마 내가 생도 때 말 못 한다고 무시했던 동기들이나 말을 잘 못 하는 것이 군생활에 발목을 잡는다고 했던 생도 대장이 지금의 나를 보면 아마 깜짝 놀랄 것이다).

내가 이렇게 빛나는 성장을 이룰 수 있었던 것은 내 안에 두려움을 이겨내고 자신 있게 이것저것 시도를 해 봤기 때문이다. 내가 만약 발음이 안 된다고 혼자 이렇게 만들어 준 부모나 탓하고 있었다면 절대 성장하지 못했을 것이다. 나는 생각만 해도 무서운 혀를 도려내는 설소대 수술도 결코 마다하지 않았고, 한마디 할 때마다 볼 안쪽 살점이 떨어져 나가는 고통을 견디며 3년이라는 긴 교정 시간도 버텨 냈으며, 발음 교정이나 화법 도서들을 구매해 그대로 따라 해 보기도 했었고, 서로 안 하려고 하는 부대 인권교관도 자원해서 열정적으로 강의도 해 보았다. 그저 하나만 고집해서 노력한 것이 아니라 정말 여러 가지 방법으로 시도한 것이다. 시도는 '내가 취하는 행동의 결과가 불확실할 때 행동하는 것'이다. 어떻게 될지도 모르는 상황에 대해서 용기 있게 행동해 보는 것. 이게 바로 진정한 열정이며, 노력인 것이다.

그리고 시도를 하다 보면 원래 보이지 않던 다음 것들이 보이게 되며, 그 모든 시도는 서로 긴밀히 연결되어 있다. 즉, 내가 혀 수술을 하니 교정 수술이 보였고, 교정 수술을 시도하니 말 잘하는 법이 보였고, 말 잘하는 법을 공부하니 수많은 사람들 속에서 강의하고 있는 인권교관을 시도하게 되었다(그다음은 무엇일까? 벌써부터 내 머릿속에 수많은 사람들에게 힘을 실어 주는 강연을 하는 내 모습이 그려진다).

말하는 것뿐만이 아니다. 막연하기만 했던 철인 3종 경기도 마찬가지이다. 처음 하프마라톤 대회를 시도함으로써 대회라는 경험을 쌓게 되었고, 풀코스마라톤과 울트라마라톤을 시도하면서 이 정도면 철인 3종을 충분히 완주할 수 있겠다는 큰 자신감을 얻게 되었다. 내가 만약 철인 3종하고 마라톤하고 전혀 관련이 없다고 애초에 하프마라톤 대회를 시도조차 안 했더라면 평생 철인 3종은 꿈으로만 남게 되었을 것이다.

4. 모든 경험들은 값지다

내 인생은 계속 현재 진행 중이지만 일단 여기까지, 30년 조금 넘게 살아온 나의 인생 스토리를 펼쳐 보았다.

아주 어릴 적 나의 가정환경, 불편했던 초등학교 시절, 고통스러웠던 중고등학교 시절과, 칼을 숨긴 채 아빠와 말다툼했던 고등학교 시절, 멀티미디어콘텐츠과에서 처음 내 적성과 흥미를 깨달았던 시절, 저질 체력으로 동네 3바퀴 뛰다가 죽을 뻔한 시절, 자퇴하고 싶은 마음을 꿋꿋하게 참으며 버텨 왔던 생도 시절, 야근을 밥 먹듯이 했던 중위 시절, 그리고 죽고 싶을 정도로 힘들어 울면서 아빠에게 전화했지만 단호한 아빠의 답변으로 좌절했던 시절, 고군반 동기생과 첫 마라톤 대회에 참가했던 시절, 그리고 내 인생의 꽃을 피웠던 1차 중대장 시절, 그 누구보다 소신 있고 열정을 다해 중대장을 마치며 마지막 피날레를 꿈에 그리던 군산 철인 3종 경기장에서 장식했던 시절, 취임한 지 2주 만에 대대장 면전에다가 도저히 못 하겠다고 외쳤던 2차 중대장 시절. 번아웃으로 도저히 일어설 힘조차 없이 숙소와 정신의학과 병원에서 고된 시간을 쓸쓸히 보내면서 깊은 깨달음을 얻었던 시절.

정말 30년이 넘는 이 세월이 한순간의 꿈처럼 지나가는 듯하다.

하지만 어떻게 보면 내 경험들을 책으로 엮을 만큼 극적인 경험을 한 것도 아니고, 그렇게 자랑거리로 내세울 만한 경험도 아니다. 아마 나보다 훨씬 더 다이나믹하고 극적인 경험을 하며, 성공한 인생을 살아온 사람들이 쓴 책들이 훨씬 많을 것인데, 무슨 이 정도 가지고 호들갑이냐고 생각할 수도 있다. 하지만 나는 이 고통스럽고 창피했지만 나름 행복했던 크고 작은 경험들이 나에게 있어서는 이 세상 그 누구보다 다이나믹하고, 극적이며, 값진 경험이었다는 것을 장담할 수 있다. 그리고 나뿐만 아니라 모든 사람의 인생은 그 사람에게는 아주 극적이며 매우 값지다. 만약 자신의 인생은 너무 뜨뜻미지근하다고 여기는 사람들은 자신의 경험들을 그저 물 흘리듯 보내기 때문이다. 상담사가 내 모습을 면밀하게 관찰했듯이 힘들었던 경험에서라도 큰 의미를 깨달아야 하고, 내가 나의 미성숙함을 인정했듯이 부끄러운 나 자신을 그대로 받아들여야 한다. 자신의 창피했던 경험들이나 숨기고 싶은 자신의 성향들을 그저 부끄럽다고 외면해 버린다면 그 사람은 절대로 성장하거나 행복해질 수 없다.

반대로 이미 지나간 경험 중에서 미처 알아보지 못했던 소중한 가치들을 깨닫게 된다면 장담컨대 정말 행복한 삶을 살 수 있을 것이다. 그게 아무리 부끄럽고 아픈 경험이어도 말이다.

모든 경험은 소중하다. 내가 칼을 숨긴 채 아빠에게 반항했던 부끄러운 경험이 없었더라면 지금도 정체성 없이 유령처럼 살았을 것이고, 내가 생도 때 발음도 엉망이고 말을 잘 못 한다고 무시당했던 아픈 경험이 없었더라면, 나는 아직도 내가 발음이 이상한지도 모른 채 사람들에게 따돌림당하며 살고 있을 것이다. 내가 번아웃을 겪지 않았더라면 나는 그저 평생 부대 탓만 하고, 오로지 아빠 탓만 하는 한심한 사람으로 살고 있을 것이고, 내가 창피하거나 부끄러워서 정신의학과에 갔던 경험이 없었다면, 나는 아직도 스스로 성숙하고 독립적인 사람이라고 오해하며, 평생 미성숙하고 의존적으로 살아갔을 것이다. 이렇듯 모든 경험은 소중하기 때문에 그 경험들 속에서 보이지 않은 가치와 의미들을 찾아야 한다.

그리스에서는 시간의 개념을 2가지로 나눈다고 한다. 크로노스와 카이로

스이다.

크로노스는 자연스럽게 흘러가는 물리적인 시간을 뜻한다. 1초, 1시간, 하루, 1년 같이 우리가 어쩌지 못하는 절대적인 양적인 시간이다. 반면에 카이로스는 특별한 의미가 부여된 시간을 말한다. 의미 있는 시간, 가치 있는 시간, 보람 있는 시간같이 상대적인 질적인 시간이다.

그저 지금 경험하고 있는 것 또는 경험했던 것들을 크로노스라 여기는 사람은 절대 행복해질 수 없다. 크로노스를 변화시켜 카이로스로 만들 때 비로소 행복해질 수 있게 된다.

나는 결코 새롭게 경험하는 것을 두려워하지 않을 것이다.

부모님이 반대하든, 형이 말리든, 사랑하는 내 여자가 말리든, 그리고 사람들이 비웃는 하찮은 일이라도, 용기 있게 내가 하고자 하는 일들을 할 것이며, 그 일들에서 진정한 의미와 나의 가치를 발견할 것이다.

맺음말

솔직히 말하면 이 책을 완성시킨 지금 이 시점에도 나는 아직 나를 잘 모르겠다. 사람은 자기 자신을 알아 가는데 평생을 다 바친다고 하는데, 아마 난 평생을 다 바쳐도 모를 것 같다. 번아웃(Burn out)을 경험하며 그토록 울면서 성찰을 하며 노력을 해 왔는데도 아직 턱없이 부족하다.

그렇지만 나는 계속 나를 알아가기 위해 끊임없이 노력하고자 한다. 그리고 매 순간 최선을 다해 후회하지 않을 삶을 살고자 한다. 이 말은 미친 듯이 일을 해서 돈을 벌겠다는 뜻이 아니다. 진짜 나의 삶의 가치가 무엇인지 알아 가며 그 가치를 실현시키겠다는 뜻이다.

사람들이 많이 하는 생각 중 하나는 후회다. '내가 10년 전으로 돌아간다면 정말 후회 없이 살 텐데.'라며 후회하며, 막상 10년 후에는 '만약 10년 전이었으면 정말 잘살 수 있을 텐데.'라고 후회한다. 이는 그때 그 사람이 열심히 살지 않아서가 아니라 그 경험들 속에 있는 진정한 가치를 모르고 살아왔기 때문이다. 내가 만약 고통스러웠던 시절로 되돌아간다면 더 열정적으로 들이박으며 고통 속으로 파고들 것 같다. 그 어둡고 아픈 경험들 덕분에 내 삶의 진정한 가치를 조금이라도 깨달았기 때문이다.

나는 지금까지 내가 해 온 생각과 행동이 지금의 나를 만들었다는 말을 좋아한다. 그 말은 어떠한 생각을 하게 되면 어떠한 행동을 하게 되며, 그 행동은 무의식적으로 행동하는 습관으로 바뀌고, 그렇게 한 달, 1년, 10년이 지나면 저절로 인생이 바뀐다는 것이다. 다시 말하면 불행한 사람이 하는 생각을 평소에 하고 다니면 결국 불행한 인생이 되는 것이고, 행복한 사람이 하는 생각을 평소에 하고 다니면 결국 행복한 인생이 된다는 것이다. 즉, 내가 행복하게 살지, 불행하게 살지는 내가 선택할 수 있다는 것이다.

나는 그러한 생각들을 보통 독서를 통해서 조금씩 얻게 되는데, 생각보다 책들은 내게 엄청난 영향을 끼쳐 왔다. 그래서 내 인생에 전반적으로 영향을 끼친 대표적인 책들을 시기별로 5권씩만 소개하면서 이 책을 마치려 한다. 아마 책 제목들만 보면 왜 내가 그러한 행동을 해 왔는지 쉽게 이해할 수 있을 것이다(앞에 번호의 의미는 내게 영향을 끼친 순위이다).

생도 시절

1. 『목적이 이끄는 삶(릭 워렌)』
2. 『당신 참 괜찮은 사람이야(양창순)』
3. 『리더는 사람을 버리지 않는다(김성근)』
4. 『나는 꾼이다(정우현)』
5. 『습관의 힘(찰스 두히그)』

초급간부 시절

1. 『김미경의 드림 온(김미경)』
2. 『하워드의 선물(에릭 시노웨이, 메릴 미도우)』
3. 『성공하고 싶다면 오피던트가 되라(임관빈)』
4. 『바보처럼 공부하고 천재처럼 꿈꿔라(신웅진)』
5. 『스물아홉 생일, 1년 후 죽기로 결심했다(하야마 아마리)』

중대장 시절

1. 『넛지(리처드 탈러, 캐스 선스타인)』
2. 『왜 일본 제국은 실패하였는가?(노나카 이쿠지로, 테라모도 요시야, 스기노 요시오)』
3. 『약자들의 전쟁법(박정훈)』
4. 『전투감각(서경석)』
5. 『전투의 심리학(데이브 그로스먼, 로먼 크리스텐슨)』

번아웃 시절

1. 『미움받을 용기(기시미 이치로, 고가 후미타케)』 I, II
2. 『도파미네이션(애나 렘키)』
3. 『몰입의 즐거움 (칙센트미하이)』
4. 『폰더 씨의 위대한 하루(앤디 앤드루스)』
5. 『엄마와 보내는 마지막 시간 14일(리사 고이치)』

오! 나의 늦은 30대 고백

1판 1쇄 발행 2024년 11월 12일

저자 철인작가 강진영

교정 신선미 **편집** 윤혜린 **마케팅 • 지원** 김혜지

펴낸곳 (주)하움출판사 **펴낸이** 문현광

이메일 haum1000@naver.com **홈페이지** haum.kr
블로그 blog.naver.com/haum1000 **인스타그램** @haum1007

ISBN 979-11-94276-31-9(03810)

좋은 책을 만들겠습니다.
하움출판사는 독자 여러분의 의견에 항상 귀 기울이고 있습니다.
파본은 구입처에서 교환해 드립니다.